HEYNE BÜCHER

W0401252

SCIENCE FICTION

Herausgegeben
von Wolfgang Jeschke

CHARLES SHEFFIELD

ZWISCHEN DEN SCHLÄGEN DER NACHT

Roman

Deutsche Erstausgabe

Science Fiction

WILHELM HEYNE VERLAG
MÜNCHEN

HEYNE SCIENCE FICTION & FANTASY
Band 06/4549

Titel der amerikanischen Originalausgabe
BETWEEN THE STROKES OF NIGHT
Deutsche Übersetzung von Walter Brumm
Das Umschlagbild schuf Frank Buchwald

Redaktion: Wolfgang Jeschke

Printed in Germany 1988
Umschlaggestaltung: Atelier Ingrid Schütz, München
Satz: Schaber, Wels
Druck und Bindung: Elsnerdruck, Berlin

ISBN 3-453-03138-5

Im Schlummer zwischen den Schlägen der Nacht,
Sah die Liebste ich an meinem Trauerbette stehn,
Der welken Lilie gleich, das fahle Haar ihr wehn ...

AUGUSTUS SWINBURNE

Golfstadt, Neujahr 14
(29872 n. Chr.)

Aus dem Tagebuch der Charlene Bloom:

Heute erhielt ich Nachricht von Pentecost. Wolfgang IV. ist tot. Er war fünfhundertvier Jahre alt, und, wie seine Vorgänger, von aller Welt geachtet. Mit der Nachricht kam ein Bild seines Enkels. Ich betrachtete es lange, aber in sechs Generationen wird das Blut dünn. Es war unmöglich, ein Zeichen des ursprünglichen (und für mich des einzigen) Wolfgang in diesem Abkömmling zu erkennen.

Mein Wolfgang ist tot, seit langem tot; aber das große Spiel geht weiter. An Tagen wie diesem habe ich das Gefühl, daß ich der einzige Mensch bin, den der Ausgang kümmert. Sollte Wolfgang sich schließlich als der Gewinner erweisen, wer außer mir wird es wissen und zur Stelle sein, ihm zu applaudieren? Und sollte ich gewinnen, wer außer mir wird den Preis des Sieges ermessen?

Es ist bedeutsam, daß ich diesen Todesfall zuerst aufzeichne, ehe ich auf die Meldung vom Leitstern, ein überlichtschneller Antrieb sei gefunden, eingehe. In ganz Golfstadt erzählt man sich davon, aber ich habe das gleiche Gerücht schon hundertmal — oder tausendmal? — gehört. Seit 28000 Jahren dauert unser Ringen, dem Joch der Relativität zu entrinnen nun schon an; dennoch lastet es auf uns, so unabweisbar wie schon auf unseren ersten Vorläufern. In der Öffentlichkeit sage ich, daß die Forschungsarbeiten weitergehen müssen, ob die Nachricht vom Leitstern zutrifft oder nicht; daß der überlichtschnelle Antrieb die bedeutendste Einzelerfindung der Menschheitsgeschichte sein wird. Nach meiner innersten Überzeugung gibt es diese Möglichkeit nicht. Wenn das Universum dem mensch-

lichen Verstand zugänglich ist, dann muß es endgültige Gesetze haben. Es ist mir nicht erlaubt, es zu sagen, aber ich glaube, die Lichtgeschwindigkeit ist ein solches Gesetz. Die Erforschung der Galaxis muß im Schneckentempo vor sich gehen.

Ich wünschte, ich könnte anderes glauben. Vor allem aber wünsche ich mir heute, daß ich noch einmal eine Stunde mit Wolfgang verbringen könnte.

Man sagt mir, Freund Heraklit, du seist nicht mehr;
O bitt're Nachricht, machst du mir das Herz so schwer.
Ich weine im Gedenken, wie oft wir viele Stunden
Im Gespräch verbracht, bis daß der Tag geschwunden.

Magst du auch sinken, mein lieber karischer Gast,
eine Handvoll Asche, zu ewiger Rast;
Noch lebt deine Stimme, noch vernimmt man dein Wort,
Denn der Tod nimmt alles, nur dieses nicht fort.

Erster Teil

2010 n. Chr.

1

Der Schnee sank in winzigen Flocken nieder. Sein leichter, doch gleichmäßiger Fall hatte der gefrorenen Oberfläche fast zehn Zentimeter neuer Kristalle hinzugefügt. Einen Meter darunter, den Körper zusammengerollt und die Schnauze in den dichten Pelz gesteckt, lag die große Bärin bewegungslos. Höhlenwände von durchscheinendem Eis umgaben die zottige dunkelbraune Gestalt.

Die Stimme durchdrang die Höhle als ein entkörperlichter Geräuschfaden. »Natriumspiegel weiter sinkend. Sieht wirklich schlecht aus. Großer Gott. Versuchen wir noch einen Zyklus.«

An der Peripherie der Höhle begann farbiges Licht zu blinken. Die Wände leuchteten rot, blau, funkelten grün. Das Farbenspiel konnte die geschlossenen Augenlider des Tieres nicht durchdringen.

Der Bär schlief am Rande des Todes. Seine Körpertemperatur lag gleichbleibend bei zehn Grad über dem Gefrierpunkt. Das große Herz pumpte mit einer Geschwindigkeit von zwei Schlägen pro Minute, die Stoffwechselrate war um einen Faktor von fünfzig gesunken. Auch die Atmung wurde zusehends schwächer und war nur noch an der dünnen Schicht von Eiskristallen zu erkennen, die dem Fell um die stumpfe Schnauze zu einem weißen Bart verholfen hatten.

»Es hilft nichts.« Ein ansteigender, eindringlicher Tonfall kam in die Stimme. »Die Werte fallen weiter ab, und wir verlieren die Pulsspur. Wir müssen es riskieren. Geben Sie ihr einen stärkeren Stoß.«

Die Lichtmuster veränderten sich. Es gab ein Aufblitzen von Fuchsinrot, ein schnelles Funkeln von Saphir- und Zyanblau, dann ein Gesprenkel von safrangelben und roten Flecken an der Eiswand der Höhle. Mit der Modulation des Regenbogens reagierte die Bärin auf das Signal. Schiefergraue Augen blinzelten in dem massigen Schädel. Ein Zittern durchlief den mächtigen Brustkorb.

»Mehr wage ich nicht zu geben.« Die zweite Stimme war tiefer. »Wir bekommen mehr Herzflimmern.«

»Halten Sie die Ebene! Und beobachten Sie die Rektaltemperatur! Warum muß das ausgerechnet jetzt passieren?« Die Stimme hallte angstvoll ansteigend durch die dickwandige Höhle.

Der Raum, in dem die Bärin lag, hatte einen Durchmesser von ungefähr fünfzehn Metern. Die äußere Wand war durchzogen von einem Netzwerk optischer und und elektronischer Monitoren, deren Leitungen unter dem Eis zu einem gedrungenen Kasten neben dem Körper des Tieres führten. Schwache elektronische Signale kamen von Nadeln, die tief in die zähe Haut implantiert waren, wo Sensoren die verebbenden Lebensströme in dem großen Körper überwachten. Leitfähigkeit der Haut, Herzschlag, Blutdruck, Speichel, Temperatur, chemisches Gleichgewicht, Ionenkonzentrationen, Augenbewegungen und Gehirnströme wurden ständig überwacht. In dem Kasten verschlüsselt und verstärkt, gingen die Signale zu den Monitorgeräten außerhalb der Höhlenwand, wo sie über den Anzeigeinstrumenten als Lichtimpulse sichtbar gemacht wurden.

Die Frau, die dort über die Instrumente gebeugt stand, war ungefähr dreißig Jahre alt. Das dunkle Haar war kurzgeschnitten und fiel in eine hohe, glatte Stirn, die jetzt in Sorgenfalten lag. Die Frau beobachtete eine Digitalablesung, die rasch durch eine wiederholte Wertsequenz flimmerte. Sie hatte die Schuhe ausgezogen, und ihre Zehen und Füße bewegten sich nervös, als die Ablesungswerte noch rascher aufeinander folgten.

»Es hilft nichts. Es geht ihr immer schlechter. Können wir es umkehren?«

Der Mann neben ihr schüttelte den Kopf. »Nicht ohne sie noch schneller umzubringen. Ihre Körpertemperatur ist schon zu tief gesunken, und in der Gehirnaktivität ist sie unterhalb unserer Kontrolle. Ich befürchte, wir werden sie verlieren.« Er sprach ruhig und langsam, mit unbeugsamer Beherrschung. Er wandte den Kopf, die Frau anzusehen, wartete auf eine Anweisung.

Sie holte tief und schaudernd Luft. »Wir dürfen sie nicht verlieren. Es muß eine andere Möglichkeit geben. Ach du lieber Gott!« Sie stand auf, eine geschmeidige, schmale Gestalt mit dünnen, gebeugten Schultern. »Jinx könnte im gleichen Zustand sein. Haben Sie überprüft, wie es ihm geht?«

Wolfgang Gibbs schnaubte. »Etwas können Sie mir schon zutrauen, Charlene. Ich überprüfte ihn vor ein paar Minuten. Alles ist dort stabil. Ich hielt ihn vier Stunden hinter Dolly, weil ich nicht wußte, ob dieses Verfahren sicher war.« Er zuckte die Achseln. »Jetzt wissen wir es, nehme ich an. Sehen Sie sich Dollys EEG an! Wir müssen uns damit abfinden, daß wir nichts mehr für sie tun können.«

Auf dem Bildschirm vor ihnen begann das Muster der elektrischen Signale vom Gehirn der Bärin abzuflachen und zeigte keine Ausschläge mehr. Gleichzeitig sank die Frequenz des Sinusknotens.

Die Frau erschauerte, dann seufzte sie. »Verdammt, verdammt!« Sie fuhr sich mit der Hand durch das kurze Haar. »Was nun? Ich kann nicht viel länger bleiben — JNs Sitzung beginnt in weniger als einer halben Stunde. Was, zum Kuckuck, soll ich ihr sagen? Sie hatte so viele Hoffnungen damit verbunden.«

Unter dem Blick des Mannes straffte sie ihre Haltung. In diesem Blick war ein spekulatives Element, das ihr immer Unbehagen verursachte.

Er zuckte wieder die Achseln und lachte rauh. »Erzählen Sie ihr, daß wir niemals Wunder versprochen haben.« Seine Stimme hatte einen harten Akzent, der verriet, daß Englisch eine spät gelernte zweite Sprache war. »Bären überwintern nicht in der gleichen Art und Weise wie andere Tiere. Das wird auch JN zugeben. Sie schlafen viel, und die Körpertemperatur sinkt ab, aber es ist ein anderer Stoffwechselprozeß.« Von der Monitorkonsole kam ein Piepsen. »Passen Sie auf — es geht zu Ende.«

Auf dem Bildschirm vor ihnen lief die Spur der Gehirnaktivität in einer glatten horizontalen Linie aus. Schweigend sahen sie eine volle Minute zu, bis der Herzmonitor ein letztes, mattes Erzittern anzeigte.

Der Mann beugte sich vor und erhöhte das Verstärkungsmaß so weit es ging. Er grunzte. »Nichts. Sie ist tot. Arme Dolly.«

»Und was soll ich JN sagen?«

»Die Wahrheit. Sie weiß bereits das meiste davon. Wir sind mit Jinx und Dolly weiter gekommen, als JN zu hoffen Grund hatte. Ich sagte Ihnen, daß wir uns mit den Bären auf ein riskantes Gebiet begeben, aber Sie drängten weiter.«

»Ich hoffte, Jinx wenigstens weitere vier Tage im Tiefschlaf halten zu können. Jetzt können wir es nicht mehr riskieren. Ich werde JN sagen, daß wir ihn aufwecken müssen.«

»Entweder das, oder ihn töten. Sie haben die Monitore gesehen.« Während er sprach, hatte er bereits auf das Kontrollsystem der zweiten Versuchskammer umgeschaltet und verstärkte behutsam die Hormonebenen in Jinxens halbtonnenschwerem Körper. »Aber Sie sind die Chefin. Wenn Sie darauf bestehen, halte ich ihn noch eine Weile im Tiefschlaf.«

»Nein.« Sie nagte an der Unterlippe und wiegte sich vor dem Bildschirm vor und zurück. »Wir können das Risiko nicht auf uns nehmen. Machen Sie weiter, Wolfgang, bringen Sie ihn zu vollem Bewußtsein. Wie lang hatte Dolly im Tiefschlaf ausgehalten, insgesamt?«

»Einhunderteinundneunzig Stunden und vierzehn Minuten.«

Sie lachte nervös und zwängte die Füße wieder in ihre Schuhe. »Immerhin, für die Spezies ist es ein Rekord. Damit können wir uns trösten. Ich muß gehen. Können Sie ohne mich fertig werden?«

»Wenn ich muß. Keine Bange, dies ist heute schon meine vierte Überstunde.« Er lächelte verdrießlich, mehr zu sich selbst als zu Charlene. »Wissen Sie, was ich denke? Sollte JN jemals eine Methode finden, wie ein Mensch vierundzwanzig Stunden am Tag wach und bei Verstand bleiben kann, dann wird sie als erstes anordnen, daß wir drei Schichten durcharbeiten.«

Charlene Bloom lächelte und nickte, aber ihre Gedanken eilten bereits zu der gefürchteten Besprechung voraus. Mit gesenktem Kopf wanderte sie durch den hangarähnlichen Bau, wo ihre Schritte vom hohen Wellblechdach widerhallten. Wolfgang schaute ihr nach. Sein Gesichtsausdruck war eine Mischung von Zorn und Trauer.

»So ist's recht«, knurrte er in sich hinein. »Du bist die Chefin, also kriegst du einen auf den Deckel. Wie es sich gehört. Wir beide haben einen Rüffel verdient, nach allem, was wir der armen Dolly antaten. Aber du solltest aufhören, JN in den Arsch zu kriechen und ihr sagen, daß sie uns zu scharf antreibt. Wahrscheinlich wird sie dir daraufhin die Verwaltung des Büromaterials übertragen, aber es geschieht dir ganz recht — du hättest auf die Bremse treten sollen, bevor wir einen verloren.«

Hundert Schritte weiter machte Charlene Bloom plötzlich kehrt und starrte zu ihm zurück. Er blickte erschrocken auf, hob dann die Hand und winkte ihr halbherzig nach.

»Hat sie meine Gedanken gelesen?« Er schnaubte, wandte sich wieder der Konsole zu. »Nein, ihr ist bloß bange. Sie würde lieber hierbleiben als JN erzählen, was in der letzten halben Stunde geschehen ist.«

Er schaltete auf die Monitore des großen Braunbären; das Tier mußte allmählich aus dem Tiefschlaf geweckt werden, langsam den Bruchteil eines Grades nach dem anderen. Sie konnten sich nicht leisten, auch den zweiten Bären zu verlieren.

Er rieb sich das unrasierte Kinn, kratzte sich geistesabwesend zwischen den Beinen und studierte die telemetrischen Signale. Welches war der beste Weg? Niemand verfügte in diesen Dingen über wirkliche Erfahrung, nicht einmal JN selbst.

»Komm schon, Jinx! Wir wollen es richtig machen. Du sollst keine Schmerzen haben, wenn die Zirkulation wieder in Gang kommt. Zuerst den Blutzucker, nicht wahr, dann Serotonin und Kalium. Das hört sich ganz gut an.«

Wolfgang Gibbs war nicht wirklich zornig auf Charlene — dafür hatte er sie zu gern. Die Sorge um Dolly und Jinx brachte ihn aus der Fassung. Er hatte wenig Geduld mit seinen Vorgesetzten und brachte ihnen nicht viel Respekt entgegen. Aber für die Kodiakbären und die anderen Versuchstiere brachte er eine Menge Zuneigung und Fürsorge auf.

2

Charlene Bloom benötigte fast eine Viertelstunde, um die Länge des Hauptgebäudes zu durchwandern. Nicht nur der Widerwille, an der bevorstehenden Besprechung teilzunehmen, verlangsamte ihre Schritte; fünfzig Experimente wurden in dem Gebäude durchgeführt, die meisten davon unter ihrer Aufsicht.

In einem halbdunklen Käfig schlichen etwa zwanzig Hauskatzen umher, schlaflos und struppig. In einer komplizierten Operation hatte man ihnen den Teil des Stammhirns entfernt, der den Schlaf steuert. Sie überflog die Aufzeichnungen. Die Katzen waren jetzt seit elfhundertachtzig Stunden wach — anderthalb Monate. Nun zeigten die Monitore Anzeichen neurologischer Fehlfunktionen. Sie konnte es in ihrem monatlichen Bericht getrost Geistesgestörtheit nennen.

Die meisten der Tiere zeigten jetzt keinerlei Interesse mehr an Nahrung oder Paarung. Einige waren wie tollwütig geworden und griffen alles an, was ihnen nahekam. Aber sie waren alle noch am Leben. Das war, was man im Institut »Fortschritt« nannte, denn das vorausgegangene Experiment war nach weniger als der Hälfte dieser Zeit gescheitert.

Jeder Abschnitt des Gebäudes enthielt temperaturkontrollierte Abteilungen. In der nächsten Abteilung kam sie zu den Räumen, wo die überwinternden Nagetiere und Beuteltiere untergebracht waren. Langsam ging sie an jedem ummauerten Käfig vorbei, die Aufmerksamkeit geteilt zwischen den Tieren und Gedanken an die bevorstehende Sitzung.

Murmeltiere und Erdhörnchen hier, neben den mutierten Springmäusen. Wer führte diese Versuche durch? Aston Naugle, wenn sie sich recht erinnerte. Nicht so organisiert wie Wolfgang Gibbs, und nicht so fleißig — aber wenigstens überlief es sie nicht heiß und kalt, wenn sie mit ihm zu tun hatte. Sie war größer als Wolfgang, und seine Vorgesetzte. Aber irgend etwas war in diesen gelbbraunen Augen ... Er war beinahe wie eines von den Tieren. Er fürchtete die Bären so wenig wie die Großkatzen — oder seine Vorgesetzten. Ein plötzlicher und beunruhigender Gedanke ging ihr durch den Kopf. Dieser Blick ... Eines Abends würde er mit ihr ausgehen wollen, das spürte sie. Und dann?

Auf einmal fiel ihr ein, daß die Zeit verging, und sie eilte durch den nächsten Korridor. Die Schuhe schmerzten sie, aber sie durfte sich nicht verspäten. Diese verdammten Schuhe — warum konnte sie nie welche bekommen, die richtig paßten, wie bei anderen Leuten? Hauptsache, sie verspätete sich nicht. Seit JN zur Direktorin gemacht worden war, galt Unpünktlichkeit in allen Labors und Abteilungen des Instituts als eine Todsünde (»Wenn Sie den Beginn einer Sitzung verzögern, stehlen Sie allen anderen die Zeit und lassen sie für Ihren Mangel an Effizienz zahlen ...«).

Der Korridor setzte sich außerhalb des Hauptgebäudes als ein langer, gedeckter Durchgang fort. Zum ersten

Mal konnte sie den Wolkenhimmel betrachten. Er versuchte noch immer zu regnen. Was war mit diesem verrückten Wetter los? Seit der Klimazyklus durcheinander geraten war, konnte man sich auf keine Wettervorhersage mehr verlassen. Über den Hügeln um Christchurch lagen Bodennebel, und dabei war es ungewöhnlich warm. Nach allem, was man hörte, war die Situation in der nördlichen Hemisphäre genauso schlimm wie in Neuseeland. Und die Amerikaner, Europäer und Sowjets litten unter viel ernsteren Mißernten.

Ihre Gedanken kehrten zurück zu dem ersten Labor. Alles war auf verringerte Luftfeuchtigkeit abgestellt. Kein Wunder, daß die Klimaanlage auf Jinx herabschneite: die Luftfeuchtigkeit draußen mußte annähernd hundert Prozent betragen. Vielleicht sollten sie das System mit einem zusätzlichen Luftentfeuchter versehen, denn was sie jetzt hatten, arbeitete beinahe wie eine Schneekanone. Ob es angezeigt war, in der heutigen Sitzung solch ein Gerät anzufordern?

Die Sitzung.

Charlene riß ihre Aufmerksamkeit von den Laborexperimenten los. Später war Zeit genug, sich darüber Gedanken zu machen. Sie eilte weiter; eine kurze Treppe hinauf, eine Linkswendung, und sie war in C53, dem Konferenzraum, wo die wöchentlichen Versammlungen stattfanden. Und, Gott sei Dank, war sie vor JN dort.

Sie schlüpfte auf ihren Platz an dem langen Tisch, nickte den anderen zu, die dort bereits saßen: »Katzenmörder« Cannon von der Physiologie, de Vries als stellvertretender Institutsleiter, Beppo Cameron von der pharmakologischen Abteilung (eine gelbe Narzisse im Knopfloch — wo konnte er die in diesem miserablen Wetter her haben?). Die anderen schenkten ihr keine Beachtung und studierten ihre aufgeschlagenen Aktenordner.

Fünf Minuten vor elf. Sie hatte noch ein paar Minuten, um ihren eigenen Bericht zu überlesen und zum hundertsten Mal die gerahmte Stickerei an der Wand gegenüber zu betrachten. Sie hing schon dort, als Charlene im Institut angefangen hatte, und sie kannte den Text auswendig.

Bedenken Sie, welch ein wunderbares Geschenk der Schlaf ist: Er ist ein so unschätzbares Juwel, daß kein König ihn kaufen kann, und wenn er seine Krone dafür geben würde; so schön ist er, daß ein Mann, mag er gleich mit einer Kaiserin liegen, keine Herzensruhe findet, bis er ihre Umarmungen verlassen kann, um mit ihm zu ruhen; ja, so tief stehen wir in der Schuld dieses Verwandten des Todes, daß wir ihm unser halbes Leben hingeben. Und es gibt gute Gründe, dies zu tun: denn Schlaf ist die goldene Kette, die Gesundheit und unsere Körper miteinander verbindet. — Thomas Decker

Und unter dem schön gestickten Zitat stand in Judith Niles' klarer Kursivschrift der kürzlich hinzugefügte Nachsatz:

Unsinn. In diesem Institut ist Schlaf der Feind.

Charlene Bloom schlug ihren Schnellhefter auf, lehnte sich zurück und zog sich die schwarzen Schuhe aus, indem sie mit den Zehen eines Fußes am Absatz des anderen zog. Elf Uhr, und noch immer keine JN. Etwas war dazwischengekommen.

Um vier Minuten nach elf wurde die andere Tür des Konferenzzimmers geöffnet, und Judith Niles kam herein, gefolgt von ihrer Sekretärin. Verspätet — und sie sah ärgerlich aus. Charlene Bloom spähte an ihr vorbei in das benachbarte Büro und sah dort einen hochgewachsenen Mann beim Schreibtisch stehen. Er hatte lokkiges Haar und mochte Anfang bis Mitte dreißig sein, hatte angenehme Züge, runzelte aber die Stirn, als hätte er an einer der Wände etwas erblickt, was ihn verdrießlich stimmte.

Ein Fremder. Aber die weit auseinanderstehenden grauen Augen wirkten auf unbestimmte Weise vertraut;

vielleicht von einem Bild in dem Nachrichtenblatt des Instituts?

Judith Niles blieb für einen Augenblick stehen, statt ihren gewohnten Platz einzunehmen. Ihr Blick schweifte um den Tisch und vergewisserte sich, daß alle Abteilungsleiter anwesend waren, dann nickte sie.

»Guten Morgen. Es tut mir leid, daß ich Sie warten lassen mußte.« Sie schürzte die Lippen und behielt diesen Ausdruck bei. »Wir haben einen unerwarteten Besucher, mit dem ich wieder zusammentreffen muß, sobald diese Sitzung beendet sein wird.« Endlich setzte sie sich. »Fangen wir an! Dr. de Vries, würden Sie anfangen? Sicherlich sind alle hier Versammelten ebenso daran interessiert wie ich, von den Ergebnissen Ihrer Reise zu hören. Wann sind Sie zurückgekommen?«

Jan de Vries, rundlich, klein und von friedfertiger Gemütsart, zuckte die Achseln und lächelte zurück. Judith Niles und er sahen die Welt vom selben Punkt, einen halben Kopf tiefer als die meisten anderen. Vielleicht war es dieser Umstand, der ihm erlaubte, sich in ihrer Gesellschaft entspannt zu geben, so sehr, daß Charlene Bloom es völlig unmöglich fand.

»Gestern, spät am Abend.« Seine Stimme war weich und träge wie warmer Sirup. »Wenn Sie mir zuvor eine beiläufige Bemerkung gestatten, die Behandlung gegen Zeitverzögerung, die wir hier am Institut entwickelten, ist alles andere als ein totaler Erfolg.«

Judith Niles machte niemals Notizen. Ihre Sekretärin hielt jedes Wort fest, sie aber wollte ihren ganzen Verstand auf den Pulsschlag der Besprechung konzentrieren. Sie beugte sich vor und musterte de Vries mit scharfem Blick. »Ich nehme an, Sie sprechen aus Erfahrung?«

Er nickte. »Ich erprobte sie während des Fluges nach Pakistan. Heute fühle ich mich lausig, und die Blutuntersuchung bestätigt es. Nach meinem inneren Rhythmus bin ich immer noch irgendwo zwischen hier und Rawalpindi.«

Die Direktorin schaute hinüber zu Beppo Cameron und zog die dichten Brauen hoch. »Wir täten gut daran, die Behandlung noch einmal zu überprüfen, wie? Aber wie steht es mit der Hauptsache, Jan? Achmed Amir — ist er Tatsache oder Fiktion?«

»Bedauerlicherweise ist er Fiktion.« De Vries schlug sein Notizbuch auf. »Nach den uns zugegangenen Meldungen schlief Achmed Amir niemals länger als eine Stunde pro Nacht. Seit seinem sechzehnten Jahr — das liegt neun Jahre zurück, da er jetzt fünfundzwanzig ist — will er kein Auge mehr zugetan haben. Das schwört er.«

»Und die Wahrheit?«

Er machte ein Gesicht und fuhr mit Daumen und Zeigefinger über seinen dünnen Schnurrbart. »Ich habe hier unsere vollständigen Aufzeichnungen, und die kommen in den Bericht. Aber ich kann es in einem Wort zusammenfassen: Übertreibung. Während der sechs Tage und Nächte, die wir bei ihm waren, verbrachte er zwei Nächte ohne Schlaf. In einer Nacht schlief er viereinviertel Stunden. In den übrigen drei Nächten brachte er es jeweils auf etwas mehr als zweieinhalb Stunden.«

»Normaler Gesundheitszustand?«

»Sieht so aus. Er schläft nicht viel, aber wir hatten hier im Institut schon andere Personen, die noch weniger schliefen.«

Judith Niles beobachtete ihn aufmerksam. »Aber Sie machen nicht den Eindruck eines Mannes, der eine Woche mit vergeblichen Bemühungen vergeudet hat. Was gibt es noch?«

»Meine wahrnehmungstüchtige Vorgesetzte«, sagte de Vries mit einem beseelten Augenaufschlag. »Sie haben ganz recht. Auf dem Rückflug reiste ich über Ankara, um einen anderen Fall zu überprüfen — eines der Gerüchte aus den Laboratorien in Kairo, über einen Mönch, der die Reliquien des Heiligen Stephanus bewacht. Vor zwei Jahren wurde während seines Wachdienstes ein altes Meßgewand gestohlen, worauf er angeblich schwur, daß er niemals wieder schlafen werde.«

»Und?« Judith Niles spannte sich unwillkürlich.

»Nicht ganz — aber näher als wir bisher herangekommen sind.« De Vries war ganz schlaue Befriedigung. »Können Sie sich eine durchschnittliche tägliche Schlafdauer von neunundzwanzig Minuten vorstellen? Und er sitzt nicht etwa auf einem Stuhl und nickt immer wieder für ein paar Minuten ein, wenn niemand schaut. Wir hatten ihn elf Tage mit einer telemetrischen Einheit verbunden. Wir haben die vollständigsten biochemischen Tests, die wir machen konnten. Sie werden meinen vollständigen Bericht bekommen, sobald jemand ihn schreiben kann.«

»Ich will ihn heute noch lesen. Sagen Sie Joyce Savin, daß er vordringlich ist.« Judith Niles nickte de Vries anerkennend zu. »Sonst noch etwas?«

»Nichts, was der Mühe wert wäre, jetzt davon anzufangen. Ich werde meinen vollständigen Bericht morgen abliefern.«

Er blinzelte über den Tisch hinweg Charlene zu. Sie wird ihn nie lesen, sagte sein Ausdruck. Die Direktorin hing davon ab, daß ihr Personal sich um die Einzelheiten kümmerte. Niemand wußte, wieviel Zeit sie dem einen oder dem anderen Bericht zuwenden würde. Manchmal beschäftigte sie sich tagelang mit irgendeinem kleinen Detail, und bisweilen liefen wichtige Projekte monatelang, ohne daß sie danach fragte.

Judith Niles blickte auf ihre Armbanduhr. »Dr. Bloom, Sie sind die Nächste. Fassen Sie sich so kurz wie möglich — ich möchte unseren Besucher noch vor dem Mittagessen in den Terminplan quetschen, wenn es möglich ist.«

Charlene biß die Zähne zusammen. JN war besessen von Schlaf und Zeit. Und das meiste von dem, was Charlene zu bieten hatte, waren schlechte Nachrichten. Sie beugte den Kopf über ihren Schnellhefter. Zögerte.

»Wir haben gerade einen der Kodiak-Bären verloren«, sagte sie ohne Einleitung. Das brachte ein Rascheln von Bewegung, denn alle, die um den langen Tisch saßen, richteten sich unwillkürlich auf. Charlene ließ den Kopf hängen. »Gibbs brachte Dolly auf wenige Grade über dem Gefrierpunkt herunter und versuchte, ein positives Niveau von Gehirnaktivität aufrechtzuerhalten.«

Eine gespannte Stille breitete sich aus. Charlene schluckte, fühlte den Klumpen in der Kehle und fuhr eilig fort. »Das Verfahren ist das gleiche, das ich im letzten Wochenbericht für den Revisionsausschuß beschrieb. Aber diesmal konnten wir nicht stabilisieren. Die Kurven der Gehirnströme suchten neue stabile Ebenen, und es gab vereinzelte Alphaschwellen. Als wir anfingen, die Temperaturen wieder anzuheben, gerieten alle Körperfunktionen durcheinander. Überall Oszillationen. Ich habe die Streifen mit den Ablesungen bei mir, und wenn Sie sie sehen möchten, lasse ich sie herumreichen.«

»Später.« Judith Niles' Gesichtsausdruck war eine Mischung von Konzentration und Unmut. Charlene kannte den Blick. Die Direktorin erwartete, daß alle ihren Drang zu null Schaf teilten. Dolly hatte sie im Stich gelassen. JNs Gesicht war erblaßt, aber ihre Stimme blieb ruhig und sachlich.

»Wolfgang Gibbs, sagten Sie? Der untersetzte Mann mit dem lockigen Haar? Leitet er selbst die Operationen?«

»Ja. Aber ich habe keine Ursache, seine Kompetenz in Zweifel zu ziehen ...«

»Ich auch nicht, das wollte ich damit nicht sagen. Ich habe seine Berichte gelesen. Er ist gut.« Judith Niles gab der Sekretärin neben ihr ein Zeichen. »Gab es andere Anomalien, die Sie für bedeutsam halten?«

»Es gab eine.« Charlene Bloom holte tief Atem und wendete ein Blatt ihres Notizbuches um. »Als wir etwa fünfzehn Grad über dem Gefrierpunkt waren, ergab sich ein sehr stabiles Muster der Gehirnströme. Und Wolfgang Gibbs bemerkte einen sehr merkwürdigen Umstand daran. Dieses Muster scheint das gleiche Profil zu haben, wie wir es vom Gehirnrhythmus bei normaler Temperatur kennen, nur zeitlich ausgedehnt.«

Sie hielt inne. Am Kopfende des Tisches hatte Judith Niles sich plötzlich steil aufgerichtet.

»Wie ähnlich?«

»Wir haben es noch nicht durch den Computer laufen lassen. Für das Auge waren die Kurven identisch — aber fünfzigmal so langsam wie bei normaler Körpertemperatur.«

Einen Sekundenbruchteil glaubte Charlene einen Blick zwischen Judith Niles und Jan de Vries hin und her gehen zu sehen, dann starrte die Direktorin sie mit ihrer entnervenden intensiven Konzentration an. »Das ist etwas, das ich selbst sehen will. Dr. de Vries und ich werden heute noch zum Hangar hinauskommen und dieses Projekt in Augenschein nehmen. Aber wir wollen es jetzt, da wir alle hier sind, noch ein wenig detaillierter behandeln. Wie langen hielten Sie die stabile Phase durch, und welches war die niedrigste Körpertemperatur? Und wie war die Versorgung mit Tryptophan?«

Unter dem Tisch rieb Charlene sich die Hände am Rock. Sie wußte, daß ihr bohrende Fragen bevorstanden. Ihre Hände begannen zu zittern, und sie fühlte neuen Schweiß an den Handflächen. War sie gut genug vorbereitet? In ein paar Minuten würde sie es wissen. Wenn die Direktorin in der Stimmung für Einzelheiten war, würde dem Besucher des Instituts eine lange Wartezeit bevorstehen.

3

Für Hans Gibbs wurde es ein langer und verwirrender Tag.

Als er zuerst angeregt worden war, hatte ein Besuch beim Institut für Neurologie in Christchurch wie die ideale Abwechslung vom täglichen Einerlei ausgesehen. Er würde eine Woche unter den normalen Schwereverhältnissen der Erdoberfläche verbringen, statt in dem Viertel davon, das in der Orbitalstation PSS 1 herrschte. Er konnte ein Guthaben an körperlichem Training ansammeln, und davon brauchte er, was er zusammenkratzen konnte. Außerdem wollte er ein paar Dinge mitnehmen, die von den Fähren selten als Fracht an Bord genommen wurden; wie lange war es her, daß jemand auf PSS 1 eine Auster gekostet hatte? Und wenn Christchurch auch unten in Neuseeland war, weit entfernt von den politischen Zentren der Welt, würde er durch Gespräche eigene Eindrücke von den jüngsten internationalen Spannungen gewinnen können. Es flogen viele Beschuldigungen und Gegenbeschuldigungen im Äther umher, aber einiges sprach dafür, daß es nichts weiter war als das übliche Prestigegehabe mit seinen Prahlereien und Drohungen, das Diplomatie genannt wurde.

Am besten aber war, daß er ein paar lustige Abende mit dem alten Wolfgang verbringen konnte. Als sie letztes Mal zusammen ausgegangen waren, war sein Vetter noch verheiratet gewesen. Das hatte die Sache etwas beeinträchtigt, wenngleich weniger, als man hätte erwarten sollen — vielleicht eine Erklärung dafür, daß Wolfgang nicht wieder geheiratet hatte.

Die Reise war eine Katastrophe gewesen. Nicht der Flug mit der Raumfähre; das waren ein paar Stunden der Entspannung gewesen, ein glattes Wiedereintauchen in die Atmosphäre, gefolgt vom Einschalten der Turbinentriebwerke und einem langen, sanften Landeanflug zur Piste von Eitape im nördlichen Neuguinea. Die Landung war völlig planmäßig verlaufen.

Die Landepiste von Eitape war eine der wenigen, die dem Fährverkehr von und nach PSS 1 noch offenstanden. Von hier aus gab es Flugverbindungen nach Australien, Neuseeland, Melanesien und Mikronesien. Normalerweise war der Flughafen bekannt für seine laxen Kontrollen und zwanglose Atmosphäre. Im übrigen wurde gemunkelt, daß ein Besucher in der benachbarten kleinen Hafenstadt alle herkömmlichen Laster der Welt finden könne, dazu einige unkonventionelle (Kannibalismus war in Neuguinea noch lange, nachdem er anderswo verschwunden war, ein vertrauter Bestandteil des Volkslebens gewesen), aber wahrscheinlich war vieles an den Gerüchten haltlose Übertreibung.

Heute war von der gewohnten Zwanglosigkeit nichts geblieben. Der Flughafen war voll von grimmig dreinblickenden Beamten gewesen, die sein Gepäck gefilzt, seine Papiere, Reisepläne studiert und die Gründe seiner Ankunft hatten erfahren wollen. Man hatte ihn vier Stunden lang verhört. Ob er Verwandte in Japan oder den Vereinigten Staaten habe? Ob er Verbindung mit der Lebensmittel-Verteilungsbewegung oder den australischen Isolationisten habe? Ob und welche Waren er für den Rückflug an Bord nehmen wolle? Welche Verfahren zur Herstellung synthetischer Nahrung für die Archen vorgesehen seien, und welche Grundstoffe dafür benötigt würden?

Er gab zu, daß dort eine Menge erprobt und entwikkelt werde, und sicherlich gebe es neue Herstellungsmethoden, aber er wisse nichts davon — dürfe nichts davon wissen; bei diesen Dingen handle es sich um Geschäftsgeheimnisse, die nur den unmittelbar Beteiligten bekannt seien.

Sein Geschenk für Wolfgang — ein reiner Edelstein von zwei Karat, hergestellt in dem Autoklav auf PSS 1, wurde zur Untersuchung zurückgehalten. Man werde ihn, so hieß es, kurz und bündig, zum Institut nachschikken, wenn die Frage der Einfuhrerlaubnis geklärt sei. Sein anderes Geschenk, in der Station entwickelte Samen, wurde beschlagnahmt. Samen genetisch manipulierter Pflanzen könnten die heimische Flora verseuchen.

Die Samen seien steril, erklärte er. Er habe sie nur als Neuheit mitgebracht, wegen ihrer besonderen Formen und Farben. Er vermochte die Beamten nicht umzustimmen.

»Was, zum Henker, ist mit Ihnen los?« beklagte er sich. »Ich bin nicht zum ersten Mal hier. Ich bin ein regelmäßiger Besucher — sehen Sie sich diese Visa an. Denken Sie etwa, daß ich mit dem Edelstein heimlich nach Australien einreisen, ins Cornwall House einbrechen und mich an die Frau des Premierministers heranmachen will?«

Sie quittierten dies mit steinernen Mienen und setzten das Verhör fort. Danach versuchte er es nicht mehr mit Widerreden. Vor zwei Jahren waren die nymphomanischen Neigungen der Gattin des Premiers jedermanns Lieblingsthema gewesen. Jetzt brachten sie nicht einmal mehr ein Augenzwinkern hervor, jedenfalls nicht hier in Neuguinea. Wenn es anderswo auch so war, dann mußten die Klimaveränderungen der letzten zwanzig Jahre schlimmere Auswirkungen haben als man in den wohlhabenden Nationen zuzugeben bereit war. Die weniger begünstigten Länder sprachen freilich bereitwillig genug davon und richteten endlose und unproduktive Hilfeersuchen an die Vereinten Nationen.

Als er endlich sein Gepäck schließen und seiner Wege gehen durfte, erreichte er mit Mühe und Not gerade noch die täglich einmal verkehrende Maschine nach Christchurch, die mit mehreren Zwischenlandungen sechs Stunden unterwegs war. Bei jeder Zwischenlandung wurde die Gepäck- und Paßkontrolle wiederholt.

Als die Maschine endlich in Christchurch landete, war er zornig, hungrig und übermüdet. Die Einreiseformalitäten schienen sich ewig hinzuziehen, aber er merkte, daß sie oberflächlich waren, verglichen mit denen in Eitape, Neuguinea — anscheinend hatte man ihm dort bereits alle Fragen gestellt, und die Antworten waren an den australisch-neuseeländischen Datenverbund weitergegeben worden.

Als er schließlich das Institut erreichte und in Judith

Niles' großes Büro geführt wurde, war es nach seiner inneren Körperuhr ein Uhr früh, während es nach der Ortszeit noch nicht einmal Mittag war. Er schluckte ein Anregungsmittel — das ursprünglich hier im Institut entwickelt worden war — und sah sich im Büro um.

An einer Wand war eine persönliche Schlaftabelle des gleichen Typs, den er selbst benutzte. Sie schlief im Durchschnitt etwas weniger als sechs Stunden pro Nacht, dazu kam noch ein kurzer Mittagsschlaf, den sie aber nicht jeden Tag hielt. Er durchmusterte den Bücherschrank. Die einschlägige Fachliteratur war da: Dement und Oswald und Colquhoun über Schlaf; der Fischer-Koral über den Winterschlaf bei Säugetieren; Williams' Fallgeschichten gesunder, unter Schlaflosigkeit leidender Personen. Der Schnellkurs, den man ihn auf PSS 1 unterzogen hatte, war oberflächlich auf all diese Arbeiten eingegangen, obwohl die Stationsbibliothek nicht für die Speicherung von Papierexemplaren wie diesen angelegt war.

Die alte Monographie von Bremer war ihm neu. Unveröffentlichte Erkenntnisse über die Stammhirnexperimente? Das schien unwahrscheinlich — Moruzzi hatte um 1940 herum alles darüber aufgearbeitet. Aber wie stand es mit der roten Schnellheftermappe daneben: »Revidierte Analyse«?

Er streckte die Hand aus, um sie aus dem Schrank zu nehmen, dann zögerte er. Es wäre verkehrt, als erstes Judith Niles' Unmut zu erregen, denn diese Zusammenkunft war wichtig. Da war es besser zu warten und sie um Erlaubnis zu bitten.

Er rieb sich die Augen und wandte sich vom Bücherschrank ab, um die Bilder an der Wand gegenüber vom Fenster anzusehen. Man hatte ihn gut vorbereitet, doch je mehr er durch persönliche Beobachtung lernen konnte, desto weniger unmöglich würde seine Aufgabe sein.

Viele gerahmte Fotografien hingen dort, aufgenommen mit Präsidenten und Ministerpräsidenten und Geschäftsleuten. An bevorzugter Stelle war das Bild eines grauhaarigen Mannes mit massigem Kinn und randloser Brille. Unter dem Bild war der handschriftliche Vermerk: Roger Morton Niles, 1921—1988. Judith Niles' Vater? Sehr wahrscheinlich, aber der Hinzufügung der Lebensdaten zum Bild des Vaters war etwas merkwürdig Unpersönliches eigen. Eine Ähnlichkeit war vorhanden, hauptsächlich in den ruhig blickenden Augen und den hohen Backenknochen. Er verglich das Bild von Roger Morton Niles mit einer benachbarten Fotografie von Judith Niles, wie sie einer betagten Indianerin die Hand schüttelte.

Seltsam. Die biographische Beschreibung paßte so wenig wie diese Selbstdarstellung zu der Person, die auf dem Weg zu ihrer Sitzung durch das Büro gestürmt war und ihn auf die denkbar kürzeste und abstrakteste Art und Weise begrüßt hatte. Nach ihrer Position und ihren Leistungen hatte er eine Frau von Mitte vierzig oder fünfzig erwartet, eine energische, matronenhafte Dame. Aber Judith Niles konnte nicht älter als Ende dreißig sein. Und sie sah gut aus, ein wenig zu mager im Gesicht, mit sehr ernsten Augen und hoher Stirn, aber das glich sie durch fein geschwungene Backenknochen, einen reinen Teint und einen schönen Mund aus. Und in ihrem Ausdruck war etwas ... oder war es seine Einbildung? Hatte sie nicht diesen Blick ...

»Mr. Gibbs?« Die Stimme hinter ihm ließ ihn mit einem Grunzen zusammenschrecken. Eine Sekretärin war in der Türöffnung erschienen, während er vor den Bildern gestanden und sich Tagträumen hingegeben hatte.

Ein Glück, daß Gedanken noch immer unlesbar waren. Wie lächerlich würde sein letzter Gedankengang sich für einen Beobachter ausnehmen! Kaum war er hier, eingeflogen, um ein vertrauliches und äußerst wichtiges Gespräch mit der Direktorin des Instituts zu führen, und nach kaum zwei Minuten überlegte er, welche Chancen er hätte, bei ihr zu landen.

Er wandte ich rasch um und lächelte. Die Sekretärin sah ihn mit hochgezogenen Brauen an. »Es gut mir leid, daß ich Sie erschreckt habe, Mr. Gibbs, aber die Sitzung ist beendet, und die Direktorin kann Sie jetzt empfangen. Sie meinte, Ihnen sei es vielleicht lieber, beim Mittagessen mit ihr zu sprechen, statt hier. Auf diese Weise würden Sie mehr Zeit haben.«

Er zögerte. »Ich habe mit der Direktorin Dinge zu besprechen ...«

»Die nicht für fremde Ohren bestimmt sind? Ja, sie sagte, daß Sie wahrscheinlich mit ihr allein würden sprechen wollen. Es gibt für solche Zwecke ein ruhiges Nebenzimmer in der Kantine, wo das möglich sein wird.«

»Fein. Können Sie mir den Weg zeigen?« Als sie vor ihm durch einen unsauberen, schmutzigweißen Korridor ging, begann er seine Argumente hervorzusuchen und einzuüben.

Das Nebenzimmer schien ihm kaum für vertrauliche Gespräche geeignet — sicherlich gab es hundert Möglichkeiten, es mit Abhörwanzen zu präparieren. Aber es bot wenigstens oberflächliche Abgeschlossenheit gegen fremde Ohren. Er mußte das Risiko in Kauf nehmen. Sollte jemand ihr Gespräch aufzeichnen, so würde es mit größter Wahrscheinlichkeit in Judith Niles' Auftrag geschehen und nicht weiterverbreitet werden. Er zwinkerte in das grelle Licht. Die Deckenlampe war, wie jede Lichtquelle, die er bisher im Institut gesehen hatte, unangenehm hell. Wenn Dunkelheit die Verbündete des Schlafes war, konnte Judith Niles ihre Anwesenheit offensichtlich nicht dulden.

Sie erwartete ihn an dem langen Tisch, wo sie Eintragungen in einen Computerausdruck machte. Als er sich setzte, faltete sie das Blatt zusammen und ergriff das Wort, ohne sich Zeit für eine konventionelle Einleitung zu nehmen.

»Ich nahm mir die Freiheit, für uns beide zu bestellen.

Die Auswahl ist begrenzt, und ich dachte, wir könnten die Zeit nutzen.« Sie lehnte sich zurück und lächelte. »Ich habe meine eigene Tagesordnung, aber da Sie gekommen sind, mit mir zu sprechen, haben Sie wohl das Recht auf den ersten Schuß.«

»Schuß?« Er zog den Stuhl näher an den Tisch heran. »Sie verkennen unsere Motive. Aber es ist mir sehr recht, zuerst zu sprechen. Und lassen Sie mich etwas aus dem Weg räumen, das uns spätere Peinlichkeit ersparen kann. Mein Vetter, Wolfgang Gibbs, arbeitet hier am Institut für Sie.«

»Ich wunderte mich schon über die Koinzidenz.«

Hans Gibbs fragte sich, ob sie der Namensgleichheit von sich aus nachgegangen war. Er nickte und fuhr fort: »Wolfgang steht vollständig loyal zu Ihnen, ebenso wie ich für Salter Wherry arbeite und ihm gegenüber loyal bin. Ich nehme an, Sie haben ihn noch nicht kennengelernt?«

Judith Niles musterte ihn unter gesenkten Augenbrauen hervor. »Ich kenne niemanden, der mit Salter Wherry Umgang hat — aber alle haben von ihm und seiner Station gehört.«

»Dann wissen Sie, daß er über beträchtliche Mittel und weitreichende Verbindungen verfügt. Durch sie können wir vieles über das Institut und die Arbeit erfahren, die hier geleistet wird. Ich möchte ausdrücklich betonen, daß Wolfgang und ich zwar von Zeit zu Zeit allgemein über die Arbeit hier gesprochen haben, aber keine der spezifischen Informationen, die ich oder andere Stellen unserer Organisation besitzen, von ihm gekommen sind.«

Sie zuckte die Achseln und machte ein gleichgültiges Gesicht. »Gut, ich nehme das zur Kenntnis. Aber was glauben Sie über uns zu wissen, das so überraschend ist? Wir sind ein mit öffentlichen Geldern ausgestattetes Institut. Unsere Jahresberichte sind jedermann zugänglich.«

»Richtig. Aber das bedeutet, daß Sie sich nach dem Budget richten müssen. Erst heute haben Sie beispielsweise von zusätzlichen Budgetkürzungen aufgrund der UNO-Finanzkrise erfahren.«

Sie sah ihn erstaunt an. »Wie können Sie davon wissen? Ich hörte es erst vor wenigen Stunden, und man sagte mir, die Entscheidung sei gerade erst getroffen worden.«

»Gestatten Sie, daß ich mit der Antwort warte, bis wir ein paar andere Dinge angesprochen haben, wenn es Ihnen nichts ausmacht. Ich weiß, daß Ihr Institut Geldprobleme hatte. Damit nicht genug, gibt es Beschränkungen der Experimente, die Sie durchführen dürfen. Das ist ein Punkt, mit dem Sie sich nur schwer abfinden können.«

Sie schob die Unterlippe ein wenig vor, und ihr Ausdruck wurde verschlossen. »Ich glaube nicht, daß ich Ihnen folgen kann. Würde es Ihnen etwas ausmachen, etwas genauer zur Sache zu kommen?«

»Mit Ihrer Erlaubnis möchte ich auch das im Augenblick nicht weiter diskutieren. Ich hoffe, Sie werden mir zuvor gestatten, ein paar Minuten über ein anderes Thema zu sprechen. Es mag nichts mit Budgets und Experimentierfreiheit zu tun haben, aber ich versichere Ihnen, es ist relevant. Werfen Sie einen kurzen Blick da hinein, dann werde ich Ihnen genau erklären, warum ich hier bin.«

Er reichte ihr einen schwarzen zylindrischen Gegenstand über den Tisch. »Schauen Sie ins Ende davon. Es ist ein Videorecorder. Kümmern Sie sich nicht um Bildschärfe und dergleichen, die Hologrammphasen sind für eine Wahrnehmungsebene etwa einen Meter achtzig vom Auge eingestellt. Das Auge stellt sich rasch darauf ein.«

Sie runzelte die Stirn, nahm den Zylinder aus seiner Hand und hob ihn ans rechte Auge. »Drücken Sie den Knopf an der linken Seite. Es dauert ein paar Sekunden, bis das Bild kommt.«

Er saß schweigend und wartete, während eine Bedienung in grüner Schürze ihnen Teller mit einer trüben braunen Suppe vorsetzte.

»Ich sehe überhaupt nichts«, sagte Judith Niles nach ein paar Sekunden. »Es gibt nichts, worauf ich das Auge einstellen könnte … ah, Moment …«

Aus der absoluten Schwärze lösten sich nun, da ihr Auge sich der geringen Lichtstärke anpaßte, undeutliche Einzelheiten. Sie sah Sterne im Hintergrund, davor eine lange Gitterkonstruktion wie von einem Baukran, deren Metallträger das Sonnenlicht reflektierten. Zuerst fehlte jedes Gefühl für den Maßstab, aber als das Gesichtsfeld sich langsam veränderte und den Auslegerarm der Gitterkonstruktion entlangglitt, begannen andere Elemente Hinweise zu liefern. An einem der langen Trägerelemente war eine Raumfähre festgemacht, deren gedrungener Rumpf hinter den Metallstreben halb verborgen lag. Ein Stück weiter konnte sie eine Kapsel erkennen, wie sie zu Lebensrettungszwecken verwendet wurden. Sie war wie ein kleiner Pilz im Winkel zweier massiger Verbindungsträger befestigt. Die Konstruktion war von gewaltigen Ausmaßen und erstreckte sich kilometerweit zu einem entfernten Endpunkt.

Die Kamera schwenkte weiter abwärts, bis ein Oberflächensektor der sonnenbeschienenen Erde im Gesichtsfeld erschien.

»Sie sehen die Aussicht von einem der Monitore«, sagte Hans Gibbs. »Die Station hat zwanzig davon. Sie sind rund um die Uhr in Betrieb und überwachen alle Vorgänge. Diese Kamera konzentriert sich hauptsächlich auf die Neukonstruktion des unteren Auslegers. Sie müssen dazu wissen, daß wir PSS 1 mit einem doppelten, sieben Kilometer langen Ausleger versehen. Wir brauchen diese Erweiterung nicht für die gegenwärtig vorhandenen Archen, aber wir rechnen damit, daß wir sie bald benötigen werden. PSS 1 ist übrigens identisch mit Salter Station, wie sie hier unten anscheinend genannt wird, obwohl Salter Wherry immer wieder darauf hinweist, daß diese Station die erste von mehreren war, so daß PSS 1 ein besserer Name sei.«

Judith nahm das Auge nicht vom Okular. Die Kamera holte mit der Gummilinse einen Bildausschnitt am Ende des Auslegers heran, wo zwei kleine Punkte sichtbar geworden waren. Judith merkte, daß sie eine stark vergrößerte Teleaufnahme sah, denn in dem Maße, wie die Größe der Punkte zunahm, entwickelte das Bild eine körnige Beschaffenheit, als die Grenze des Auflösungsvermögens erreicht war. Sie konnte jetzt erkennen, daß es Gestalten in Raumanzügen waren, die mit Sicherheitsleinen an den dünnen Gitterträgern befestigt waren.

»Es geht um die Installation der experimentellen Antennen«, sagte Hans Gibbs. Anscheinend wußte er genau, welche Phase der Videofilm vor ihr erreicht hatte. »Die beiden sind weit vom Massezentrum der Station entfernt — viertausend Meter. PSS 1 bewegt sich in zehntausend Kilometern Höhe in sechs Stunden um die Erde. Die Orbitalgeschwindigkeit in dieser Höhe beträgt neunundvierzig Meter pro Sekunde, aber das Ende des Auslegers ist um ein Geringes langsamer. Sehen Sie die leichte Spannung in den Sicherheitsleinen? Die beiden befinden sich nicht ganz im freien Fall. Sie unterliegen etwa dem Hundertstel der Erdschwere. Das ist nicht viel, macht aber einen Unterschied.«

Judith Niles holte tief Atem, sagte aber nichts.

»Beobachten sie die linke Figur«, sagte Hans Gibbs.

Das Bild zeigte gerade soviel Einzelheiten, daß man erkennen konnte, was vorging. Eine Sicherheitsleine war losgemacht worden, damit einer der Arbeiter eine neue Position einnehmen konnte. Eine dünne Antenne war aufgespannt worden, die sich weit über das Ende des Auslegers hinausstreckte. Die linke Figur begann langsam vor der Antenne zu treiben, eine Befestigungsklammer in der behandschuhten Rechten. Es war offensichtlich, daß entlang dem Gitterwerk ein weiterer Sicherungspunkt sein würde, wo die Leine eingehängt werden konnte. Die Figur bewegte sich sehr langsam und rotierte ein wenig um die Körperachse. Die zweite Gestalt kauerte auf einem anderen Teil des Auslegers und befestigte die Antenne mit einer zweiten Verbindungsklammer.

»In dreißig Sekunden treibt man ungefähr fünfzig Meter weit ab«, sagte Hans Gibbs.

Die Erkenntnis stellte sich erst nach und nach ein, so daß es keinen bestimmten Augenblick gab, in dem die Sinne plötzlich Unheil registrieren konnten. Die Gestalt war in Reichweite des Sicherungspunktes. Sie bewegte sich noch immer langsam weiter, allem Anschein nach nahe genug, um die Sicherungsleine mit ausgestrecktem Arm anzuhängen. Fünf Sekunden vergingen, und der Kontakt war nicht zustandegekommen. Nun würde es notwendig sein, die Steuerungselemente des Schutzanzuges zu gebrauchen, um die geringe Schubkraft einzusetzen, die benötigt wurde, um wieder in Reichweite zu kommen. Judith Niles wartete darauf, wartete, daß die zweite Gestalt aufblickte, um zu sehen, was sie sah. Der Abstand aber vergrößerte sich, und bald betrug er dreißig Meter, den Halbmesser der dünnen Antenne. Inzwischen rotierte die Gestalt etwas schneller um ihre Körperachse. Sie schwebte am letzten Verbindungspunkt vorbei.

Judith Niles atmete angestrengt, und nach ein paar weiteren Sekunden murmelte sie etwas und richtete sich auf. »Ach nein. Warum tut er nichts? Warum hält er sich nicht an der Antenne fest?«

Hans Gibbs streckte die Hand aus und nahm ihr den Zylinder behutsam vom Auge. »Ich denke, Sie haben genug gesehen. Sie sahen den Beginn des Falles?«

»Ja. War es eine Simulation?«

»Leider nicht. Es war wirklich. Welches ist Ihr Eindruck von dem, was Sie sahen?«

»Arbeiten am Ausleger der Station — auf PSS 1. Und die Gestalten waren zwei Arbeiter, die mit dem Bau der Antenne beschäftigt waren.«

»Richtig. Was noch?«

»Der eine ließ einfach los, ohne sich zu vergewissern, ob er mit einer Sicherungsleine festgemacht war. Er schaute nicht einmal hin. Er trieb fort. Als der andere es sah, war er schon außer Reichweite.«

»Genau. Können Sie sich vorstellen, was als nächstes geschehen würde?«

Keiner der beiden achtete auf die Suppe, die vor ihnen stand. Judith Niles nickte langsam. »Wiedereintritt? Wenn Sie ihn nicht erreichen konnten, würde er in die Erdatmosphäre eintreten, nicht wahr?«

Hans Gibbs sah sie etwas erstaunt an, dann lachte er. »Nun ja, das könnte geschehen — wenn wir ein paar tausend Jahre warten würden. Aber PSS 1 befindet sich in einer sehr hohen Umlaufbahn, und da ist der Wiedereintritt die geringste unserer Sorgen. Diese Schutzanzüge haben nur Luft für sechs Stunden. Wenn wir keine Rettungskapsel bereithaben, erstickt jemand, der die Verbindung mit der Station verliert und mit der begrenzten Reaktionsmasse seines Manövriergeräts nicht zurückkommen kann. Übrigens steckte eine Frau in diesem Anzug, kein Mann. Sie hatte Glück. Die Kamera war auf sie gerichtet, also konnten wir die genaue Flugbahn errechnen und sie noch rechtzeitig retten. Aber wahrscheinlich wird sie psychologisch nie wieder imstande sein, draußen zu arbeiten. Und für andere ist es nicht so glimpflich abgegangen. In drei Monaten haben wir dreißig Leute verloren.«

»Aber warum? Warum ließ sie los? Warum warnte der andere sie nicht?«

»Er versuchte es — wir alle versuchten es.« Hans Gibbs steckte den kleinen Videorecorder wieder in seine Kunststoffhülle. »Daß sie uns nicht hörte, hatte den gleichen Grund, der sie bewog, ihre Sicherungsleine loszulassen. Es ist ein Grund, der Sie interessieren wird, und der Grund, warum ich hier in Ihrem Institut bin. Mit einem Wort: Narkolepsie. Sie schlief ein. Sie wachte erst auf, als wir sie einfingen, fünfzig Kilometer vom Ausleger entfernt. Der andere Arbeiter sah lange vorher, was geschehen war, aber er hatte nicht die Reaktionsmasse, ihr zu folgen und mit ihr zurückzukehren. Er konnte nur zusehen und ihr über Sprechfunk zurufen. Aufwecken konnte er sie damit nicht.«

Hans Gibbs schob den halbvollen Suppenteller von sich.

»Ich weiß, daß in den meisten Teilen der Welt ernster Nahrungsmangel besteht, und daß es eine Sünde ist, einen Teller nicht leer zu essen. Aber Sie scheinen auch nicht viel Appetit zu haben. Können wir das Gespräch nicht in Ihrem Büro fortsetzen?«

4

Es war früher Abend, als Judith Niles den Hörer abnahm und Jan de Vries bat, zu ihr ins Büro zu kommen. Während sie auf ihn wartete, stand sie am Fenster und blickte in den Garten hinaus, der die Südseite des Instituts flankierte. Die einstigen Rasenflächen zeigten die bunte Vielfalt natürlicher Blumenwiesen, und wo früher abgezirkelte Blumenbeete die alte Ziegelmauer begleitet hatten, gediehen jetzt blühende Stauden und Wildpflanzen in üppiger Fülle.

»Wieder Überstunden?« sagte eine Stimme hinter ihr. »Wo steckt Ihr Besucher, Judith? Hat er Sie nicht zum Essen eingeladen?«

Sie wandte sich um. De Vries war leise wie eine Katze und ohne zu klopfen zur offenen Tür hereingekommen.

»Schließen Sie die Tür, Jan! Sie werden es nicht glauben, aber ich hatte eine Einladung zum Abendessen. Ganz kavaliersmäßig — er wollte mir den Mund wäßrig machen und fabelte von Austern, Cordon Bleu, Wein und dem mondbeschienenen Fluß. Austern und Wein! Man merkt, daß er seine Zeit draußen in einer Raumstation verbringt. Er glaubte tatsächlich, er könnte solche Dinge kaufen, wenn auch mit viel Geld, ohne besondere Lieferverträge oder eine Zuteilung. Er weiß nicht viel über die wirkliche Situation. Zu den beängstigenden Seiten der Regierungspropaganda gehört, daß sie so gut funktioniert. Er hatte keine Ahnung, wie angespannt die Versorgungslage ist, sogar hier in Neuseeland — und wir sind noch fein heraus. Austern! Großer Gott, was würde ich nicht für ein Dutzend Austern geben! Da kann man geradesogut auf ein ordentliches Stück Roastbeef hoffen!«

Ihre Stimme klang sehnsuchtsvoll und ohne eine Spur der gewohnten Autorität. Sie setzte sich an den Schreibtisch, zog die Füße aus den Schuhen und lehnte sich zurück, die bloßen Füße auf einer offenen Schreibtischschublade.

»Für solche Dinge ist es viel zu spät, meine Liebe«, sagte Jan de Vries. »Roastbeef, guter Wein, Austern — und was es dergleichen mehr gibt. Die meisten von uns müssen ohne diese Köstlichkeiten auskommen. Aber was mir zu denken gibt, sind die anderen Implikationen seines Angebotes. Nur jemand, der von den Verhältnissen hier keine Ahnung hat, kann den Vorschlag machen, sich an diesen Fluß zu setzen — bei dreißig Grad Wärme und neunzig Prozent Luftfeuchtigkeit.«

Er machte es sich in einem großen Sessel bequem. »Aber Sie haben die Einladung abgelehnt? Judith, Sie enttäuschen mich. Es hört sich wie eine Einladung an, die Sie nicht ablehnen konnten — nur, um seine Miene zu sehen, wenn er die Wirklichkeit mit seinen Illusionen vergleichen könnte.«

»Vielleicht hätte ich angenommen, wenn Hans Gibbs mir nicht das andere Angebot gemacht hätte.«

»Tatsächlich?« Jan de Vries berührte die Lippen mit einem sorgfältig manikürten Zeigefinger. »Judith, aus dem Munde einer Frau mit Ihrem ausgeprägten Geschmack haben diese Worte einen falschen Klang. Ich dachte, Sie sehnten sich nach solchen Angeboten, um so mehr, als sie in diesem Fall von einem Man kamen, der neben allen anderen Verlockungen ungemein attraktiv ...«

»Hören Sie auf damit, Jan! Ich habe jetzt keine Zeit für Scherze. Ich brauche Ihren Sachverstand. Sie kennen Salter Wherry, nicht wahr? Was wissen Sie über ihn?«

»Nun, zufällig weiß ich eine ganze Menge. Hätten Sie mich nicht hierher gelockt, würde ich wahrscheinlich für ihn arbeiten; ich war damals nahe daran, den festen Boden unter den Füßen mit Salter Station zu vertauschen; Sie aber machten es mir leicht, Mutter Erde die Treue zu halten. Übrigens erschien es mir irgendwie fragwürdig, für einen alten Milliardär zu arbeiten, dessen romantischer Geschmack damals, bevor er sich von der Außenwelt abschloß, angeblich mit dem meinigen übereinstimmte.«

»Ist er wirklich der alleinige Besitzer der Station? Der Unterhalt muß ihn Unsummen kosten.«

»So ist es, meine Liebe. Ihm gehört die Station und die Hälfte von allem anderen, was unsereinem in den Sinn kommt. Ich konnte jedenfalls nie Gegenteiliges feststellen. Da der charmante Mr. Gibbs für Wherry arbeitet, und Sie heute nachmittag stundenlang mit ihm verhandelten — glauben Sie nicht, Ihre lange Abgeschiedenheit sei unbemerkt geblieben, Judith —, frage ich mich, warum Sie sich bei mir nach diesen Dingen erkundigen. Warum stellten Sie Ihre Fragen, Salter Wherry betreffend, nicht Hans Gibbs direkt?«

Judith Niles ging wieder zum Fenster und blickte verdrießlich hinaus in die Dämmerung. »Ich muß eine unabhängige Überprüfung vornehmen. Es ist wichtig, Jan. Ich muß wissen, wie reich Salter Wherry wirklich ist. Ist er reich genug, daß es ihm nichts ausmacht, unsere Projekte zu finanzieren?«

»Nach meinen eigenen Feststellungen und Eindrücken ist er so reich, daß das Wort seine Bedeutung verliert. Unser Budget für nächstes Jahr liegt etwas über acht Millionen, nicht wahr? Ich werde die neuesten zugänglichen Daten über seine weit verzweigten wirtschaftlichen Interessen und Beteiligungen nachprüfen, aber selbst wenn Salter Wherry heute nicht reicher sein sollte, als er es vor zwanzig Jahren war, könnte dieses ganze Institut bequem von den Zinsen getragen werden, die Wherrys Konto abwirft.«

»Vielleicht sieht er es auch so.« Judith wandte sich zu ihm um. »Verdammt, man muß es ihm lassen, er hat den genau richtigen Zeitpunkt abgewartet.«

»Wieder Geldsorgen? Vergessen Sie nicht, daß ich fort gewesen bin.«

»Ja, leider. Ich habe mit unserem Budgetausschuß gerungen. Sie wollen uns weitere fünf Prozent kürzen, und schon jetzt fehlt es an allen Ecken und Enden. Und wir können einige unserer Experimente und Ergebnisse nicht unbegrenzt geheimhalten, so gern ich es tun würde. Charlene und Wolfgang Gibbs haben den gleichen Fingerzeig gefunden, den wir entdeckten. Wherry hätte sich für die Kontaktaufnahme keinen besseren Zeitpunkt ausdenken können. Es wäre eine verlockende Lösung.«

»Wie ich Ihnen oft gesagt habe, Judith, sind Sie ein Genie. Sie können harmlose Einfaltspinsel wie mich manipulieren, als ob wir Marionetten wären. Aber noch können Sie es mit Salter Wherry nicht aufnehmen. Er ist der beste Manipulator, den man sich denken kann, und er kann auf siebzig Jahre Erfahrung zurückblicken. Wenn Sie an Ihre Ziele denken, und an Ihre geheimen Notizen — von denen ich im übrigen nur vermute —, dürfen Sie nicht vergessen, daß er unzweifelhaft auch ein geheimes Notizbuch hat, und ganz andere Ziele. Und er ist ein Finanz- und Organisationsgenie. Und ihm geht der Ruf voraus, seinen Willen durchzusetzen.«

De Vries schlug die Beine übereinander und zupfte an

der Bügelfalte. »Aber nach Ihrem Gesichtsausdruck zu urteilen, schweife ich offenbar ab. Was für ein großes Angebot hat er Ihnen gemacht, daß Sie es mit mir diskutieren wollen? Warum sind Sie nicht mit Mr. Gibbs an die Ufer des graugrünen, fettigen Avon gezogen, um Stachelbeeren mit Schlagsahne zu essen und dem Trompetengeschmetter zu lauschen — oder welch andere tändelnden Vergnügungen Ihr leider etwas wirklichkeitsfremder Besucher im Sinn hatte?«

Judith Niles rieb sich am linken Auge, als sei sie ermüdet. »Hans Gibbs brachte mir ein Angebot. Sie haben Probleme in der Station. Wußten Sie davon?«

»Ich habe Gerüchte gehört. Die Versicherungsprämien für Stationspersonal sind gegenüber denen für konventionelle Raumoperationen um eine ganze Größenordnung angehoben worden. Aber ich vermag keinen Zusammenhang mit dem Institut zu sehen.«

»Weil Sie nicht wissen, worin das Problem besteht, Jan. Hans Gibbs kam im Auftrag von Salter Wherry. Er hat mir eine Vervierfachung des Budgets angeboten, vertraglich garantiert für acht Jahre. Außerdem sollen die Experimente, die wir hier durchführen, ohne jede Kontrolle oder Störung von außen weitergeführt werden können. Auch in Beschaffungsfragen soll uns völlig freie Hand gegeben werden.«

»Hört sich paradiesisch an.« De Vries stand auf und ging zu ihr ans Fenster. »Wo ist der Wurm im Apfel? Es muß einen geben.«

Sie legte ihm die Hand auf die Schulter und lächelte. »Jan, wie kam ich nur zurecht, bevor Sie zum Institut stießen? Hier ist Ihr Wurm: um der guten Dinge teilhaftig zu werden, die Salter Wherry verspricht, müssen wir eine Bedingung erfüllen. Das Schlüsselpersonal des Instituts muß umziehen — auf seine Raumstation. Und wir müssen uns verpflichten, mit allen Kräften an einem Problem zu arbeiten, das die Konstruktionsprojekte der Archen immer wieder zunichte gemacht hat.«

»Was? Hinauf in die Umlaufbahn? Ich hoffe, Sie haben nicht zugestimmt.«

»Nein, noch nicht. Aber ich schließe es nicht aus. Ich muß hinauf und mir selbst ein Bild machen — Hans Gibbs ist bereit, für nächstes Wochenende die nötigen Vorkehrungen zu treffen.« Während Jan de Vries mehr und mehr zu zweifeln schien, wirkte Judith zunehmend entspannt und selbstsicher.

»Und da ich fort sein werde, Jan«, sagte sie, »muß jemand anders sich die Liste des Schlüsselpersonals vornehmen, für den Fall, daß wir uns für das Angebot entschließen. Ich kenne meine eigene Wahl, was die Spitzenleute betrifft, aber ich habe nicht genug Kontakt zu all dem unterstützenden Personal, und auch davon werden wir einen Teil mitnehmen müssen. Wer sind die Besten, wer ist bereit, unter Umständen zur Salter Station zu übersiedeln?«

»Sie reden, als hätten Sie Ihre Entscheidung bereits getroffen. Wozu dann mich fragen?«

»Nein. Ich möchte nur vorausdenken, für den Fall, daß es sich so entwickelt.« Sie ging zum Schreibtisch und nahm ein handbeschriebenes Blatt zur Hand. »Hier ist meine erste, vorläufige Auswahl. Setzen Sie sich wieder, dann gehen wir sie zusammen durch.«

»Aber ...«

»Lassen Sie sich während meiner Abwesenheit von Charlene Bloom dabei unterstützen.«

»Charlene? Sehen Sie, ich weiß, daß sie gut ist, aber kann sie objektiv sein? Sie ist voll innerer Unsicherheit.«

»Ich weiß. Sie ist zu bescheiden. Deshalb soll sie wissen, daß sie von Anfang an auf meiner Vorzugsliste stand. Wenn Sie schon dabei sind, sehen Sie sich dies an!« Sie reichte ihm ein paar Ausdruckblätter. »Ich habe es vom Datenspeicher abgerufen. Es ist die Erklärung, die Salter Wherry vor den Vereinten Nationen abgab, als er seine industriellen Aktivitäten im erdnahen Weltraum aufnahm, vor knapp dreißig Jahren. Wir müssen die

Psychologie des Mannes verstehen, und dies, so glaube ich, bietet gute Hinweise.«

»Nicht so schnell, Judith. Sie drängen mich. Ich bin ganz und gar nicht überzeugt, daß ich die Erde verlassen und soundsoviele Jahre eingesperrt dort oben verbringen möchte.«

»Ich auch nicht, Jan, aber wir könnten gezwungen sein, diese Entscheidung zu treffen, auch wenn einige von uns dagegen sind. In den letzten paar Monaten hat sich die Situation des Instituts Stück um Stück verschlechtert ...«

»Ich weiß, die Zeiten sind schwer.«

»Und es wird noch schlimmer kommen. Wenn ich danach urteile, wie dem Institut fortwährend Mittel gekürzt werden, wäre es sträflicher Leichtsinn, nichts zu tun. Wenn wir vergewaltigt werden, müssen wir uns nach Kräften wehren, selbst wenn es das Risiko bedeutet, daß Salter Wherry uns gleichfalls zu vergewaltigen sucht.«

Seufzend nahm er ihr die Blätter aus der Hand. »Schon gut. Wenn Sie darauf bestehen, werde ich mich in meiner tölpelhaften Weise der Sache annehmen. Aber müssen Sie sich so derb ausdrücken? Ich ziehe es vor, diese unerfreulichen Andeutungen von Vergewaltigung und dergleichen zu vermeiden. Warum können wir dieses Angebot nicht als die erste Berührung von Salter Wherrys parfümierter Hand in unserer sanften Verführung betrachten?« Er lächelte verschmitzt. »Das gibt der Sache einen positiven Anstrich; denn in der Verführung, meine Liebe, ist viel mehr Raum für Verhandlungen.«

Aus der Erklärung, zu der Salter Wherry nach Fertigstellung der Orbitalstation PSS 1 von der Weltorganisation aufgefordert wurde und die er vor der Vollversammlung der Vereinten Nationen abgab, bevor er sich aus der Öffentlichkeit zurückzog:

»Die Natur verabscheut das Vakuum. Wenn eine unbesetzte ökologische Nische besteht, wird irgendein Organismus kommen und sie ausfüllen. Das ist ein Grundprinzip der Evolution. Vor zwanzig Jahren wurde deutlich, daß eine Krise in der Versorgung der Wirtschaft mit bestimmten Mineralien bevorstand. Jedermann wußte, daß wir einer Knappheit von wenigstens zwölf wichtigen Metallen entgegengingen. Und beinahe jedermann wußte, daß die leicht zugänglichen Lagerstätten auf der Erde erschöpft waren. Es wäre notwendig geworden, abbaufähige Vorkommen in fünfzehntausend Metern Tiefe oder am Meeresboden zu erschließen. Ich vertrat damals schon die Meinung, daß es günstiger sei, im erdnahen Weltraum Bergbau zu betreiben. Einige der Asteroiden bestehen zu neunzig Prozent aus Metallen; es war erforderlich, sie in eine stabile Erdumlaufbahn zu bringen.

Mit meinem Vorschlag, einen geeigneten Asteroiden zu Bergbauzwecken einzufangen, wandte ich mich zuerst an die Regierung der Vereinigten Staaten. Ich hatte ausführliche Untersuchungen und Kosten-Nutzen-Berechnungen vorgelegt, sowie Schätzungen der wahrscheinlichen Kapitalverzinsung, und ich hätte mich mit einem Vertragshonorar von fünf Prozent zufrieden gegeben.

Man sagte mir, das Projekt sei zu umstritten, zudem sei die Frage des internationalen Eigentums an den Schürfrechten ungeklärt. Andere Nationen würden ihre Beteiligung an dem Projekt verlangen.

Darauf kam ich hierher zu den Vereinten Nationen und legte meine Vorstellungen eingehend dar. Aber nach vier Jahren ständiger Diskussion und vieler tausend Stunden meiner Zeit, die ich mit der Vorbereitung und Vorlage zusätzlichen Datenmaterials verbrachte, gab es keine definitive Antwort auf meinen Vorschlag. Sie bildeten Untersuchungsausschüsse und Ausschüsse zur Kontrolle der ersteren Ausschüsse, und das war alles. Sie redeten.

Das Leben ist kurz. Wie der Zufall oder das Schicksal es wollte, hatte ich einen Vorteil, der den meisten Menschen verwehrt ist. Um 1950 hatte mein Vater beträchtliche Vermögensteile in Aktien der damals entstehenden EDV-Industrie angelegt. Ich war bereits sehr wohlhabend, und meine Frustration erreichte einen Punkt, an dem ich bereit war, alles zu riskieren. Heute sehen Sie einige der Ergebnisse in der Gestalt von PSS 1, von der Presse vorzugsweise Salter Station genannt. Sie wird in Zukunft zweihundert Menschen beherbergen, ohne daß es zu beengten Verhältnissen kommen wird.

Aber dies ist nur ein Anfang. Mag die Natur das Vakuum verabscheuen, die neuzeitliche Technik weiß es zu schätzen. Das und die nahezu schwerelose Umgebung. Ich beabsichtige, beide Vorteile voll zu nutzen. Ich werde eine Reihe großer, ständig besetzter Raumstationen errichten, deren Material aus dem Asteroidenbergbau gewonnen wird. Sollte eine der hier vertretenen Nationen den Wunsch haben, Einrichtungen zur Erzgewinnung und -verarbeitung von mir zu mieten, oder meine im Weltraum erzeugten Güter zu kaufen, werde ich alle Anfragen gern berücksichtigen — zu kommerziellen Bedingungen. Ich lade auch Menschen aller Nationen ein, in diesen erdnahen Einrichtungen zu arbeiten. Wir sind bereit, alle notwendigen Schritte zu unternehmen, die geeignet erscheinen, die Erforschung des Universums voranzubringen.«

Es war nach Mitternacht, als Jan de Vries die vollständige Erklärung zweimal gelesen hatte und wieder bei der Bemerkung hängengeblieben war, mit der Salter Wherry seine Ansprache beendet hatte. Es waren Worte, die seither untrennbar mit seinem Namen verbunden waren, und sie hatten ihm die Feindschaft jeder Nation auf Erden eingetragen:

»Die Eroberung des Weltraumes ist ein zu wichtiges Unternehmen, als daß man sie Regierungen anvertrauen könnte.«

De Vries schüttelte den Kopf. Salter Wherry war ein mächtiger Mann, bereit, die Regierungen der Welt herauszufordern — und zu gewinnen. Hatte Judith das Format, in Wherrys Liga zu spielen?

Nachdenklich legte er die Akte aus der Hand. Ein Umzug zur Orbitalstation. Einen naturliebenden Menschen wie ihn mußte die Übersiedlung in eine vollständig technisierte Umgebung bedrücken, aber es wäre auch eine faszinierende Erfahrung. Doch dauerte die Entrüstung der Regierungen über Wherrys selbstherrliche Handlungsweise unvermindert an und hatte bereits zu einschneidenden Boykottmaßnahmen und Sanktionen geführt. Die Popularität der Archen und die Flut von Bewerbungen erlebnishungriger Möchtegern-Astronauten war nur geeignet, Öl ins Feuer des offiziellen Zorns zu gießen. Wenn das Schlüsselpersonal des Instituts mit allen Forschungsvorhaben und laufenden Experimenten vertragsbrüchig wurde und sich ohne vorheriges Wissen der vorgesetzten Behörde, dem Wherry-Imperium anschloß, mußte es zu einem weiteren Aufschrei kommen. Die der Regierung und der UNO nahestehenden Medien würden sie alle als Verräter brandmarken, und keiner von ihnen würde danach auf eine Anstellung bei irgendeiner öffentlichen Institution hoffen können. Der Schritt wäre unabänderlich.

Und für sie würde es keine Heimkehr geben. Sie wären der Erde verloren.

Jan de Vries saß lange sinnend in seinem Sessel, lauschte dem leisen Summen der Klimaanlage und blickte zum Fenster hinaus in die feuchtwarme Nacht, sah aber nur die umwölkte Vision seiner eigenen Zukunft. Wohin würde es führen? Würde er es im Weltraum aushalten? Würde die enge Begrenzung des Lebensumfelds nicht tödliche Langeweile erzeugen und einen schließlich um den Verstand bringen?

Das alles war schwierig zu erfassen und zu beurteilen, entzog sich dem Zugriff seines müden Gehirns. Er gähnte und stand schwerfällig auf. Fünf Jahre, zehn Jahre — es entzog sich menschlicher Vorausschau. Also Rückzug auf das Naheliegende: Judith Niles' Liste, das Budget, der noch unfertige Reisebericht. Fünf oder gar zehn Jahre nahmen sich in der Vorausschau wie eine Unendlichkeit aus, wie etwas jenseits der eigenen Lebensspanne.

Jan de Vries konnte es nicht wissen, aber er hatte die

Kristallkugel seiner Zukunftsschau falsch eingestellt. Er hätte viel weiter vorausblicken sollen.

5

»Entweder ich spreche ihn persönlich, oder es wird keine Übereinkunft geben. Mehr kann ich dazu nicht sagen.«

»Das ist nicht möglich, wirklich nicht! Er hält keine Besprechungen mehr ab; weder hier noch unten auf der Erde.«

»Sie sehen und sprechen ihn regelmäßig, Mr. Gibbs.«

»Nun ja, schließlich bin ich sein Assistent. Auch er muß ein paar Leute um sich haben. Aber ich bin bevollmächtigt, für ihn zu unterzeichnen, sollten Sie darin ein Hindernis erblicken. Erkundigen Sie sich in Zürich, wenn Sie in Fragen der Finanzierung Zweifel haben sollten. Und wenn Sie in der Station irgend etwas sehen wollen, sagen Sie es mir, und ich werde es arrangieren.«

Hans Gibbs sprach in geradezu beschwörendem Tonfall. Sie saßen bei einem Achtel der Erdschwere in einem Raum halbwegs zwischen Nabe und Peripherie der langsam rotierenden Station. Von hier aus konnten sie den Asteroiden Elmo sehen, der hundert Kilometer über ihnen in einer stationären Umlaufbahn lag und der Erzgewinnung diente. An den Verbindungskabeln schwebten beladene Erzbehälter herab zur Verhüttungsanlage der Station, um von dort zum Abbau zurückzukehren. Rauch und Abgase der Erzaufbereitung verteilten sich in der Höhe der Umlaufbahn und hatten bereits einen dünnen dunstigen Ring gebildet, der die Erde nach Art der Saturnringe umgab und sich allmählich verdichtete.

Judith Niles wandte den Blick von der hypnotisch gleichförmigen Bewegung der endlosen Eimerkette. Sie schüttelte den Kopf und lächelte ihrem Gegenüber zu.

»Mr. Gibbs, es ist nicht so, daß ich Ihnen Schwierigkeiten bereiten oder einfach unbequem sein wollte. Und ich bin überzeugt, daß wir beide den Vertrag schließen könnten. Aber es handelt sich nicht um etwas, das ich für mich allein verantworten kann, sondern ich muß es auch vor meinen Leuten unten im Institut verantworten können. Schließlich verlange ich von ihnen, daß sie die Sicherheit ihrer regierungsamtlich garantierten Arbeitsplätze aufgeben, ihre Bindungen an Familie und Heimat aufgeben, um in den Dienst eines Privatkonzerns zu treten, der im rechtsfreien Raum außerhalb der Erde wirkt.«

»Sicherheit?« Hans Gibbs funkelte sie an. »Das ist reiner Unsinn, Mrs. Niles. Sie wissen das so gut wie ich. Ein Arbeitsplatz bei Salter Wherry ist sicherer als die Position irgendeines Regierungsbeamten. Das ganze Institut könnte aufgelöst werden, wenn es irgendeinem Esel in der Weltorganisation gefällt, seinen Einfluß geltend zu machen. Und es gibt dort genug Esel. Und fangen Sie nicht an, von Ihrem Budget zu reden – Salter Wherry hat darüber bessere Informationen als Sie selbst.«

Sie seufzte. »Das glaube ich Ihnen. Und wie ich Ihnen sagte, Sie brauchen mich nicht zu überzeugen, Sie rennen offene Türen ein. Ich habe allzu oft erlebt, wie unsere Programme zusammengestrichen und verstümmelt wurden, wie man unserer Forschung Fesseln anlegte. Aber ich muß zwanzig Wissenschaftler mit mir hierher bringen, und einige von ihnen sehen das ganze Projekt erheblich skeptischer als ich. Angenommen, ich komme zurück zum Institut, und sie fragen mich: ›Hat Salter Wherry diesen oder jenen Bedingungen zugestimmt?‹ Und ich sage: ›Nein, das nicht. Ich unterschrieb einen langfristigen Vertrag, aber ich bekam ihn selbst nicht zu Gesicht.‹ Können Sie sich vorstellen, was sie darauf sagen werden? Sie werden sagen, daß dieses Projekt auf Salter Wherrys Prioritätenliste sehr weit unten stehen muß, wenn er selbst sich nicht einmal die Mühe macht, mit uns zu sprechen, und daß wir uns die Geschichte noch einmal gründlich überlegen sollten.«

»Das Projekt hat höchste Priorität. Selbst auf Erden wissen die meisten Leute, daß er keine persönlichen Besprechungen führt.«

Sie lächelte. »Ich weiß es auch. Und deshalb wird es meine Leute beeindrucken, wenn sie hören, daß ich tatsächlich mit ihm zusammengekommen bin. Denken Sie darüber nach!«

Judith Niles lehnte sich zurück und erinnerte sich der letzten Besprechung mit Jan de Vries und Charlene Bloom. Beide hatten ihr geraten, hart zu verhandeln. Und sie selbst war derselben Auffassung gewesen. Wenn es nicht klappte, würden sie es auch so überleben. Das Institut würde seine Arbeit fortsetzen, die Budgetkürzungen irgendwie verkraften.

Hans Gibbs ächzte und erhob sich aus dem Sessel. In den zwei Tagen, die sie mit Verhandlungen verbracht hatten, war er zu einer eigenen Meinung über die Institutsdirektorin gelangt, einer Meinung, die seltsam von der Perspektive seines Vetters am Institut abstach.

»Sie ist irgendwie unheimlich«, hatte Wolfgang gesagt. »Als wäre sie noch nicht geformt. Dabei ist sie hübsch alt, nicht wahr?«

»Gib nur acht, daß sie dich nicht hört, Junge. Sie ist siebenunddreißig. Für einen, der noch nicht trocken hinter den Ohren ist, mag das alt sein.«

»Na gut. Daß sie siebenunddreißig ist, wissen wir alle, ebenso wie wir wissen, daß sie in Fachkreisen einen guten Ruf genießt. Aber in mancher Weise ist sie wie ein kleines Kind.« Wolfgang schwenkte sein Bierglas im Kreis. »Du sagst mir, ich sei noch nicht trocken hinter den Ohren, aber das solltest du lieber ihr sagen. Ich kann aus ihr nicht schlau werden. Als sie jünger war, verwendete sie ihre Energien vielleicht ausschließlich auf Wissenschaft und Sex. Sie ist gerade erst dabei, den Rest der Welt kennenzulernen.«

Hans zog die Brauen hoch. »Sex? Dann hatte ich recht. Wenn du sagst, sie sei sexbesessen, muß etwas dran sein. Hast wohl schon versucht, dir den Weg zur Direktionsetage zu erschlafen, wie? Und ich dachte, sie sei ganz auf diesen kleinen Mann fixiert, den ich gestern kennenlernte.«

»Du meinst Jan de Vries?« Wolfgang verschluckte sich am Bier und prustete heraus. »Lieber Vetter, da liegst du ganz schief. Zwischen den beiden spielt sich nichts ab, nicht einmal, wenn du sie zusammen einsperren und ein Jahr lang mit Spanischer Fliege füttern würdest. Ich mag Jan de Vries, er ist ein großartiger Mann, aber was Sex angeht, hat er seine eigenen Vorstellungen. Er freundet sich leicht mit Frauen an, aber wenn es ums Liebesleben geht, hält er nur nach Männern Ausschau.«

»Aber du bist sicher, daß sie ...?«

Wolfgang nickte. »Allerdings nicht aus persönlicher Erfahrung. Sie ist nicht wie ich. JN ist diskret. Sie läßt ihre Schlafzimmergeschichten nicht ins Institut dringen. Aber sie verschwindet ganze Nächte und Wochenenden.«

»Sie könnte arbeiten.«

»Dummes Zeug! Dafür habe ich einen Blick. Sie ist genauso scharf wie ich selbst.«

Hans zuckte die Achseln. Seine Eindrücke hatten sich gebildet, als er ihre Fotografie an der Wand gesehen hatte. »Meinetwegen, also ist sie so scharf wie du, Gott mit ihr. Aber wenn sie noch nicht geformt ist und sich verändert, wie wird sie sein, wenn sie geformt ist?«

Wolfgang Gibbs' Gesicht wurde nachdenklich, und er schwieg eine kleine Weile.

»Sie könnte alles sein«, sagte er endlich. »Dies oder jenes, so oder so. Sogar die selbstbewußten Typen am Institut geben zu, daß sie ihnen in technischen Dingen über ist.«

»Du auch? Seit wann? Ich dachte, das Spieglein an der Wand sagte, du seist der Klügste im ganzen Land.«

Wolfgang hatte sein Bierglas auf den Fenstersims gestellt. Er schaute sehr ernst drein. »Sogar ich, Vetter. Erinnerst du dich, was ein alter französischer General sagte, als er von seiner ersten Zusammenkunft mit Napoleon kam? ›Ich wußte sogleich, daß ich meinen Meister gefunden hatte.‹ So war auch mir nach meinem ersten Gespräch mit JN zumute. Sie ist ein Kraftwerk. Und wenn sie sich etwas in den Kopf setzt, ist es schwierig, sie davon abzubringen.«

»Von der Sorte kenne ich mehrere. Aber wo holt sie sich ihren Spaß? Wenn wir zu einer Übereinkunft kommen wollen, muß ich ihre Motive verstehen.«

Aber dazu hatte Wolfgang Gibbs nur den Kopf geschüttelt und wieder zum Bierglas gegriffen. Und jetzt, dachte Hans, als er in Judith Niles' undeutbares Gesicht sah, sitzen wir einander gegenüber, und ich erfahre es selbst. Ein Gespräch mit Salter oder kein Vertrag. Er bewegte sich zögernd zum Ausgang.

»In Ordnung, Mrs. Niles. Ich werde es versuchen. Salter Wherry ist hier in der Station, und ich muß in einer anderen Angelegenheit ohnedies zu ihm. Geben Sie mir eine halbe Stunde — wenn ich es in dieser Zeit nicht schaffe, schaffe ich es überhaupt nicht. Warten Sie hier, und wählen Sie die Dienstleistungszentrale, wenn Sie während meiner Abwesenheit etwas brauchen. Aber machen Sie sich keine großen Hoffnungen. Das einzige, was ich Ihnen mit Gewißheit sagen kann, ist, daß er dringend an der Übersiedlung des Instituts interessiert ist — er sagt, das Narkolepsie-Problem habe höchste Priorität. Vielleicht kann es ihn bewegen, seine eigene Regel zu durchbrechen.«

Judith Niles blieb mit ihren Gedanken allein. Sie dachte an de Vries' Worte, daß Salter Wherry der beste Manipulator sei, den es gebe. Und nun versuchte sie das von ihm geschaffene System zu manipulieren. Wherry wußte es nicht, aber ihr blieb keine andere Wahl. Sie hatte ihre eigenen Prioritäten. Die Experimente, die sie durchführen wollte, blieben ihr auf der Erde verwehrt. Wenn er das wüßte ...

Sie sah wieder zum konkaven Fenster hinaus. Salter Station war ein machtvoller Beweis der Wirksamkeit dieser manipulativen Kraft. Von ihrem Platz aus konnte sie Elmo im Blickfeld behalten. Er war der erste der die Erdumlaufbahn kreuzenden Asteroiden, der in eine stabile, stationäre Umlaufbahn gesteuert worden war; doch wie Salter Wherry vor der Vollversammlung der Vereinten Nationen angekündigt hatte, hatte es damit nicht sein Bewenden gehabt.

Das Panorama der Entwicklung über ihr nötigte Judith Niles Bewunderung ab. Wherry Asteroidenbergbau hatte das Rohmaterial zum Ausbau der Station PSS 1 geliefert. Sobald die Aufbereitung und Weiterverarbeitung der Erze im industriellen Komplex der Station in Gang gekommen war, waren als Nebenprodukte beträchtliche Mengen an Platin, Gold, Iridium, Chrom und Nickel angefallen. Importverboten von Erzeugnissen der Station, die von den meisten Staaten erlassen wurden, blieb der Erfolg versagt, da einzelne Länder sich nicht am Boykott beteiligten. Die dort eintreffenden Metallsendungen gelangten über Freihäfen und Freihandelszonen, wo sie mit fingierten Herkunftsbescheinigungen versehen wurden, auf den Weltmarkt und schließlich dorthin, wo sie benötigt wurden — um fünfzig Prozent teurer als sie beim Direkterwerb gewesen wären.

Wherry multinationaler Konzern, einem weltumfassenden Kraken vergleichbar, dessen Fangarme jeden Winkel erreichten, war stark genug, der Herausforderung jeder Regierung zu widerstehen, und Gerüchte wollten wissen, daß die Abwehrsysteme der Station sogar in der Lage seien, einen massiven militärischen Angriff zurückzuschlagen. Die Arbeit des Instituts konnte hierher verlegt werden, wo sie aller Voraussicht nach keine Budgetkürzungen und Richtungsänderungen zu befürchten hatte. Aber würde es sich wirklich lohnen? Nur, wenn sie und der Rest des Personals wirklich die Freiheit hätten, unbehindert und unbeaufsichtigt ihrer

Arbeit nachzugehen. Das war das Versprechen, das sie Salter Wherry entreißen mußte. Und ein rechtlich wasserdichter Vertrag mußte damit einhergehen. Wenn man mit einem Meistermanipulator zu tun hat, darf man keine Schlupflöcher offen lassen.

Sie lag zurückgelehnt im Sessel und starrte aufwärts. Ein schwacher, langsam durch ihr Gesichtsfeld treibender Lichtschimmer erregte ihre Aufmerksamkeit. Sie begriff, daß sie einen der seltenen Durchgänge der *Eleanora* beobachtete, der sechsten und in Konstruktion und Anlage ehrgeizigsten der großen Archen. Ihre Umlaufbahn war annähernd tausend Kilometer höher, und sie passierte die Station nur einmal in drei Tagen. Von den skeptischen Medien anfänglich »Salters Torheit« genannt, war die erste Arche vor vierzehn Jahren in Angriff genommen worden. Bis zur Fertigstellung hatte Salter Wherry offenbar nichts gegen den Spottnamen gehabt, aber dann hatte er der Arche den Namen *Amanda* gegeben, ihrer Bevölkerung von viertausend Menschen geholfen, sich darin einzurichten, und dann scheinbar jedes Interesse verloren. Sein Denken war ganz konzentriert auf den Bau der zweiten Arche, dann der dritten ...

Neugierig geworden, trat Judith an den Datenanschluß des Stationscomputers und verlangte eine stark vergrößerte Wiedergabe der *Eleanora*. Die im Bau befindliche Arche erschien farbig auf dem Bildschirm. Das Skelett war inzwischen fertiggestellt, ein siebenhundert Meter durchmessendes sphärisches Gerüst aus Metallträgern und Verstrebungen. Die Hälfte dieses Gerüsts war bereits mit Zwischenwänden ausgestattet, so daß sie die Größe der Räume und inneren Korridore schätzen konnte, die es im fertigen Schiff geben würde. Unter Berücksichtigung des Raumbedarfs für Antriebsenergie, Lebensmittel, Instandhaltung und Erholungsflächen konnte die letzte Arche — die bisher größte — zwölftausend Menschen unterbringen. Und sie besaß mehr Einrichtungen und Lebensraum pro Person, als der durchschnittlichen Großstadtfamilie auf Erden zur Verfügung stand. In höheren Umlaufbahnen war bereits mit der Konstruktion zweier weiterer Archen begonnen worden, von denen jede angeblich noch größer als diese werden sollte.

Judith wandte sich wieder dem Fenster zu, und ihre Gedanken fanden zurück zu ihrem Büro im Institut. Der Umzug des Personals hier herauf (wenn es dazu käme; Hans Gibb war seit geraumer Zeit fort) hatte auf den ersten Blick nach einer großen Sache ausgesehen. Verglichen mit dem Bauprogramm der Archen war es nichts. Sie waren als selbsterhaltende Systeme mit einer Lebensdauer von Jahrhunderten geplant, in denen sie durch das Sonnensystem und weiter hinaus ziehen würden, wenn sie so wollten, denn sie waren sogar vom Sonnenlicht unabhängig. Aus einigen Litern Wasser konnten in sich geschlossene Kernfusionsreaktoren genug Energie für Jahre gewinnen. Zusätzlich zu den Rückgewinnungssystemen sollte jede Arche einen Asteroiden von mehreren hundert Metern Durchmesser in Schlepp nehmen, um nach Bedarf Metallerze abzubauen.

Judith schüttelte gedankenvoll den Kopf und spähte hinab zur sonnenbeschienenen Erdhälfte. Die in früheren Zeiten für die Äquatorialzone charakteristischen weißen Wolkenwirbel, die nur selten den Blick auf größere Teile der Landoberfläche freigegeben hatten, waren seit der fast vollständigen Abholzung und Brandrodung der tropischen Regenwälder zu einem Schatten ihrer selbst geschrumpft, und das schmutzige Gelbbraun der Wüstensteppen und Trockensavannen des Sahelstreifens südlich der Sahara hatte sich bis zum Kongobecken vorgeschoben. Die Dürregebiete erstreckten sich jetzt vom Mittelmeer bis in Äquatornähe, und auch im südlichen Afrika dauerten Vegetationsvernichtung und Austrocknung an. Die Rauchfahnen von Buschfeuern zogen sich als schmutzige Streifen über ein Drittel des Kontinents hin. Niemand konnte voraussagen, wie es weitergehen würde, und es war schwierig, sich vorzustellen, wie das Leben sich dort unten gestaltete, da die Klimaveränderungen die alte afrikanische Lebensweise in weiten Bereichen unmöglich gemacht hatte. Und jenseits des Atlantik trugen jahrzehntelanger gewissenloser Raubbau an den einst unerschöpflich scheinenden Regenwäldern und die Umwandlung des riesigen Amazonasbeckens in Siedlungsgebiete und Weideland bittere Frucht. Erosion und Austrocknung hatten Siedler und Viehzüchter bald wieder vertrieben und im einst vegetationsreichsten Gebiet der Erde unfruchtbare Wüsten entstehen lassen.

Eine Kopfbewegung brachte die *Eleanora* wieder ins Blickfeld, hoch über ihr. Bisher hatte sie die Archen als abwegige Phantastereien eines einzelnen betrachtet, doch sobald man hier oben war und die Fähren zwischen der Station und dem entfernten, schimmernden Zylinder der *Eleanora* verkehren sah …

»Interessiert Sie die Reise?« sagte Hans Gibbs hinter ihr. »Für qualifizierte Leute ist immer Platz, und Sie würden sicherlich eine erstklassige Kolonistin abgeben.«

Der Bann war gebrochen. Judith merkte, daß sie gedankenlos zum Fenster hinausgeträumt hatte, und ärgerte sich über ihre Geistesabwesenheit. Ohne auf seine Bemerkung einzugehen, wandte sie den Kopf und sah ihn fragend an.

»Die Antwort lautet ja«, sagte er sofort. »Ich hätte wetten mögen, daß er nicht einmal erwägen würde, Sie zu empfangen.« Er schüttelte verwundert den Kopf. »Salter Wherry empfängt heutzutage keine Besuche. Ein paar Helfer sind die einzigen, die ihn zu sehen bekommen. Und was tut er? Er erklärt sich bereit, Sie zu sprechen.«

»Danke.«

Hans Gibbs lachte. »Bei mir brauchen Sie sich nicht zu bedanken. Ich fragte nur — und erwartete nichts anderes als eine knappe Ablehnung. Aber er willigte ohne weiteres ein, und so schnell, daß ich nicht darauf vorbereitet war. Ich fing an, Argumente vorzubringen, warum er in diesem Fall eine Ausnahme machen sollte, dann erst ging mir auf, daß ich mich unnötig bemühte. Das beweist, wie wenig ich ihn kenne, selbst nach all den Jahren. Wenn es Ihnen recht ist, können wir gleich hinübergehen. Seine Räume liegen auf der anderen Seite der Nabe, direkt gegenüber von hier. Kommen Sie, bevor er sich eines anderen besinnt.«

6

PSS 1 war nach dem dreißig Jahre früher entwickelten Doppelradschema für eine permanente Raumstation konstruiert. Das obere Rad, Spindelkopf, enthielt den Dienstleistungs- und Wohnbereich. Es rotierte um die feste Achse oder Spindel, die es mit dem unteren Rad verband. Bei einem Durchmesser von vierhundert Metern hatte Spindelkopf eine wirksame Schwere von nahe Null an der Nabe bis zu knapp einem Viertel der Erdschwere am äußeren Rand. Das dickere und größere untere Rad rotierte sehr viel langsamer und benötigte annähernd zwei Stunden für eine volle Umdrehung, gegenüber der einminütigen Rotationsperiode des oberen. Im unteren Rad waren die Energieerzeugung und alle Industrieanlagen untergebracht.

»Und ein Teil des Personals«, sagte Hans Gibbs, als sie sich vom umlaufenden Zugkabel zur Nabe des Spindelkopfes ziehen ließen. »Sobald sie sich an die Schwerelosigkeit gewöhnt haben, ist es verteufelt schwierig, sie wieder hier heraufzubringen. Es gibt ein obligatorisches Übungsprogramm zur Körperertüchtigung, aber Sie können sich nicht vorstellen, mit welcher Findigkeit sie sich davor drücken. Wir haben hier Techniker und Ingenieure, die nicht zur Erde zurückkehren könnten, ohne zuvor ein Jahr Konditionstraining zu treiben. Abbau des Blutvolumens, Knochenmarkhemmungen, Muskelschwund und so weiter. Sie verbringen ihre ganze Zeit unten im Arbeitsrad, treiben sich herum, wenn sie nichts zu tun haben. Sogar ihre Mahlzeiten nehmen sie unten ein.« Er zeigte in einen Metallkorridor von zwanzig Metern Durchmesser, der rechtwinklig zu ihrem Weg verlief. »Das ist die Hauptroute zwischen Arbeitsrad und Spindelkopf. Wir sind jetzt an der Nabe. Wenn wir wollten, könnten wir hier in der Schwerelosigkeit hängen und uns treiben lassen.«

Sie machten eine kurze Pause, daß Judith sich umsehen konnte. Der zentrale Abschnitt war ein Labyrinth von Kabeln, Durchgängen und Luftschleusen.

»Alles steht unter Druck«, sagte Hans Gibbs in Beantwortung ihrer Frage nach der Notwendigkeit innerer Luftschleusen. »Aber verschiedene Abteilungen haben unterschiedliche Druckverhältnisse. Und die Schleusen haben natürlich auch Sicherheitsgründe. Zwar hatten wir noch nie eine Ausblasung oder einen schlimmen Luftverlust, aber es könnte jederzeit geschehen — es ist unmöglich, alle Meteoriten zu verfolgen.«

Er nahm sie beim Arm, als sie das Zugkabel erreichten, das durch einen weiteren radialen Laufgang im oberen Rad hinausführte. Ihre Muskeln entspannten sich ein wenig unter seinen Fingern, aber sie sagte nichts.

»Haben Sie schon einmal längere Zeit in Schwerelosigkeit verbracht?« fragte er nach einer Weile. Er wandte sich zu ihr, so daß sie einander gegenüber waren, während sie am Zugseil gleichmäßig durch den kreisrunden Laufgang, der zum Rand des oberen Rades führte, nach außen gedrückt wurden.

Sie schüttelte den Kopf. »Mir wird übel davon. Manchmal habe ich gedacht, es könnte interessant sein, in Schwerelosigkeit zu schwimmen, und ich weiß, daß es in den Staaten eine solche Anlage gibt. Aber es soll ziemlich teuer sein, außerdem ist es eine Reise von Neuseeland, und ich bin immer zu beschäftigt.«

»Wenn Sie hier heraufkommen, um zu arbeiten, können Sie es umsonst haben. Die großen Fischbehälter unten im Arbeitsrad sind ständig für Schwimmer geöffnet.«

Er wandte den Kopf ein wenig zur Seite, so daß er sie nicht mehr direkt ansah, als er weitersprach. Seine Stimme klang völlig neutral. »Es gibt noch einige andere Erfahrungen im freien Fall, die Sie ausprobieren sollten — wirklich interessante. Vielleicht können Sie davon probieren, bevor Sie zum Institut zurückkehren und den anderen berichten, wie es hier ist.«

Wieder fühlte er, wie ihre Armmuskeln sich unter seinen Fingern spannten. »Sehen wir zuerst, wie es mit Salter Wherry ausgeht, nicht wahr«, sagte sie in unverbindlichem, aber wie ihm schien, leicht erheitertem Ton. »Vielleicht werde ich meinen Leuten sagen müssen, daß es nicht geklappt hat. Oder vielleicht werden wir etwas zu feiern haben.«

Der Bereich, den sie nun betraten, unterschied sich deutlich von den Teilen der Station, die Judith bereits gesehen hatte. Anstelle von Metallwänden und Schotten gingen sie jetzt über weiche Teppiche, flankiert von sorgfältig ausgeführten Wandmalereien. An der Tür eines Vorzimmers erwartete sie ein junger Mann in enger blauer Uniform. Judith kam er wie ein hübsches Kind vor, nicht älter als dreizehn. Sein Gesicht war glatt und weich, ohne ein Zeichen von Barthaar.

»Er hat entschieden, daß er sie allein sprechen wird«, sagte er. Seine schwankende Tonlage zeigte an, daß er den Stimmbruch noch nicht ganz hinter sich hatte.

Hans Gibbs zuckte die Achseln und blickte von dem Jungen zu Judith. »Ich werde hier auf Sie warten. Viel Glück — und vergessen Sie nicht, Sie haben eine Karte in der Hand, an der ihm viel gelegen ist.«

Judith brachte ein klägliches Lächeln zustande. »Und was er will, das bekommt er, nicht wahr? Nun, wir sehen uns später.« Sie folgte dem Jungen durch den verhängten Eingang. Die verringerte Schwere verlieh seinem Gang einen eleganten, wiegenden Schwung.

Ob er die Bewegungen absichtlich betonte? Jan de Vries hatte vermutlich recht, was Salter Wherrys persönlichen Geschmack betraf; es war ein Art von Detail, die er wissen würde. Judith versuchte, ihre Bewegungen so sparsam und funktional wie möglich zu halten, als sie dem Jungen in einen großen Raum folgte, der keine Außenfenster hatte. Der Junge blieb stehen. Anscheinend waren sie am Ziel. Judith sah sich überrascht um.

Luxus wäre verständlich gewesen. Dies war die Privatwohnung eines Mannes, dessen Vermögen über den Etat der meisten Staaten hinausging. Aber so etwas?

Der Raum, den sie betreten hatten, war kahl und häßlich. Statt der Vorhänge und Wandmalereien in Diele und Vorzimmer sah sie sich zwischen dunklen Wänden, einem einfachen Kunststoffboden und ebensolcher Dekke. Das Mobiliar bestand aus harten Stühlen, einer schmalen Couch und einem alten hölzernen Schreibtisch. Und noch etwas fiel ihr auf, was noch seltsamer war ...

Sie mußte einen Augenblick überlegen, bevor es ihr einfiel. Etwas fehlte. Es gab weder einen Datenanschluß noch Bildschirme oder Monitore; sie konnte nicht einmal ein Telefon sehen, geschweige denn einen Fernseher.

Salter Wherrys Einfluß umspannte jedoch die ganze Erde. Er konnte mit wenigen dürren Worten Finanztransaktionen anordnen, die ganze Staaten an den Rand des Bankrotts bringen würden. Die modernsten und besten Kommunikationseinrichtungen mußten gerade gut genug für ihn sein ...

Judith trat näher an den Schreibtisch heran, ohne den Jungen zu beachten, der sie hereingebracht hatte. Da war nichts, kein Datenanschluß, keine Gegensprechanlage; sie sah auf eine Schreibtischplatte mit zwei gelben Schnellheftermappen und einem schwarz gebundenen Buch daneben. Einer Bibel.

»Wo hat er alle ...«, fing sie an.

»Videos? Bücher? Elektronischen Geräte?« Es war eine andere Stimme hinter ihr. »Ich habe alles, was ich notwendig finde.«

Salter Wherry war leise durch eine Schiebetür zu ihrer Linken eingetreten. Die Bilder, die sie von ihm gesehen hatte, zeigten einen energisch aussehenden Mann mittleren Alters, kräftig gebaut, mit einem sinnlichen, fleischigen Gesicht und einer vorspringenden Nase. Aber diese Aufnahmen waren vor dreißig Jahren entstanden, bevor Salter Wherry sich zurückgezogen hatte. Der Mann, der jetzt vor Judith Niles stand, war beängstigend gebrechlich, mit einem abgemagerten, faltigen Gesicht. Judith faßte ihn scharf ins Auge, als er die Hände ausstreckte, um die ihren zu ergreifen. Die Adlernase war alles, was vom jüngeren Salter Wherry übriggeblieben war. Judith fand die neue Version jedoch viel eindrucksvoller. Alles Weiche, Fleischige, war von dem Mann, der vor ihr stand, weggebrannt, und was blieb, war im selben inneren Glutofen gestählt worden. Die scharfen hellblauen Augen beherrschten das Antlitz.

»Gut, Eduard, du wirst uns jetzt allein lassen«, sagte Wherry nach kurzer Pause. Seine Stimme klang barsch und überraschend tief, ohne die dünnen, schwachen Töne einer Greisenstimme.

Der Junge nickte ehrerbietig, doch als er sich zum Gehen wandte, fing Judith einen zugleich schmollenden und herablassenden Blick und eine arrogante Schulterbewegung auf. Salter Wherry lud sie ein, auf der Couch Platz zu nehmen.

»Wenn es Ihnen nicht unangenehm ist, werde ich stehen. Ich habe die Erfahrung gemacht, daß ich so besser denken kann.«

Judith fühlte eine unfreiwillige Verkrampfung ihrer Magenmuskeln, als sie sich niedersetzte. Wherrys intuitive Wahrnehmung fremder Motive war legendär. Es mochte schwierig sein, vor dem bohrenden Intellekt hinter diesen scharfen Augen ein Geheimnis zu bewahren.

Sie räusperte sich. »Ich weiß Ihre Bereitwilligkeit, mich zu empfangen, zu schätzen.«

Salter Wherry nickte bedächtig. »Ich nehme an, daß Ihr Wunsch nicht bloß dem Bedürfnis nach Unterhaltung entspringt. Und ich möchte Ihnen versichern, daß die Probleme, mit denen Ihr Institut sich beschäftigen wird, von größter Bedeutung für mich sind. Wir sind gezwungen, so viele neue Sicherheitsvorkehrungen in die Konstruktionsarbeit hier draußen im Raum einzuführen, daß der Weiterbau der neuen Archen nur noch sehr langsam vorankommt.«

Er stand bewegungslos vor ihr, wartete ruhig.

»Mein Wunsch, Sie zu sprechen, beruht bestimmt nicht auf einem Unterhaltungsbedürfnis.« Judith räusperte sich wieder. »Meine Mitarbeiter stellen bestimmte Fragen. Ich möchte die Antworten ebenso wissen wie sie. Zum Beispiel haben Sie ein Problem mit Narkolepsie. Wir sind qualifiziert, seine Lösung in Angriff zu nehmen.«

Und wenn ich recht habe, dachte sie bei sich, habe ich es vielleicht schon gelöst. Aber vorsichtig jetzt, das ist nicht der Hauptpunkt.

»Aber warum beschäftigen Sie uns nicht einfach als Berater?« sagte sie. »Durch einen Beratungsvertrag kämen Sie genauso gut zum Ziel. Warum die Mühseligkeiten und Kosten auf sich nehmen, die mit der Übernahme eines ganzen Instituts verbunden sind ...«

»Die Kosten fallen nicht ins Gewicht, verglichen mit hundert anderen Unternehmen, die ich voranzutreiben habe. Sie werden finden, daß ich mit Geld und anderen Hilfsmitteln großzügig bin. ›Man soll dem Ochsen nicht das Maul verbinden, wenn er das Getreide drischt.‹«

»Nun gut, sehen wir einmal vom Kostenfaktor ab. Warum ein ganzes Institut übernehmen, wenn Sie nur ein einziges Problem lösen wollen?«

Er nickte. »Dr. Niles, Sie denken logisch. Aber gestatten Sie mir die Bemerkung, daß Sie dies mit der falschen Perspektive sehen. Das Problem ist mir zu wichtig, als daß ich seine Lösung von einem bloßen Beratungsvertrag abhängig machen möchte. Ich benötige Leute, die mit innerer Hingabe an dem Projekt arbeiten. Blieben Sie auf der Erde, mit Ihren bestehenden Verpflichtungen gegenüber den Vereinten Nationen, bliebe Ihnen nur ein gewisser Teil Ihrer Zeit für die Arbeit an meinem Problem. Zehn Prozent? Oder zwanzig? Jedenfalls nicht einhundertzwanzig.«

»Warum bieten Sie dann nicht einer ausgesuchten Forschungsgruppe einen Zeitvertrag für die Arbeit an Ihrem spezifischen Problem? Die Honorare, die Sie bieten könnten, würden sicherlich viele fähige Leute anlokken, und Sie würden dennoch eine Menge Geld sparen.«

»Und Sie selbst?« Er lächelte, als sie nachdenklich dreinschaute. »Ich dachte mir, daß Sie als Institutsleiterin nicht dafür in Frage kommen würden. Aber man sagte mir, daß, wenn jemand das Problem lösen wird, Sie es sein werden.«

Judith fühlte eine Gänsehaut an Armen und Schultern. Salter Wherry war bereit, mehrere Millionen Dollar für den Umzug des Instituts aufzuwenden und eine langfristige Verpflichtung einzugehen, nur um sie selbst für sich zu gewinnen. Vorsicht! sagte ihre innere Stimme. Schmeichelei ist ein Werkzeug, das nie versagt.

Vermutete er, daß sie gezwungen sein würde, einige der Experimente in den schwerelosen Raum zu verlegen, wenn ihre Vorstellungen von den Bewußtseinsprozessen richtig waren? Und wenn sie bereits wußte, was das Narkolepsieproblem in Salter Wherrys Baupersonal verursachte, würde die Verlegung des Instituts aus seiner Sicht unnötig sein. Sie würde den Meistermanipulator manipulieren.

»Sie scheinen im Zweifel zu sein«, fuhr er fort. »Ich

will Ihnen noch ein Argument vortragen. Ihre persönliche Gleichgültigkeit gegenüber Geld ist mir bekannt, und ich werde Sie nicht damit locken. Aber wie wäre es mit Experimentierfreiheit?«

Er ging zum Schreibtisch und nahm eine der beiden Schnellheftermappen an sich. Seine Hand war dünn, mit langen, knochigen Fingern. Judith beobachtete ihn wachsam, als er die Mappe aufschlug und ihr hinhielt.

»Im vergangenen Jahr richteten Sie sieben Anträge an Ihre Aufsichtsbehörde, um Experimente zur Schlafforschung durchzuführen, bei denen zwölf neue chemotherapeutische Mittel, welche auf die Stoffwechselprozesse einwirken, erprobt werden sollten. Für die Experimente waren menschliche Versuchspersonen vorgesehen ...«

»Lauter Freiwillige, wie aus den Anträgen hervorging.«

»Ich weiß. Aber alle wurden abgelehnt. Vielleicht, weil Sie vor drei Jahren ein Experiment durchführten, das verhängnisvoll endete. Ich habe die Aussagen der Gutachter und Zeugen in dem anschließenden Prozeß gelesen. Mit einer Kombination von Tryptophil und einer Technik der EEG-Verstärkung und Rückkopplung gelang es Ihnen, drei Freiwillige länger als dreißig Tage wach und anscheinend gesund zu erhalten. Aber dann gab es Komplikationen. Zuerst kam es zu einer Atrophie emotionaler Reaktionen, dann des Intellekts. Ein kritischer Gutachter faßte es mit diesen Worten zusammen: ›Es ist Dr. Niles gelungen, die Notwendigkeit des Schlafes für einige Zeit zu unterdrücken, aber nur, indem sie bei den durchwegs jugendlichen Versuchspersonen die Alzheimersche Krankheit auslöste. Wir brauchen nicht noch mehr senile Demenz, schon gar nicht bei Fünfundzwanzigjährigen.‹«

»Nun, wenn Sie so viel wissen, wissen Sie wahrscheinlich auch, wer das sagte. Es war Dickson, dessen Antrag auf ein identisches Versuchsprogramm — unter schlechteren Kontrollbedingungen — zugunsten des meinigen abgelehnt wurde.«

Salter Wherry lächelte wieder. »Auch das ist mir bekannt. Ich habe das nicht erwähnt, um Sie anzustacheln. Es geschah, um Sie zu fragen, wie lange es Ihrer Ansicht nach dauern wird, bis man Ihnen erlauben wird, wieder Experimente mit menschlichen Versuchspersonen durchzuführen, zu welchem Zweck auch immer — selbst wenn Sie mit Freiwilligen aufwarten könnten?«

Judith ballte die Fäuste, ließ sich aber nichts anmerken. Wieviel wußte er wirklich? Er war am Rand der neuen Forschung.

»Es könnte Jahre dauern, ehe solche Experimente zugelassen würden«, sagte sie endlich.

»Oder es könnte noch länger dauern. Verzögerung ist die tödlichste Form von Verweigerung.« Er drängte stark, beherrschte das Gespräch. »Und denken Sie an den Prediger, der schrieb, daß jedes Ding unter dem Himmel seine Zeit hat. Ihre Zeit ist jetzt, hier in dieser Station. Sie sollten die Gelegenheit beim Schopf ergreifen. Bei uns werden Sie nicht an die Bestimmungen gebunden sein, welche die Tätigkeit Ihres Instituts auf Erden behinderten. Hier werden Sie die Bestimmungen selbst schaffen.«

Judith blickte zu ihm auf. Sie hatte ihre Selbstbeherrschung zurückgewonnen. »Sie machen hier alle Bestimmungen.«

Salter Wherry lächelte, und für eine Sekunde kam der sinnliche Ausdruck des jüngeren Mannes wieder zum Vorschein. »Da sind Sie falsch informiert. Ich gebe zu, daß es gewisse Regeln gibt, auf denen ich bestehe. Alles andere ist verhandelbar. Sagen Sie mir, welche Experimente Sie durchführen wollen, und es sollte mich wundern, wenn ich nicht allen zustimmen würde. Schriftlich. Werden Sie kommen, wenn das der Fall ist?«

Endlich kam er herüber, um sich ihr gegenüber auf einen Stuhl zu setzen.

»Vielleicht«, sagte sie. »Ihr Angebot ist mehr als großzügig.«

»Und wenn wir realistisch sind, stimmen wir darin überein, daß die Verhältnisse auf Erden nicht zum Besten stehen. Aber lassen wir das; ich will Sie nicht drängen. Gleichwohl habe ich noch eine weitere Frage. Sie sagten Hans Gibbs, dieses Gespräch sei eine absolute Notwendigkeit; wenn es kein persönliches Gespräch gebe, werde es keine Übereinkunft geben. Sehr ungewöhnlich. Er nannte mir auch Ihren Grund, daß Ihre Glaubwürdigkeit bei den Leuten, die für Sie arbeiten, verringert oder gar erschüttert sein würde, wenn Sie mich nicht zu Gesicht bekämen. Aber wir beide wissen, daß das Unsinn ist. Ihr Bekanntheitsgrad und Ihr wissenschaftlicher Ruf müssen für Ihre Mitarbeiter hinreichend Gewicht haben, um ein persönliches Gespräch mit mir weder notwendig noch allzu bedeutsam erscheinen zu lassen. Also, warum wollten Sie mit mir sprechen?«

Judith zögerte lange mit einer Antwort. Ihre nächste Bemerkung könnte Salter Wherry in einem Maße verärgern, daß sein Interesse an der Umsiedlung des Instituts schwinden könnte. Aber sie mußte einen psychologischen Vorteil erlangen.

»Man sagte mir, daß Sie ... ah ... gewisse persönliche Vorlieben hätten. Daß Sie niemals, unter keinen Umständen, direkt mit einer Frau verhandeln würden. Und daß Sie auch hoffnungslos einsiedlerisch geworden seien. Ihre privaten Gewohnheiten gehen mich nichts an, aber ich könnte nicht für jemanden arbeiten, mit dem kein persönlicher Kontakt möglich wäre. Ich könnte nur mit Ihnen arbeiten, wenn wir zusammenkommen und Probleme besprechen können.«

»Weil Sie meine Anregungen brauchen?« erwiderte er. »Seien wir realistisch. Mein Beitrag zu Ihrer Arbeit würde nicht mehr als Geräusch und Ablenkung sein.«

»Darum geht es nicht. Meine Beziehungen verlangen

nach einer gewissen Logik, unabhängig von Geschlecht und Persönlichkeit. Andernfalls lassen sie sich nicht aufrechterhalten.«

Er lächelte wieder. »Und Sie meinen, in Ihren gegenwärtigen Verhandlungen mit der undurchdringlichen Bürokratie Ihrer Aufsichtsbehörde sei Logik? Es ist besser für Ihre Sache, wenn ich dem Punkt nicht weiter nachgehe.«

Er stand auf. »Sie haben mein Wort. Wenn Sie hierher kommen, werden Sie Zugang zu mir haben. Doch mit dem Älterwerden werden Sie lernen, daß Logik ein Luxus ist, an dem wir manchmal vorbeigehen müssen. Der größte Teil der menschlichen Rasse wurstelt sich ohne sie durch. Sie sind unleugbar eine Frau. Lassen Sie mich ein weiteres Gerücht zerstören, indem ich sage, daß ich Sie eine attraktive Frau finde. Ich stehe Ihnen von Angesicht zu Angesicht gegenüber. Wir haben miteinander gesprochen. Soviel für müßige Spekulationen. Wenn Sie zu Ihrem Institut zurückkehren, werden Sie vielleicht verbreiten, daß viele der ›bekannten Tatsachen‹ über mich einfach erfunden sind. Allerdings ist mir bewußt, daß es in den Augen der Öffentlichkeit keinen Unterschied machen wird.«

Er stand vor ihr, und seine Haltung machte klar, daß das Gespräch beendet war. Judith blieb sitzen.

»Sie stellten mir eine letzte Frage«, sagte sie. »Warum ich auf dieser Zusammenkunft bestand. Ich habe Ihnen eine Antwort gegeben. Nun, denke ich, habe auch ich das Recht auf eine weitere Frage.«

Er nickte. »Das ist fair.«

»Warum erklärten Sie sich bereit, mich zu empfangen? Hans Gibbs war überzeugt, daß Sie ablehnen würden. Ich glaube, daß Ihnen das Narkolepsieproblem wichtig ist — aber ist es so wichtig? Ich glaube nicht.«

Salter Wherry beugte sich ein wenig vor, so daß sein faltiges Gesicht unmittelbar vor Judiths war. Er sah sehr alt aus, und sehr müde. Sie sah die Traurigkeit in seinen

Augen, unter dem Feuer und Härte. Als er endlich lächelte, kam ein versonnener Ausdruck in diese Augen.

»Sie sind eine außerordentliche Person. Wenige Menschen sehen eine zweite Ebene des Wollens, außer bei sich selbst und ihren eigenen Zielen. Ich will Sie nicht belügen, und bin überzeugt, daß Ihre eigenen Motive tiefer sitzen, als wir in diesem Gespräch ausloten konnten. Also sollten Sie mir glauben, wenn ich dies sage: Heute würden Sie und Ihre Mitarbeiter meine anderen Motive nur schwer akzeptieren können. Darum werde ich sie nicht nennen. Aber eines Tages werden Sie meine Gründe erfahren.«

Nach einem langen Augenblick setzte er leise hinzu: »Und nun, da ich Sie kennengelernt habe, glaube ich, daß Sie sie billigen werden.«

Er wandte sich um und ging zur Tür, bevor Judith eine Antwort formulieren konnte. Das Gespräch mit Salter Wherry war zu Ende.

7

»Seit dem Zeitalter der Aufklärung ist die Erde als ein gewaltiger, sich selbst regulierender Mechanismus betrachtet worden, der alle Veränderungen, große wie kleine, absorbiert und ihre Auswirkungen verdünnt, bis sie im globalen Maßstab unsichtbar werden. Die Menschheit hat diese wunderbare Stabilität als gegeben betrachtet. Ungeachtet der Folgen haben unsere Regierungen um kurzfristiger wirtschaftlicher Vorteile willen zugelassen, daß Wälder abgeholzt, Seen vergiftet, Flüsse begradigt und abgeleitet, weite Sumpfgebiete trockengelegt, ganze Ebenen und Berge zur Ausbeutung von Bodenschätzen aufgegraben und abgetragen wurden. Und nichts Verhängnisvolles geschah. Die Natur erduldete die Vergewaltigungen und stellte immer wieder ein Gleichgewicht her.

Immer — bis jetzt. Bis ein unserem begrenzten Verstand verborgener kritischer Punkt überschritten wurde. Die Unfähigkeit der Natur, angesichts des Umfangs, den ihre Zerstörung durch den Menschen angenommen hat, den Gleichgewichtszustand der allgemeinen Lebensbedingungen aufrecht zu erhalten, zeigt sich in vielfacher Weise: durch das Ansteigen der mittleren Jahrestemperaturen, durch Dürre und Überschwemmungen, durch verbreiteten Erosionsverlust der Humusschicht, durch Mißernten und den Zusammenbruch der weltweiten Fischereiindustrien.

Viele Lösungsvorschläge sind gemacht worden, aber keiner davon kann jetzt noch verwirklicht werden. Sie alle verlangen nämlich durchgreifende Maßnahmen zur Erhaltung des Bestehenden und zur Regeneration des Verlorengegangenen als Vorbedingung für die Umkehrung eingetretener Veränderungen. Das ist unmöglich. Bei einer Weltbevölkerung, deren Zahl sich acht Milliarden nähert, ist jeder Spielraum für solche langfristigen Maßnahmen längst geschwunden. Zunehmender Knappheit an Bodenschätzen und Nahrungsmitteln steht eine weiter wachsende Nachfrage gegenüber; der Druck auf die Produzenten wächst und wächst. Die reichsten Nationen versuchen sich in Isolationismus und Autarkie zu retten, die ärmeren sind am Punkt völliger Verzweiflung.

Ich kann weder Trost noch Abhilfe anbieten. Die Menschheit, die sich über die Naturgesetze erhaben wähnte, ist im Begriff, ihnen zum Opfer zu fallen. Übergroße Vermehrung und Ausschaltung natürlicher Regulative enden früher oder später im Massensterben, und ich sehe keinen Weg, dieses Schicksal abzuwenden. Was ich Ihnen bieten kann, ist lediglich eine Chance für einige Ihrer Kinder ...«

»Immer noch dabei?« sagte Jan de Vries. Er hatte die Videoverbindung zwischen den Büros eingeschaltet, und beim Klang seiner Stimme legte Judith Niles die Kopie aus der Hand.

»Ich habe genug gelesen. Haben Sie sich das angesehen?«

De Vries nickte. »Es ist nicht schwierig, zu sehen, warum Salter Wherry in den geheiligten Hallen der Vereinten Nationen so unbeliebt ist. Seine Rekrutierungskampagne für die Archen ist sicherlich wirkungsvoll, doch dies allein stört niemanden; aber man nimmt ihm übel, daß er den Regierungen Untätigkeit und Versäumnisse vorwirft und kein ermutigenderes Bild von der Zukunft der Erde malt. Hoffen wir, daß er sich irrt.« Er strich sich mit dem Zeigefinger über den sauber gestutzten Schnurrbart. »Der Anzug ist bereit. Sie warten auf Ihre Erlaubnis.«

»Wer macht das Versuchskaninchen? Ich hatte die endgültige Auswahl Charlene überlassen.«

»Wolfgang Gibbs. Er ist jung, gesund, und wir waren uns darin einig, daß es nicht gefährlich ist.«

»Dessen bin ich nicht so sicher. Vakuum ist Vakuum — damit treibt man keine Spiele. Sagen Sie ihnen, daß sie ihn schon für das Experiment vorbereiten sollen. Ich komme selbst hinüber.«

Als sie an Ort und Stelle eintraf, waren die Vorbereitungen abgeschlossen. Geräte zur Notbeatmung und medizinischen Überwachung standen an den Wänden. In der Mitte war eine luftdichte Kammer errichtet worden. In dieser saß Wolfgang Gibbs an einem Tisch und zog soeben die Handschuhe des Raumanzugs über. Charlene war bei ihm und überprüfte nervös den Helmverschluß. Sie richtete sich auf, als Judith Niles eintrat.

»Sind Sie sicher, daß dies dasselbe Modell ist, das auf PSS 1 verwendet wird?« fragte sie. »Mir scheint, die Versiegelung ist anders.«

Niles nickte. »Die Musterzeichnungen, die wir hatten, waren nicht ganz richtig. Wir überprüften es. Nach Hans

Gibbs entspricht dieses Modell denen, die jetzt in Gebrauch sind. Ist alles angeschlossen?«

Wolfgang wandte sich um und sah zu ihr her. Hinter der Visierscheibe wirkte sein Gesicht blaß und angespannt. »Von mir aus kann es losgehen«, sagte er über Sprechfunk.

Charlene Bloom beugte sich zum Helm. »Angst?« fragte sie mit gedämpfter Stimme.

Er lächelte zurück. »Komisches Gefühl im Magen. Jetzt weiß ich, wie den Versuchstieren zumute sein muß. Fangen wir an!«

Während er sprach, flackerte die Deckenbeleuchtung, erlosch für einen Augenblick und kam dann wieder auf volle Lichtstärke.

»Gott!« sagte Charlene. »Das ist die dritte Stromstörung in zwei Stunden.« Sie wandte sich zu der anderen Frau. »Sollen wir weitermachen, JN? Mit der Überlandzentrale scheint etwas nicht in Ordnung zu sein.«

»Kurzschlüsse im Verbundsystem«, sagte Judith Niles. »Cameron erkundigte sich heute nachmittag und erhielt die Auskunft, daß es noch schlimmer werden wird. Man rechnet damit, daß ein Werk innerhalb der nächsten Woche ganz abgeschaltet werden muß — die Generatoren sind alt und müssen ausgewechselt werden. Eine Verzögerung hier hätte also wenig Sinn. Sollten alle Stricke reißen, haben wir noch unser Notstromaggregat.«

»Also fangen wir an!« sagte Gibbs. Zu Charlenes Entsetzen streckte er die behandschuhte Rechte aus und strich ihr auf der JN abgewandten Seite über den Schenkel.

Sie trat schnell zurück und schüttelte heftig den Kopf. Seit sie einander nähergekommen waren, hatte sie Wolfgang immer wieder eingeschärft, daß ihr Privatleben niemals mit der Arbeit durcheinandergebracht werden dürfe.

»Du willst also, daß ich Schluß mache?« hatte er gefragt.

Sie hatte geseufzt und seine bloße, gebräunte Schulter betrachtet. »Du weißt, daß es nicht so ist. Du weißt auch recht gut, was ich meine. Benimm dich also wenigstens im Institut. Ich weiß, du hast einen Ruf als Schürzenjäger, und ich frage nicht danach. Aber vergiß nicht, dies ist für mich das erste Mal, daß ... nun, daß so etwas ...«

Er hatte sie mit einem Ausdruck angeschaut, daß es sie überlief. »Für mich auch.«

»Lügner«, hatte sie sagen wollen, aber er war ganz ernst gewesen. Sie hatte ihm gern glauben wollen — wollte ihm noch immer glauben; aber jetzt, vor JNs Augen war wirklich weder die rechte Zeit noch der rechte Ort für solche Dinge, und wenn er durch die Visierscheibe noch so mit ihr liebäugelte ...

Charlene wandte sich um und verließ energischen Schrittes die Vakuumkammer. »Versiegelt, Pumpe eingeschaltet«, sagte sie, bemüht, den Blick auf die Anzeigeinstrumente zu konzentrieren.

Der Druck war in Kilogramm pro Quadratzentimeter kalibriert, und auch als barometrische Höhe. Die beiden Frauen beobachteten schweigend die grünen Ablesungen der ersten Reduktion.

»Dreitausend Meter Höhenäquivalent«, sagte Charlene. »Alles in Ordnung?«

»Keine Probleme.« Seine Stimme hörte sich sehr viel entspannter an als ihr eigener Gemütszustand es in diesen Augenblicken war. »Nach meinen Ablesungen haben wir ein Gleichgewicht inneren und äußeren Drucks. Richtig?«

»Richtig. Der Anzug wird jetzt mit reinem Sauerstoff versorgt. Gibt es Verengungen an den Gelenkstellen des Anzugs, Schwindelgefühl?«

»Mr. Gibbs«, sagte JN, »bitte bewegen Sie probeweise die Arme, Beine und den Hals, und prüfen Sie, ob Sie Unterschiede zur Beweglichkeit unter normalen Bedingungen feststellen.«

Er streckte die Beine aus, drehte den Kopf hin und her, hob den linken Arm und bewegte die Finger. »*Morituri te salutamus.* Ich fühle mich gut. Kein Unterschied in der Beweglichkeit.«

»Sehr gut. Wer hat Ihnen Latein beigebracht?« sagte Judith Niles, und Charlene fühlte verräterische Röte in ihre Wangen steigen. Was würde JN denken? Charlene war die einzige im Institut, die ihre Berichte gern mit lateinischen Ausdrücken würzte.

»Fünftausend Meter«, sagte sie hastig, um Wolfgangs Antwort zuvorzukommen. »Skalenwechsel.«

Die Ablesungen wurden jetzt automatisch in einer feineren Gradeinteilung wiedergegeben, der als Maßeinheit Gramm pro Quadratzentimeter zugrunde lag. Die Druckabnahme erfolgte jetzt sehr langsam, in einer von Charlene gesteuerten reduzierten Rate. Zwanzig Minuten vergingen, bis der Wert im Innern der Kammer um den Nullpunkt lag. Nachdem die barometrische Höhe stetig bis hunderttausend Meter gestiegen war, blieb sie jetzt gleich.

Judith Niles trat zum Fenster der Druckkammer und spähte hinein. »Etwas Neues?«

»Nichts Besonderes.« Gibbs bewegte den Kopf langsam von einer Seite zur anderen. »Sie hatten recht mit der Versiegelung — ich spüre jetzt einen gewissen Druck, als ob der Anzug im Nacken ein wenig ausgebeult wäre.«

»Das ist das neue Modell, das vor einem Jahr eingeführt wurde. Die Versiegelung ist besser, aber nicht so bequem. Die Ausbeulung wird durch den äußeren Druckabfall verursacht und erzeugt nach innen gedrückte Falten in der Versiegelung. Sie werden sich daran gewöhnen. Irgendwelche Anwandlungen von Schläfrigkeit?«

»Kein bißchen.«

»Gut. Fangen Sie an, die Klötze zu bewegen, und sprechen Sie dabei! Wählen Sie Ihr Tempo selbst!«

Ungeschickt in den unvertrauten Handschuhen, begann Wolfgang einen Haufen farbiger Kunststoffklötze von einem brusthohen Regal zu einem anderen zu bewegen. »Geht ein bißchen langsam, weil ich sowas zuletzt als Zweijähriger gemacht habe. Aber damals kam es mir schwieriger vor. Kriege ich eine Banane oder eine Handvoll Rosinen, wenn ich alles richtig mache?«

Keine der beiden Frauen sprach, und beide beobachteten jede seiner Bewegungen, als er die Klötze aufhob und niedersetzte. In weniger als einer Minute war er fertig.

»Fühlen Sie sich immer noch gut?« fragte Judith Niles, als die Arbeit getan war.

»Ausgezeichnet. Keine Schmerzen, kein Unbehagen, keine Schläfrigkeit. Dieser Druck im Nacken stört immer noch ein wenig, aber alle anderen Gelenke sind sehr bequem. Soll ich die Kameras einschalten?«

»Wann Sie wollen.«

Gibbs nickte. Die Visierscheibe des Anzugs dunkelte allmählich, und sein Gesicht nahm eine dunkelgraue Färbung an und wurde allmählich unsichtbar, als die Visierscheibe völlig undurchsichtig wurde. Die Beobachterinnen hörten ihn über Sprechfunk murren. »Schlechte Farbe hier drinnen. Wenn mein Fernseher keine besseren Farben lieferte, würde ich ihn zur Werkstatt bringen.«

Die Gestalt im Anzug drehte sich langsam, bis ihr vorwärtsgerichtetes Objektiv zum Kammerfenster zielte. »Sie sind grün geworden.«

»Um die Farbwerte der Kamera werden wir uns später kümmern«, erwiderte JN. »Können Sie die Klötze noch einmal bewegen? Und sprechen Sie dabei, wie Sie es vorhin taten.«

»Kleinigkeit.« Die plumpe Gestalt machte sich daran, die Klötze wieder an ihren ursprünglichen Platz zu stellen. »Erinnert mich an die Arbeit, die man uns während der Grundausbildung beim Heer gab. Sollte uns ermüden und daran hindern, Dummheiten zu machen. Erst schaufelt man einen Haufen Erde dorthin, dann kommt ein anderer und schaufelt ihn wieder zurück. Dann fängt man wieder von vorn ...«

Es geschah mit erschreckender Plötzlichkeit. Es gab kein schläfriges Verschleifen der Sprache. Einen Augenblick arbeitete die Gestalt mit ruhiger Gleichmäßigkeit, und die Stimme kam klar über die Sprechfunkverbindung. Im nächsten Augenblick sahen sie eine stumme bewegungslose Statue, einen roten Kunststoffklotz in der ausgestreckten behandschuhten Hand.

Charlene Bloom stieß einen Schreckenslaut aus, während Judith Niles tief und unregelmäßig Luft holte. »Das ist es. Kein Grund zur Panik, Charlene, darauf hatten wir gewartet. Bauen Sie den Luftdruck wieder auf, aber langsam. Wir wollen keine zusätzlichen Probleme. Ich werde mich vergewissern, daß das Bett bereitsteht. Ich vermute, daß er wenigstens eine halbe Stunde bewußtlos sein wird.«

Sie ging zum Telefon. Charlene starrte mit großen Augen zu Wolfgang Gibbs' ohnmächtiger Gestalt hinein. Sie mußte dem Verlangen widerstehen, den Druck augenblicklich auf Meereshöhe zu bringen und selbst in die Kammer zu stürzen.

Jan de Vries wartete in ihrem Büro und las gelassen in einer Akte mit der Aufschrift *Vertraulich — nur für Institutsleitung*. Er blickte auf, als sie hereinkam.

»Wie geht es ihm?«

»Er hat sich erholt. War nahezu eine Stunde ohne Bewußtsein und erinnert sich überhaupt nicht an die ganze Episode. Er kam nicht einmal dazu, die Versuche mit dem Anzug auf Video zu bringen.« Judith Niles setzte sich nicht, sondern marschierte vor dem Sessel auf und ab, wo Jan de Vries saß. »Keine Nachwirkungen, und volle Wachsamkeit.«

»Also ist Ihre Hypothese richtig. Sie sagten voraus,

was geschehen würde, und die Versuchsperson verhielt sich genau wie erwartet.« De Vries klappte die Akte zu. »Alles kann jetzt genau nach Ihrem Plan verlaufen. Wir werden in die Station umziehen, einen Monat oder zwei mit vorgeblicher Problemanalyse zubringen und Salter Wherry dann die Lösung seines Hauptproblems überreichen. Anschließend werden wir in der Lage sein, unseren eigenen Forschungen nachzugehen, was nach dem neuen Vertrag ausdrücklich gestattet ist. Wundervoll. Die Manipulation ist vollständig, genau, wie berechnet.« Er machte ein Gesicht. »Also, meine Liebe, wo bleibt der Jubel? Sie sehen nicht wie jemand aus, dessen Pläne Frucht tragen.«

»Ich bin nicht zufrieden — überhaupt nicht«, sagte Judith Niles. »Hören Sie sich das an, Jan, und dann sagen Sie mir, was Sie davon halten! Punkt eins: vor einem Jahr wurden die Schutzanzüge für Außenarbeiten an der Station PSS 1 geringfügig verändert. Die neuen Anzüge haben etwas andere Ringe und Dichtungen im Halsbereich.

Punkt zwei.« Sie zählte an den Fingern ihrer rechten Hand ab. »Bei bestimmten Kopfhaltungen verursacht der neue Schutzanzug erhöhten Druck auf die Halsschlagader des Trägers.«

»Geringen Druck?«

»Nicht so sehr gering — jedenfalls stark genug, daß der Träger es bemerkt. Punkt drei: Druck auf die Halsschlagader kann momentane Bewußtlosigkeitszustände verursachen.

Punkt vier: Wenn ein Anzug auf normalen visuellen Betrieb eingestellt ist, bleibt es bei momentanen Bewußtseinsstörungen, die zu kurz sind, um bemerkt zu werden. Aber wenn der Anzug auf indirekten Betrieb eingestellt ist und mit Videokamera statt direkter Sicht arbeitet, erzeugt die Rasterfrequenz einen Rückkopplungseffekt zum Gehirn, der die Bewußtseinsstörung verstärkt. Ergebnis: Narkolepsie. Der Träger des Anzuges kann aus dem Zyklus nicht ausbrechen, es sei denn, er erhält Hilfe von außen. Wie finden Sie das?«

De Vries saß eine kleine Weile schweigend, dann nickte er. »Das leuchtet ein — und nicht nur das, es ist höchstwahrscheinlich richtig.«

»In Ordnung. Ganz meiner Meinung. Und hier ist Punkt fünf.« Sie schloß die Faust. »Dies alles ist seit vierzig Jahren bekannt. Zunehmender Druck auf die Halsschlagader ist eine altbekannte Ursache von Narkolepsie. Die Verstärkung der Gehirnwellen ist ein altbekannter positiver Rückkopplungsmechanismus. Was sagt Ihnen das?«

De Vries lehnte sich weit zurück und blickte zur Decke auf, schüttelte den Kopf. »Judith, so ausgedrückt, sehe ich, worauf Sie aufzielen — aber ich muß zugeben, daß es mir nicht eingefallen wäre, hätten Sie mich nicht mit der Nase darauf gestoßen.«

Sie betrachtete ihn mit grimmiger Ungeduld. »Seien Sie genauer, Jan. Was stimmt nicht damit?«

»Es ist zu simpel. Wenn man die Erklärung so vorgesetzt bekommt, wird einem klar, daß wir eigentlich nicht benötigt werden, um das Problem zu lösen. Sie sagten mir, daß Sie glaubten, die Antwort zu wissen, als Sie anfingen, sich mit den Anzügen und Fallgeschichten zu befassen. Die Mediziner auf PSS 1 hätten von selbst darauf kommen müssen; ein Minimum an Kenntnissen und ein paar Versuche hätten genügt. Wenigstens hätten sie den Zusammenhang zwischen den neuen Anzügen und der Entstehung des Problems erkennen müssen.«

»Genau. Und warum taten sie es nicht?« Judith Niles blieb vor de Vries stehen. »Selbst wenn sie nicht so rasch darauf kamen wie wir hier vom Institut, hätten sie es nach einer Weile folgern müssen. Jan, ich mache mir Sorgen. Wir müssen auf Salters Angebot eingehen und zur Station umziehen. Unsere eigenen Experimente machen es notwendig, und ich habe hier in den letzten Tagen so oder so zu viele Brücken hinter mir abgebrochen, um jetzt innezuhalten. Aber ich habe das Gefühl, daß wir die Dinge nicht in der Hand haben.« Sie rieb sich die Augen, zog die Stirn in Falten.

»Was ist los, Judith? Kopfschmerzen?«

Sie schüttelte nur den Kopf. »Nicht wie sonst. Aber manchmal habe ich so eine Unschärfe vor dem Auge — sehr lästig. Es ist nicht gerade so, daß ich doppelt sehe, aber nicht weit davon entfernt. Komisches Gefühl.«

De Vries schaute besorgt. »Riskieren Sie nichts. Selbst wenn es nur die Anspannung von zuviel Arbeit ist, lassen Sie es von einem Augenarzt untersuchen.« De Vries sagte es nicht, aber er war erstaunt. Noch nie hatte Judith Niles Anzeichen von Anstrengung und Übermüdung gezeigt, ganz gleich, unter welchem Druck sie gearbeitet und wie sie sich zu Überstunden gezwungen hatte.

»Das wird schon wieder«, sagte sie. »Entschuldigen Sie, Jan. Was wollten Sie sagen?«

»Ich stimme Ihnen zu, daß wir die Dinge vielleicht nicht in der Hand haben.« Er rückte auf dem Sessel vor, so daß er aufstehen konnte. »Und ich kann Ihnen nichts Tröstliches sagen. In der Zwischenzeit habe ich die Nachforschungen über Salter Wherry angestellt, um die Sie mich gebeten hatten. Wußten Sie, daß der größte Teil der Ausgaben seines Konzerns nicht der Entwicklung und dem Bau der Archen gilt? Was der Gesamtkonzern an Gewinnen erwirtschaftet — und er hat in den letzten Jahren die Gewinne durch Unternehmensverkäufe künstlich in die Höhe getrieben — geht zu größeren Teilen in zwei andere Bereiche: Antriebssysteme auf der Basis von Fusionsenergie und Industrieroboter. Angeblich soll er auf diesen Gebieten allen anderen weit voraus sein. Ich glaube es. Aber was haben unsere Projekte mit diesen Forschungsbereichen zu tun? Wenn Sie den Zusammenhang sehen können, bitte ich um Aufklärung. Hinzu kommt eine weitere Feststellung. Sie werden sich erinnern, daß ich Ihnen sagte, im vergangenen Jahr seien die Versicherungsprämien für Stationspersonal stark erhöht worden?«

»Ja, wegen der zahlreichen Unfälle.«

»Das dachten wir. Aber ich forderte nach unserem letzten Gespräch die Bilanz der Global-Versicherungs-AG an, der Gesellschaft, bei der das Personal der Salter Station versichert ist. Diese Unterlagen sind gekommen, und ich habe sie durchgesehen. Aus ihnen geht hervor, daß eine Konzernholding mehr als achtzig Prozent des Aktienkapitals der Global besitzt und den Vorstandsvorsitzenden stellt, somit das gesamte Versicherungsgeschäft kontrolliert.« De Vries lächelte grimmig. »Sie dürfen raten, was für eine Konzernholding das ist und wer an ihrer Spitze steht. Und dann, meine Liebe, sollten wir uns vielleicht darüber unterhalten, wer wen manipuliert.«

8

Die Fische waren nervös. In der Formation ihres Schwarms schossen sie durch das wehende Dickicht der Wasserpflanzen in den großen Fischbehältern des Arbeitsrades. Bei jeder Schwenkung, die der Schwarm vollzog, blitzten die silbrigen Schuppen im grünlich getönten Sonnenlicht und erfüllten das Innere der Behälter mit lebhaften Lichtreflexen.

Zwei menschliche Gestalten mit Atemmasken schwammen langsam um den Außenrand des Behälters und trieben die Fische vor sich her. Die Außenhaut des Rades zwischen den starken Metallträgern und Verstrebungen bestand aus vergilbungsfreiem und UV-filterndem Plexiglas und ließ immerwährendes Tageslicht in den vierhundert Meter weiten Zylinder dringen. Weit über den Schwimmern, nahe der hohlen Zentralachse, summten Sauerstoffpumpen, die auch die Wasserbehälter versorgten.

Die weibliche Gestalt tauchte zur durchsichtigen Außenwand des Behälters, stieß sich ab und schwebte aufwärts. Die männliche Gestalt folgte ihr einen Augenblick später. Er holte sie auf halbem Weg ein und streckte die Hände nach ihren Beinen aus, aber sie schwamm in einer anderen Richtung davon, noch immer schräg aufwärts zur Oberfläche. Wieder verfolgte er sie, diesmal gelang es ihm, ihre Knöchel zu fassen. Im Augenblick, als seine Finger sich darum schlossen, erstarrte das Bild plötzlich. Zwei Gestalten hingen mit gespannten Muskeln im Wasser zwischen den bewegungslosen Fischen.

Salter Wherry betrachtete aufmerksam das Videobild, dann ließ er es verlangsamt weiterlaufen. Es war schwierig, die Gesichter klar zu sehen, und er holte Judith Niles' Gesicht mit der Gummilinse heran. Trotz der Atemmaske war zu erkennen, daß ihr Gesichtsausdruck im Gegensatz zu den gespannten Muskeln ihres Körpers stand. Sie sah vollkommen ruhig aus, obwohl Hans Gibbs sie an den Knöcheln festhielt. Nach einigen Augenblicken aufmerksamer Betrachtung ließ Wherry die Aufzeichnung langsam weiterlaufen und beobachtete die wechselnden Mienen, als die Gestalten sich aufeinander zu bewegten, umarmten, und langsam emporstiegen. Umschlungen bewegten sie sich empor zu der breiten konkaven Linse der Wasseroberfläche nahe der Achse des Rades.

Salter Wherry beobachtete ihr Tun ruhig in der Dunkelheit des Überwachungs- und Kommunikationsraumes. Stets galt seine Aufmerksamkeit Judith Niles' Gesicht, ohne der Umarmungen des Paares zu achten. Schließlich beugte er sich näher und drückte eine andere Taste auf der Konsole vor sich. Das Bild wechselte zu einem hell beleuchteten Innenraum. Judith Niles stand allein in Wherrys Büro, neben diesem verborgenen Studio, und wartete auf ihr erstes Zusammentreffen mit ihm. Wieder konzentrierte seine Aufmerksamkeit sich auf ihre Gesichtszüge. Nach einer Minute folgte ein weiterer

Tastendruck, und Wherry sah sie, wie sie nach ihrem ersten Gespräch dastand. Er murmelte unzufrieden. Die versteckten Videokameras waren sorgfältig placiert, aber sie konnten nicht aus allen Blickwinkeln aufnehmen, und diesmal blieb ihm eine Frontalansicht verwehrt.

Er ging weiter. Die nächsten Aufnahmen stammten aus dem Innern des Instituts, unten in Neuseeland. Erste Vorbereitungen für den Umzug nach PSS 1 waren im Gange. Die Bilder zeigten Versuchstiere, die in gut belüfteten Kisten und Verschlägen auf die Verladung warteten. Diesmal schien Salter Wherry erfreut. In den blauen Augen war eine Andeutung von Befriedigung, als er es gut sein ließ und auf den Empfang seines täglichen globalen Zustandsberichts umschaltete.

Die Empfangsantennen der Station empfingen alle offenen Nachrichtenfrequenzen auf Erden, dazu die Sendungen eigener Niederlassungen, mit denen die Station in ständigem Funkkontakt war. Die eingehenden Sendungen wurden redaktionell bearbeitet und abrufbereit gespeichert. Aufnahmen von der Station und eigenen Nachrichtensatelliten ermöglichten darüber hinaus die ständige Beobachtung fast aller Teile der Erdoberfläche und konnten gelegentlich zur Ergänzung und Bestätigung der Radiomeldungen dienen.

Salter Wherry begann das gespeicherte Datenmaterial der verschiedenen Nachrichtenquellen abzurufen, wie es seine tägliche Gewohnheit war. Je nach Laune oder Notwendigkeit griff er dabei auch auf frühere Ereignisse zurück, um dann wieder zur Gegenwart zurückzukehren. Geduldig kreuzte er über das Angesicht der Erde, bald tausend Kilometer über der Oberfläche, bald durch eine mit der Hand gehaltene Videokamera auf offener Straße, bisweilen aus dem Innern von Privathäusern oder Regierungsgebäuden. Die Bilder fluteten herein.

Ostafrika: Der sechstausend Kilometer lange Weg des Nils nordwärts zum Mittelmeer zeigte einen durch unbarmherzige Dürre geschrumpften Fluß. Der Sudan war ausgetrocknete Wüste, die großen, künstlich bewässerten Landwirtschaftsflächen entlang dem Fluß hatten aufgehört zu bestehen. Khartum, am Zusammenfluß des Blauen und Weißen Nils, war zu einer verödenden, halb von der Wüste verschlungenen Ansammlung von Gebäuden geworden. Weiter nördlich, hoch über dem lehmigen Fluß, schwenkte die Kamera nach Kairo. Die einstige menschenwimmelnde Metropole war eine Geisterstadt, wo Rudel hungriger Hunde durch die staubigen Straßen streiften. Der Nilometer auf der Insel Roda ragte hoch aus dem kümmerlichen Wasserlauf, der aus dem einstigen Strom geworden war. Eine geregelte Wasserversorgung gab es schon lange nicht mehr. In der erdrückenden Mittagshitze waren nur die Fliegen aktiv.

Alaska: Die lange südliche Küste war in immerwährende Nebel gehüllt, wo warme und kalte Meeresströmungen zusammentrafen. Landeinwärts regte sich überall auf der Halbinsel neues Leben. Die Dauerfrostböden waren geschmolzen, und überall drängte frische Vegetation aus der versumpften Erde. Wolken von Stechmükken und Fliegen summten und wirbelten über den emporschießenden Dickichten aus Büschen, Stauden und Schößlingen, den grundlos gewordenen Wegen und im weichen Grund versinkenden Straßen. Die Bevölkerung, zuerst erfreut über die Erwärmung, hatte inzwischen alle Mühe, sich inmitten der steigenden Flut des Pflanzen- und Tierlebens zu behaupten. Mit Insektiziden beladene Flugzeuge besprühten von früh bis spät Zehntausende von Quadratkilometern. Ihre Bemühungen zeigten wenig Erfolg.

London: Die stetig schmelzenden polaren Eiskappen hatten den Meeresspiegel langsam, aber unerbittlich ansteigen lassen, gegenwärtig um beinahe zehn Zentimeter pro Jahr. Bei Flut schwappte das Themsewasser jetzt über die Kaimauern und drückte von Gravesend bis zur Waterloo Bridge in die umliegenden Straßen. Freiwillige arbeiteten unaufhörlich mit Sandsäcken und Brustwehren aus Beton. Durch knöcheltiefes Wasser watend, fochten sie ihren täglichen Kampf gegen die Flut. Die Arbeit ging ruhig und organisiert vonstatten, sogar munter. Die Moral war gut.

Java: Als wollte sie ihren Teil zu den extremen Wetterverhältnissen beisteuern, war die Kette der tätigen Vulkane auf der Insel vor einer Woche zu verstärkter Aktivität übergegangen. Viele der hundert Millionen Menschen, die zusammengedrängt auf der fruchtbaren Insel lebten, flohen aus den gefährdeten Gebieten zur Küste, um von dort mit Booten und kleinen Schiffen nach Borneo und Sumatra überzusetzen.

Aber nicht nur das Land war seismisch aktiv. Tsunamis, durch unterseeische Erdbeben und Vulkanausbrüche entstandene Oberflächenwellen, brachten den überladenen kleinen Fahrzeugen Verderben und trafen die Küsten mit zerstörerischen, bis fünfunddreißig Meter hohen Brandungswellen, die ungezählte Menschenleben forderten und viele Küstenorte zerstörten.

Moskau: Von den großen landwirtschaftlichen Oblasts liefen die Meldungen bei der zentralen Planungsbehörde ein. Dort bewahrte man steinerne Ruhe, während sich aus der Vielzahl der Meldungen immer deutlicher eine Mißernte bei Weizen und Hafer, Roggen und Reis abzeichnete, bedingt durch die anhaltende Trockenheit. Erschwerend kam zu der trostlosen Lage in den großen Anbaugebieten, daß starke Winde zu einer weiteren Austrocknung des Bodens geführt hatten und die fruchtbare Erde als trockenen Staub davontrugen.

Salter Wherry kauerte bewegungslos an seiner Konsole, nahm neue Informationen auf und verglich sie mit älteren. Nur sein Mund und die Augen schienen belebt. Nach den Meldungen aus Moskau schaltete er um ins Innere des UN-Gebäudes. Die routinemäßige Gleichförmigkeit der Reden und Diskussionen im Sitzungssaal konnte nicht verhindern, daß die Spannungen und Erbitterungen der geplagten Außenwelt auch hier als Unterströmungen fühlbar wurden. Der Botschafter der Sowjetunion verlas mit ernster und angespannter Miene seine vorbereitete Rede. »Was wir in der heutigen Welt sehen, ist kein Unfall der Natur, nicht eine bloße Ungunst der Wetterverhältnisse. Wir haben es mit vorsätzlichen Klimaveränderungen zu tun, Veränderungen, die gegen die Sowjetunion und ihre Verbündeten gerichtet und von anderen Nationen ausgelöst worden sind. Die Zeit der Zurückhaltung in der Nennung von Namen ist vorbei. Mein Land ist das Opfer wirtschaftlicher Kriegsführung. Wir können nicht gestatten ...«

Wherry schaltete den Empfang aus. Er runzelte die buschigen Brauen über den hellen Augen. Dann drückte er eine andere Taste, und nach ein paar Sekunden erschien die *Eleanora* auf dem Bildschirm vor ihm, ein silbriger, abgerundeter Körper vor dem Hintergrund der Sterne und einer sonnenbeschienenen Erde. Er hielt das Bild, während er die ausgedruckten Pläne und Zustandsberichte für die Baumaßnahmen abrief. Das Gitterwerk des Schiffskörpers war jetzt voll verkleidet. Die elektrischen Anlagen wurden gerade installiert, zusammen mit den Generatoren und der Wasserversorgung; der gewaltige zylindrische Wassertank war bereits gefüllt.

Wherry fragte Ansichten der anderen Archen ab. Die entfernteste, *Amanda,* war nur schwach in einer körnigen und verschwommenen Wiedergabe zu sehen. Ihre Entfernung von der Erde betrug mittlerweile fünf Millionen Kilometer, und sie entfernte sich langsam in weiten Spiralen auf der Ebene der Ekliptik. Wenn keine Kursänderung vorgenommen wurde, sollte das Kolonieschiff in acht Jahren die Umlaufbahn des Mars erreichen. Schon sprachen Wissenschaftler an Bord von der Möglichkeit, eine kleine bemannte Station auf Phobos einzurichten, und berieten mit ihren Kollegen von PSS 1 über die Möglichkeiten.

Salter Wherry schaltete den Bildschirm aus und saß lange bewegungslos. Schließlich wählte er an der Gegensprechanlage eine Nummer, und es erschien das Gesicht von Hans Gibbs mit zerzaustem Haar.

»Hans, haben Sie den Plan für die Verlegung des Personals vom Neurologischen Institut bei sich?«

»Nicht vor mir. Warten Sie einen Augenblick, und ich hole ihn.«

»Nicht nötig. Ich will Ihnen sagen, was Sie tun sollen. Der Plan sieht vor, daß alles heute in siebenundsiebzig Tagen hier oben sein soll.«

»Richtig. Judith Niles murrte, daß es zu knapp sei, aber bisher haben wir den Zeitplan eingehalten.«

»Hans, das reicht nicht. Ich glaube nicht, daß wir noch soviel Zeit haben. Es zeichnen sich Konflikte ab, und ich fürchte, die Welt wird schneller in eine Auseinandersetzung hineingeraten, als es bisher noch den Anschein hatte. Ich bilde mir ein, ziemlich viel von internationaler Politik zu verstehen, aber heute könnte nicht einmal ich sagen, welches Land zuerst durchdrehen wird. Kandidaten sind sie alle. Ich möchte, daß Sie einen neuen Zeitplan ausarbeiten, der davon ausgeht, daß wir alles vom Institut — Personal, Tiere und Ausrüstungen — innerhalb von dreißig Tagen hier haben. Sagen Sie Mauncie, ich möchte, daß er das gleiche mit allem veranlaßt, was wir zur Fertigstellung der *Eleanora* benötigen, innerhalb derselben Zeitspanne.«

Hans Gibbs sah auf einmal viel wacher aus. »Dreißig Tage! Ausgeschlossen, so lange werden wir allein für die Genehmigungen brauchen.«

»Sorgen Sie sich nicht um Genehmigungen. Darum werde ich mich kümmern. Fangen Sie damit an, die Vorbereitungen für den Transport zu treffen! Unverzüglich! Der Kostenfaktor ist irrelevant. Haben Sie gehört?« Salter Wherry lächelte. »Irrelevant. Nun, Hans, Sie hören das nicht oft von mir, wenn es um die Kosten von irgend etwas geht. Also können Sie sehen, daß es mir ernst ist. Dreißig Tage. Sie haben dreißig Tage!«

Hans Gibbs hob die Schultern. »Ich werd's versuchen.

Aber abgesehen von Genehmigungen müssen wir uns um die Startmöglichkeiten sorgen. Wenn das schiefgeht ...«

Er brach ab und fluchte. Die Verbindung war unterbrochen. Er sprach zu einem toten Gerät.

9

Wolfgang Gibbs beugte sich mit geschlossenen Augen vor, bis seine Stirn das kühle Metall der Konsole berührte. Sein Gesicht war weiß und schweißglänzend. Nach einigen Atemzügen schluckte er mühsam, richtete sich auf, holte tief Atem und versuchte es noch einmal. Er drückte die Sequenz für eine verschlüsselte Botschaft und wartete, bis das Gerät vor ihm Bereitschaft signalisierte.

»Nun, Charlene ...« — er mußte sich wieder räuspern — »ich versprach dir eine Meldung, sobald ich dazu käme. Gerade habe ich die Sequenz des Sendeschlüssels dreimal hintereinander vermurkst, und wenn es diesmal wieder nicht klappt, lasse ich es für heute sein. Ursprünglich hatte ich gleich nach meiner Ankunft Nachricht geben wollen — das zeigt, was für ein Optimist ich bin! Aber versuchen wir es noch einmal. Wenn du mitten in der Aufzeichnung würgende Geräusche hörst, denk dir nichts dabei. Das bin bloß ich im Kampf mit Leber und Lunge, die aus mir heraus wollen.«

Er hustete rauh. »Hans sagt, daß nur einer auf fünfzig so schlecht auf Schwerelosigkeit reagiert, wie ich es tue. Also wird es dir mit etwas Glück besser ergehen. Und es heißt, selbst ich sollte mich in ein paar Tagen besser fühlen. Ich kann es kaum erwarten. Doch nun genug gestöhnt: zur Sache!

Der größte Teil der Reise herauf verlief flott und ohne Zwischenfall. Wir hatten alles festgebunden, so daß sich nichts losreißen konnte, und Cameron hatte alle Tiere unter Beruhigungsmittel gesetzt. Schade, daß er es nicht auch bei mir machen konnte. Als wir in Schwerelosigkeit kamen, war anfangs alles in Ordnung, obwohl mein Magen sich anfühlte, als wäre er ein gutes Stück aufwärts gerutscht. Aber ich wurde damit fertig, es war nicht allzu schlimm. Dann brachten wir die Tiere in ihren neuen Dauerquartieren unter. Sie wollten nichts davon wissen und zeigten ihren Ärger in der einzigen Art und Weise, wie sie es konnten. Hätte ich gewußt, was mich erwartet, ich wäre bestimmt nicht umgezogen. Dafür, daß ich mich jeden Tag der Woche mehrmals durch eine Wolke freischwebender Scheiße, Pisse und Kotze von den Tieren arbeiten muß, kriege ich nicht genug bezahlt. Mir war schon nach der ersten Runde, als müßte ich das Frühstück von mir geben, und so kam es dann auch — und genauso ging es mit dem Mittag- und Abendessen, und noch immer ist mir, als könnte ich nie wieder einen Bissen essen.

Ich nehme an, das ist auch nicht, was du hören möchtest. Also kommen wir zurück zu der eigentlichen Information. Ich werde es für die Laborberichte noch in eine angemessene Form bringen, aber der gegenwärtige Stand ist folgender.«

Eine weitere Welle von Übelkeit überrollte ihn, und Wolfgang schloß die Augen und biß die Zähne gegen den Brechreiz zusammen. Er war im äußersten Korridor des Spindelkopfes, wo die effektive Schwere am höchsten war, und ein Viertel der Erdschwere reichte beinahe hin, seinen Magen zu beruhigen; aber wenn er hinunterschaute, blickte er in die Unendlichkeit hinaus, und es war, als stünde er auf einem rotierenden Sternenmeer, das unter seinen Füßen kreiste. Und das reichte aus, ihn wieder umzuwerfen.

Als er die Augen öffnete, blickte er starr geradeaus, fest entschlossen, den Blick nicht abschweifen zu lassen. Langsam löste sich die Verkrampfung des Magens.

»Die Katzen, denke ich, haben am meisten darunter

gelitten«, sagte er, als er wieder sprechen konnte. »Sie sind alle am Leben, aber es wird kaum möglich sein, herauszubringen, wieviel von ihren Schwierigkeiten durch Reise und Schwerelosigkeit verursacht sind, und wieviel davon progressiver psychischer und physischer Verfall ist, bedingt durch ihren experimentellen Zustand. Wir verloren ein paar Faultiere — ich weiß noch nicht, warum, aber es sieht nach Herzstillstand durch Medikamentenschock aus. Cannon warnte davor, ehe wir starteten, aber niemand hatte eine gute Idee, wie es zu verhindern wäre. Die anderen kleinen Säugetiere scheinen alle in einigermaßen guter Verfassung zu sein, und wir hatten keine besonderen Schwierigkeiten, sie in ihrer neuen Umgebung unterzubringen. Das galt jedoch nicht für die Kodiakbären.« Er lächelte matt in die Videokamera. »Sie sind große Kaliber. Gott sei Dank haben wir keine Experimente mit Elefanten laufen. Du hättest sehen sollen, wie wir uns mit dem alten Jinx abmühten. Ein riesiges fettes Ungeheuer. Eine Weile zogen und schoben wir an ihm, und es sah so aus, als wollte er sich trotzdem nicht bewegen, dann, nachdem wir ihn endlich in Schwung gebracht hatten, konnten wir ihn nicht anhalten. Ich wurde an einer der Wände geradezu plattgedrückt. Gut, daß die Leute der Station es gewohnt sind, mit großen Massen in Schwerelosigkeit umzugehen, andernfalls hätte ich es nie geschafft.

Die Leidengeschichte will ich übergehen. Schließlich brachten wir ihn nahe der Achse des Arbeitsrades unter. Ein schrecklicher Ort — keine nennenswerte Schwerkraft. Weniger als ein Hundertstel der Erdschwere, mehr bestimmt nicht. Hans sagt, in einem Monat oder zweien würde ich mich dort wohl fühlen, aber gegenwärtig verursacht mir der bloße Gedanke daran Übelkeit. Eines muß man den Arbeitstrupps hier aber lassen: sie sind zuverlässig, diszipliniert und verstehen sich auf ihre Arbeit. Alle Behälter und Käfige und Begleitsysteme, die wir verlangten, waren fertig und installiert — und alles funktionierte. Vor ein paar Stunden gab ich Jinx die Behandlung und habe ihn jetzt im Überwinterungszyklus, Stufe zwei, stabilisiert. Du wirst alle detaillierten Eintragungen mit dem offiziellen Bericht erhalten und auch die Videoaufzeichnungen. Aber ich dachte, du würdest gern gleich etwas sehen wollen, also lasse ich eine Einschaltung mitlaufen. So kannst du Jinx sehen und dir selbst einen Vers darauf machen.«

Wolfgang holte lange und tief Atem und schaltete die Abrufsequenz. Er tat es langsam und schmerzlich, mit der zerbrechlichen und übertriebenen Vorsicht eines gichtbrüchigen alten Mannes. Seine Finger versagten mehrere Male, doch schließlich hatte er die richtige Eingabe gemacht, lehnte sich zurück und massierte sein Zwerchfell, als eine Kopie der Videoaufzeichnung vor ihm ablief und gleichzeitig als Signal zur Erde gesendet wurde.

Jinx saß aufrecht auf einem Lager aus weichen Hobelspänen und beschnüffelte neugierig ein großes Stück Fischprotein, das er mit den Vordertatzen hielt. Seine lange schwarze Zunge kam heraus und leckte versuchsweise an der schuppigen Oberfläche. Seine Bewegungen waren etwas ruckartig, aber gut koordiniert und genau. Wolfgang sah beifällig zu, wie Jinx von dem Brocken abbiß, nachdenklich kaute und den Rest der Nahrung auf die Hobelspäne legte. Als der Bissen hinuntergeschluckt war, gähnte Jinx und kratzte friedfertig eine im Pelz ausrasierte Stelle an seiner linken Seite. Die implantierten Sensoren lagen dort dicht unter der Hautoberfläche, und die Stelle war nach wie vor ein wenig empfindlich. Nach ein paar Sekunden hob er den fischigen Brocken wieder auf, und die mächtigen Kiefer fingen an, daran zu knabbern. Der Bär machte einen zufriedenen Eindruck.

»Sieht gut aus, wie?« sagte Wolfgang. »Wirst mehr sehen, wenn du später die komplette Berichterstattung erhältst, aber laß dir jetzt gleich das Fazit geben. Wir sahen die ersten Anzeichen davon schon in den letzten Experimenten in Christchurch, und was JN vorausgesagt hatte, scheint genau zuzutreffen. Diesmal haben wir auf Anhieb die richtigen Drogenzusammensetzungen getroffen. Jinxens Körpertemperaur lag in diesem Videoausschnitt sieben Grad über dem Gefrierpunkt. Sein Herzschlag war auf einmal pro Minute gesenkt und ist es noch immer. Ich schätze, daß seine Stoffwechselrate um einen Faktor von ungefähr achtzig verlangsamt ist. Man sieht, daß er träge ist, aber von Winterschlaf kann man nicht sprechen — du hast gesehen, wie er an diesem Brocken kaute. Was du siehst, ist allerdings um einen Faktor von achtundsechzig gegenüber von Realzeit beschleunigt. Das bisher schwierigste Problem bestand darin, etwas zu finden, was Jinx fressen mag. Du weißt, wie wählerisch er ist. Wie es scheint, fühlt sich manches für ihn jetzt verschieden an, und auch das Futter schmeckt irgendwie anders, und insgesamt mißfällt ihm die Veränderung. Jetzt, nach ungefähr zwanzig Versuchen, haben wir Zusammensetzung und Beschaffenheit richtig hingekriegt, und er scheint mit normalem Appetit zu fressen, aber wir wissen natürlich nicht, wie lange es ihm schmecken wird.«

Wolfgang drückte kläglich die Hand an den Magen. »Der alte Jinx kann noch von Glück sagen, wenn ich ihn mit mir vergleiche. Vor allem scheint sein Zustand völlig stabil zu sein. Vor einigen Minuten überprüfte ich alle Werte. Ich denke, wir könnten ihn für einen Monat in diesem Zustand halten, wenn es sein muß. Vielleicht länger.«

Er ging von der Einblendung des Bären zurück auf Direktsendung. »Das ist der Bericht von hier, Charlene. Ich kann kaum erwarten, daß du und die anderen heraufkommt. Wie voreingenommen die Nachrichtenübersicht ist, die wir hier in der Station vorgesetzt bekommen, weiß ich nicht, aber wir hören von Schwierigkeiten und zunehmenden Spannungen auf Erden. Kalte Kriege, heiße Kriege, Drohgebärden und Anschuldigungen in alle Richtungen. Gestern soll es in Belutschistan zweiundsechzig Grad im Schatten gehabt haben. Wie ein Mensch unter solchen Bedingungen überleben kann, ist mir schleierhaft. Und im Sicherheitsrat wird davon gesprochen, daß Salter Wherrys Konzernbesitz auf Erden verstaatlicht werden soll, nur kann man sich über den Aufteilungsmodus nicht einigen. Und Hans hat immer größere Schwierigkeiten, Shuttleflüge hier herauf zu bekommen, und es liegt nicht bloß an den gewohnten bürokratischen Schwierigkeiten. Er läuft gegen Wände. Man hat ihm erklärt, es werde eine unbefristete Einstellung aller Flüge von allen Raumlandehäfen geben, bis die allgemeine politische Situation sich wieder normalisiert. Und wer weiß, wann das sein wird? Die äußeren Bedingungen scheinen sich jedenfalls nicht so bald zu ändern. Alle Meteorologen sind sich darin einig, daß die Klimaveränderungen von Dauer sein werden — wir hätten sie durch das Ausmaß der Verwendung fossiler Brennstoffe selbst herbeigeführt.«

Er streckte seine Hand nach der Taste aus, die seine Sendung beenden würde, hielt aber noch einmal inne. Er blickte mit ungewissem Ausdruck in die Videokamera. »Übrigens erzählte Hans mir etwas, das mir einige Sorgen bereitet. Ich kann nicht sagen, wie sicher diese Leitung ist, aber ich muß es trotzdem loswerden. Wenn es unten im Institut nicht schon allgemein bekannt ist, Charlene, bitte behalte es für dich. Es betrifft JN. Wußtest du, daß sie in der Zentrale eine ganze Serie neurologischer Selbstversuche gemacht hat? Beeinflussung der Hirnfunktion durch elektrische und chemische Reize, Radioisotopen- und Luftblasennachweis et cetera. Sechzehn verschiedene Methoden der Gehirnsondierung. Ich hoffe, sie hat da nicht etwas Verrücktes angestellt, sich selbst als Versuchsobjekt für Institutsexperimente verwendet. Vielleicht kannst du etwas darüber in Erfahrung bringen. Ich möchte gern Gewißheit haben, daß alles mit ihr in Ordnung ist. Frag mich nicht, wie Hans davon erfahren hat — vielleicht von ihr selbst, vielleicht von Informanten. Es ist immer wieder erstaunlich, wieviel Informationen sie hier oben über das Geschehen auf Erden haben. Das ist einstweilen alles.«

Er drückte sorgsam die AUS-Taste und lehnte sich zurück. Sendung beendet, Stromkreis unterbrochen.

Er schloß die Augen. Das war weniger schlimm gewesen, als er erwartet hatte. Es half entschieden, sich auf die Arbeit oder eine andere Person zu konzentrieren, die Gedanken vom Übelkeitsgefühl abzulenken. An etwas Angenehmes zu denken. Eine plötzliche und überraschende Erinnerung an Charlene kam ihm in den Sinn, wie ihr geschmeidiger Körper über ihm war und das dunkle Haar ihr locker um die Stirn fiel. Er grunzte. Wenn er solche Gedanken haben konnte, mußte er sich auf dem Wege der Besserung befinden. Nicht lange vielleicht, und er würde wieder den Anblick einer Mahlzeit ertragen können.

Sollte er einen neuen Versuch machen?

Wolfgang stählte sich, dann wandte er den Kopf und blickte hinaus. Der Spindelkopf wies jetzt zur Erde hinab, und er sah einen schier endlosen Fall zur sonnenbeschienenen Erdhälfte unter sich. Die Station befand sich über dem braunen Keil des indischen Subkontinents, zu dessen Füßen das grünere Oval Sri Lankas gerade noch sichtbar war.

Er keuchte. Je länger er hinabschaute, desto stärker schien das Bild sich zu verformen und zu einer fremdartigen und surrealistischen Landkarte zu werden. Er biß die Zähne zusammen und hielt sich am Rand der Konsole fest. Nach dreißig schrecklichen Sekunden konnte er sich zu einer anderen Perspektive zwingen. Es war die blaue und weiße Oberfläche der Erde, gefleckt mit bräunlich grünen Zeichen, die luftig und substanzlos war; die Station hingegen war wirklich, greifbar, fest. Das war es. An diesen Gedanken mußte er sich klammern. Allmählich konnte er seinen krampfartigen Griff lockern.

Es würde sich schon einrenken. Alles war relativ. Wenn Jinx sich diesen neuen Lebensbedingungen anpassen konnte, wenn er sich bei einer Körpertemperatur, die nur wenig über dem Gefrierpunkt lag, behaglich fühlen konnte, dann müßte es auch ihm gelingen, sich mit den viel geringfügigeren Veränderungen anzufreunden, die der Umzug der Station mit sich gebracht hatte. Es war am besten, alle selbstmitleidigen Gedanken zu verjagen und wieder an die Arbeit zu gehen.

Ohne das Zwicken seines seit langem leidenden Magens zu beachten, zwang Wolfgang sich, wieder hinunterzusehen, als die Station dem Atlantik und der majestätischen Krümmung der Tag-Nacht-Grenze zustrebte.

Drei Tage noch, dann würde das restliche Institutspersonal auf dem Weg hierher sein. Und wenn die Nachrichtenmeldungen zutrafen, war es gerade noch rechtzeitig. In ihren endlosen Streitereien schienen die Regierungen darin einig und entschlossen, Salter Wherry auszusperren und den Weg zum Raum zu blockieren.

10

Hans Gibbs hatte seinem Vetter eine kurze und nicht sehr erhellende Botschaft aus der Kommunikationszentrale geschickt: »Schaff deinen faulen Hintern herüber. Schleunigst, sonst entgeht dir etwas, das du nie wieder sehen wirst.«

Wolfgang und Charlene waren mitten in der ersten Inventur, als diese Botschaft über die Gegensprechanlage kam. Er blickte zu ihr und schaltete den Datenanschluß aus. »Komm mit!«

»Was, jetzt gleich?« Charlene schüttelte protestierend den Kopf. »Wir fangen gerade erst an. Ich versprach Cameron, daß wir die Einrichtung organisiert und arbeitsfähig sein würden, wenn sie kämen. Es bleiben uns nur noch wenige Stunden.«

»Ich weiß. Aber ich kenne auch Hans. Er untertreibt grundsätzlich. Es muß etwas Besonderes sein. Laß uns gehen, wir werden später noch damit fertig.« Er nahm sie bei der Hand und zog sie mit sich, was ihm Gelegenheit verschaffte, seine mühsam erworbene Erfahrung mit verringerter Schwerkraft zur Schau zu stellen. Charlene war weniger als vierundzwanzig Stunden in der Station, und es erschien Wolfgang äußerst ungerecht, daß sie nicht einmal einen Augenblick von Übelkeit befallen worden war. Wenigstens hatte sich noch nicht seine Fähigkeit zu leichter, unverkrampfter Bewegung. Er zog und drehte sie herum, berechnete intuitiv die lineare und die Winkelbeschleunigung. Nach einigen Augenblicken merkte Charlene, daß sie sich so wenig wie möglich bewegen sollte, und ließ sich von ihm wie ein totes Gewicht mitziehen. Rasch glitten sie den runden Korridor entlang, der zur Kommunikationszentrale führte.

Hans erwartete sie schon. Seine Aufmerksamkeit galt einer großen holographischen Projektion des Erdballs. Die Wiedergabe war eine Übertragung von einem geostationären Wettersatelliten in rund dreißigtausend Kilometern Höhe, so daß die ganze Erdkugel projektionsfüllend sichtbar war.

»Aus dieser Entfernung ist etwas von der Größe einer Raumfähre nicht zu sehen«, sagte Hans, »also müssen wir es elektronisch simulieren. Wenn wir Raumfahrzeuge sehen wollen, erzeugt der Computer die einzelnen grafischen Kurven und überträgt sie auf die Projektion. Jetzt heißt es aufpassen. Ich schalte die Koppelung ein, denn innerhalb einiger Minuten wird es losgehen.«

Charlene und Wolfgang standen hinter ihm, während er eine kurze Kommandosequenz eintastete und sich dann zurücklehnte. Die Projektion blieb unverändert und zeigte Europa, Asien und Afrika als halb beleuchtete Scheibe unter mittlerer Wolkenbedeckung. Die Sekunden zogen sich quälend in die Länge.

»Also, was ist?« fragte Wolfgang schließlich. »Wir sind da. Wo bleibt dein großes Ereignis?«

Er hatte kaum geendet, als Bewegung in die Projektion kam. Plötzlich erschienen winzige Funken roten Lichts an sechs verschiedenen Punkten der Hemisphäre. Sie waren leicht zu verfolgen, aber innerhalb weniger Minuten kamen weitere hinzu und stiegen wie Glühwürmchen aus dem dunstigen Rund des Erdkreises. Jeder Lichtpunkt begann sich in seiner Flugbahn langsam nach Osten zu neigen, woraus zu ersehen war, daß sie in eine Umlaufbahn zielten. Bald war ihre Zahl so groß, daß man Mühe hatte, die Übersicht zu behalten.

»Der Punkt am linken Bildrand«, sagte Hans, »kommt von Eitape. Das restliche Institutspersonal wird an Bord sein; Judith, de Vries und Cannon. In anderthalb Stunden werden sie hier eintreffen.«

»Großer Gott«, sagte Charlene kopfschüttelnd. »Das können nicht alles Raumfähren sein. So viele gibt es auf der ganzen Welt nicht.«

Sie war so sehr von dem Schaubild vor ihr fasziniert, daß ihr Hans Gibbs' vertrauter Hinweis auf die Institutsdirektorin entging, aber Wolfgang warf seinem Vetter einen wissenden Blick zu.

»Sie haben recht«, sagte Hans. Ihre beunruhigte Reaktion schien ihn zu befriedigen. »Wenn Sie nur die Fähren und andere mehrfach benutzbare Raumfahrzeuge in Betracht ziehen, gibt es nicht so viele wie hier signalisiert werden. Aber meine Zeit wurde knapp. Salter Wherry hatte Anweisung gegeben, alles heraufzuschaffen, Menschen und Versorgungsgüter und Gerät, ungeachtet der Kosten. Er ist der Chef, und es war sein Geld. Hätten wir angesichts der sich zuspitzenden Lage länger gewartet, so wäre es uns unmöglich geworden, die Ausfuhrgenehmigung für alles zu erhalten, was wir brauchen. Was wir jetzt sehen, ist der größte Massenstart von Menschen und Material, den es je gegeben hat. Dazu mußte ich Startoptionen für alle nichtmilitärischen Startrampen kaufen, die ich überall auf der Erde bekommen konnte. Jetzt heißt es aufpassen, es kommen noch mehr.«

Eine zweite Welle startete, diesmal als orangefarbene Lichtpunkte markiert. Gleichzeitig krochen auch rote Lichtpunkte um den dunklen Rand der Erde. Gestartete Flugkörper von der unsichtbaren Erdhälfte kamen in Sicht.

Hans drückte eine weitere Taste, und eine Anzahl grüner Punkte erschien auf der Projektion, alle in höheren Umlaufbahnen.

»Das sind unsere Stationen sowie die eigenen und von uns gecharterten Satelliten mit Ausnahme der Archen — die sind zu weit draußen, um bei diesem Maßstab noch im Bild zu erscheinen. Im Laufe der nächsten halben Stunde werden wir sehen, wie die meisten der Lichtpunkte bei den Stationen zusammenlaufen werden. Wir werden es mit einer Menge von Andockmanövern zu tun haben, die während der nächsten sechsunddreißig Stunden andauern werden.«

»Aber woher wissen Sie, wo die einzelnen Fähren sind?« fragte Charlene. Sie starrte wie hypnotisiert in das Gewimmel der Lichtfunken. »Ist alles von den Startdaten her berechnet?«

»Besser.« Hans zeigte mit dem Daumen zu einem anderen Bildschirm abseits. »Unsere Satelliten verfolgen jedes einzelne Fahrzeug und berechnen fortlaufend seine Bahn. Thermische Infrarotsignale für die Startphase, danach Radarüberwachung. Die eingehenden Daten werden von den Computern in Positionen und Bahnen umgerechnet. Wherry führte das System kontinuierlicher Beobachtung und Bahnberechnung vor einigen Jahren ein, als er befürchtete, irgendein Verrückter könnte einen heimlichen Angriff auf eine seiner Stationen planen. Aber es ist ideal für diese Verwendung.«

»Um Gottes willen«, sagte Wolfgang, »wie viele von

diesen Dingern sind unterwegs? Ich habe mehr als vierzig gezählt und nicht einmal versucht, diejenigen zu verfolgen, die von der amerikanischen Hemisphäre gestartet wurden.«

»Zweihundertsechs Raumfahrzeuge aller Größen und Formen, und die meisten passen nicht zu den Andockstellen, die wir hier verfügbar haben. Die Zahl der Starts wird von der Ablesung dort drüben angegeben.« Hans wedelte mit der Hand, aber seine Aufmerksamkeit blieb auf die Projektion gerichtet.

»Das wird ein Alptraum«, sagte er in munterem Ton. »Wir müssen sie alle abfertigen, wenn sie ankommen. Natürlich wird es nicht möglich sein, alle gleichzeitig herzubringen. Viele werden in niedrigeren Umlaufbahnen bleiben, und wir schicken die Fähren und Schlepper hinunter, um die Frachten an Bord zu bringen. Ich hatte nicht die Zeit, mich um zusätzliche Schubmittel zu kümmern, um sie nach der Orbitalphase aus eigener Kraft heraufkommen zu lassen. Es war schwierig genug, manche von diesen schrottreifen Dingern überhaupt in eine Umlaufbahn zu bringen.«

Eine neue Welle war gestartet. Mittlerweile aber war die Projektion zu unübersichtlich geworden, um einzelnen Bewegungen zu folgen. Die Lichtpunkte konvergierten, und die begrenzte Auflösung des Projektionsschirms erweckte den Anschein, als gerieten viele von ihnen aneinander und kollidierten, obwohl sie in Wirklichkeit mehrere Kilometer voneinander trennten. Charlene trat zum Fenster und schaute direkt zur Erde hinab. Dort war nichts zu sehen. Die Fähren waren viel zu klein, um vor der riesenhaften Scheibe des Planeten sichtbar zu sein. Sie wandte sich um und betrachtete die Ablesung der gezählten Starts. Die Gesamtsumme kletterte noch immer, da ständig weitere Fahrzeuge die Orbitalgeschwindigkeit erreichten.

Hans war von der Konsole aufgestanden, und die drei scharten sich um die Ablesung. Keiner sprach während der nächsten Minuten, nur das leise Piepen der Zähler störte die Stille.

»Gleich ist es soweit«, sagte Charlene schließlich. »Zweihundertdrei. Vier. Fünf. Noch eins. Da. Zweihundertsechs. Keine Panne. Sollten wir nicht applaudieren?« Sie lächelte Wolfgang zu, der ihr geistesabwesend die Hand drückte. Dann wandte sie sich wieder dem Zähler zu und stutzte. Sie starrte auf die Ablesung, als traute sie ihren Augen nicht.

»He! Sagten Sie nicht, die Gesamtzahl betrage zweihundertsechs? Die Ablesung zeigt inzwischen zweihundertvierzehn und klettert weiter.«

»Was?« Hans wandte den Kopf, um hinzusehen, während der Rest seines Körpers sich in die andere Richtung drehte, um die Bewegung in der geringen Schwere auszugleichen. »Das kann nicht sein. Ich habe jede Fähre und jede zivile Trägerrakete zusammengekratzt, die betriebsbereit war. Es ist nicht möglich ...«

Er brach ab. Auf der Projektion sprühte eine wahre Fontäne von hellen Lichtpunkten aufwärts. Sie ging von einem Gebiet in Südostasien aus. Während sie noch hinsahen, kratzte es im Lautsprecher der Gegensprechanlage, und eine Stimme meldete sich.

»Hans! Höchste Alarmstufe!« Die Stimme klang rauh und angestrengt, aber Wolfgang hörte den Ton der Autorität heraus. Das mußte Salter Wherry sein. »Monitoren zeigen Raketenabschüsse aus dem westlichen China. Noch keine Information über Bahnbewegung. Könnte auf Amerika oder die Sowjetunion zielen, aber einige könnten auch in unsere Richtung kommen. Es ist zu früh, genaueres zu sagen. Ich habe hier ausgeschaltet. Sie bestätigen Befehl an Gefechtsstationen. Ich werde in einer Minute bei Ihnen sein.«

Trotz ihres rauhen, gequälten Tons hatte die Stimme ihre Erklärungen und Anweisungen so schnell heruntergerasselt, daß die Sätze zu einem Strom von Befehlen zusammenflossen. Hans Gibbs versuchte nicht einmal zu antworten. Er war im nächsten Augenblick an einer anderen Konsole, riß eine Kunststoffversiegelung auf und zog den Hebel darunter, bevor Wolfgang oder Charlene einen klaren Gedanken fassen konnten.

»Was ist los?« rief Charlene.

»Weiß nicht.« Hans hörte sich an, als ob er am Erstikken wäre. »Sehen Sie die Projektion — und den Zähler. Das müssen militärische Raketenstarts sein. Wir müssen abwehrbereit sein, können uns nicht leisten, abzuwarten, bis wir wissen, daß welche in unsere Richtung kommen.«

Die Ablesung war außer Rand und Band; die Zahlen veränderten sich so schnell, daß man sie nicht mehr ablesen konnte, aber die Zählung der Starts lag über vierhundert. Während sie unvermindert höher kletterte, kam Salter Wherry in die Kommunikationszentrale.

Es war sein persönliches Erscheinen, das Charlene den wirklichen Ernst der Situation bewußt machte. Dieser Mann, der kaum mit anderen Menschen zusammenkam, der seine Zurückgezogenheit über alles schätzte und Fremde nicht an sich heranließ, schien Charlene und Wolfgang nicht einmal zu bemerken.

Sie starrte ihn neugierig an. War dies die lebende Legende, die treibende Kraft des Raumfahrtgedankens? Sie wußte, daß er sehr alt war. Aber er sah greisenhaft und hinfällig aus. Sein Gesicht war weiß und abgezehrt, wie eine Totenmaske, die dünnen Hände zitterten.

»Die Narren«, krächzte er in heiserem Flüsterton. »Die verdammten, hirnverbrannten Narren. Ich hatte es befürchtet, aber ich glaubte nicht wirklich, daß es zu meinen Lebzeiten jemals geschehen würde. Ist unsere Abwehr einsatzbereit?«

»Wir sind geschützt«, sagte Hans. »Aber was soll aus den Shuttles werden, die unterwegs hierher sind? Sie werden in Fetzen geschossen, wenn sie in die Flugbahn geraten.«

Charlene starrte ihn einen Augenblick verständnislos an. Dann begriff sie. »Die Shuttles? Ach Gott, das ganze

Institutspersonal ist unterwegs hierher. Wir dürfen die Raketenabwehr nicht gegen sie richten — Sie können es nicht tun!«

Wherry blickte mißmutig zu ihr her, schien jetzt erst die Fremden zu bemerken. »Selbst die schnellsten Transporter werden frühestens in einer Stunde hier sein«, erwiderte er.

Er sank auf einen Stuhl, und Charlene hörte, wie ihm die Luft bei jedem Atemzug röchelnd und pfeifend durch die Kehle fuhr. Er hustete und lehnte sich zurück. Seine Haut sah trocken und weiß aus, wie bröckelnder Teig. »Bis dahin wird alles vorbei sein, so oder so. Die Angriffsraketen haben hohe Beschleunigungsraten. Wenn sie auf uns gezielt sind, werden sie in zwanzig Minuten hier sein. Wenn nicht, wird es sowieso aus sein. Hans, zeigen Sie unsere Position auf der Gesamtdarstellung.«

Hans Gibbs ging an die Konsole, und die Position von PSS 1 erschien als weißer blinkender Punkt auf der Projektion. Hans beobachtete die ganze Schaustellung mit schiefgelegtem Kopf. Nach einigen Augenblicken sagte er: »Ich glaube nicht, daß sie hierher kommen werden. Sie zielen auf die östliche Sowjetunion und die Vereinigten Staaten, würde ich sagen. Was ist los?«

Wherry saß mit dem Kopf auf der Brust. »Sehen Sie zu, was Sie an Radiodurchsagen empfangen können.« Er räusperte sich, aber der Atem rasselte weiter in seinem Kehlkopf. »Wir waren immer in Sorge, daß jemand einen heimlichen Erstschlag versuchen würde, um die Vergeltungsgefährlichkeit der anderen auszuschalten. Das ist es, was wir hier sehen: eine Enthauptung. Ein paar Hasardeure haben unsere starke Aktivität ausgenutzt — bei so vielen Starts braucht es eine Weile, bis die Satellitenüberwachung erkennt, daß ein Angriff durchgeführt wird.«

Hans hatte das Radio und den elektronischen Sendersuchlauf eingeschaltet. »Funkstille in China. Sehen Sie sich die Projektion an. Das werden amerikanische Raketen sein. Der Gegenangriff. Jedem Einsichtigen mußte klar sein, daß ein vernichtender Erstschlag nicht möglich sein würde, und so ist es.«

Ein dichter Schwarm von Lichtpunkten hob sich über die Nordpolregion. Gleichzeitig stieg aus Ostsibirien ein weiterer Schwarm. Der Startzähler stieß eine Serie schriller Quiektöne aus, da individuelle Starts zu zahlreich wurden, um als separate Piepstöne markiert zu werden. In weniger als drei Minuten waren über dreitausend Raketenstarts festgestellt worden.

»Konnte nicht klappen. Konnte nicht klappen«, murmelte Salter Wherry. »Erstschlag kann nicht klappen — immer bleibt was für den Gegenschlag.«

Er versuchte, den Kopf zu heben, doch sank ihm das Kinn wieder auf die Brust. Charlene hatte den Gedanken, daß sie vielleicht mehr vor sich hatte als Greisenalter und Enttäuschung. »Wolfgang! Komm und hilf mir!«

Sie legte Wherry eine Hand unters Kinn und hob ihm den Kopf. Seine Augen waren trüb, wie von einem durchscheinenden Film überzogen. Bei ihrer Berührung hob er matt die rechte Hand, als suche er Halt an ihrem Arm. Seine Hand war eiskalt. Mit der anderen krallte er an seiner Brust.

»Konnte nicht klappen. Konnte ...« Die Stimme war ein heiseres Wispern. »Das Ende ... Ende der Welt, Ende von allem.«

»Er hat einen Herzanfall.« Charlene wollte ihn vom Stuhl heben, aber Wolfgang kam ihr zuvor.

»Hans, du könntest das besser als wir, aber bleib lieber hier, wo du bist — wir müssen wissen, was vorgeht. Aber verständige eure Krankenstation und sag dem Arzt, daß wir es für einen Herzanfall halten. Frag ihn, ob wir ihn bewegen können, oder ob er ihn lieber hier behandeln möchte. Und wenn er zur Krankenstation soll, sag mir, wie ich ihn hinschaffen kann.«

Zu zweit hoben sie Wherry vom Stuhl. Charlene tat es so sanft sie konnte, doch mit einem Teil ihrer Aufmerksamkeit beobachtete sie staunend Wolfgang und Hans. In den vergangenen Minuten hatte eine seltsame und plötzliche Veränderung in ihrem Verhältnis zueinander stattgefunden. Hans war der Ältere und Erfahrene, aber in dem Maße, wie die Ereignisse verwirrender und niederdrückender wurden, schien er zu schwinden, während Wolfgang um so kraftvoller und entschlossener wurde. Im Augenblick war es keine Frage, wer die Dinge in der Hand hatte. Hans befolgte Wolfgangs Weisungen ohne zu zögern. Er war in der Konsole, hatte das Mikrofon umgehängt, und seine Finger flogen über die Tasten.

»Laß Wherry hier«, sagte er nach kurzem Gespräch. »Olivia Ferranti wird gleich herüberkommen. Er soll flach liegen und nicht bewegt werden. Keine Behandlungsversuche, solange er atmet — sie bringen ein tragbares Wiederbelebungsgerät mit.«

Wolfgang nickte Charlene zu, und gemeinsam ließen sie Salter Wherry zu Boden und legten ihn nieder. Der alte Mann lag einen Augenblick still, dann versuchte er sich aufzurichten.

»Bleiben Sie ruhig liegen«, sagte Charlene.

Er machte eine kleine Seitwärtsbewegung mit dem Kopf. »Bilder«, murmelte Wherry. »Muß die Monitoren sehen. Aufklärung. Städte.«

Hans nickte. »Habe ich bereits angefordert. Die wichtigsten Großstädte. Was noch?«

»Kannst du die Fähre erreichen, die das Institutspersonal an Bord hat?« fragte Wolfgang. »Wir müssen mit JN sprechen. Inzwischen muß die Fähre außerhalb der Atmosphäre sein, aber ich weiß nicht, ob sie Sichtverbindung mit uns haben.«

»Spielt keine Rolle.« Hans wandte sich wieder zur Konsole.

»Wir können Relaisstationen einschalten. Ich werde es versuchen. Wir werden dafür einen anderen Kanal nehmen müssen, und ich schalte den Empfang auf den Bildschirm hinter dir.«

Er machte sich an die Arbeit. Er war der einzige, der vollauf beschäftigt war. Charlene und Wolfgang standen mit einem Gefühl von Hilflosigkeit herum. Nachdem er sich vergeblich bemüht hatte, Kopf und Oberkörper aufzurichten, lag Salter Wherry jetzt bewegunglos. Er sah leichenhaft aus, völlig blutleer, mit welkem Antlitz und Hände, die zu mageren Krallen gekrümmt waren. Der Atem rasselte tief in seiner Kehle, das einzige Geräusch, welches das unaufhörliche Quietschen des Anzeigegeräts begleitete. Die Lichtpunkte überzogen die Erdkugel wie ein helles Netz, dichter über der nördlichen Halbkugel und dem Polargebiet.

Gerade als die ersten Bilder der Aufklärungssatelliten auf den Bildschirmen erschienen, traf Olivia Ferranti ein. Die Ärztin warf einen erschrockenen Blick auf die bläulichweiß und schwefelgelb aufschießende Explosion, die Moskau gewesen war, dann kniete sie neben ihrem Patienten nieder. Ihre Assistentin zog Elektroden von dem tragbaren Gerät zu Salter Wherrys entblößter Brust und nahm eine bedrohlich aussehende Säge und ein Skalpell aus einer Tasche mit dem Arztbesteck.

»Wir empfangen jetzt Signale von der Fähre«, sagte Hans. »Wen willst du sprechen?«

»JN«, sagte Wolfgang. »Charlene, es ist besser, du sprichst mit ihr. Sag ihnen, sie sollen die Rendezvous-Flugbahn verlassen, bis unsere Raketenabwehr hier in Aktion tritt. Anderswo sind sie ungefährdet ...«

Seine Worte wurden übertönt von einem Lärmausbruch von den Kommunikationsanlagen. Hans Gibbs reduzierte die Lautstärke fluchend auf ein erträgliches Maß. »Das hatte ich befürchtet. Einige der thermonuklearen Explosionen müssen im Randbereich der Atmosphäre liegen. Wir bekommen die Wirkung elektromagnetischer Impulse zu spüren, die alle eingehenden Signale auslöschen. Wir sind hier ungefährdet, weil die Station von Anfang an abgeschirmt wurde, aber bei der Fähre wird es nicht der Fall sein. Ich werde versuchen, eine Laserverbindung herzustellen, sobald Sichtkontakt besteht, und sende weiter mit der Hoffnung, daß die Fähre gegen EMP gehärtet ist.«

Die Bildschirmmonitoren erzählten eine niederdrükkende Geschichte. Alle paar Sekunden wechselten die Monitoren zu einem anderen Ort und zeigten eine neue Explosion. Es gab keine Zeit, die einzelnen Städte zu identifizieren, bevor sie für immer in der Glut der Wasserstoff-Fusion verschwanden. Nur die äußeren Bedingungen von Tag oder Nacht verrieten den Beobachtern, in welcher Hemisphäre die Sprengköpfe niedergingen. Es war ausgeschlossen, den Schaden oder die Verluste an Menschenleben abzuschätzen, bevor eine neue Schreckensszene erschien. Salter Wherry hatte recht: die Hoffnung auf einen jede Gegenaktion ausschaltenden Erstschlag hatte getrogen.

Wolfgang und Charlene standen vor den Bildschirmen. Einer zeigte noch den Blick aus der geostationären Umlaufbahn. Auch hier funkelten helle Lichtblitze, aber diesmal waren sie nicht das Ergebnis einer Computersimulation. Es waren die Explosionen von Mehrfachsprengköpfen im Multimegatonnenbereich. Die ganze Hemisphäre war gesprenkelt mit den dunklen Flecken sich ausbreitender Explosionswolken, als Gebäude, Brücken, Straßen, Häuser, Pflanzen, Tiere und Menschen verdampft, verbrannt und ihre Asche hoch in die Stratosphäre getragen wurden.

»Hamburg«, flüsterte Wolfgang, beinahe unhörbar. »Das war Hamburg. Meine Schwester lebte dort. Mit Mann und Kindern.«

Charlene sagte nichts. Sie drückte ihm die Hand, viel fester als sie beabsichtigte. Die Explosionen dauerten an, in einer geisterhaften Lautlosigkeit der Darstellung, die beinahe schlimmer wirkte als jeder Lärm. Wünschte sie, daß die Bildschirme Darstellung der Zerstörung amerikanischer Städte zeigten? Oder wollte sie lieber nicht wissen, was dort geschehen war? Da all ihre Verwandten in Chicago und Washington lebten, schien es für keinen von ihnen Hoffnung zu geben.

Sie wandte sich um. Die ärztlichen Helfer hatten eine Atemmaske über Salter Wherrys unterer Gesichtshälfte befestigt, Wherrys Brust entblößt, und taten dort etwas, was Charlene lieber nicht allzu genau sah. Zwei weitere Helfer waren mit einer Rollbahre eingetroffen.

Tot oder lebendig? Zu ihrer Überraschung sah Charlene, daß Wherry bei Bewußtsein war, denn seine Augen bewegten sich, um die Darstellungen der Monitoren zu verfolgen. Ihr Ausdruck war von einer angestrengten Anspannung, die eine Nebenwirkung kreislaufstützender Medikamente sein konnte, aber wenigstens war der schrecklich glasige und trübe Blick verschwunden.

Charlene folgte Wherrys Blickrichtung zu dem Bildschirm an der Rückseite des Raums. Dort entstand gerade ein unscharfes Bild, überlagert von Verzerrungsmustern grüner Fischgräten. Als das Bild sich stabilisierte, sah sie plötzlich Jan de Vries. Er saß angeschnallt im Sitz einer Fähre und hatte einen Stoß Papiere auf dem Schoß. Er sah aus, als wäre ihm speiübel. Und er weinte.

»Dr. de Vries — Jan.« Charlene wußte nicht, ob er sie hören oder sehen konnte, aber sie mußte diesem vertrauten Gesicht zurufen. »Warten Sie mit dem Rendezvous! Wir haben ein Raketenabwehrsystem in Betrieb.«

Als er ihre Stimme hörte, fuhr er im Sitz auf. »Charlene? Ich kann Sie hören, aber unser Videosystem ist außer Funktion. Können Sie mich sehen?«

»Ja.« Kaum war das Wort heraus, da bedauerte Charlene, es gesagt zu haben. Jan de Vries war derangiert, seine Jacke war beschmutzt mit Erbrochenem, die Augen vom Weinen gerötet. Für einen Mann, der so großen Wert auf eine gepflegte äußere Erscheinung legte, mußte der gegenwärtige Zustand demütigend sein. »Jan, haben Sie gehört, was ich sagte?« fuhr sie eilig fort. »Lassen Sie den Piloten eine Kursänderung vornehmen und das Rendezvousmanöver aufschieben!«

»Wir wissen es.« De Vries rieb sich die Augen. »Die Nachricht erreichte uns als erstes. Wir sind in einer Umlaufbahn und warten, bis es sicher ist, die Station anzusteuern.«

»Jan, haben Sie etwas davon gesehen? Es ist furchtbar, die Welt geht zugrunde.«

»Ich weiß.« De Vries sprach mit klarer Stimme, beinahe so, als wären seine Gedanken mit anderen Überlegungen beschäftigt.

»Ich muß mit einem Arzt der Station sprechen«, fuhr er fort. »Ich hätte es schon vor dem Start getan, aber es herrschte einfach zuviel Durcheinander. Können Sie mich mit einem verbinden?«

»Es ist eine Ärztin hier — Salter Wherry hatte einen Herzanfall, und sie versorgt ihn gerade.«

»Gut, können Sie die Ärztin herbeirufen? Es ist geboten, daß ich mit ihr über die medizinische Ausstattung der Station spreche. Es besteht dringender Bedarf an bestimmten Arzneimitteln und chirurgischen Geräten ...« Jan de Vries brach plötzlich ab, blickte verdutzt und schüttelte den Kopf. »Entschuldigen Sie, Charlene, ich höre Sie, doch fällt es mir schwer, mich gegenwärtig auf mehr als eine Sache zu konzentrieren. Sie sagten, Wherry habe einen Herzanfall gehabt. Wann?«

»Als der Krieg anfing.«

»Einen schlimmen Anfall?«

»Ich glaube es, ja, aber ich weiß es nicht.« Charlene konnte die Frage nicht beantworten, schon gar nicht, solange Salter Wherry stumm zu ihr hersah. »Dr. Ferranti, haben Sie Zeit, ein paar Augenblicke mit Dr. de Vries zu sprechen?«

Die Frau blickte kalt von ihrem Platz neben Wherry zu ihr auf. »Nein. Ich habe hier alle Hände voll zu tun. Aber sagen Sie mir die Frage, und ich werde sehen, ob ich Ihnen eine rasche Antwort geben kann.«

»Danke sehr«, sagte de Vries in demütigem Ton. »Ich werde mich kurz fassen. Auf der Erde gibt es — oder gab es — ungefähr vier Krankenhäuser, die ausgestattet waren, eine vollständige parietale Resektion mit teilweiser Entfernung und innerer Vernähung des vorderen Nervenstranges auszuführen. Dazu sind besondere Instrumente und eine komplizierte prä- und postoperative chemotherapeutische Behandlung notwendig. Ich möchte gerne wissen, ob solch eine Operation mit den in Salter Station vorhandenen medizinischen Einrichtungen ausgeführt werden kann.«

»Was, zum Teufel, redet er für Zeug?« sagte Hans in barschem Flüsterton zu Wolfgang. »Die Welt geht in Flammen auf, und er führt Fachgespräche über Operationen, die es nie mehr geben wird.«

Wolfgang bedeutete ihm, still zu sein. Jan de Vries hatte oft erklärt, daß er ohne Anhang in der Welt stehe, eine Waise ohne lebende Verwandte, ohne enge Freunde. Seine Sorge konnte nicht gefährdeten oder verlorenen Angehörigen gelten. Aber Wolfgang sah den Ausdruck in de Vries' Gesicht, und etwas darin sprach mehr von einer persönlichen Tragödie als von dem allgemeinen Weltuntergang. Ein arger Verdacht regte sich in Wolfgangs Sinn.

Dr. Ferranti wandte den Kopf und blickte stirnrunzelnd zu de Vries' Abbild auf. »Wir haben die Einrichtung nicht. Und angesichts dessen ...« — sie machte eine Kopfbewegung zur Hauptprojektion — »glaube ich nicht, daß wir sie jemals haben werden.«

Die Umlaufbahn der Station hatte sie allmählich weiter nach Westen zur sonnenbeschienenen Seite der Erde getragen. Nun blickten sie auf den Atlantik hinab. Die winzigen dunklen Pusteln im Angesicht der Erde hatten sich ausgebreitet und waren ineinandergeflossen. Weite Teile Europas waren vollkommen verdunkelt von einer rauchigen Decke, die von innen durch Wetterleuchten erhellt wurde. Die Ostküste der Vereinigten Staaten hätte in Sicht kommen sollen, aber auch sie war verborgen unter einer brodelnden Masse von Staub und Rauchwolken.

Und noch immer wurden Raketen gestartet, ihre Ziele zu suchen. Während Raketen ihre Ziele trafen und aus der Projektion verschwanden, stiegen neue helle Lichtfunken aus dem brodelnden, kochenden Inferno, das aus den Vereinigten Staaten geworden war und nahmen Kurs über den Pol nach Asien. Die Personen, die ihre Flugbahnen festgelegt hatten, mochten tot sein, aber ihre Instruktionen waren längst in den elektronischen Rechenanlagen fixiert. Selbst wenn niemand überlebte, würde der Hagel nuklearer Sprengköpfe weiter fallen, bis alle Arsenale leer wären.

»Können Sie die notwendigen Geräte für die Operation herstellen?« fragte de Vries nach einer Weile. Außerstande, die Monitoren selbst zu sehen, begriff er nicht, daß alle in der Kommunikationszentrale Anwesenden vom Anblick einer sterbenden Erde gelähmt waren. Seine Frage war dringend, aber niemand antwortete. Seit Tagesanbruch hatte alles in de Vries' Welt die unwirklichen Züge eines langen Alptraums angenommen, in welchem alles schon vor seinem wirklichen Ende Stück für Stück auseinanderfiel.

»Können Sie die benötigten Geräte bauen?« wiederholte er.

Ferranti machte eine ungeduldige Bewegung und antwortete: »Wenn wir wollten, könnten wir vielleicht ein behelfsmäßiges System herstellen, mit dem die Operation ausgeführt werden könnte — aber es würde uns mindestens fünf Jahre kosten. Wir müßten bei Null anfangen und Maschinen bauen, um Geräte darauf herzustellen.«

Sie beugte sich wieder über Salter Wherry und verlor sofort jedes Interesse an einer Fortsetzung des Gesprächs mit de Vries. Wherrys Atem ging flacher, und er zitterte. Anscheinend hatte er das Bewußtsein verloren.

»Ich wollte ihn noch nicht bewegen«, sagte Ferranti zu ihren Helfern, »aber wir haben keine Wahl. Wir müssen ihn zur Intensivstation bringen. Sofort, oder es ist aus mit ihm.«

Wherry wurde vorsichtig auf die Rollbahre gehoben. Die untere Hälfte seines Gesichts war noch immer von der Atemmaske bedeckt. Als er niedergelegt wurde, öffnete er die Augen. Die Pupillen waren geweitet, das Weiße von gelblich-ledrigem Aussehen. Die Augäpfel waren eingesunken, dunkel umschattet. Wolfgang blickte dem alten Mann ins Gesicht und sah den Tod darin.

Als er sich abwenden wollte, zupfte die schwächliche Greisenhand an seinem Ärmel.

»Sie sind vom Institut?« Die Worte waren undeutlich und kaum hörbar.

»Ja«. Es überraschte Wolfgang, daß Wherry noch sprechen konnte.

»Kommen Sie mit!«

Die schwache Stimme konnte noch immer befehlen. Wolfgang nickte, trat zur Seite, als die Bahre vorsichtig angeschoben wurde. Charlene sprach wieder mit de Vries und stellte die Frage, die Wolfgang selbst hatte stellen wollen.

»Jan«, sagte sie, »wir haben versucht, JN zu erreichen. Wo ist sie?«

»Sie ist an Bord der Fähre.« De Vries bedeckte die Augen mit einer Hand. »Sie ist bewußtlos. Ich wollte die Reise aufschieben, wollte, daß sie noch warte und zu Kräften käme, um die Operation ausführen zu lassen und uns dann zu folgen. Sie bestand darauf, mitzukommen. Und sie hatte recht. Aber zu Hause auf Erden hätte sie Hilfe finden können. Jetzt ...«

Wolfgang bemühte sich zu verstehen, was er hörte, aber er mußte bei dem Sterbenden bleiben. Widerwillig folgte er dem Krankentransport hinaus.

Als Wolfgang im Korridor neben dem Wagen herging, wandte Salter Wherry den Kopf und fuhr mit trockener Zunge über die bleichen Lippen. »Kommen Sie näher!«

»Sie sollten nicht sprechen«, sagte Ferranti.

Wherry ignorierte sie. »Muß Niles sagen, was zu tun ist. Hören Sie?«

»Ich höre.« Wolfgang beugte sich im Gehen über den Kopf des alten Mannes. »Sprechen Sie! Ich werde dafür sorgen, daß sie die Botschaft erhält.«

»Sagen Sie ihr ... Ich weiß, daß sie Narkolepsie durchschaute. Dachte es mir — zu einfach für sie. Soll wahren Grund wissen, warum ich ... sie hier haben mußte.«

Eine lange Pause folgte. Wherry schloß die Augen. Als Wolfgang meinte, er sei bewußtlos, sprach der alte Mann gekräftigt und zusammenhängender weiter.

»Ich hatte eigene Gründe, daß ich sie hier benötigte — und sie hatte ihre. Ich weiß nicht, was ihre waren; aber sie soll meine kennen. Und ich möchte, daß sie den Plan hier ausführt. Hoffte, wir würden uns da unten nicht selbst in die Luft jagen, mußte aber auf alles vorbereitet sein. Gerade rechtzeitig, wie?« Es ertönte ein pfeifendes Stöhnen, in dem Wolfgang verspätet ein Lachen erkannte. »Geschichte meines Lebens. Gerade noch rechtzeitig. Noch ein Tag, und es wäre zu spät gewesen.«

Er widerstrebte matt, als Ferranti seinen Arm nahm, um ihm eine Injektion zu geben. »Keine Beruhigungsmittel. Schmerz in der Brust — aber das kann ich aushalten. Sie, junger Mann.« Der Blick der brennenden Augen bohrte sich in Wolfgangs. »Kommen Sie näher! Kann nicht mehr viel sprechen. Sage Ihnen meinen Traum, möchte, daß Sie Niles sagen, es zu ihrem zu machen.«

Die Helfer und die Ärztin blieben stehen, und Wolfgang beugte sich über das eingefallene Gesicht. Eine lange Pause folgte. »Genesis. Erinnern Sie Genesis?« Wherrys Stimme wurde zusehends undeutlicher, und Wolfgang blickte fragend zur Ärztin, die nach kurzem Zögern die Atemmaske entfernte. »Müssen tun, was Genesis sagt. ›Seid fruchtbar und mehret euch.‹ Fruchtbar und mehret euch ...«

Wieder blickte Wolfgang zu Dr. Ferranti. »Er phantasiert.«

»Nichts da.« In der schwachen Stimme war noch immer eine Gereiztheit spürbar. »Passen Sie auf! Archen sollen weit hinaus — Universum besiedeln. Seid fruchtbar und mehret Euch. Verstehen Sie? Selbstgenügsam, können tausend Jahre unterwegs sein. Aber das ist nicht zu machen. Wir sind schwaches Glied. Streiten, ändern Meinung, verändern Gesellschaft, töten Führer, zerschlagen Systeme. Verdammte Narren. Halten niemals tausend Jahre durch, nicht einmal hundert.«

Wherry schwieg erschöpft, und sie fuhren weiter zur Krankenstation, wo Wherry behutsam auf einen für Notoperationen bestimmten Tisch gehoben wurde. Eine Injektionsnadel glitt in seinen linken Arm, und ringsum leuchtete eine Batterie heller Lampen auf.

Wherry drehte den Kopf mit einer letzten Anstrengung, Wolfgang zu sehen. »Sagen Sie Niles. Soll Scheintod entwickeln. Darum brauche ich Institut hier.« Die Travestie eines Lächelns ging über das gequälte Gesicht. »Dachte, ich könnte erste Versuchsperson sein. Selbst Sterne sehen. Wird nichts daraus. Aber sagen Sie ihr. Sagen Sie ihr ... Kälteschlaf ... Ende von allem ... Schlaf ...«

»Er ist eingeschlafen«, sagte Dr. Ferranti. »Sie müssen jetzt gehen — wir wollen operieren.«

»Können Sie ihn retten?«

»Ich glaube es nicht. Es ist der dritte Herzanfall.« Sie nagte an der Unterlippe. Wolfgang bemerkte, daß sie große, schöne Augen und einen traurigen Mund hatte. »Letztes Mal war es Flickwerk, aber wir hofften, es würde länger vorhalten. Die Chancen stehen eins zu zehn, mehr ist nicht drin. Noch weniger, wenn wir nicht sofort anfangen.«

Wolfgang nickte. »Viel Glück.«

Langsam bewegte er sich durch die Korridore zurück. Sie lagen verlassen, alle Bewohner der Station hatten sich mit ihren Gedanken zurückgezogen. Wolfgang selbst fühlte sich ausgelaugt und niedergeschlagen. Die Atomexplosionen auf Erden drängten sich ungebeten in seine Gedanken, eine Collage der Zerstörung, überlagert von Jan de Vries' traurigem Gesicht. Der Optimismus des Morgens und die unter Scherzen begonnene Inventur mit Charlene kam ihm Wochen entfernt vor.

Schließlich gelangte er in die Kommunikationszentrale. Hans war allein dort und beobachtete die große Projektion und die Aufzeichnungen der einzelnen Monitoren. Wolfgangs Eintreten weckte ihn aus betäubter Erstarrung.

»Das Raketenabwehrsystem ist abgeschaltet«, sagte er. »Die da unten sind zu sehr miteinander beschäftigt, um ihre Zeit mit uns zu vergeuden. Eure Shuttles werden jetzt bald eintreffen.«

»Wie ist die Lage ...?«

Hans machte eine Kopfbewegung zu der Projektion, wo nur noch wenige Lichtpunkte ihre Bahnen zogen und das Gesicht der Erde beschmutzt und getrübt war. »Schrecklich. Weder Radio- noch Fernsehsignale kommen heraus — oder wenn sie es versuchen, gehen sie in den Störungen unter. Wir haben vor einigen Minuten die freigesetzte Energie geschätzt. Dreißigtausend Megatonnen.« Hans seufzte. »Entspricht vier Tonnen TNT für jeden Menschen auf Erden. Dort herrscht jetzt überall Nacht — der Sonnenschein kann die Staubwolken nicht durchdringen.«

»Wie viele Tote?«

Hans schüttelte den Kopf. »Wie sollte ich es wissen? Zwei Milliarden, drei Milliarden? Es ist noch nicht vorbei. Radioaktive Strahlung und Klimaveränderungen werden den Rest erledigen.«

»Alle? Alle Menschen auf Erden?«

Hans zuckte die Achseln. »Wer weiß, wie es dort unten zugeht, wie hoch die Strahlungsintensität in den nicht direkt betroffenen Gebieten ist?« Er starrte auf die Projektion und versank in dumpfes Schweigen. Die ganze Erdoberfläche wirkte verschmiert und dunkel. Nach ein paar Augenblicken ging Wolfgang zu seiner Schlafkammer weiter. Hans hatte recht. Bald würden die Fähren anlegen, aber vorher hatte jeder das Bedürfnis, allein und stumm zu trauern.

Charlene erwartete ihn in dem verdunkelten Raum. Er nahm sie in die Arme, und minutenlang saßen sie stumm und hielten einander umschlungen. Den ganzen Tag über hatten die Ereignisse sich derart überstürzt, daß sie alle wie in einer benommenen Trance waren, und erst allmählich begann die schreckliche Bedeutung des Geschehens mit all ihren Weiterungen Realität anzunehmen. Namentlich für Charlene, die vor vierundzwanzig Stunden noch daheim in Neuseeland im Institut gewesen war, hatte alles einen Anschein von Unwirklichkeit. Bald, so dachte sie, würde der Bann gebrochen und der üble Traum ausgeträumt sein, und sie würde in die vertraute und angenehme Welt der wissenschaftlichen Arbeit, der Berichte und wöchentlichen Sitzungen zurückkehren.

Wolfgang seufzte. Sie hob seine Hand und strich sie über ihre Wange.

»Gibt es Neuigkeiten von JN?« fragte er schließlich. »De Vries gefiel mir nicht; er wirkte völlig geknickt.«

Sie erschauerte in der Dunkelheit neben ihm. »Schlechter könnte es ihr kaum gehen. Jan kam heute früh mit ihr zusammen, als die letzten Ergebnisse der Labortests vorlagen. Sie hat einen raschwüchsigen Gehirntumor — noch schlimmer als wir befürchtet hatten.«

»Inoperabel?«

»Das ist das Schlimmste daran — und der Grund von Jan de Vries' Fragen. Es gibt eine Operationsmöglichkeit, kombiniert mit Chemotherapie, eine Methode, die in vier von fünf Fällen erfolgreich ist. Aber es gibt nur eine Handvoll Krankenhäuser und Ärzte, die sie ausführen könnten. Hier in der Station ist daran nicht zu denken — du hast Dr. Ferranti gehört. Es würde jahrelange Entwicklungsarbeiten erfordern.«

»Wieviel Zeit gibt man ihr noch?«

»Zwei oder drei Monate, mehr nicht.« Charlene hatte

ihre Empfindungen tagsüber zurückgehalten, aber nun weinte sie leise. »Vielleicht weniger — die Beschleunigung beim Start der Fähre machte sie ohnmächtig, und das ist ein schlechtes Zeichen. Sie betrug nur das Dreifache der Erdschwere. Und alle Einrichtungen, die daheim auf der Erde die Operation hätten ausführen können, sind Staub und Asche. Sie ist zum Tode verurteilt, Wolfgang. Wir können sie hier nicht operieren, und sie kann nicht zurück.«

Er wiegte Charlene sanft in den Armen vor und zurück. »Heute früh schienen wir am Anfang von allem zu sein«, sagte er nach einer Weile. »Zwölf Stunden später ist es das Ende von allem. Wherry sagte es selbst: das Ende von allem. Ich sagte es dir nicht, aber auch er liegt im Sterben. Ich bin ziemlich sicher. Er gab mir eine Botschaft für JN, wonach das Institut am Problem des Kälteschlafs für die Archen arbeiten soll. Ich versprach, ihr die Botschaft zu überbringen, und das werde ich tun. Aber jetzt spielt es keine Rolle mehr.«

»Sie sind alle fort«, sagte Charlene leise. »Die Lieben daheim, die Heimat selbst, Judith Niles, Salter Wherry. Was ist noch übrig?«

Wolfgang blieb lange still. Charlene, die in der Dunkelheit seinen Körper warm an sich fühlte, fragte sich, ob er sie wirklich gehört habe. Sie waren beide im Begriff, einzuschlafen, Opfer nervöser Erschöpfung. Sie fühlte sich zu schwach für jede Bewegung.

Schließlich grunzte Wolfgang und regte sich. Er seufzte.

»Wir sind übrig«, sagte er. »Wir sind noch da. Und die Tiere sind auch noch da. Jemand muß sich um sie kümmern. Wir können sie nicht dem Hungertod überlassen.«

Er legte den Kopf an ihre Schulter. »Laß uns einfach liegenbleiben und versuchen, ein wenig zu schlafen. Dann können wir den alten Jinx und die anderen Tiere füttern.«

Seine letzten Worte waren nur noch ein undeutliches

Gemurmel, das den Übergang in den Schlaf anzeigte. »Manche Dinge müssen weitergehen; auch nach dem Weltuntergang.«

11

Seit bald vier Stunden hatte es kein Gespräch gegeben. Jede der drei weißgekleideten Gestalten war von ihren jeweiligen Pflichten in Anspruch genommen, und die Gazemasken verliehen ihnen zusätzliche Anonymität und Isolation. Die Luft im Raum war bitterkalt. Immer wieder rieben die Arbeiter sich die kalten Hände, wollten aber keine Wärmehandschuhe tragen und verminderte Geschicklichkeit in Kauf nehmen.

Die Frau auf dem Tisch war von Anfang an ohne Bewußtsein gewesen. Ihr Atem ging so schwach, daß die Monitoranzeige notwendig war, um ihr Überleben und den stabilen Zustand ihres Kreislaufs zu dokumentieren. Elektroden und Katheter führten in Leib, Brusthöhle, Nase, Augen, Wirbelsäule und Schädel. Ein dicker Schlauch war an eine Hauptschlagader im Oberschenkel angeschlossen, bereit, Blut in das chemische Austauschgerät zu pumpen, das neben dem Tisch stand.

Alles war bereit. Aber nun gab es Zögern. Die drei überprüften ein weiteres Mal die Lebenszeichen in der Monitoranzeige, dann verließen sie in ausgesprochener Übereinkunft den Raum und zogen die Gazemasken ab. Eine Weile sahen sie einander schweigend an.

»Sollten wir es wirklich durchziehen?« sagte Charlene unvermittelt. »Ich meine, angesichts der Ungewißheiten und Risiken ... Wir haben keine Erfahrung mit einem Menschen. Und ich bin nicht sicher, wie die Medikamentengaben der unterschiedlichen Körpermasse und Biochemie angepaßt werden sollten ...«

»Welches Vorgehen würden Sie vorschlagen, meine Liebe?« Jan de Vries hatte sich anfangs, als die Idee zur

Diskussion gestellt wurde, vehement dagegen ausgesprochen, schien jetzt aber ganz ruhig und schicksalsergeben. »Ihre Körpertemperatur wieder auf den Normalwert bringen? Versuchen, sie zu wecken? Wenn das Ihr Vorschlag ist, unterbreiten Sie ihn uns. Aber *Sie* müssen diejenige sein, nicht ich, die ihr gegenübertritt und ihr erklärt, warum wir ihrem ausdrücklichen Wunsch nicht entsprochen haben.«

»Wie aber, wenn es nicht funktioniert?« fragte Charlene mit bebender Stimme. »Sehen Sie sich unsere Unterlagen an. Es ist so riskant. Viele Versuchstiere haben es nicht überlebt. Und Jinx hatten wir nur drei Wochen in diesem Zustand, das war alles.«

»Und Sie argumentieren, daß Ihre Erfahrung mit dem Bären nicht übertragbar ist?«

»Wer weiß? Es könnte hundert bedeutsame Unterschiede geben — Körpermasse, Antigene, Reaktionen auf Medikamente. Und noch vieles mehr. Bei Jinx funktionierte es, weil eine unserer früher schon in unseren Experimenten mit ihm verwendete Droge eingesetzt werden konnte. Vergessen wir nicht, als wir das gleiche Verfahren bei Dolly anwendeten, überlebte sie es nicht. Wir müssen weitere Versuche machen, mit anderen Tieren — wir brauchen mehr Zeit.«

»Wir alle wissen das.« Wolfgang Gibbs teilte weder de Vries' fatalistische Ruhe noch Charlenes nervöses Schwanken. Er schien ein objektives Interesse an dem neuen Experiment zu haben. »Sieh es so, Charlene: Wenn wir JN in den nächsten paar Stunden in Stufe Zwei überführen können, gibt es zwei Möglichkeiten. Wenn sie stabil bleibt und das Bewußtsein wiedererlangt, ist es gut. Dann werden wir mit ihr reden und erfahren, wie sie sich fühlt. Wenn sie *nicht* stabil ist, können wir versuchen, sie wieder auf Normaltemperatur zu bringen. Im Erfolgsfalle haben wir dann die Chance, es noch einmal zu versuchen. Andernfalls wird sie sterben. Das ist der Grund deiner Sorge. Wenn wir aber nicht versuchen, sie in Stufe Zwei zu stabilisieren, wird sie ohnedies sterben; du kennst die Diagnose. Sie wird weniger als drei Monate zu leben haben, und daran können wir nichts ändern. Stelle die Frage so: welche Handlungsweise würdest du von uns wünschen, wenn du auf dem Tisch lägst?«

Charlene biß sich auf die Lippe. Es war eine furchtbare Versuchung, nichts zu tun, JN in einer Körpertemperatur nahe dem Gefrierpunkt zu lassen, während sie überlegten. Aber die Raumtemperatur sank weiter. Innerhalb der nächsten halben Stunde mußten sie Judith Niles wiederbeleben oder den Versuch mit Stufe Zwei machen.

»Wie ist der letzte Bericht über Jinx?« fragte Charlene.

»Er ist wohlauf.«

»Gut. Dann sage ich, laß uns weitermachen! Mit Abwarten ist nichts getan.«

Wenn die anderen zwei über den jähen Wechsel ihrer Einstellung verwundert waren, ließen sie es nicht erkennen. Sie brachten die Gazemasken wieder an und kehrten zurück in den Behandlungsraum. Die Temperatur war inzwischen um ein weiteres Grad gesunken. Die Monitoren verzeichneten einen Puls von vier Schlägen pro Minute; das gekühlte Blut wurde träge durch Judith Niles' verengte Adern gedrückt.

Das letzte Stadium begann. Es mußte unter Computersteuerung durchgeführt werden; die Menschen waren lediglich anwesend, um im Falle von Fehlern oder Anzeichen von Gefahr einzugreifen. Jan de Vries gab die verschlüsselte Sequenz ein. Dann ging er hinüber zu der bewegungslosen Gestalt auf dem Behandlungstisch und legte seine Hand behutsam auf ihre kalte Stirn.

»Viel Glück, Judith, wir tun unser Bestes. Und wenn Gott will, werden wir miteinander reden, wenn Sie angekommen sind.«

Lange stand er und blickte in ihr Gesicht. Die sorgfältig abgemessenen Injektionen und die Transfusion des chemisch veränderten Blutes hatte bereits begonnen. Nun zeigten die Monitoren seltsame Muster, Ruheperioden, die mit abrupten Veränderungen des Pulsschlags, der Leitfähigkeit der Haut, dem Ionengleichgewicht und der Aktivität des Nervensystems wechselten. Das EEG zeigte unberechenbare Ausschläge des Gehirnrhythmus, als Wellenzyklen anstiegen, absanken und zusammenflossen.

Selbst für den erfahrenen Blick der Beobachter sahen alle Monitoranzeigen seltsam und unvertraut aus. Und doch war das nicht überraschend. Judith Niles hatte auf eigenen Wunsch eine Reise ins Unbekannte angetreten. Sie erforschte eine Region, wo das Blut dem Gefrierpunkt nahe war, wo die chemischen Reaktionen des Körpers bei einem Bruchteil ihrer üblichen Raten weitergingen, wo nur wenige Winterschlaf haltende Tiere und kein Mensch jemals gewesen und zum Leben wiedererwacht waren.

Das abgekühlte Herz verlangsamte weiter, und das Blut floß zäh durch kalte Arterien und Venen. Einmal durchlief ein zuckendes Erschauern den Körper auf dem Tisch, dann war er wieder ruhig. Die Monitoren blinkten Warnsignale.

Aber jetzt gab es kein Zurück mehr. Die Forschung ging weiter. In den nächsten paar Stunden würde sich entscheiden, ob Judith Niles' verzweifeltes Wagnis ins Verderben führte oder einen Weg weisen konnte, auf dem eine neue Ebene physiologischer Stabilität erreicht war, eine Ebene, die kein Mensch jemals betreten hatte; und ihr einziger Führer war die ungewisse Fährte, die ein Kodiakbär gelegt hatte.

ZWEITER TEIL

27 698 n. Chr.

»Eine hinreichend fortgeschrittene Technologie ist von Magie nicht zu unterscheiden.« Ausspruch, dem Philosophen und Schriftsteller Isaac (?) Clarke der Vorwanderungszeit zugeschrieben. * um 1984 (?), † vor 2100 (?) (alter Kalender; Zentralarchiv Pentecost.) Speichereinheit defekt; dieser Teil der Aufzeichnungen unzuverlässig.

12

Der letzte fröstelnde Schwimmer hatte das Wasser des unterirdischen Flusses verlassen, und nun war es möglich, die endgültigen Ergebnisse zusammenzustellen. Peron Turco zog den warmen Umhang enger um die Schultern und blickte die Reihe entlang.

Da standen sie. Vier Monate der Vorauswahl hatten ihre Zahl auf knappe hundert schrumpfen lassen, von vielen Tausend, die an den Vorentscheidungen teilgenommen hatten. Und in den nächsten zwanzig Minuten würde diese Zahl abermals drastisch verringert werden, auf die fünfundzwanzig jubilierenden Sieger.

Alle waren lehmbeschmiert, schmutzig und todmüde. Die Abschußprüfung war mörderisch gewesen und hatte Geist wie Körper aufs äußerste beansprucht. Das Durchschwimmen der sechs Kilometer langen unterirdischen Flußstrecke in Kälte und völliger Dunkelheit, mit der Strömung als einziger Orientierungshilfe in einem labyrinthischen Höhlensystem, hatte allen Teilnehmern ein Höchstmaß an Ausdauer und Wiederstandskraft abverlangt. Viel schlimmer aber war der psychologische Druck, der mit dem Wissen einherging, daß der Sauerstoffvorrat nur fünf Stunden reichte. Die meisten Teilnehmer lagen jetzt ausgepumpt auf den Steinplatten, wärmten sich im Sonnenschein, massierten überanstrengte Muskeln und schlürften zuckerhaltige Getränke. Die Auszählung der Punkte nahm einige Zeit in Anspruch, aber schon war ihre Aufmerksamkeit von der lärmenden Zuschauermenge zu der großen Schautafel hinübergewandert, die eine Außenwand des Kolosseums einnahm.

Peron beschirmte die Augen gegen Cassays morgendliche Lichtfülle und ließ seinen prüfenden Blick über die Gesichter in der langen Reihe schweifen. Mittlerweile wußte er, welche Teilnehmer in der Spitzengruppe lagen, und von ihren Mienen suchte er seine eigenen

Chancen abzuleiten. Lum saß am anderen Ende mit untergeschlagenen Beinen, aß Obst und sah verschwitzt und überdrüssig aus. Irgendwie hatte die Sommerhitze dieser Breiten seine Haut unberührt gelassen. Seine winterliche Blässe stach deutlich von den anderen ab.

Peron hatte ihn vor zehn Tagen erst kennengelernt und Lum als weichlich und übergewichtig abgetan, als einen plump gebauten und einfältigen Jungen, der nur durch einen absonderlichen Zufall in die Endausscheidung gekommen war. Nun war er eines Besseren belehrt. Das Fett war größtenteils Muskeln, und wenn nötig, konnte Lum eine unglaubliche Leichtigkeit und Schnelligkeit erreichen; und das dicke, runde Gesicht mit den Schweinsäuglein verbarg ein erstklassiges Gehirn und eine Menge Phantasie. Peron hatte seine Einschätzung dreimal revidiert, jedesmal nach oben. Nun war er überzeugt, daß Lum unter den fünfundzwanzig Siegern irgendwo ganz oben rangieren würde.

Das gleiche galt für Elissa, die vierte zur Linken. Peron hatte sie frühzeitig als gefährliche Konkurrentin erkannt. Bei der ersten Prüfung, als sie die Nachtwanderung durch Vellasylva gemacht hatten, den schwierigsten und gefährlichsten Wald auf ganz Pentecost, war sie zehn Minuten vor ihm aufgebrochen.

Peron war sehr zuversichtlich gewesen. Er war in bewaldetem Land aufgewachsen. Er war kräftig und gewandt, und sein Orientierungssinn und sein Richtungsgefühl waren besser als bei allen, die er je getroffen hatte. Als er Elissa nach zwei Stunden noch nicht überholt hatte, war er überzeugt gewesen, daß das dunkelhaarige Mädchen sich verlaufen habe und irgendwo in den gefährlichen Sumpfniederungen von Vellasylva umherirrte. Er hatte ein gelindes Bedauern verspürt, denn bevor sie losgegangen war, hatte sie ihm zugelächelt und Glück gewünscht; aber er hatte wenig Zeit gehabt, an sie zu denken, und den großen Teil seiner Aufmerksamkeit darauf gewendet, den Pfeilflüglern und anderen nachtaktiven Räubern zu entgehen. Er hatte eine sehr gute Zeit gemacht und mit Glück und Spürnase eine Route gefunden, die ihn ohne größere Umwege zum Ausgangspunkt zurückgeführt hatte. Dort hatte er zu seiner großen Verblüffung Elissa wiedergefunden, die eine gute Weile vor ihm eingetroffen war, frisch und munter, und schon mit der Zubereitung ihres Frühstücks beschäftigt.

Nun wandte sie den Kopf ihm zu und grinste, und er schaute schnell weg. Wenn Elissa nicht unter den Gewinnern war, bedeutete das auch für Peron schlechte Nachricht; denn er war überzeugt, daß sie um einiges vor ihm rangierte, ganz gleich, wo sie sich placiert hatten.

Er blickte wieder zur Schautafel. Dort erschienen jetzt die Namen der Teilnehmer, die die letzte Prüfung bestanden hatten. Peron zählte zweiundsiebzig. Die letzte Prüfung war außerordentlich schwierig gewesen und hatte mehr als ein Viertel der Teilnehmer an der Endausscheidung aus dem Rennen geworfen. Für sie gab es keine Feiern zum Weltfest. Sie würden bereits auf der Rückreise in ihre jeweilige Heimat sein, zu sehr enttäuscht, um abzuwarten und herauszufinden, wer die glücklichen Gewinner sein mochten.

Peron überflog stirnrunzelnd die Namen. Wo war Sy? Sicherlich war er nicht in der Endausscheidung durchgefallen? Nein, da war er, faulenzte ein paar Meter abseits. Er war leicht zu übersehen, verschmolz unauffällig mit jeder Szene, so daß Peron eine Weile gebraucht hatte, um ihn überhaupt zu bemerken. Dabei hätte es nicht schwierig sein sollen, ihn ausfindig zu machen, mit seinem hellen Haar, den klaren grauen Augen und dem etwas verkürzten linken Unterarm. Aber er war irgendwie nicht leicht zu sehen. Er konnte im Hintergrund bleiben und alles still mit dem zynischen und selbstzufriedenen Ausdruck beobachten, den Peron so irritierend fand — vielleicht, weil er vermutete, daß Sy wirklich überlegen war? In allem, was geistige Kräfte erforderte, hatte er Peron (und, nach dessen Einschätzung, alle anderen) mühelos in den Schatten gestellt; und wo körperliche Gewandtheit oder Kraft vonnöten war, fand Sy irgendwelche Mittel und Wege, für seinen geschwächten Arm einen Ausgleich zu finden. Es war ein Geheimnis, wie er es machte. Bei den körperlich anstrengendsten Prüfungen war er niemals in der ersten Reihe, zog man aber seine Benachteiligung in Betracht, so kam er viel höher heraus als man glauben konnte.

Gegenwärtig ignorierte Sy die Schautafel und konzentrierte seine ganze Aufmerksamkeit auf seine Mitbewerber und deren Kondition. Peron hatte den Verdacht, daß Sy bereits wußte, er sei unter den fünfundzwanzig Besten, und vorausblickend für die außerweltlichen Prüfungen plante, aus denen die endgültigen zehn Sieger hervorgehen würden.

Peron wünschte, er könnte soviel Zuversicht aufbringen. Er war ziemlich sicher, daß er sich unter den besten Dreißig befand. Er hoffte, daß er zu den zwanzig Besten zählte, und in seinen Träumen sah er sich als Vierten oder Fünften. Aber angesichts eines Teilnehmerfeldes aus allen Weltgegenden, und eines so harten Wettbewerbs ...

Die Menge brüllte. Endlich! Die Punktzahlen erschienen. Sie wurden langsam und mit peinlicher Sorgfalt errechnet. Die Schiedsrichter berieten hinter verschlossenen Türen. Sie wußten, daß die Ergebnisse augenblicklich über die ganze Welt verbreitet würden, und daß ein Fehler ihren Ruf ruinieren würde; und die Leute, welche für die Anzeigen an der Schautafel verantwortlich waren, unterlagen der gleichen Besessenheit von Sorgfalt und Genauigkeit. Alles wurde geprüft und wieder geprüft, bevor es auf der Schautafel erschien.

Peron hatte wiederholt Aufzeichnungen früherer Weltfeste gesehen, aber dieses war anders und größer aufgezogen. Ausscheidungswettkämpfe wurden alle vier Jahre abgehalten. Den Siegern winkten großzügige Förderungen durch den Staat und Karrieren im Regierungsdienst, bisweilen auch einmal eine Gelegenheit, auch einmal die Fünfzig Welten zu sehen. Aber die Zwanzigjahresspiele wie dieses hatten eine wesentlich größere Bedeutung. Selbstverständlich gab es die üblichen Siegespreise, aber sie waren nicht die eigentliche Belohnung. Diese war ungleich größer: eine Gelegenheit, die Unsterblichen kennenzulernen und mit ihnen zu arbeiten.

Und was bedeutete *das*? Wer waren die Unsterblichen? Niemand wußte das zu sagen. Kein Mensch aus Perons Bekanntenkreis hatte je einen gesehen. Sie waren zutiefst geheimnisvolle Gestalten, diejenigen, die ewig lebten, die in jeder Generation zurückkamen, um Wissen von den Sternen zu bringen. Von Sternen, die sie angeblich in wenigen Tagen erreichen konnten — im Gegensatz zu allem, was die Wissenschaftler über die Naturgesetze des Universums zu wissen glaubten.

Peron sann noch darüber nach, als das Gebrüll der Menge, die von den Wettkämpfern durch eine massive Barrikade und Reihen bewaffneter Ordnungskräfte getrennt war, ihn aus seinen Betrachtungen schreckte. Der erste Gewinner, an fünfundzwanzigster Stelle, war soeben bekanntgegeben worden. Es war ein Mädchen, Rosanne. Peron erinnerte sie von der langen Wanderung durch die Wüste Talimantor, als er und sie sich vorübergehend zusammengetan hatten, um nach Grundwasser zu suchen. Sie war ein munteres, unermüdliches Mädchen, knapp über dem Mindestalter von sechzehn, und nun drückte sie die Hand an die Brust und tat so, als müsse sie wanken und vor Erleichterung in Ohnmacht fallen, weil sie es gerade noch geschafft hatte.

Alle anderen Teilnehmer blickten jetzt mit einer neuen Spannung zur Anzeigetafel. Die Methode der Ankündigung war durch langjährigen Brauch bestimmt, aber es gab nicht einen Teilnehmer an den Spielen, der nicht wünschte, es könnte anders gemacht werden. Vom Gesichtspunkt der Zuschauermenge war es sehr befriedigend, wenn die Sieger in aufsteigender Ordnung bekanntgegeben wurden, so daß der Name des ersten und Gesamtsiegers zuletzt bekanntgegeben wurde. Doch bildete sich jeder Teilnehmer im Laufe der Wettkämpfe eine ungefähre Vorstellung von seinen oder ihren Aussichten, durch unmittelbaren Vergleich mit den Konkurrenten. Dabei konnte man sich leicht um fünf Plätze irren, aber größere Fehleinschätzungen als in diesem Bereich waren unwahrscheinlich. Tief in seinem Inneren wußte ein Teilnehmer, ob er unter den ersten fünfzig war oder an neunzigster Stelle lag. Dennoch blieb immer die Hoffnung. Doch als ein Name nach dem anderen verkündet wurde und auf der Anzeigetafel erschien, und die vierundzwanzigste, dreiundzwanzigste und zweiundzwanzigste Position besetzt wurde, bemächtigte sich der meisten Teilnehmer eine wachsende Trübsal, Panik oder phantastische Einbildung. Konnten sie eine so hohe Placierung erreicht haben, oder, was wahrscheinlicher war, waren sie bereits ausgeschieden?

Die Verkündigungen nahmen langsam und unerbittlich ihren Gang. Zwanzigste Position. Siebzehnte. Vierzehnte.

Nummer zehn war erreicht: Wilmer. Er war ein schlaksiger dünner Junge mit vollständig haarlosem Kopf. Entweder rasierte er ihn täglich, oder er war durch einen genetischen Defekt vorzeitig kahl geworden. Er war immer hungrig und immer wach. Die anderen hatten ihn damit aufgezogen — Wilmer schwindele, weigere sich zu schlafen, so lange nicht alle anderen eingeschlafen seien. Dann schlafe er schneller als andere Leute, was nicht fair sei. Wilmer nahm alles gutmütig hin. Er konnte es sich leisten. Da er weniger Schlaf benötigte als die anderen, konnte er mehr Zeit auf die Vorbereitungen für den nächsten Wettkampf verwenden.

Nun legte er sich auf die Steinplatten zurück und schloß die Augen. Er hatte immer gesagt, daß er zehn

Tage durchschlafen werde, wenn dieser Abschnitt der Prüfung überstanden wäre.

Die Liste rückte vor auf Nummer fünf. Es war Sy. Der grauäugige Junge schien es kühl und beinahe unbeteiligt aufzunehmen, ohne erkennbares Zeichen von Freude oder Erleichterung. Er stand mit leicht geneigtem Kopf, den linken Ellbogen in der rechten Hand, ohne jemanden anzusehen.

Peron merkte, wie sein Magen sich zusammenzog. Die Positionen, die er zu besetzen erwartet hatte, waren ohne Nennung seines Namens vergeben worden, und nun war er in einer Region, in die er sich nur in seinen abenteuerlichsten Hoffnungen gewagt hatte.

Nummer vier: Elissa. Sie schrie auf vor Vergnügen. Peron war bewußt, daß er sich freuen sollte, aber jetzt war für Freude kein Raum in ihm. Er verklammerte die Hände fest ineinander, um ihr Zittern unter Kontrolle zu bringen und wartete. Die Anzeigetafel war statisch, unverändert. Eine schreckliche Stille schien sich des Kolosseums bemächtigt zu haben, obwohl ihm klar war, daß die Menge lärmen mußte.

Nummer drei. Die Buchstaben erschienen langsam, einer nach dem anderen P e r o n v o n T u r c a n t a. Mit einem langen, gequälten Stöhnen gaben seine Lungen den allzu lang angehaltenen Atem frei. Er hatte es geschafft! Dritter Platz. *Dritter Platz!* Niemand aus seiner Gegend hatte jemals eine so hohe Placierung erreicht, in allen vierhundert Jahren der Weltfestspiele.

Er hörte den Rest der Ergebnisse, nahm sie aber kaum wahr. Er war überwältigt von Freude und Erleichterung. Nebenbei wunderte er sich, als der Gewinner des zweiten Platzes, Kallen, ausgerufen wurde, denn er kannte den Namen kaum und fragte sich, wie sie gemeinsam so viele schwere Prüfungen hatten bestehen können, ohne je miteinander zu sprechen. Aber alles — die Menge, das Kolosseum, die anderen Teilnehmer — schien meilenweit entfernt, Trugbilder im strahlenden gelben Sonnenschein.

Der letzte Name erschien, und die Menge brach in ein gewaltiges Schlußgebrüll aus. Lum! Lum von Minacta hatte den ersten Platz errungen! Niemand würde ihm seinen Triumph mißgönnen, aber er würde eine traurige Enttäuschung für all jene Eltern sein, die ihre Söhne und Töchter zu Mäßigkeit, Bescheidenheit, Ausdauer, sportlicher Gewandtheit und Zähigkeit erzogen, damit sie einmal unter den Gewinnern der Weltfestspiele sein könnten. Wer aber würde ein Sieger sein wollen, wenn es bedeutete, ungeschlacht und fleischig zu sein und so plump und derb auszusehen wie der diesjährige Sieger?

Am Ende der Reihe entstand Bewegung. Zwei von den Mädchen in Lums Nähe hatten ihn umarmt und beglückwünscht und dann versucht, ihn auf die Schultern zu heben, um ihn im Triumph herumzutragen. Nach einigen Augenblicken wurde es jedoch offenbar, daß er zu schwer war. Lum umfaßte statt dessen mit jedem Arm ein Mädchen und hob die beiden hoch. Sie saßen auf seinen Schultern, und er schritt vorwärts zur Barrikade. Dort hob er die Hände und vollführte eine schnelle Pirouette, während die Menge in neuerlichen Jubel ausbrach.

»Komm schon, Griesgram!« Die Stimme kam von seiner Seite. Es war Elissa, die nun, als er sich ihr zuwandte, seinen Arm faßte. »Du siehst aus, als wolltest du einschlafen. Laß uns hineingehen und feiern — wir sind Sieger! Wir sollten danach handeln.«

Ehe er etwas erwidern konnte, schleppte sie ihn schon zu den anderen. Die Siegesfeier begann. Gewinner und Verlierer, alle hatten ihre Müdigkeit und Erschöpfung vergessen. Nun, da der Wettkampf zu Ende und über die Wetten entschieden war, behandelte die Zuschauermenge sie alle als Sieger. Was sie auch waren. Sie hatten die anstrengendsten und schwierigsten Prüfungen bewältigt, für welche die Weltfestspiele bekannt waren. Und nun würden sie feiern, bis die Sonne Cassay unterging und nur noch das schwache rote Licht vom Cassby übrigblieb, sie zu ihren Schlafräumen zu geleiten.

Das Weltfest war für weitere vier Jahre zu Ende. Wenige machten sich klar, daß die endgültigen Sieger noch nicht ausgewählt waren. Die letzten Prüfungen fanden außerhalb der Welt statt, fern von der großen Publizität, fern von Schautafeln und Menschenmengen. Die Teilnehmer kannten die Wahrheit: eine härtere, unbekannte Phase lag noch vor ihnen, und an ihrem Ende würde das Bewußtsein des Sieges der einzige Preis sein. Aber die Siegesfeiern, die den triumphierenden Teilnehmern in ihren Heimatprovinzen ausgerichtet wurden, der öffentliche Applaus und die großzügige berufliche Förderung beruhten nicht auf den Resultaten, die später anderswo erzielt wurden. Und darum war es für die meisten Bewohner von Pentecost — für alle bis auf die Teilnehmer an der Endausscheidung selbst — durchaus folgerichtig, daß sie die Weltfestspiele für beendet hielten.

Und der Name Lum von Minacta überstrahlte alle anderen.

13

»Sicherlich habt ihr das Gefühl, eine Menge durchgemacht zu haben. Nun, es ist meine Aufgabe, euch zu sagen, daß die harten Zeiten gerade erst beginnen. Laßt euch von Elia Gilby sagen, daß ihr *nichts* gesehen habt. Verglichen mit den Prüfungen außerhalb der Welt, sind die Wettkämpfe zum Weltfest Kinderkram.«

Der Sprecher war ein hagerer grauhaariger Mann in der schwarzen, mit glänzenden Messingknöpfen besetzten Uniform der Ordnungswache. Er trug ein ironisches Lächeln zur Schau, das gleichermaßen als Mitleid, Geringschätzung oder die Verdrießlichkeit eines Dyspeptikers ausgelegt werden konnte. Anscheinend war er unfähig, beim Sprechen still zu stehen. Er schritt vor der in stummer Beklommenheit wartenden Gruppe auf und ab, und während er redete, waren auch seine Hände in ständiger Bewgung, untermalten seine Erklärungen, rückten am Koppel, an der Schirmmütze, oder rieben die geröteten Augen.

Die Gewinner der Ausscheidungswettkämpfe, aus denen sein Publikum bestand, waren zumindest äußerlich in viel besserer Verfassung. Im Laufe der Feiern waren sie von wohlwollenden Freunden und Verwandten mit Delikatessen aller Art, alkoholischen Getränken und anderen Rauschmitteln geradezu überschüttet worden, aber Jahre asketischer Vorbereitung auf die Wettkämpfe hatten die Teilnehmer Selbstbeherrschung gelehrt. Und eine Zeit ruhigen Ausschlafens, ohne für die nächste Prüfung trainieren zu müssen, war für sie alle angenehm und erholsam gewesen. Während der Mann sprach, schauten sie einander an und tauschten heimliche Grimassen. Hauptmann Gilby war offensichtlich in schlechter Verfassung. Nach dem Augenschein zu urteilen, hatte er sich ausgiebig freihalten lassen und litt nun unter schwerem Katzenjammer.

Er bewegte den Kopf langsam von einer Seite zur anderen, grunzte, seufzte und räusperte sich. »Hol's der Teufel, ja. Fangen wir also an! Es ist meine Aufgabe, euch zu erklären, was es mit den Fünfzig Welten auf sich hat. Aber ich kann euch gleich sagen, ihr werdet keine richtige Vorstellung davon bekommen, solange ihr nicht selbst dort gewesen seid. Laßt es euch von mir gesagt sein, ich habe sechs Rundreisen hinter mir, mit sechs Siegergruppen, und bin mit ihnen überall im System Cass gewesen. Und sobald sie die Wirklichkeit gesehen haben, sagen alle, daß meine Bilder nutzlos seien. Ganz meiner Meinung. Aber meine Vorgesetzten wollen davon nichts wissen, also sollt ihr heute Bilder vorgesetzt bekommen. Sie werden euch nicht mehr als eine blasse Ahnung geben, aber sie sind alles, was ihr bis nächste Woche bekommen werdet.«

Er schnaubte, bückte sich langsam und vorsichtig und

hob einen großen flachen Aktenkoffer auf. »Werfen wir einen Blick auf ein paar Bilder von Barchan, nicht weit von Cassay. Das ist ein rechtes Höllenloch, wenn ihr meine Meinung wissen wollt. Ich nehme an, es ist eine zu hoch gesteckte Erwartung, daß einer von euch schon etwas darüber weiß?«

Wilmer blickte umher, dann hob er zögernd die Hand. »Ich.«

Gilby faßte ihn ins Auge. »Ach ja? Macht es dir was aus, mir zu sagen, woher du es weißt, da diese Art von Kenntnissen hier auf Pentecost nicht Allgemeingut sein sollte?«

»Mein Onkel war vor zwölf Jahren Sieger bei den Weltfestspielen. Letztes Jahr fragte ich ihn über die außerweltlichen Prüfungen aus.«

»Noch ehe du an den ersten Ausscheidungswettkämpfen teilnahmst? Du bist ein vorwitziger kleiner Bastard, wie? Also erzähl uns alles über Barchan.«

»Sanddünen, wie man sie auf den Bildern sieht. Primitives pflanzliches Leben, keine Tiere, nicht viel Atmosphäre. Und verdammt heiß, außer in den Polargebieten. Heiß wie geschmolzenes Blei.« Wilmer zögete, dann sagte er: »Nicht meine Wahl für einen Ausscheidungswettkampf. Wenn er dort abgehalten wird, bedeutet es Schutzanzüge vom Anfang bis zum Ende.«

»Keine Versuche, die anderen zu beeinflussen«, sagte Gilby nicht unfreundlich. Während Wilmer gesprochen hatte, war ein Tablett mit heißen Getränken gebracht worden, und der Hauptmann beäugte es sehnsüchtig. »Aber der Rest von dem, was du sagst, ist schon richtig. S'ist heiß genug, daß euch die Eier in zwei Minuten hartgekocht werden, wenn der Anzug versagt. Und wenn ihr Eier habt. Barchan ist nur einhundertzwanzig Millionen Kilometer von Cassay entfernt. Sehen wir uns eine weitere Welt an, etwas weiter draußen. Das ist Gimperstand. Weiß jemand was darüber?«

Gilby hielt zwei Aufnahmen in die Höhe. Die eine

zeigte eine aus dem Weltraum aufgenommene Gesamtansicht eines grünlich-braunen Balles, die andere einen üppigen, unglaublich dichten Dschungel. Wilmer schüttelte den Kopf, und von den anderen schien niemand sprechen zu wollen.

»Und wahrscheinlich wollt ihr nichts davon wissen. Der offizielle Name ist Gimperstand, aber der inoffizielle Name, den wir für diese Welt haben, ist Stinker. Und den verdient sie. Die Atmosphäre ist ein wenig dünn, aber im Prinzip läßt sie sich atmen. Ich habe es versucht. Zwei Atemzüge, und man läuft davon und kotzt. Es sollen ätherische Öle sein, die eine der Schlingpflanzen ausdünstet, und im Vergleich damit riecht Raubtierscheiße wie der Blütenduft vom Waldgeißblatt. Ein Schnuppern davon, und es haut euch um.«

Er hielt die Bilder auf Armeslänge, dann steckte er sie wieder in den Aktenkoffer.

»Wir haben eine Menge durchzunehmen, aber ich denke, wir werden es nicht alles jetzt tun. Zum einen glaube ich nicht, daß ihr auf einmal soviel aufnehmen könnt. Und zum anderen möchte ich eines von diesen Getränken, oder ich falle hier und jetzt um.« Er ging hinüber zum Tablett und grinste seinen Zuhörern unangenehm zu. »Ich bin froh, daß ihr die Prüfung macht, nicht ich. Wir haben draußen im System Cass einige Ungeheuer. Ihr habt die offiziellen Namen in der Schule gelernt, aber so werden diese Welten nicht von Leuten genannt, die schon dort gewesen sind. Und deren Namen sind viel treffender. Da gibt es Tollhaus und Bum-Bum und Imshi und Gluck und Feuertanz und Flaumball. Und wenn wir zum äußeren System kommen, wird es noch schlimmer. Dort müssen wir einen Blick werfen auf Wiederfort und Sulzloch und Haltepunkt, auf Husch, Pinto, Grübchen, Kamel und Krater. Sie werden nicht umsonst die Fünfzig Welten genannt, und jede von ihnen kann eine Todesfalle sein.« Er nahm ein Glas vom Tablett, tat einen Probeschluck und schenkte seinem Publikum ein weiteres sadistisches Grinsen. »Denkt bloß nicht, eure Sorgen lägen hinter euch. Bevor die nächste Prüfungsserie hinter euch liegt, werdet ihr euch wünschen, daß ihr mit den Verlierern nach Haus gegangen wärt.«

Der ganze Nachmittag war mit Unterweisungen durch Gilby und andere hingebracht worden. Dann kamen Pressekonferenzen und Begegnungen mit einflußreichen politischen Persönlichkeiten aus den Heimatgebieten der Gewinner. Es war spät am Abend, als sie endlich Zeit für sich selbst und für ein Abendessen hatten. Peron fand einen ruhigen Winkel im Schnellrestaurant und aß allein. Dennoch war er mehr als erfreut, als Elissa ihr Tablett herübertrug und sich uneingeladen zu ihm setzte.

»Wenn du dich nicht aus triftigem Grund hier versteckst, darf ich mich vielleicht zu dir setzen. Ich habe schon mit Lum und Kallen gesprochen, und nun möchte ich dir meine Aufwartung machen.«

»Wenn du die ganze Gewinnerliste der Reihe nach durcharbeitest, hast du viel zu tun.«

Sie lachte. »Natürlich. Tun das nicht alle? Nein, es war bloß ein Scherz. Ich interessiere mich für dich, also dachte ich, es wäre fein, gemeinsam zu Abend zu essen — es sei denn, du möchtest wirklich lieber allein sein?«

»Nein. Ich denke nach. Ich sitze da und überlege, wie unglaublich grob und unhöflich heute alle gewesen sind. Es fing schon am Morgen mit Hauptmann Gilby an, und ich dachte noch, es sei bloß sein Katzenjammer, aber dabei wurde es noch schlimmer. Wir sind zu allen Leuten höflich, und die Leute, denen wir begegnen — die meisten von ihnen völlig Fremde —, behandeln uns wie Dreck.«

»Sicher, so ist es«, sagte Elissa. »Daran mußt du dich gewöhnen. Sie meinen es nicht böse. Aber siehst du, wir sind die Sieger der Weltfestspiele, wir stehen im Rampenlicht, unsere Namen sind in aller Munde, und das macht uns zu wichtigen Persönlichkeiten. So etwas erweckt Neid. Um damit fertig zu werden, müssen viele Leute sich einreden, wir seien gar nicht so großartig, und sie selbst seien gerade so gut wie wir. Und eine Möglichkeit, sich davon zu überzeugen, ist, daß sie uns herabsetzen.«

»Das leuchtet ein.« Peron betrachtete Elissa mit Respekt.

»Aber ich hätte nicht daran gedacht. Weißt du, es klingt sicherlich einfältig, aber ich kann noch immer nicht recht glauben, daß ich besser abgeschnitten habe als du. Du warst in allem besser als ich. Und ich glaube, du denkst auch besser. Ich meine, wahrnehmungsfähiger. Du ...«

»Wenn du daran denkst, mich zu einem Spaziergang einzuladen«, sagte Elissa, »dann kannst du es ruhig direkt sagen.« Sie beugte sich über den Tisch und legte ihm die Hand auf den Arm. »Du brauchst es bloß zu sagen. Du bist das genaue Gegenteil von Sy. Er hält alle anderen für abgerichtete Affen. Aber du unterbewertest dich selbst. Das ist selten bei einem Sieger der Ausscheidungswettkämpfe. Die meisten sind wie ich, aufdringlich. Und was Lum betrifft ...«

»Und was Lum betrifft ...«, wiederholte eine Stimme hinter ihr. »Was ist mit ihm? Hoffentlich etwas Nettes?«

Es war Lum, und er hatte Kallen bei sich, den zweiten Sieger.

»Nur Gutes«, sagte Peron. »Es ist schön, euch zwei beisammen zu finden.«

Lum setzte sich mit einer Gesäßhälfte und einem dikken Oberschenkel auf die Tischkante, so daß alles umzustürzen drohte. »Ist euch nach einem weiteren Interview zumute? Die Organisatoren des Weltfestes würden gern die ersten fünf kennenlernen.«

»Das Wichtigste zuerst«, sagte Elissa. »Peron, du mußt den geheimnisvollen Mann kennenlernen. Dies ist Mario Kallen.«

»Hallo.« Peron stand auf, dem zweiten Sieger die Hand zu geben, und griff in die Luft. Kallen errötete tief und blickte weg.

»Sehr erfreut.« Die Stimme war ein Flüstern tief in der Kehle. Peron sah wieder hin und bemerkte zum ersten Mal die roten Linien von Narbengewebe an Kallens Adamsapfel.

»Nun setzen wir uns doch«, sagte Lum in munterem Ton. »Wir haben noch eine Stunde bis zum Interview, und ich möchte erzählen, was Kallen mir über das Weltfest gesagt hat.«

»Sollten wir nicht Sy holen?« fragte Elissa.

»Ich war schon bei ihm. Er sagte, ich solle zum Teufel gehen, er wolle keine schwachsinnigen Interviews.« Lum zog die Bank zurück, damit er und Kallen sich setzen konnten. »Ein interessanter Fall, der alte Sy. Ich weiß nicht, wie er mit diesem verletzten Arm so gut abschneiden konnte, aber für Takt und Diplomatie haben die Schiedsrichter ihm bestimmt keine zusätzlichen Punkte gegeben.«

Elissa zwinkerte Peron zu. Lum auch nicht, sagte ihr Lächeln. Dann wandte sie sich mit unschuldigem Lächeln wieder den beiden anderen zu.

»Ich habe seit zwei Jahren an nichts als die Wettspiele gedacht. Aber jetzt würde ich gern etwas Neues hören.«

»Wirst du«, sagte Lum. »Rede du, Kallen!«

Kallen saß einen Augenblick lang wie unbeteiligt und rieb sich die Hände. Wieder errötete er, anscheinend vor Verlegenheit. »Auch ich dachte an nichts als an die Weltfestspiele«, sagte er schließlich in seiner fistelnden, gequälten Stimme. Dann zögerte er und blickte mit hilflosem Ausdruck von einem zum anderen. Was schwierig gewesen war, einer Person zu sagen, war unmöglich, dreien zu erzählen.

»Wie wär's, wenn ich es sage und du mich aufmerksam machst, wenn ich etwas falsch wiedergebe?« sagte

Lum. »Auf diese Weise habe ich Gelegenheit zu sehen, ob mein Verständnis richtig ist.«

Kallen nickte dankbar. Er lächelte schüchtern zu Elissa, dann schaute er in einen Winkel.

»Ich denke, wir alle gingen mit den gleichen Gedanken und Erwartungen in die Wettkämpfe«, sagte Lum. »Sobald ich wußte, daß ich mitmachen würde, machte ich mich daran, alles über die Weltfestspiele in Erfahrung zu bringen, was ich konnte: wann sie angefangen hatten, wie sie organisiert sind, und so weiter. Ich hatte allerlei von diesen Legenden gehört, von den Unsterblichen, von Pipistrelles und Sommerfäden, von Kermel-Objekten, S-Raum und N-Raum. Ich wollte wissen, was für eine Bewandtnis es mit alledem hat, oder wenigstens den Gerüchten auf den Grund kommen.«

Peron und Elissa nickten. Sie hatten genauso gedacht.

»Aber Kallens Fall war ein wenig anders gelagert. Er war schon bei den letzten Spielen alt genug, um mitzutun. Er war genau am Stichtag geboren, der als Altersgrenze für die Teilnahme vorgeschrieben worden war. Und er nahm damals schon an allen Vorausscheidungen teil. Als Bester.«

Kallen errötete noch mehr. »Das habe ich nie gesagt«, flüsterte er.

»Ich weiß. Aber es ist wahr. Jedenfalls hatte er damals den Unfall. Als ein Wagen vorbeifuhr, zerbrach ein Rad und ein Stück von einer Speiche durchbohrte seine Kehle. Es kostete ihn die Stimmbänder und zog ihn für fast ein Jahr aus dem Verkehr. Und natürlich machte es all seine Hoffnungen auf die Wettkämpfe zunichte. Das schien das Ende von allem zu sein, aber Kallen stammt aus dem Grenzgebiet zwischen zwei Zeitzonen. Er stellte fest, daß seine Geburt zweimal eingetragen worden war, in zwei verschiedenen Zonen. Nach der einen Zone war er eine Stunde jünger, und weil er kurz nach Mitternacht geboren wurde, geriet er dadurch in einen anderen Tag und war somit jung genug, es diesmal wieder zu versuchen. Er bewarb sich ein zweites Mal, nahm an den Vorausscheidungen teil, und nun ist er hier unter uns.

Doch ehe diesmal die Ausscheidungswettkämpfe begannen, wollte er sich über die Ergebnisse der letzten unterrichten. Er erinnerte sich der Teilnehmer an den Endausscheidungen und war nach seinen Erfahrungen ziemlich sicher, wer die Sieger sein würden. Die Überprüfung ergab, daß er richtig vermutet hatte. Unter den ersten fünfundzwanzig waren sieben, an die er sich erinnerte. Und in den außerweltlichen Prüfungen waren drei von ihnen unter die endgültigen Zehn gelangt. Diese drei hatten damals mit Kallen an den Vorausscheidungen teilgenommen, und sie waren recht gute Freunde geworden.«

Peron und Elissa hörten zu, aber sie fingen an, sich zu wundern. Sie konnten es sich nicht denken, worauf Kallen hinauswollte.

Der Blick, der zwischen ihnen hin und her ging, blieb Lum nicht verborgen. »Wartet noch ein bißchen, bevor ihr einschlaft«, sagte er. »Ihr werdet gleich etwas finden, was euch wachhalten wird. Ich jedenfalls fand es.

Also versuchte er, mit ihnen in Verbindung zu kommen, aber nicht einer von ihnen war in seine Heimat zurückgekehrt. Nach Auskunft ihrer Familien arbeiteten sie alle in zukunftsträchtigen Positionen für die Regierung, und sie schickten von Zeit zu Zeit Botschaften und Bilder nach Hause. Kallen sah die Bilder, und es waren dieselben drei, die er von früher kannte. Und die Botschaften antworteten auf Fragen von den Angehörigen, so daß es keine alten Videos sein konnten, die auf Vorrat gemacht und später geschickt worden waren. Aber die drei kamen niemals selbst nach Hause, in vier Jahren kein einziges Mal. Sie waren außerhalb der Heimatwelt geblieben, irgendwo draußen in den Fünfzig Welten.«

Kallen hob die Hand. »Das kannst du nicht sagen«, wisperte er. »Ich nehme das nicht an.«

»Ganz recht. Sagen wir, sie könnten irgendwo dort

sein. Oder sie könnten anderswo stecken. Jedenfalls wurde Kallen bei diesem Stand der Dinge neugierig. Er überprüfte die Aufzeichnungen vom vorausgegangenen Weltfest, demjenigen, an dem er noch nicht teilgenommen hatte. Bei einer Bevölkerungszahl von einer Milliarde Menschen auf Pentecost ist die Wahrscheinlichkeit, daß man einen Teilnehmer an der Endausscheidung persönlich kennt, ziemlich gering. Aber ihr wißt, wie es so geht: jemand kennt jemanden, der die Person kennt, mit der man in Verbindung kommen möchte. Kallen fing an, herumzufragen — er ist beharrlich und unermüdlich, das fand ich selbst in der siebten Prüfung heraus, als wir uns beide im Labyrinth verlaufen hatten. Schließlich fand er jemanden, der bei den Vorausscheidungen der früheren Spiele ausgeschieden war, aber einen Sieger zum Freund hatte. Und dieser Sieger war nach den außerweltlichen Endausscheidungen auch nicht mehr nach Hause gekommen.«

Lum schaute zu Peron, der energisch nickte. »Du scheinst nicht sehr überrascht zu sein. Willst du mir sagen, du wüßtest bereits davon?«

»Nein. Aber ich hatte eine ähnliche Erfahrung. Ich suchte, eine frühere Siegerin aus unserer Gegend zu erreichen und wurde mit allerlei Ausflüchten abgespeist. Sie sollte sich im außerweltlichen Bereich aufhalten und unabkömmlich sein, würde aber sicherlich gern bereit sein, schriftliche Fragen zu beantworten. Und das tat sie schließlich auch, und schickte ein Video mit. Kallen, wenn ich es richtig sehe, ist deine Überlegung, daß keiner von den Siegern der außerweltlichen Prüfungen nach Pentecost zurückkehrt, nicht wahr? Aber das scheint nicht viel Sinn zu ergeben. Warum sollten sie wegbleiben wollen?«

Kallen zuckte die Achseln.

»Es gibt keinen Grund, den wir uns ausdenken können«, sagte Lum. »Aber laß mich den Rest der Geschichte erzählen. Als Kallen an den Vorausscheidungen des vorigen Weltfestes teilnahm, gab es einen anderen Teilnehmer namens Sorrel. Er schaffte keine Prüfung als Erster, war aber immer weit genug oben, um unter die Kandidaten für die nächste Runde zu kommen. Er war bequem und gutmütig, und alle mochten ihn; auch schien er gut mit den Schiedsrichtern und Wächtern zurechtzukommen, aber in der Berichterstattung der Medien, die immer sehr ausführlich ist, kam er nie vor. Drei weitere Punkte sind bemerkenswert: er schien nur wenig Schlaf zu brauchen; er wußte dies und das über verschiedene Dinge, die den anderen unbekannt waren — weil ein Vetter von ihm an den Endausscheidungen früherer Spiele teilgenommen hatte. Und er war vollständig kahl. Fällt euch da nicht jemand ein, den wir kennen?«

»Wilmer«, sagten Elissa und Peron wie aus einem Mund.

»Aber er kann es nicht sein«, fuhr Elissa fort. »Er kann nicht zweimal teilgenommen haben. Dazu würde er keine Erlaubnis erhalten, es sei denn, bei ihm läge ein Sonderfall vor wie bei Kallen; er müßte gerade zur rechten Zeit an der Zulassungsgrenze geboren worden sein.«

»Er nahm nicht zweimal teil«, sagte Kallen.

»Sorrel und Wilmer haben keine äußerliche Ähnlichkeit miteinander«, fügte Lum hinzu. »Kallen ist absolut sicher, daß sie zwei verschiedene Leute sind. Wilmer hat nicht zweimal teilgenommen.«

»Oder auch nur einmal?« sagte Peron mit nachdenklicher Miene. »Nach der Polarprüfung reisten wir zusammen zurück. Und ich brachte nicht ein Wort aus ihm heraus, als ich wissen wollte, wie er die Überschreitung des Gletschers und der Spalten bewältigt hatte. Er grinste mich bloß an. Damals dachte ich, er wirkt so ausgeruht und frisch, es ist schwer zu glauben, daß er gerade vierzehn Stunden äußerster Anstrengung hinter sich hat.«

»Ich stimme dir zu«, sagte Lum. »Nachdem ich gehört hatte, was Kallen zu sagen wußte, hatte ich das gleiche Gefühl. Wilmer ist überhaupt kein richtiger Teilnehmer.

Er ist ein Spion. Ich glaube nicht einmal, daß er wirklich an den Ausscheidungen teilnahm — niemand sah ihn während der Wettkämpfe, nur vorher und nachher. Die Frage ist, warum wird ein Beobachter bei den Teilnehmern eingeschleust? Und ausgerechnet ein Glatzköpfiger, an den man sich leicht erinnert.«

»Bevor ich mich anmeldete«, sagte Peron, »sagte mir mein Vater, mit dem Weltfest habe es mehr auf sich, als die Regierung sagen wolle. Er haßt die Regierung von Pentecost und war gegen meine Teilnahme an diesen Wettkämpfen. Er sagt, wir hätten seit vierhundertfünfzig Jahren in einem Stillstand gelebt, ohne wirklichen Fortschritt, seit die Weltfeste abgehalten wurden. Aber ich kümmerte mich nicht sonderlich darum. Er lebt für die Untergrundpolitik, und seit meinem zehnten Jahr erwarte ich immer, daß man ihn eines Tages verhaften wird. Jetzt scheinst du darin mit ihm einig zu sein, daß es mit dem Fest etwas auf sich habe, was man uns nie gesagt hat.«

»Aber das beantwortet nicht Lums Frage«, sagte Elissa. Sie malte mit dem Zeigefinger Muster aus Wassertropfen auf die Tischplatte, aber immer wieder blickte sie schnell umher, wie um zu sehen, ob jemand sie beobachtete.

»Noch nicht«, gab Peron zu. »Aber laß mich sagen, wie mein Vater es sehen würde. Zuerst Wilmer. Angenommen, er ist ein Regierungsspion. Dann beobachtet er uns aus einem bestimmten Grund. Mein Vater würde sagen, seine Anwesenheit bei den Spielen wäre sinnlos, wenn sie sich nicht irgendwie auf die Ausscheidungsergebnisse auswirken würde. Das läßt also den Schluß zu, daß die Ergebnisse manipuliert werden — damit die richtigen Leute gewinnen. Aber ich kann das einfach nicht glauben. Zu viele Schiedsrichter und Wachen und Funktionäre sind an der Bewertung und Beurteilung der Leistungen beteiligt. Es muß also ein bißchen subtiler sein. Jemand möchte wissen, wie die Gewinner sich verhalten, wenn sie mit bestimmten Tatsachen konfrontiert werden. Und das stimmt überein mit Kallens anderer Beobachtung: etwas, worüber man uns nichts gesagt hat, geschieht mit den Siegern der Endausscheidung. Vielleicht nicht mit allen, aber jedenfalls mit einigen.«

Die anderen drei schwiegen eine lange Weile. Ihre Blicke ruhten erwartungsvoll auf Peron, und endlich merkte er, daß sie einfach warteten. Er selbst schwieg auch, bis Lum endlich auf die Uhr sah.

»Noch fünf Minuten, dann müssen wir gehen.« Seine Stimme war respektvoll. »Mach weiter, Maestro, und erzähl uns den Rest! Ich bin sicher, daß du jetzt auf dem richtigen Weg bist. Und ich fühle mich immer weniger berechtigt, als Nummer eins eingestuft zu sein.«

Peron blickte eindringlich von einem zum anderen. Elissa starrte nachdenklich auf die Tischplatte. Kallen und Lum waren beide sichtlich erregt.

»Erstens«, sagte Peron. »Wenn wir von einem Regierungsspion in der Gruppe wissen, dann könnte es auch noch weitere geben. Also sagen wir nichts darüber, zu niemandem, es sei denn, wir haben die absolute Gewißheit, daß der andere ein gewöhnlicher Teilnehmer wie wir ist. Das heißt, jemand, den wir vor den Ausscheidungswettkämpfen kannten, oder Leute, mit denen wir während der Ausscheidungen arbeiteten, die also keine falschen Teilnehmer sein konnten. Was ist mit Sy?«

Kallen schüttelte den Kopf. »Er ist ein echter Teilnehmer«, flüsterte er. »Und ein erstaunlich guter. Ich verbrachte während einiger Wettkämpfe Zeit mit ihm. Er ist viel intelligenter und findiger als jeder von uns, aber wegen seines verkrüppelten Armes sieht er die Welt durch einen Zerrspiegel. Wir sollten ihn in unsere Gedanken einweihen — obwohl es seinen schlimmsten Argwohn gegen die Menschen im allgemeinen bestätigen wird.«

Es war Kallens bisher längste Ansprache. Er selbst schien es zu merken und lächelte Elissa verlegen an.

»In Ordnung, Sy wird eingeweiht«, sagte Lum. »Was noch, Peron?«

Es war verwirrend, als Führer behandelt zu werden. Peron kniff die Lippen zusammen und dachte angestrengt nach. »Wir brauchen überhaupt nichts zu tun«, sagte er schließlich. »Außer die Augen und Ohren offen und den Mund geschlossen zu halten. Nach allem, was Kallen dir erzählte, scheint mir offensichtlich zu sein, daß wir irgendwann das Geheimnis der außerweltlichen Prüfungen erfahren werden. Die früheren Sieger müssen eingeweiht worden sein. Also wird man es auch uns sagen, und wir werden herausbringen, was mit den Siegern geschieht, sobald die außerweltlichen Wettbewerbe vorbei sind. Es gibt keinen Anhaltspunkt, daß uns Schlimmes widerfahren wird — bloß, daß etwas vorgeht, worüber die Regierung Stillschweigen bewahrt. Die Öffentlichkeit soll es nicht wissen. Ich neige dazu, meinem Vater zuzustimmen, daß dies an sich eine schlechte Sache ist. Aber solange wir nicht wissen, was es ist, können wir nicht im Widerspruch dazu stehen. Also ist es einfach: einstweilen versuchen wir zu bestimmen, wie vielen in unserer Gruppe von fünfundzwanzig wir wirklich vertrauen können. Und von nun an stellen wir alles in Frage, was man uns erzählt.«

»Du meinst, wir sollten mit anderen darüber diskutieren?« sagte Lum, sich vom Tisch erhebend. »Ich würde es vorziehen, niemanden sonst einzuweihen.«

»Wir brauchen alle Augen und Ohren, die wir finden können«, erwiderte Peron. »Wir müssen und werden vorsichtig sein.«

Gemeinsam gingen sie zum Ausgang und sprachen erst wieder, als sie außerhalb des Schnellrestaurants waren und zum Nachrichtenzentrum der Weltfestspiele hinübergingen.

Lum und Kallen gingen voraus, und Peron und Elissa schlenderten nebeneinander durch den kühlen Herbstabend. Der kleine Mond war bereits aufgegangen, und vom Horizont her warf Cassbys rotes Feuer lange, okkerfarbene Schatten durch das tiefe Zwielicht.

Elissa blieb stehen und schaute zum Himmel. Es war wolkenlos, und da und dort schimmerten einzelne Sterne.

»In ein paar Tagen werden wir da oben sein«, sagte Peron und nahm ihre Hand. »Wir werden die Fünfzig Welten sehen, und vielleicht werden wir auch Das Schiff sehen. Davon habe ich schon als Vierjähriger geträumt.«

»Ich auch. Meine Tante glaubt heute noch nicht, daß es ein Schiff gibt. Sie sagt, wir seien schon immer hier auf Pentecost gewesen, und unsere Art habe sich hier entwickelt.«

»Was sagtest du ihr?«

»Nichts. Für jemand mit solchen Ansichten ist Logik irrelevant — sie wird glauben, was sie will, ungeachtet irgendwelcher Beweise oder Gegenbeweise. Ihre Religion sagt, Gott habe das Samenkorn unserer Rasse hier auf Pentecost in den Boden gesenkt, und für sie ist die Sache damit erledigt.«

»Und du?« Peron merkte, daß sie sich nahe an ihn herangeschoben hatte. »Was denkst du?«

»Du weißt, was ich denke. Ich bin dazu verdammt, einen logischen Verstand zu haben, und eine Menge Neugierde. Deshalb sehe ich mir alles genau an. Sobald wir dort oben sein werden, wird der Himmel ganz anders aussehen.« Sie seufzte. »Wenn ich früher an solch eine Reise dachte, als ich noch klein war, war es für mich das gleiche wie zum Himmel aufzufahren. Ich dachte, daß alles dort ganz anders sein würde. Keine Kontrollen, keine Sicherheitsbeamten, keine Wachen, alles klar und einfach. Und statt dessen erwartet uns eine weitere Serie erschöpfender Ausscheidungskämpfe.«

Peron nickte. »Deshalb lassen sie keine Teilnehmer zu, die älter als zwanzig sind. Wenn du dein Bestes geben mußt, ist es fatal, wenn du allzu sehr in Frage stellst, was du tust. Die Prüfungen verlangen geradliniges, von keinen Zweifeln behindertes Denken.«

»Und das werden wir nie mehr haben. Wir haben die Wiege verlassen, und ein Zurück gibt es nicht. Hoffen wir, daß wir Kompensationen finden können.« Sie drückte seine Hand und streichelte die Handfläche mit ihren Fingerspitzen. »Komm, laß uns das Interview hinter uns bringen. Dann können wir den Spaziergang machen — zu dem du mich auffordern wolltest, als Lum an den Tisch kam.«

14

Die Ausreise hatte Gilby zu endlosen Ansprachen genutzt. Er hatte auf die Merkmale des Schiffes hingewiesen und war mit aller Ausführlichkeit auf alles eingegangen, was während der Aufstiegsphase schiefgehen konnte; immer wieder hatte er ihnen eingeschärft, daß die mit Schwerelosigkeit verbundene Übelkeit nur psychologischer Natur sei, bis der Punkt erreicht war, wo jeder vor ihnen sich schämte, vor den anderen Zeichen von Übelkeit zu zeigen, und keine Mühe scheute, um sich unbeobachtet zu übergeben; und er hatte jeden der fünfundzwanzig aufgefordert, sein Heimatgebiet auf Pentecost zu zeigen, als die Umlaufbahn sie über die Welt trug, und er hatte verächtlich geschnauft, wenn sie es nicht vermochten. Eine vertraute Gegend aus dem Weltraum wiederzuerkennen, erwies sich als schwieriger denn erwartet. Wolkendecke, Dunst und der wechselnde, meist schiefe Beobachtungswinkel veränderten alle gewohnten Elemente der Identifikation.

Endlich aber, als das Fahrzeug neuntausend Kilometer über Pentecost war und sich Dem Schiff näherte, verstummte Gilby. Dies war ein Fall, wo es zweckmäßiger war, die Teilnehmer vom Ereignis selbst überwältigen zu lassen, ohne seine Unterstützung.

Das Fahrzeug, das sie von der Oberfläche Pentecosts heraufgetragen hatte, war größer als sie vermutet hatten. Ein Schiff, das imstande war, dreißig Personen zu befördern, schien nicht sonderlich groß zu sein, selbst wenn man im Prinzip wußte, wieviel Kapazität für Treibstoff und lebenserhaltende Bordsysteme benötigt wurde. Die Wirklichkeit aber hatte sie sprachlos gemacht. Sie schickten sich an, in einem gewaltigen Obelisken, der zwanzig Stockwerke hoch über die flache Ebene der Wüste Talimantor ragte, in den Raum aufzufahren.

Nun sahen sie einen weiteren Wechsel des Maßstabs. Das Schiff war zuerst als ein Lichtpunkt auf den Bildschirmen erschienen, weit über und vor ihnen. Als sie sich allmählich näherten und Einzelheiten erkennbar wurden, konnten die Dimensionen wahrgenommen — wenn auch nicht verstanden — werden. Was sie vor sich sahen, war ein unregelmäßiger Ovoid, ein geschwollenes Ei, bedeckt mit Pickeln, Haar und Kratzern, wie eine kranke, fleckige Frucht. Weitere Annäherung ließ mehr Einzelheiten zum Vorschein kommen. Jeder der kleinen Pickel an der Unterseite war eine vollständige Andockeinrichtung, geeignet zur Aufnahme eines Schiffes von der Größe dessen, in dem sie saßen; die dünnen, haarfeinen Auswüchse an der Seite waren Landemasten; die regelmäßig verlaufenden Kratzer erwiesen sich als eine Menge feiner Punkte, jeder eine Schleuse zum Einstieg in den Rumpf.

Alle Gespräche hatten aufgehört. Keiner war unter ihnen, der nicht die Bedeutung des Augenblicks erkannte. Sie sahen Das Schiff, das mystische, beinahe mythische Himmelsfahrzeug, das ihre Urahnen durch die weite Leere des Raums von der Erde hierher gebracht hatte, einer Welt, die in Raum und Zeit so weit entrückt war, daß sie sich der Vorstellung entzog.

»Seht es euch gut an!« sage Gilby schließlich. Sein Vortrag dauerte an, aber seine Stimme hatte einen veränderten Klang. »Das war für fünfzehntausend Jahre die einzige Heimat eurer Vorfahren — dreimal so lang wie wir auf Pentecost gelebt haben. Das Schiff durchstreifte den Raum von einem Sonnensystem zum nächsten, ohne einen Ort zu finden, der eine neue Heimat sein konnte. Es besuchte neunundvierzig Sonnen und hundert Planeten, und überall waren es gefrorene, tote Welten oder brennende Wüsten. Cass war das fünfzigste System, und sie fanden Pentecost. Diese Welt war geeignet, menschliches Leben zu tragen. Ein Paradies, wie? Wißt ihr, was dann geschah?«

Sie schwiegen. Überwältigt von der wachsenden Gegenwart Des Schiffes, das den Bildschirm vor ihnen ausfüllte.

»Sie stritten«, sagte Gilby. Er hörte auf, mit seinem Schulterriemen zu fummeln und klopfte an seine Pistolentasche. »Sie stritten im Schiff, ob sie es verlassen und auf Pentecost landen sollten oder nicht. Das Schiff war die Heimat, und die Hälfte der Bewohner wollte es nicht verlassen. Zweihundert Jahre vergingen, bis die endgültige Übersiedlung stattfand und Das Schiff verlassen zurückblieb. Der letzte Akt bestand darin, daß es in eine hohe Umlaufbahn gelenkt wurde, wo es für alle Zeit Pentecost umkreisen konnte.«

Sie waren bis auf wenige Kilometer herangekommen und zogen langsame Spiralen um den schimmernden Rumpf. Aus der Nähe gesehen, war die Oberfläche matt, fleckig und zernarbt, die Meteoritentreffer von Jahrtausenden und die schleifende Wirkung von interstellarem Staub verliehen dem mächtigen Körper etwas Ehrwürdiges.

»Besteht eine Möglichkeit für uns, an Bord zu gehen?« fragte Wilmer. Auch er hatte wie ein kleines Kind seine Nase an die Fensterscheibe gedrückt.

Gilby lächelte. »Es ist ein Heiligtum. Besucher sind nicht zugelassen. Die ursprünglichen Reisenden legten fest, daß das Schiff nur in einem Fall wieder geöffnet und für den Gebrauch instandgesetzt werden dürfe. Das ist ein Fall, über den wir uns nicht den Kopf zerbrechen müssen. Das Schiff wird wieder geöffnet und neu ausgerüstet, wenn auf Pentecost jemals Atomwaffen eingesetzt werden sollten.«

Er zeigte hinüber. »Seht es euch gut an und prägt es euch ein! Ihr werdet es nicht wiedersehen.«

Während er sprach, fühlten sie sich von einer gleichmäßig zunehmenden Beschleunigung in die Sitze gedrückt. Das Schiff zog an ihrem Fahrzeug vorüber, blieb zurück und wurde rasch kleiner. Sie flogen weiter hinaus zu der Menagerie von Planeten, die weit verstreut um Cassay kreisten und zusammen die Fünfzig Welten ausmachten.

Durch die besten irdischen Teleskope gesehen, war das System Eta Cassiopeia nicht mehr als ein Doppelsternsystem gewesen, bestehend aus zwei Lichtpunkten. Aber es erschien als eine auffallende Kombination eines roten und eines gelben Sterns, weniger als zwanzig Lichtjahre von der Sonne entfernt. Keine Vergrößerung konnte irdischen Beobachtern jedoch strukturelle Einzelheiten der stellaren Komponenten geben. Dies war nur durch indirekte Methode spektrographischer Untersuchung möglich. Aber den zahlreichen Bordinstrumenten der *Eleanora,* als sie sich in verlangsamender Flugbahn dem helleren Stern Cassiopeia A näherte, hatte sich ein System von verwirrender Komplexität enthüllt.

Cassiopeia A ist ein gelber Stern des Typs GO V. Er ist ein wenig heller und größer als die Sonne. Sein Begleiter ist ein roter Zwerg, leichter und von nur einem Fünfundzwanzigstel seiner Leuchtkraft.

Dicht, rostrot und arm an Metallen, bleibt Cassiopeia B auf Distanz zu seinem gleißenden Partner. Er nähert sich ihm niemals mehr als auf zehn Milliarden Kilometer. Von den Planeten im Umkreis von Cass A gesehen, scheint der lichtschwache kleine Gefährte bei weitem zu unbedeutend, um irgendeinen Einfluß zu haben. Aber das Schwerefeld ist eine weitreichende Kraft. Die Anziehungswirkung von Cass B hatte starken Einfluß auf das ganze System. Die planetarische Familie, die sich um das Doppelsternsystem entwickelt hatte, gleicht in der verwirrenden Vielfalt ihrer Mitglieder einem Zoo. Mehr als fünfzig Welten kreisen um das Sternpaar. Ihre Umlaufbahnen weisen alle nur denkbaren Neigungen und Exzentrizitäten auf. Die Planeten im Umkreis einiger hundert Millionen Kilometer von Cass A haben regelmäßige Orbitalgeschwindigkeiten, Bahnbewegungen und stabile Zyklen. Aber die äußeren Welten kennen solche Einheitlichkeit nicht. Manche beschreiben weite Bahnen mit Cass A und Cass B als zweifachem Mittelpunkt, und ihre Jahre können viele irdische Jahrhunderte dauern. Andere werden abwechselnd von beiden Zentralgestirnen beeinflußt und ziehen in komplizierten Kurven, die sich niemals genau wiederholen, durch den Raum, einmal in völliger Abgeschiedenheit, Milliarden Kilometer von jedem der beiden Zentralgestirne entfernt, ein andermal bedrohlich nahe an Cass A vorbei und ihrem sengenden Gluthauch ausgesetzt.

Die Reisenden der *Eleanora* hatten gefolgert, daß die Annäherung eines Großplaneten Ursache der komplizierten Verhältnisse im System war. Vor vielen Millionen Jahren war solch ein Großplanet dem Zentralgestirn zu nahe gekommen und zwischen Anziehungs- und Fliehkraft zerrissen worden. Die Materie dieses Zerfalls war je nach ihrer Masse in veränderte Umlaufbahnen überführt worden und war in die Fünfzig Welten eingegangen.

Den Besuchern, die sich dem System näherten, schienen die abenteuerlichen Bahnvariationen der äußeren Welten anfangs alles zu beherrschen. Das Doppelsternsystem Cassiopeia war ein unwahrscheinlicher Kandidat für menschliche Siedler. Wo Umlaufbahnen kaum berechenbar variieren, gibt es für das Leben keine Entwicklungsmöglichkeit. Die Veränderungen sind zu extrem. Einmal erreichen die Temperaturen eine Höhe, bei der Zinn schmilzt, ein andermal sinken sie so tief, daß Stickstoff sich verfestigt. Leben ist beharrlich und zäh; es kann sich vielen Extremen anpassen. Aber in der ursprünglichen Entstehung gibt es eine Empfindlichkeit, die nach langen Zeiträumen unter relativ gleichförmigen Bedingungen verlangt.

Von der *Eleanora* wurden unbemannte Sonden ausgesandt, weil es das Verfahren war, auf das man seit vielen Jahrhunderten eingeschworen war. Die ersten zurückkehrenden Sonden bestätigten den Eindruck öder und zernarbter Welten, düster und lebensfeindlich. Als die elektronischen Meßergebnisse der Sonde, die nach Pentecost entsandt worden war, an Bord der *Eleanora* eingingen, schienen sie fast zu schön um wahr zu sein. Hier war eine stabile, annähernd kreisförmige Umlaufbahn, einhundertneunzig Millionen Kilometer von Cass A entfernt. Und Pentecost entsprach auch sonst in vielem dem, was man von der Erde noch wußte, mit heimischer Fauna und Flora, annehmbaren Temperaturen, einer Neigung der planetarischen Achse um achtzehn Grad, einem Zweiundzwanzigstundentag, atembarer Atmosphäre, vierzigprozentiger Ozeanbedeckung, einer Masse, die jener der Erde nur um zehn Prozent nachstand, und einer Umlaufperiode, die lediglich vier Prozent länger währte, als ein irdisches Jahr.

Es war schwierig zu glauben, daß Pentecost inmitten der schwindelerregenden Variationen, die die Fünfzig Welten ausmachten, existieren konnte. Aber die Meßinstrumente der Sonden waren verläßlich. Endlich, nach Äonen des Reisens zwischen den Sternen, nach endlosen Enttäuschungen, hatte die Menschheit eine neue Heimat gefunden.

15

Die fünfzig Welten enthielten eine enorme Vielfalt, das war Peron bekannt. Sie waren von allen Größen und Formen, und die Bedingungen, die auf ihnen herrschten, waren so unterschiedlich wie ihre Umlaufbahnen. Nicht zwei schienen einander auch nur entfernt ähnlich, nicht einmal die Zwillinge des Doppelplaneten Dobelle. Und die meisten paßten nur sehr unvollkommen zu der Vorstellung, die man von einem schönen und interessanten Reiseziel haben mochte, und schon gar nicht zu den Hoffnungen, die der eine oder der andere mit natürlichen Erleichterungen der neuen Prüfungsserie verband.

Und was Karussell betraf ...

Dieser Welt näherten sie sich jetzt, um dort zu landen. Von allen gottverlassenen Einöden und Höllenlöchern, dachte er trübe, muß dieses die Fremdartigste und Widrigste sein.

In den vergangenen zwei Monaten hatten die Sieger der Ausscheidungswettkämpfe ein Dutzend Welten besucht, die von deprimierend bis unaussprechlich reichten. Barchan war ein backofenheißer Staubball, dessen Oberfläche ständig unter abreibenden Wolken windgetragener Partikel unsichtbar war. Sie wurden von einer dünnen, giftigen Atmosphäre in der Luft gehalten. Gilby hatte sie gewarnt, daß Barchan ein furchtbarer Wettkampfort sein würde (aber das hatte er von den meisten Orten gesagt). Staub und Sand drangen überall ein — sogar in die Bordinstrumente eines Schiffes. Es war nicht auszuschließen, daß eine Landung auf Barchan endgültig sein würde.

Gimperstand war nicht besser. Die Teilnehmer hatten abgestimmt, daß sie die Welt nicht einmal sehen wollten, nachdem ein Besatzungsmitglied eine Musterflasche mit Saft von den Schlingpflanzen zum Vorschein gebracht hatte. Sie war nicht einmal zwei Minuten lang geöffnet, aber noch einen Tag später stank die Luft im ganzen Schiff nach verwesenden Kadavern. Die Zirkulation der Luft durch die Filter der Regenerationsanlage konnten ihm nichts anhaben.

Gluck hatte aus der Ferne ziemlich gut ausgesehen. Durch das Teleskop sah man eine grüne, fruchtbare

Welt, zu neunzig Prozent mit Wolken bedeckt. Sie hatten dort tatsächlich einen Erkundungsausflug gemacht und ein paar Stunden damit verbracht, auf der klebrig-schlammigen Oberfläche umherzupatschen. Gleichförmiger grauer Regen ging endlos von einem aschfarbenen Himmel nieder, und die triefenden Blätter und Büschel der Vegetation hingen alle trauernd herab und berührten den durchweichten Boden. Hatte man einen Stiefel mit dem Körpergewicht belastet, so zeigte sich, daß der Boden ihn nicht wieder freigeben wollte. Er hielt ihn liebevoll zurück. Das Gehen war eine erschöpfende Abfolge von schmatzenden, einsinkenden Schritten, bei denen man jeden Fuß Zentimeter um Zentimeter hochziehen mußte, bis er endlich mit einem abscheulichen Gurgeln und Schmatzen freikam. Wie Wilmer es ausgedrückt hatte: sobald man den Stiefel herausgezogen hatte, wollte man ihn nie wieder niedersetzen — bloß war der andere Stiefel bereits tief eingesunken.

Gluck war abstoßend, aber Peron befürchtete, es könnte dennoch auf der Liste der Austragungsorte erscheinen. Sy hatte sogar erklärt, er würde hier am liebsten eine Prüfung machen! Vielleicht hatten seine scharfsinnigen Denkprozesse etwas an Gluck entdeckt, was er zu seinem Vorteil wenden konnte. Lum hatte es Peron und Kallen schon lange erklärt: Sy brauchte keinen Vorteil vor anderen, um zu gewinnen; er brauchte nur eine Situation, die eine Behinderung durch den verkürzten Arm aufhob. War das gegeben, konnte er mit ihnen allen den Boden aufwischen.

Einige der anderen hatten auch versuchsweise zugunsten von Gluck abgestimmt; denn als die Teilnehmer dorthin kamen, hatten sie bereits eine Musterauswahl besucht:

Bum-Bum: Beständige vulkanische Aktivität und Erdbeben; ein umgebender Geräuschpegel, der geeignet schien, Trommelfelle zum Platzen zu bringen; üble, von schwefligen Gasen geschwängerte Luft und trügerisches

Terrain, wo dünne, erstarrte Krusten die glutflüssige Lava bedeckten.

Feuertanz: Nur mikroskopisches Tierleben, und zu jeder Zeit war ein Sechstel der Vegetation, welche die ganze Welt bedeckte, eine schwelende, verkohlte Masse: der Rest war knochentrocken und bereit, beim nächstbesten Blitzeinschlag in Flammen aufzugehen; die Fronten der Buschfeuer zogen sich gewunden über die Oberfläche und wechselten unberechenbar die Richtung. Oft, wenn der Wind sie trieb, rückten sie weitaus schneller vor, als ein Mensch laufen konnte.

Flaumball: Jedes Lebewesen, jede Pflanze und jedes Tier, die unter oder an der Oberfläche oder in den salzigen Meeren dieser Welt lebten, dienten einer einzigen Pilzart als Wirt; evolutionäre Anpassung schien vollständig, so daß der Pilz keinen Schaden anrichtete; aber seine weißen, haarfeinen Fäden entsprossen jedem Quadratzentimeter Haut, und jedes Ohr und jedes Nasenloch trug seine eigene Ernte zarter, wehender Fäden; die Aussicht, wie ein Schimmelpilz herumzulaufen, war den Teilnehmern zuviel gewesen, obwohl Gilby ihnen versicherte, daß der Pilz nach dem Verlassen der Welt vollständig entfernt werden könne. Flaumball hatte keine Stimmen erhalten.

Wiederfort hörte sich leidlich an; aber diese kleine Welt schied wegen einfacher Geometrie aus. Ihre Umlaufbahn war völlig exzentrisch und trug sie Milliarden von Kilometern fort von Cassay und Cassby. Sie würde erst in dreitausend Jahren wieder ins Innere des Systems zurückkehren.

Und hier war Karussell. Peron spähte durch die Visierscheibe seines Anzugs. In drei Stunden würde er dort landen — ohne Schiff. Später (wenn alles planmäßig verlief) würde er auf die gleiche Weise wieder abreisen. Einstweilen gab es bis zum Augenblick des streifenden Aufpralls nichts zu tun. Peron sorgte sich — nicht zum ersten Mal — um seine Geschwindigkeitsberechnung. Er hatte sie zehnmal überprüft, aber wenn er sich nur um ein paar Meter pro Sekunde verrechnet hatte ...

Entschlossen wandte er seine Gedanken ihren früheren Reisen zu, bemüht, sich Karussell für die nächsten drei Stunden aus dem Kopf zu schlagen.

Es gab genug anderes zu bedenken. Während der ersten zwei Wochen der Reise von Pentecost war ihnen allen keine Abgeschiedenheit möglich gewesen. Die Raumfähre war von beeindruckender Größe, aber wenn dreißig Personen in einen Raum gezwängt wurden, der eigentlich für drei Mann Besatzung und Fracht vorgesehen war, mußte es eng hergehen. Erst nach der Übernahme durch das große, innerhalb des Systems verkehrende Schiff hatten sie genug Raum bekommen. Und für Peron hatte sich endlich eine Gelegenheit ergeben, seine Notizen mit den anderen zu vergleichen.

Durch sorgfältige Doppelkontrollen, die sie mehrere Tage gekostet hatten, hatten Lum und Kallen alle Gewinner in Betracht gezogen. Wilmer war der einzige falsche Teilnehmer. Sie hatten auch Perons ersten Eindruck bestätigt; niemand war in irgendeiner Prüfung mit Wilmer zusammen gewesen oder hatte ihn dabei gesehen, und nach jeder Prüfung war er verdächtig frisch gewesen. Aber der Grund seiner Anwesenheit unter ihnen blieb weiterhin rätselhaft. Und um das Geheimnis vollkommen zu machen, hatte Wilmer tatsächlich an all ihren Aktivitäten teilgenommen, seit sie von Pentecost gestartet waren — und einige davon waren bisweilen gefährlich und obendrein unangenehm gewesen. Wilmers unschuldige Frage an Gilby, ob man Das Schiff nicht besuchen könne, war — zusammen mit Gilbys Antwort — Perons und Elissas Aufmerksamkeit nicht entgangen. Jemand wollte den Gewinnern beiläufig zu verstehen geben, daß Das Schiff für Besucher gesperrt war. Aber was hatte es zu bedeuten? Wie hing es mit der Tatsache zusammen, daß viele frühere Gewinner der Weltfestspiele nicht nach Pentecost zurückgekehrt waren?

Peron hatte die Frage Sy gestellt, als sie ein paar Minuten unter vier Augen hatten. Sy hatte auf die Frage mit nachdenklichem Schweigen geantwortet, den Blick in die Ferne gerichtet.

»Ich weiß nicht, warum Das Schiff nicht betreten werden darf«, sagte er schließlich. »Aber ich bin mit dir der Meinung, daß Gilby veranlaßt wurde, uns das zu sagen. Laß dir ein noch größeres Geheimnis verraten. Nach den außerweltlichen Prüfungen sollen angeblich die Unsterblichen erscheinen. Man erzählt uns, daß sie von den Sternen kommen werden, nach einer Reise, die nur ein paar Tage in Anspruch nehmen wird. Glaubst du das?«

»Ich weiß es nicht.« Mit seiner Frage sprach Sy eine von Perons eigenen Sorgen aus. »Wenn es möglich ist, schneller als das Licht zu reisen, müssen unsere Theorien von der Natur des Universums falsch sein.«

»Das ist möglich«, sagte Sy bedächtig — aber mit einem Tonfall, der klar machte, daß es ganz unmöglich sei. »Siehst du aber nicht das Problem? Wenn die Unsterblichen die Lichtgeschwindigkeit überschreiten können, müssen sie sich gegenüber unseren Theorien vervollkommnet haben. Und wenn sie es so gut mit uns meinen, warum glauben sie, uns diese bessere Theorie vorenthalten zu müssen?«

Peron hatte den Kopf geschüttelt. Alles, was mit den Unsterblichen zusammenhing, blieb ein Geheimnis.

»Es ist meine persönliche Überzeugung, daß nichts die Lichtgeschwindigkeit übertreffen kann«, fuhr Sy nach einer Weile fort. »Ich mißtraue jedem, Regierung oder Unsterblicher, Mann oder Frau, Mensch oder Nichtmensch, der versucht, mir etwas anderes einzureden, ohne überzeugende Beweise zu liefern.«

Und damit war er schweigend fortgegangen und hatte Peron verwunderter denn je zurückgelassen. Gespräche mit Sy hinterließen oft dieses beunruhigende Gefühl. Lum hatte es in seiner ungezwungenen Art erklärt — Sy war eben ein ganzes Stück klüger als sie alle. Und Elissa hatte ihre eigene Einschätzung dazu gegeben: Sy war nicht nur klüger, nicht wenn das entweder Gedächtnisleistung oder Schnelligkeit des Denkens bedeutete; sondern er konnte Probleme irgendwie aus einem anderen Blickwinkel sehen, der ihnen allen nicht zugänglich war, beinahe so, als befände er sich an einem anderen Ort. Seine Perspektive war verschieden, und so wirkten seine Antworten immer überraschend.

Und wenn er nicht so seltsam wäre, hatte sie dann Peron anvertraut, würde er wirklich attraktiv sein; was Peron natürlich sehr geärgert hatte.

Wieder — es schien unausweichlich — gingen seine Gedanken zurück zu Elissa und ihrem letzten Abend auf Pentecost. Während Lum und Kallen gewissenhaft an der Ausforschung der übrigen Teilnehmer gearbeitet hatten, war Peron einem angenehmen aber nichtsdestoweniger eindringlichen Kreuzverhör unterzogen worden. Elissa und er hatten einen stillen Winkel im Park des Weltfestgeländes gefunden, sich im weichen Gras ausgestreckt und zum Himmel aufgeblickt, und Elissa mußte ihm tausend Fragen gestellt haben. Ob er Brüder und Schwestern habe? Wie seine Familie sei? Ob sie viel Geld hätten, (Peron hatte über die Vorstellung, sein Vater könne jemals reich sein, lachen müssen.) Welche Liebhabereien er habe? Seine Lieblingsspeisen? Ob er daheim Haustiere habe? Ob er je mit einem Schiff über eines der Meere Pentecosts gefahren sei? Wann er geboren sei? Und ob er zu Hause in Turcanta eine Freundin habe?

Peron hatte prompt verneint, aber dann hatte er Gewissensbisse bekommen und Elissa die Wahrheit gesagt. Er und Sabrina hatten einander zwei Jahre lang sehr nahe gestanden, bis er seine ganze Zeit dem Training und den Vorbereitungen für die Wettkämpfe hatte widmen müssen. Dann hatte sie einen anderen gefunden.

Elissa hatte es nicht für nötig gehalten, ihre Befriedigung zu verbergen. Sie hatte die Arme um ihn gelegt und ihn auf eine sehr direkte Art und Weise verführt.

»Ich sagte dir, daß ich zudringlich bin«, sagte sie. »Und du benahmst dich, als ob du dich nie dazu durchringen würdest. Komm schon — oder willst du mich nicht? Ich habe es — und besonders dies — schon tun wollen, seit ich dich bei der Waldprüfung in Vellasylva kennenlernte.«

Sie hatte ihm Techniken gezeigt, die Peron nie in den Sinn gekommen wären — und er hatte immer geglaubt, daß er und Sabrina alles ausprobiert hätten. Die Liebe mit Elissa fügte seinem Erfahrungsschatz eine neue Dimension hinzu. Sie waren die ganze Nacht beisammen geblieben, während über ihnen das große Abschlußfeuerwerk des Weltfestes am Nachthimmel erblüht war. Und am Morgen hatten sie sich so miteinander vertraut gefühlt, als ob sie seit Monaten Liebende gewesen wären.

Gerade das, dachte Peron unglücklich, macht Elissas Bemerkung über Sy um so schwerer erträglich. Wenn sie Sy für attraktiv hielt — hatte sie nicht sogar gesagt, *sehr* attraktiv? —, bedeutete das womöglich, daß sie Sy für interessanter hielt als ihn? Er hatte die letzte Nacht auf Pentecost als märchenhaft in Erinnerung, aber vielleicht empfand sie nicht so. Aber alles, was sie seither gesagt und getan hatte, legte den Gedanken nahe, daß sie wie er empfand, und warum sollte sie ihn belügen?

Perons Schutzanzug weckte ihn mit leisem Pfeifen aus seiner Tagträumerei. Er ärgerte sich über seinen Gedankengang; es war nicht zu leugnen, er verspürte Eifersucht. Und das war genau die Art von geistloser romantischer Gefühlsduselei, die er verabscheute und derentwegen er so oft seine jüngere Schwester Mira aufgezogen hatte.

Er blickte nach vorn. Keine Zeit mehr für Tagträume, denn nun kam Karussell, ihm eine Lektion in Geistesgegenwart und klarem Denken zu lehren. Er befand sich nur noch einige Kilometer über der Oberfläche, zu der seine Flugbahn fast parallel verlief, doch näherte er sich ihr gleichwohl mit beängstigender Geschwindigkeit.

Durch das Fernrohr betrachtet, war Karussell kein interessantes Objekt, eine silbrig schimmernde Kugel von ungefähr zweitausend Kilometern Durchmesser, etwas abgeplattet und am Äquator aufgerauht. Die hohe Dichte verlieh ihr an den Polen eine Schwere, die einem Fünftel der Erdschwere entsprach und etwas höher lag als die des Erdmondes. Bei einem Absturz würde er mit einer Geschwindigkeit von zwei Kilometern pro Sekunde aufprallen — mit einer Wucht also, die hinterher schwerlich erkennen lassen würde, daß das Objekt im Raumanzug ein Mensch gewesen war.

Aber das galt für jeden ungebremsten Absprung, und man unternahm keine Landungen auf Objekten planetarischer Größe ohne ein Schiff; und die Zusammensetzung von Karussell war von keinem besonderen Interesse. Der Planet war lange unbeachtet geblieben, bis ein Astronom endlich die Mühe auf sich genommen hatte, seine Rotationsgeschwindigkeit zu untersuchen.

Darauf wuchs das Interesse rapide. Karussell war einzigartig. Was der Welt zu dieser Einzigartigkeit verholfen hatte, war — in geologischen Zeiträumen gemessen — erst in jüngster Vergangenheit geschehen. Vor einigen hunderttausend Jahren hatte der nahe Vorbeigang eines anderen Himmelskörpers einen enormen Drehimpuls auf den Planeten übertragen. Nach diesem Ereignis rotierte Karussell wie rasend um seine Achse und vollendete eine volle Umdrehung in nur dreiundsiebzig Minuten. Und bei dieser Geschwindigkeit entsprach die zentripetale Beschleunigung am Äquator ziemlich genau der Gravitationskraft. Ein Schiff, das mit einer Geschwindigkeit von eintausendvierhundert Metern einen Tangentialkurs zur Oberfläche steuerte, konnte ohne Aufprall weich darauf landen; und ein Mensch in einem

Schutzanzug konnte mit geringer Unterstützung durch die integrierten Steuerdüsen das gleiche tun.

Aber Theorie und Praxis, dachte Peron, lagen weit auseinander. Es war eine Sache, an Bord des Schiffes zu sitzen und das Problem mit den anderen Teilnehmern zu besprechen, und eine ganz andere, auf Tangentialkurs auf die Planetenoberfläche zuzurasen.

Sie hatten Lose gezogen, um zu entscheiden, wer als erster landen sollte. Peron hatte »gewonnen« — wie Gilby sich mit sadistischem Lächeln ausdrückte. Die anderen, die paarweise folgten, würden es bei weitem leichter haben, weil sie sich an Perons Aktionen der nächsten paar Minuten orientieren konnten. Vorausgesetzt, er käme in einem Stück an.

Er fragte sich, was sie tun würden, wenn er keine sichere Landung hinlegte — würden sie einen anderen für einen zweiten Versuch nominieren? Oder würden sie die ganze Idee aufgeben und zu einer anderen Welt weiterfliegen? Ein Bewerber konnte in der Regel nur einmal an den Weltfestspielen teilnehmen (Kallen war eine seltene Ausnahme). Aber der Tod war in allen Weltfestspielen ein ernster Mitbewerber. Todesfälle von Wettkampfteilnehmern wurden von der Regierung und den Massenmedien verschwiegen, doch kannte jeder, der sich um die Teilnahme bewarb, die Wahrheit. Nicht jeder kehrte als Sieger heim, auch nicht immer als Verlierer. Einige Teilnehmer blieben für alle Zeit in der flimmernden Hitze der Wüste Talimantor, oder starben einen gewaltsamen nächtlichen Tod in den Wäldern von Vellasylva, oder sie fanden ein frostiges Grab im ewigen Schnee des Capandorgebirges; oder (Perons gemeine Angst) sie erstickten an Sauerstoffmangel im Unterwasserlabyrinth des Höhlenflusses Charant.

Er erschauerte und spähte mit zusammengekniffenen Augen nach vorn. Diese Gefahren lagen hinter ihm, aber der Tod war nicht auf Pentecost zurückgeblieben. Er konnte ihn genauso leicht hier ereilen. Die Ausrüstung, die Peron hinter sich herzog, war ihm handlich vorgekommen, als er das Schiff verlassen hatte, aber nun erschienen ihm vierhundert Kilogramm Leinen, Federn und Karabinerhaken wie eine gewaltige Last, die hinter ihm eine fünfhundert Meter lange Schleppe bildete. Unsteuerbar, würde sie bei der Landung auf ihn prallen und ihn unter sich begraben.

Die Oberfläche schien jetzt so nahe, daß er glaubte, sie mit dem ausgestreckten Arm berühren zu können. Mit den Steuerdüsen bewerkstelligte er kleine Haltungskorrekturen. Seine Geschwindigkeit war genau richtig für eine stabile Umlaufbahn auf Oberflächenebene. Er manövrierte sich so, daß er mit den Füßen zuerst landen mußte, dann setzte er auf, sanft wie ein Kuß.

Er hatte eine beispielhaft weiche Landung zustande gebracht, aber sofort gab es eine Komplikation. Er fand sich in der Mitte einer blendenden Wolke aus Staub, Sand und Gesteinsbruchstücken. Die effektive Schwere hier am Äquator war nahe Null, und die Wolke hatte es nicht eilig, sich aufzulösen oder wieder zu setzen. Nur nach dem Gefühl arbeitend, nahm Peron einen der zwei Karabinerhaken, die er bei sich trug, setzte ihn vertikal auf die Oberfläche und zündete die Ladung. Seine Hände zitterten in den Handschuhen. Er mußte sich beeilen. Nur dreißig Sekunden blieben ihm, einen sicheren Halt herzustellen. Dann konnte er sich auf die Ausrüstung konzentrieren.

Die Explosivladung im Kopfende des Hakens detonierte und trieb die scharfe Spitze in die steinige Oberfläche. Peron zog daran, vergewisserte sich, daß er festsaß, setzte dann zur Sicherheit den zweiten Karabinerhaken und zündete ihn. Dann zog er zwei Seilschlaufen von seinem Anzug durch die Karabiner und wandte sich den Ausrüstungsbündeln zu.

Es schien unmöglich. Die Ausrüstung war noch ein paar hundert Meter entfernt. Die ganze Landeoperation — Minuten nach seiner inneren Uhr — mußte in wenigen

Sekunden vor sich gegangen sein. Er hatte Zeit zu überlegen, wo und wie er die Ausrüstung festmachen würde.

Sie kam langsam niedersinkend auf ihn zu. Die Anpassung der Geschwindigkeit hätte nicht besser sein können. Es kostete ihn weniger als fünf Minuten Arbeit, eine weitere Reihe von Karabinerhaken in einer parabolischen Kurve entlang der Oberfläche zu verankern und Kabel durchzuziehen. Die fertige Anordnung von Kabeln und Federn sah nicht sehr stabil aus, aber er war zuversichtlich, daß sie alles halten würde, was mit weniger als dreihundert Metern pro Sekunde relativer Geschwindigkeit käme.

Nach einer letzten Überprüfung seiner Arbeit aktivierte er sein Funksprechgerät.

»Alles bereit.« Er bemühte sich, seiner Stimme einen beiläufigen Klang zu geben. »Ihr könnt jederzeit kommen. Das Katapult ist in Position.«

Er holte tief Luft. Die Hälfte war geschafft. Sobald sie als Gruppe die Oberfläche erkundet hätten, sollte das Katapult alle anderen hinausbefördern, und er würde wieder allein sein. Dann sollte er (wenn alles gut ging) mit Rückstoßenergie die Sicherheit des wartenden Schiffes erreichen.

16

Peron konnte sich nicht des genauen Augenblicks erinnern, in dem ihm klar wurde, daß er auf Karussell sterben würde. Die Erkenntnis war im Verlauf vielleicht einer Minute erwachsen, als sein Verstand alle Fluchtmöglichkeiten durchging und alle als undurchführbar abweisen mußte. Kalte Gewißheit hatte endlich die Hoffnung verdrängt.

Die Landung war beinahe vollkommen vonstatten gegangen, als die anderen sechs Teilnehmer, deren Auftrag es war, Karussell aufzusuchen, in einer reibungslosen Begegnung mit der Landehilfe herabsegelten. Wilmer, der mit Kallen ein Paar bildete, hatte die Ausnahme zur Regel geliefert. Er war zu schnell und zu hoch hereingekommen, und nur Kallens kräftiger Zug an ihrer Verbindungsleine hatte ihn tief genug gebracht, daß er die Kabel erreichen konnte.

Sein knappes Davonkommen schien ihn nicht weiter zu beunruhigen. »Du hattest recht, Kallen«, sagte er fröhlich, sobald er sicher am Boden war. »Seltsam, ich hätte wer weiß was gewettet, daß meine Geschwindigkeit stimmte und deine zu langsam sei.«

»Sei dankbar, daß du nicht der erste Mann warst«, sagte Rosanne streng — sie hatte gesehen, wie nahe Kallen daran gewesen war, selbst den Halt zu verlieren. »Wenn Peron das getan hätte, wäre er in die größten Schwierigkeiten gekommen. Und was hast du da drinnen? Das ist wahrscheinlich die Masse, die du in deinen Berechnungen nicht berücksichtigt hast.«

Wilmer hielt einen grünen Kasten in die Höhe. »Darin? Verpflegung. Ich wußte nicht, wie lange wir hier sein würden. Ich habe kein Verlangen zu verhungern, selbst, wenn es euch allen nichts ausmachen sollte. Und wenn ich der erste gewesen wäre, Rosanne, wäre ich mit meiner Flugbahn auch der erste wieder draußen gewesen. Bei dieser Geschwindigkeit und Höhe hätte ich Karussell gar nicht berührt. Darin liegt die Moral von der Geschichte: besser zu hoch und zu schnell hereinkommen als niedrig und langsam.«

Er hüpfte vorsichtig von einem Fuß auf den anderen, um sein Gleichgewicht zu erproben. Die effektive Schwere im Äquatorbereich war nicht gerade null, aber so gering, daß ein Sprung von dreißig oder vierzig Metern Höhe kinderleicht war. Alle hatten es versucht und bald das Interesse verloren, da es Minuten dauerte, bis man leicht wie eine Feder wieder herabschwebte, und eine Erfahrung dieser Art war genug.

Bald machten sie sich in kleinen Gruppen auf den Marsch fort vom Äquator und in Richtung auf die angenehmeren Schwereverhältnisse der Polregion. Nur Sy blieb zurück und machte seine einsamen und verwirrenden Bewegungsexperimente über dem unebenen Terrain.

Das Vorankommen gestaltete sich langsamer als erwartet. Mit Hilfe der kleinen Antriebseinheiten, die nach ihrer Landung eingeflogen worden waren, konnten sie ohne größere Anstrengung dicht über der Oberfläche dahinfliegen. Aber die rasche Rotation des Himmelskörpers machte die Corioliskraft zu einem Faktor, der berücksichtigt werden wollte und ständige Anpassungen des Kurses verlangte. Die Recheneinheiten in ihren Schutzhelmen weigerten sich, eine einfache Nordweisung zu akzeptieren und vorzugeben, und es war leicht, zwanzig oder dreißig Grad vom Kurs abzuweichen. Nachdem sie einige Stunden lang unterwegs waren, holte Sy sie ein und überholte sie alle rasch. Er hatte sein eigenes Rezept zur Einschätzung und Kompensation der Corioliskraft entdeckt.

Je weiter sie nach Norden kamen, desto deutlicher veränderte sich die Landoberfläche unter ihnen. Die Äquatorregion bestand ganz aus zerbrochenem, massivem Gestein, aufgehäuft zu Schuttbergen, denen Felstürme, Rippen und Grate entragten. Ein paar hundert Kilometer polwärts begann das Land sich zu glätten und bildete eine ebene Wildnis scharfkantiger großer und kleiner Blöcke. Es war keine schöne Landschaft, und die Temperatur war kalt genug, Quecksilber zum Gefrieren zu bringen. Verglichen jedoch mit einigen der anderen Welten, erschien ihnen Karussell wie ein Ferienland.

Die Schutzanzüge hatten wirkungsvolle Wiederaufbereitungssysteme und reichliche Vorräte konzentrierter Nahrung. Die Teilnehmer kamen überein, bis zum Pol vorzustoßen, dann einige Stunden dort zu rasten und schließlich zum Äquator zurückzukehren und den Himmelskörper zu verlassen. Nach Gilbys Auskunft würden sie am Nordpol eine zu Forschungszwecken errichtete geräumige Biwakstation vorfinden, wo sie bequem würden schlafen und die Anzüge ablegen können. Alle wissenschaftlichen Untersuchungen auf Karussell waren vor Jahren abgeschlossen worden, aber die Station mit ihren Einrichtungen sollte noch immer betriebsbereit sein.

Elissa und Peron hatten sich zu einer Reisegruppe zusammengetan und ihre Funksprechgeräte zwecks privater Unterhaltung auf eine eigene Frequenz geschaltet. Gingen auf der allgemeinen Frequenz Meldungen ein, wurden sie von der Elektronik automatisch eingeblendet. Elissa sprudelte über vor Munterkeit und guter Laune.

»Hab dir vieles zu erzählen«, sagte sie. »Gestern war keine Gelegenheit, mit dir zu reden, du warst zu beschäftigt, die Landung hier vorzubereiten. Aber ich habe eine Menge Zeit verbracht, mich mit einem der Besatzungsmitglieder anzufreunden — Tolider, das ist der Kurzhaarige mit dem zahmen Tardus.«

»Das konnte meiner Aufmerksamkeit schwerlich entgehen«, sagte Peron. »Ich sah dich mit dem Ding schmusen und so tun, als gefiele es dir. Abscheulich. Wie kann jemand einen großen, fetten, haarigen Wurm als Schoßtier haben?«

Elissa lachte. »Wenn ich dir erzählte, was manche Leute damit tun, würde ich deine unschuldige Seele schockieren. Aber Tolider hat ihn einfach zur Gesellschaft, und er sorgt gut dafür. Wer mich mag, mag auch meinen Tardus, scheint er zu denken. Sobald er glaubte, ich hätte auch ein Herz für den Tardus, war er bereit, mir sein Herz auszuschütten. Nun, willst du die nächsten Stunden damit verbringen, eifersüchtig zu tun, oder willst du wissen, was er sagte?«

»Schon recht.« Perons Neugierde war zu groß, als daß er hätte desinteressiert tun können, und er wußte aus eigener Erfahrung, wie geschickt Elissa sich darauf verstand, anderen Leuten Informationen zu entlocken. »Was hat er dir erzählt?«

»Sobald er sich mit meiner Gesellschaft angefreundet hatte, sprachen wir über die Unsterblichen. Er sagt, sie seien kein Schwindel, oder etwas, was die Regierung erfunden hätte. Und sie seien weder Menschen noch Angehörige fremder Rassen. Er sagt, sie seien Maschinen.«

»Wie kann er das wissen?«

»Er sah sie. Er arbeitet seit mehr als zwanzig Jahren im Transportwesen und erinnert sich an das letzte Mal, als die Unsterblichen kamen. Er sagte noch etwas, nachdem ich ihn weich gemacht hatte — sei still, Peron —, etwas, das die Regierung vor der Bevölkerung von Pentecost geheimhält. Sagt er. Er erzählte es mir, weil er mich warnen wollte, weil ich ihm leid tue. Er sagt, einige der Sieger der Weltfestspiele, die Pentecost verlassen, würden den Unsterblichen geopfert. Sie —, das heißt, wir — werden selbst zu Maschinen gemacht.«

»Dummes Zeug!«

»Ja, hört sich so an. Aber er brachte einiges vor, was zu denken gibt. Du hörst von den Unsterblichen, aber nie bekommst du eine Beschreibung von einem — keine Geschichten, daß sie genau wie wir seien, oder daß sie groß oder klein seien, grünes Haar oder sechs Arme haben. Und sag selbst: was geschieht mit den Siegern der Festspiele, wenn sie Pentecost verlassen?«

»Du weißt, ich kann das nicht beantworten. Aber wir haben Videos von ihnen gesehen — von den Siegern, meine ich. Wie könnte das sein, wenn sie in Maschinen umgewandelt worden wären?«

»Ich will dir verraten, was Tolider sagt — und das ist angeblich die allgemeine vorherrschende Meinung bei allen, die im Transportwesen arbeiten. Es ist wie eine alte Legende, die weit zurück in jene Zeit reicht, als die Unsterblichen zuerst mit uns in Verbindung traten. Wir wissen, daß die Datenspeicher Des Schiffes zerstört wurden, aber alle Wissenschaftler sind sich darin einig, daß es die Erde vor mehr als zwanzigtausend Jahren verließ und bis vor fünftausend Jahren, als es Pentecost fand, im Raum herumreiste.«

»Das bestreitet niemand, außer vielleicht deine alte

Tante, die meint, der liebe Gott hätte uns einst hierher gesetzt.«

»Aber die alten Überlieferungen sagen, daß alles auf Erden ausgelöscht worden sei, daß alle Menschen in den Großen Kriegen getötet wurden. Angenommen, das wäre nicht wahr — teilweise wahr, aber übertrieben. Angenommen, es wären dort genug Menschen übriggeblieben, um von vorn anzufangen, sagte Tolider, und angenommen, sie hätten die Bomben und den langen nuklearen Winter überlebt. Sie würden dennoch nicht bei Null anfangen müssen, wie wir auf Pentecost anfingen. Sie würden ziemlich rasch wieder eine stattliche Anzahl sein — wir brauchten weniger als fünftausend Jahre, um von den Menschen an Bord Des Schiffes zu mehr als einer Milliarde zu werden. Die Erde hätte wenigstens fünfzehntausend Jahre Zeit gehabt, ihre Technologie über alles hinaus zu entwickeln, was wir uns vorstellen können, während wir mit Dem Schiff herumzogen und nach einer neuen Heimat Ausschau hielten. In diesem Fall würden sie Maschinen haben, die Hunderte von Generationen besser wären als unsere besten Entwicklungen. Vielleicht würden sie den Punkt erreicht haben, wo die Trennungslinie zwischen organischer und anorganischer Materie sich verwischt. Wir wissen mit Bestimmtheit, daß sie bessere Computer haben — wußtest du, daß nicht Pentecost die Raumfahrt im System Cass kontrolliert, sondern die Unsterblichen, weil ihr elektronisches Ortungssystem ungleich besser ist als das unsrige? Sy erzählte mir das, und er hat es von Gilby. Jedenfalls glaubt Tolider, daß die Unsterblichen intelligente Computer seien, vielleicht mit biologischen Komponenten, die von der Erde hergesandt wurden. So. Du bist der Kluge von uns beiden: also finde ein Loch in dieser Logik.«

Sie flogen schweigend dahin, während Peron darüber nachdachte.

»Ich brauche keine Lücke in dieser Logik zu finden«, sagte er nach einer Weile. »Es fehlt Toliders Geschichte nicht an logischen Begründungen, es fehlt ihr am inneren Sinn. Leute tun etwas aus Gründen. Hätte die Menschheit auf Erden sich erholt, eine neue wissenschaftlich-technische Blütezeit eingeleitet und wieder mit der Raumfahrt angefangen, so hätte sie vielleicht Schiffe ausgesandt, uns zu suchen — uns und die Nachkommen der anderen Schiffsbesatzungen, die angeblich gleichzeitig mit unseren Vorfahren die Erde verließen. Angenommen, das wäre geschehen, und angenommen, sie hätten uns schließlich gefunden. Dann würden sie zu uns kommen und uns erzählen, sie hätten uns wiederentdeckt. Warum sollten sie es uns *nicht* sagen wollen? Tolider wiederholt alte Geschichten. Dagegen ist nichts zu sagen, aber von Legenden erwartet man nicht, daß sie überzeugen, einen Sinn ergeben. Laß dir eine Frage stellen, deren Beantwortung nicht von Mythen abhängt. Angenommen, wir bekommen wissenschaftliche Informationen von den Unsterblichen und sie überlassen uns alle zwanzig Jahre einen Schwung von neuen Informationen, zusammen mit einigen seltenen Materialien, an denen bei uns Knappheit herrscht.«

»Ich halte das für wahr. Tolider sagt, er sei selbst an der Übernahme und dem Transport der Materialien beteiligt gewesen. Er sagt auch, unsere Regierung sei nur fixiert auf die Erhaltung der Macht und des Status quo, und zu diesem Zweck setze sie neue Technologie ein. Darum hätten wir eine stabile, gleichbleibende Herrschaft, seit die Unsterblichen mit uns in Verbindung traten, und darum ziehe er es vor, im Transportwesen zu arbeiten, wo einer viel herumkomme und mehr Freizeit habe.«

»Er sollte mit meinem Vater zusammenkommen — der erklärt seit Jahren, daß die Regierung in den Händen einer korrupten Clique unterdrückerischer Tyrannen sei. Aber siehst du das Problem nicht? Die Unsterblichen geben uns Dinge, und es ist offensichtlich eine einseitige Übertragung von Wissen und Material. Niemand, nicht einmal eine Maschine, wird sich über vierhundertfünfzig

Jahre hin mit einem so einseitigen Handel zufriedengeben. Wenn sie nichts wollten als uns Informationen zu geben, könnten sie das geradesogut über Funk tun. Aber sie kommen selbst her. Also lautet meine Frage: Was haben die Unsterblichen von ihren Besuchen auf Pentecost?«

»Sie bekommen einige von uns, wenn wir Tolider Glauben schenken wollen. Du und ich und die anderen: wir sind die Handelsware, die von der Regierung im Austausch gegen neue Informationen abgegeben wird.«

»Das leuchtet mir noch weniger ein. Wir Gewinner sind zwar eine talentierte Gruppe, aber so ausgezeichnet sind wir auch nicht. Wäre die Erde bis zu dem Punkt wiederbesiedelt, wo die Menschheit darangehen könnte, sich wieder an die Erforschung des Weltraums zu machen, müßte sie Tausende wie uns haben.«

»Tolider sagte mir, wir seien wirklich eine ungewöhnliche Gruppe. Gerüchte besagen, es sei das erste Mal seit vielen Weltfestspielen, daß die fünf Besten unter den Teilnehmern allesamt ›Störenfriede‹ seien — er konnte mir den Begriff nicht genauer erklären.«

»Ich glaube, ich kann es. Wir begnügen uns nicht mit Antworten, ohne den Dingen selbst auf den Grund zu gehen. Das ist eine Ursache, daß ich mich bei euch so wohl fühle.«

»Das kann sein. Dann laß mich einen weiteren Gedanken vorbringen. Vielleicht kommst du darauf, was es zu bedeuten hat. Die Teilnehmergruppen, die zu Landungen auf Gluck und Tollhaus, Krater und Kamel eingeteilt worden sind, bestehen aus einer willkürlich anmutenden Mischung aller fünfundzwanzig Sieger. Aber wer ist hier auf Karussell? Sy, du, Kallen, Lum und ich — die fünf ersten Sieger, allesamt ›Störenfriede‹, dazu Rosanne und Wilmer. Ich denke, Rosanne wurde auch als problematisch eingestuft, schwierig zu beherrschen — das Haar würde dir zu Berge stehen, wenn ich dir erzählte, was sie alles angestellt hat. Und über Wilmer machen wir uns alle unsere Gedanken. Ich sage dir, wir sind für diese Unternehmung besonders ausgewählt worden, und ich mache mir Sorgen, was hier geschehen könnte.«

Peron beugte sich zu Elissa, um durch die Visierscheibe in ihr Gesicht zu blicken. Er erkannte, daß sie sich wirklich sorgte, nahm ihre behandschuhte Rechte und drückte sie. »Beruhige dich, Elissa! Du bist so schlimm wie Tolider, lauter abenteuerliche Vermutungen. Sie würden sich nicht all diese Umstände machen, wenn sie uns beseitigen wollten. Dazu wäre anderswo genauso Gelegenheit gewesen. Überhaupt, warum sollten sie uns beseitigen wollen? Wenn wir ihnen so lästig sind, hätten sie uns auf Pentecost aus den Wettbewerben werfen können, und kein Mensch hätte sich je etwas dabei gedacht.« Er lachte. »Keine Bange. Nun, da wir gelandet sind, können wir uns hier einigermaßen sicher fühlen.«

Sie waren gut vorangekommen. Der Nordpol würde bald in Sicht sein. Und in weniger als einer Stunde sollte Peron den Irrtum in seinen letzten Worten erkennen.

Die Biwakhütte war ein Kuppelzelt aus zähem, gewebeverstärktem Polymer von ungefähr zwanzig Metern Durchmesser. Es befand sich genau auf der Rotationsachse der Welt. Diese Achse war stark gegen die Rotationsebene geneigt, so daß die goldene Sonne Cassay um diese Jahreszeit unsichtbar blieb, da sie den anderen Pol beschien. Nur der schwache Gefährte, Cassby, warf seinen rötlichen Schein über die Landschaft und sorgte für zureichendes Licht, aber wenig Wärme. Auf Karussell gab es keine Atmosphäre, und die Oberflächentemperatur im polaren Winter würde niedrig genug sein, um Methan zu verflüssigen.

Peron und Elissa waren zu sehr in ihr Gespräch vertieft gewesen, um die beste Geschwindigkeit zu machen, und trafen als letzte ein. Die anderen waren schon gelandet und standen vor dem Kuppelzelt. Sy, Lum und Rosanne untersuchten die Eingangsluftschleuse, ohne jedoch die Tür zu berühren. Kallen und Wilmer waren hinter das Bauwerk gegangen, um die Rückseite zu untersuchen. Elissa trat näher, um zu sehen, was Sy tat. »Schwierigkeiten?«

Lum wandte den Kopf und nickte. »Wir fragten uns schon, wann ihr zwei ankommen würdet. Schwierigkeiten, ja. Vielleicht werden wir keine angenehme Nacht ohne unsere Schutzanzüge genießen können.«

Sy kauerte noch bei der Tür. Er schien beinahe erfreut, sich einer neuen Herausforderung gegenüberzusehen.

»Seht ihr, so sollte es funktionieren«, sagte er. »Die Luftschleuse hat eine innere und eine äußere Tür. Die äußere, diese hier, ist mit einer Sicherung versehen, so daß sie sich nicht öffnet, solange in der Luftschleuse Gasdruck herrscht. Zuerst muß die Schleusenkammer bis zum annähernden Vakuum ausgepumpt sein, dann erst kann man von außen herein. Das ist dieser Hebel, an der Außenwand. Als wir anlangten, war Atmosphäre in der Luftschleuse, also ließ sie sich nicht öffnen. Wir pumpten sie aus — die Pumpe arbeitet einwandfrei —, aber sie läßt sich noch immer nicht öffnen.«

»Motorversagen?« fragte Peron.

»Könnte sein. Der nächste Schritt ist der Versuch, sie manuell zu öffnen. Aber wir wollen sichergehen, daß wir wissen, was wir tun. Drüben auf der anderen Seite des Zeltes ist ein großer schwarzer Flecken von Versiegelungsmaterial. Es legt die Vermutung nahe, daß es einen Meteoriteneinschlag gegeben hat, und daß das selbstreparierende System die Öffnung abgedichtet hat. Aber wir wissen nicht, was durch den Einschlag im Innern geschehen sein mag, so lange wir nicht hineinkommen. Und wir müssen damit rechnen, daß die mechanischen Systeme beschädigt worden sind. Also müssen wir hinein und nachsehen.«

Peron untersuchte die Tür. Sie sah völlig unversehrt aus. »Seid ihr sicher, daß in der Schleusenkammer jetzt kein Druck herrscht?«

»Ganz sicher. Die Anzeige dort ist intakt. Sie zeigte

positiven Druck, als wir kamen, und als wir pumpten, sank die Nadel allmählich auf Null.«

»Dann sollten wir sie jetzt manuell öffnen«, sagte Lum. »Wir waren schon im Begriff, es zu tun, als ihr zwei kamt. Also vorwärts, zwei weitere Paar Hände können viel helfen.«

Als Sy, Lum und Peron ihre Kräfte daransetzten, gab die äußere Tür der Luftschleuse widerwillig nach. Schließlich war sie ungefähr halb offen, beinahe weit genug, um eine Person im Schutzanzug einzulassen.

»Jetzt bin ich dran«, sagte Rosanne. »Wenn es um rohe Kraft geht, kann ich euch nicht viel nützen, aber ich bin dünn genug, hineinzukommen, wo ihr Fettmöpse stecken bleiben würdet. Laßt mich sehen, was vorgeht.«

Sie kam zur Tür, drehte sich seitwärts und begann sich langsam durch die Öffnung zu schieben.

Peron stand unmittelbar hinter ihr. Er hörte Sys Warnruf im selben Augenblick, als ihm der Gedanke durch den Kopf schoß: Idioten! Wenn wir wissen, daß die äußere Tür nicht richtig arbeitet, müssen wir damit rechnen, daß der Mechanismus der inneren Tür auch nicht besser funktioniert.

Er streckte die Arme aus, faßte Rosanne um die Mitte und zog sie wieder aus der Öffnung. Über das Funksprechgerät hörte er ihr überraschtes und ärgerliches Schnaufen, als Rosanne über die silbrige und bräunliche Oberfläche schlitterte. Dann, ehe er ihr folgen konnte, wurde er von einer gewaltigen Kraft erfaßt, die ihn in Saltos über das steinige Gelände hinschleuderte.

Noch während er in seinem Schutzanzug herumgestoßen wurde, blieben seine Gedanken ganz klar. Die Versiegelung der inneren Tür mußte bereits defekt gewesen sein, bereit zu versagen, sowie der bestehende prekäre Gleichgewichtszustand verändert wurde. Solange in Luftschleuse und Zelt Druckausgleich herrschte, gab es kein Problem. Doch sobald sie die Schleusenkammer leergepumpt hatten, stand die innere Tür unter einem

Luftdruck von Tonnen. Wenn sie versagte, würde die gesamte im Kuppelzelt befindliche Atmosphäre auf einmal durch die Schleuse entweichen. Und wer dabei im Weg stand …

Peron prallte von einer Felsformation ab und flog, sich überschlagend, weiter zur nächsten. Er verspürte drei verschiedene und vermutlich folgenschwere Kollisionen, eine an der Brust, eine am Kopf und eine an der Hüfte. Dann war es plötzlich vorbei. Er blieb auf dem Rücken liegen, starrte zur roten Scheibe Cassbys auf und wunderte sich, daß er noch lebte.

Die anderen kamen, umdrängten ihn, halfen ihm auf die Beine. Er war beinahe fünfzig Meter vom Kuppelzelt entfernt. Rosanne war aus eigener Kraft aufgestanden und winkte, um zu zeigen, daß ihr nichts fehlte.

»Es geht schon«, murmelte Peron.

Die anderen begrüßten seine Erklärung mit einem langen, seltsamen Stillschweigen. Schließlich bemerkte Peron selbst eine leichte, aber unheilverkündende Kälte an der unteren linken Bauchseite. Er sah an sich hinab. Sein Anzug war schlimm zerknittert und von der Brust bis zu den Oberschenkeln geplatzt, und über der linken Bauchseite war er weiß statt vom üblichen Metallgrau.

»Luftzufuhr intakt, aber er hat zwei Tanks verloren«, sagte Lums seltsam verzerrte Stimme aus dem Funksprechgerät im Helm. Auch das Funksprechgerät hatte arge Stöße erlitten, funktionierte aber noch halbwegs.

»Kein Problem, er kann von unseren haben.«

»Motorsteuerung scheint in Ordnung zu sein.«

»Lebensmittelbehälter verloren.«

»Das können wir ausgleichen.«

»Oh … Heizung ist aus. Und der größte Teil der Schutzisolierschicht ist am Unterkörper aufgerissen.«

»Das ist ein schlimmeres Problem.«

Der Empfang seines Funksprechgerätes war so schlecht, daß es Peron schwerfiel, die Sprecher zu identifizieren. Während sie den Zustand seiner Ausrüstung untersuchten, überlegte er fieberhaft. Es kam darauf an, die bestehenden Möglichkeiten einzuschätzen.

Nachdenken tat not.

Vierzehn Stunden zurück zum Äquator. Das ließ sich bei Höchstgeschwindigkeit auf zehn Stunden reduzieren. Ein paar Minuten im Startkatapult, dann weitere sechs oder sieben Stunden zum Rendezvous mit dem Schiff. Hoffnungslos. Selbst bei intakter Isolation würde der Anzug ihn in diesen Temperaturen nur für drei oder vier Stunden lang schützen. Ohne Heizung würde er lange vor Erreichen des Äquators an Unterkühlung sterben.

Einen neuen Anzug besorgen? Es gab keinen. Sie hatten Ersatzteile für kleine Komponenten bei sich, aber nicht einen ganzen Anzug.

Sich in etwas einwickeln, das ihn lange Zeit warmhalten würde? Gute Idee — aber was? Es gab nichts.

Im Kuppelzelt Zuflucht suchen, die entwichene Atmosphäre aus den sicherlich vorhandenen Tanks ersetzen und die Temperatur erhöhen? Vielleicht. Sie könnten in weniger als einer Stunde normalen Luftdruck erreichen. Aber es würde nicht möglich sein, den Innenraum rasch genug zu beheizen. Er würde zwar atmen können, aber trotzdem erfrieren.

Über Funk die Landung einer Rettungssonde am Pol anfordern? Das war die vermutlich beste Möglichkeit — aber immer noch zu zeitraubend. Drei oder vier Stunden Vorbereitungszeit, dann weitere drei bis zu ihrem Eintreffen. Bis dahin wäre er ein eisiger Leichnam.

Andere Ideen? Er konnte keine finden. Seine Gedanken arbeiteten weiter und schrieben seinen eigenen Nachruf: Peron von Turcanta, zwanzig Jahre alt, der die Dünen der Wüste Talimantor überlebte, den nächtlichen Urwald von Vellasylva, das Labyrinth von Hendrack, den unterirdischen Wasserlauf von Charant, den Capandorgletscher, die Abgründe des Lackrograbens ... Dies alles überstand er, um auf Karussell zu erfrieren.

Sein Name würde jener Liste von Namen hinzugefügt

werden, die von der Regierung und den Medien nie erwähnt wurden; er wäre einer jener Unglücklichen, die bei den außerweltlichen Endausscheidungen der Spiele umkamen.

»Also sind wir uns einig«, drang eine Stimme an sein Ohr. »Keiner von uns weiß eine Lösung, die rechtzeitig Hilfe bringen würde?«

Die Verzerrung des beschädigten Funksprechgerätes veränderte den Tonfall. Peron war nicht überrascht, daß den anderen auch nichts eingefallen war, doch wunderte er sich ein wenig, daß der Sprecher Wilmer war.

»Sieht so aus.« Das war Lum. »Wir riefen das Schiff, und sie werden eine Rettungssonde fertigmachen und herunterschicken, aber das wird wahrscheinlich acht Stunden dauern. Sy schätzt den Wärmeverlust, bedingt durch den Zustand des Anzugs, so ein, daß uns noch einige Stunden bleiben, etwas zu tun — im Höchstfall drei.«

Genau meine Schätzung, dachte Peron ruhig. Verdammt. Aber was ist mit Wilmer? Nachdem er sich als geheimnisvoller Nichtteilnehmer durch alle Wettkämpfe geschwindelt hatte, schien er auf einmal zur beherrschenden Figur der Gruppe aufgestiegen zu sein. Die anderen schienen auf ihn zu hören.

Peron gewann eine plötzliche Einsicht. Es war einfach Schock. Der Schock hatte sie alle überwältigt; aber irgendwie konnten Wilmer und er, Peron, der Ursprung aller Sorge und derjenige, der zum Tode verurteilt war, sich von der emotionalen Wirkung freihalten. Er sah Elissas entsetzte Miene durch die Visierscheibe ihres Anzugs und schenkte ihr ein ermutigendes Lächeln. Kallen hatte Tränen in den Augen, und sogar Sy hatte den immer etwas hochmütig wirkenden Ausdruck ruhiger Zuversicht eingebüßt.

»Keine anderen Ideen?« fuhr Wilmer fort. »Gut. Helft mir! Peron, ich möchte mit dir reden. Ihr anderen sorgt dafür, daß wir im Kuppelzelt so rasch wie möglich eine neue Atmosphäre aufbauen. Sorgt euch nicht wegen der

Temperatur. Ich weiß, sie wird niedrig sein, aber damit können wir fertig werden.«

Während er sprach, öffnete er den grünen Ausrüstungskasten, den er mitgebracht hatte, und durchmusterte die Ampullen, Spritzen und elektronischen Werkzeuge, die in ordentlichen Reihen darin lagen. Nach einem langen, verdutzten Blick machte Sy kehrt und ging zum Zelt, aber die anderen rührten sich nicht vom Fleck, bis Lum brüllte: »Also los, worauf warten wir?« Bevor er ging, wandte er sich zu Wilmer, die dicken Hände in Handschuhen des Schutzanzuges geballt. »Jetzt ist keine Zeit zu Gesprächen, aber ich hoffe, du weißt, was du tust. Wenn nicht, werde ich dir persönlich die Haut abziehen, wenn wir an Bord zurückkommen.«

Wilmer würdigte ihn keiner Antwort. Sein Gesicht, soweit es hinter der Visierscheibe zu erkennen war, war wie versteinert, die Stirn gerunzelt in Konzentration.

»Zerhacker einschalten«, sagte er zu Peron. »Wir zwei müssen kurz miteinander sprechen.« Er wartete, bis Peron bestätigte. »In Ordnung. Wie schätzt du deine Aussichten ein?«

»Gleich Null.«

»Gut. Dann können wir ohne Selbsttäuschung anfangen. Ich nehme an, du bist bereit, ein Risiko auf dich zu nehmen?!«

Peron war nahe dran, zu lachen. »Du meinst, eines, das mir weniger Überlebenschancen gibt, als ich jetzt habe?«

»Ich weiß genau, was ich versuchen werde zu tun, aber ich habe es nie unter Umständen probiert, die auch nur entfernt diesen gleichen. Ich habe die benötigten Medikamente, und die Umgebung im Innern des Kuppelzeltes wird von den Laborbedingungen nicht allzu sehr abweichen.«

»Ich habe nicht die geringste Ahnung, wovon du sprichst.«

»Und ich habe nicht die Zeit, es dir zu erklären. Macht nichts. Als erstes werde ich dir eine Injektion geben. Sie wird durch deinen Schutzanzug gemacht werden müssen, aber ich denke, die Nadel wird es aushalten, und die Selbstversiegelung wird das kleine Loch schließen. Danach werden wir dich hineinschaffen. Ich glaube, die Selbstversiegelung im Schulterbereich ist am wirksamsten.« Bevor Peron Einwände erheben konnte, war Wilmer zu ihm getreten, und er spürte den scharfen Einstich einer Nadel in den linken Trapezmuskel.

»Nun haben wir weniger als eine Minute, ehe dir schwindlig wird«, sagte Wilmer. Er hatte die Spritze weggelegt und nahm eine andere aus ihrem Fach. »Paß gut auf! Ich möchte, daß du alle Anzugverschlüsse halb öffnest, so daß wir ihn leicht ausziehen können, wenn du bewußtlos bist. Rede nicht, und versuche so leicht und oberflächlich zu atmen wie du kannst. Wenn du merkst, daß du untergehst, darfst du nicht dagegen ankämpfen. Laß es geschehen! Klar?«

Die kalte Stelle in der Mitte seines Magens breitete sich rasch über den ganzen Leib aus. Gleichzeitig hatte er das Gefühl, der Horizont weiche vor ihm zurück und entferne sich weiter und weiter. Er nickte Wilmer zu und betätigte den Zentralverschluß, der alle Anzugverschlüsse von außen zugänglich machte. Er hörte den eigenen Atem schnell und stoßweise gehen und bemühte sich, langsamer und gleichmäßiger zu atmen.

»Gut so. Tut mir leid, daß ich nicht die Zeit habe, alles zu erklären, aber ich habe noch nie gehört, daß so etwas geschehen ist. Wahrscheinlich wird man mich niedermachen, wenn man erfährt, was ich versuche. Aber du hast Glück. Ich war hier auf Karussell selbst einmal in großen Schwierigkeiten, vor mehr als dreihundert Jahren. Und ich erinnere mich, wie mir zumute war.« Wilmer drückte ihm die Hand. »Viel Glück, Peron. Wenn du wieder aufwachst, wirst du drüben im S-Raum ein.«

Im S-Raum, dachte Peron. Wenn ich überlebe, wird ein Geheimnis aufgeklärt sein. Er erwiderte Wilmers Händedruck.

»Ich werde Hilfe brauchen«, sagte Wilmer. Er schaltete den Zerhacker aus und sagte über die offene Frequenz: »Wir müssen Peron aus seinem Anzug holen, sobald der Druck es gestattet. Und er wird bewußtlos sein. Elissa, kannst du mir helfen, ihn hineinzutragen?«

Peron verspürte einen ebenso überwältigenden wie unvernünftigen Drang zu lachen. Wilmer, sagte eine Stimme in ihm, mein seltsamer haarloser Freund, wie hast du dich verändert. Auf Pentecost warst du ein alter Tarduswurm, und nun bist du in einen goldgeflügelten Schmetterling der Autorität verwandelt. Oder in eine Pflanze, eine seltene exotische Form, die nur blüht, wenn sie außerhalb der Welt ist. Diese Frage erschien ihm auf einmal wichtig, aber er verstand, daß er keine Antwort darauf finden konnte.

Er hatte die Herrschaft über sich verloren. Zwar merkte er, daß sie am Kuppelzelt und im Begriff waren, hineinzugehen, aber er konnte die Tür zur Schleusenkammer nicht mehr sehen. Auch nicht die Sterne, nicht einmal den Boden unter sich. Alles verlosch nach und nach vor seinen Augen. Es war wie ein riesengroßes Puzzlespiel, dessen Stücke alle schwarz waren. Zuletzt konnte er nur noch Wilmer sehen, der den Arm um ihn gelegt hatte und ihn hielt.

So also ist es, wenn man stirbt. Nicht allzu schlimm, wirklich. Überhaupt nicht schlimm.

Das letzte Stück des Puzzlespiels wurde eingesetzt. Wilmer verschwand, und die ganze Welt war schwarz.

17

Das Erwachen war qualvoll.

Es begann als ein leises Stimmengemurmel in vertrauter Sprache, aber in Tonfall und Klangfarbe so verändert, daß sie nahezu unverständlich blieb. Es war wie die Stimme einer Maschine. Er bemühte sich, zu verstehen:

»... etwas mehr Asfanol ... vielleicht noch ein paar Minuten ... bis wir wissen, was zu tun ist ... Herzschlag jetzt kräftig ...«

Dann eine klarere Feststellung, in einer ärgerlichen, tieferen Stimme. »Dumme Geschichte. Wir können nichts machen, bis wir eine politische Erklärung haben. Warum mußte dieser Dummkopf so etwas tun ... wird uns einen Monat kosten ...«

Er atmete. Die Luft drang heiß in seine Lunge, versengte die feinen Bläschen mit jedem Atemzug. Er fühlte das Brennen, als die Luft-Blut-Schranke übersprungen wurde, dann drangen feurige Sauerstoffströme durch Arterien und Kapillargefäße in alle Teile seines Körpers. Es war ein erbarmungsloser Schmerz, eine Agonie erwachenden Gewebes und wiederkehrender Zirkulation, begleitet von unbeherrschbaren Muskelkrämpfen.

Er bewegte die Zunge. Als sie seine Zähne berührte, fühlte sie sich trocken und geschwollen an, zu groß für die Mundhöhle. Doch als er sich die Lippen leckte, hatte er das Gefühl von glattem Glyzerin, begleitet von einem Geschmack, der das Innere seines Mundes zusammenzog. Er grunzte vor Unbehagen, doch kam kein Geräusch aus seiner Kehle.

»Er ist wach«, sagte eine andere Stimme. »Machen Sie sich bereit, Peron Turco! Können Sie die Augen öffnen?«

Peron versuchte es. Die Lider waren wie zugeklebt, aber durch gleichmäßige Anstrengung konnte er sie nach und nach lösen. Er spähte durch Augenschlitze aufwärts und sah eine blaßgraue Decke über sich, die ohne Winkel wie ein Gewölbe in die Wände von gleicher Farbe überging. Zu seiner Rechten war ein gleichmäßig zischendes und pulsierendes Geräusch zu vernehmen.

Er wandte den Kopf zu dieser Seite. Die Halsmuskulatur knirschte widerwillig, streckte sich und gehorchte seinem Befehl. Er lag neben einer eindrucksvollen Menge medizinischer Geräte, Monitoren, Pumpen und telemetrischer Einheiten. Zahlreiche Schläuche und Kabel führten von dort herüber zu seinem entblößten rechten Arm. Andere liefen in seine Nase und waren mit seinem Unterleib verbunden. Er war unbekleidet.

Er hob den Kopf. Etwas war falsch an der Bewegung, aber es fühlte sich nicht wie ein inneres Problem an, eher als hätten die Gesetze der Mechanik eine Änderung erfahren, so daß er sich zwar nicht in Schwerelosigkeit befand, aber auch nicht unter einer normalen Form von Schwere bewegte.

Und etwas stimmte nicht mit seinen Augen. Etwas war nicht in Ordnung. Er konnte zwar sehen, aber alles war verschwommen und undeutlich, mit unscharfen Rändern und Farben, die zu Pastelltönen verblaßt waren.

Er wandte den Kopf nach links. Neben dem Bett, auf dem er lag, saß eine Frau. Sie war in den mittleren Jahren und sah ihn stirnrunzelnd und mit offensichtlicher Mißbilligung an. Ihr Gesicht hatte eine glatte säuglingshafte Haut. Um den Kopf trug sie ein festgeknotetes blaues Kopftuch.

»Motorische Kontrolle scheint da zu sein«, sagte sie, offenbar sprach sie aber nicht zu Peron. »Befehl: drei Kubikzentimeter Historex in den linken Schenkel.«

Es war die Stimme, die er zuerst gehört hatte, und wieder klang sie heiser und eigentümlich mechanisch. Er sah und hörte nichts, aber nach ein paar Sekunden verspürte er einen kurzen neuen Schmerz im Oberschenkel. Dann begannen die allgemeinen Schmerzen in den Muskeln nachzulassen. Die Frau blickte ihm ins Gesicht und nickte.

»Ausgezeichnet. Befehl: Monitoren überprüfen, und wenn alle Anzeigen zufriedenstellend, Katheter entfernen. Behutsam.«

Peron blickte an sich hinab zu den Kathetern, die in seinen Unterleib führten und ließ sie nicht aus den Augen. Wieder sah und fühlte er nichts, aber nach einem Augenblick waren sie verschwunden. Eine weitere Sekunde, und der in seine Nase führende Schlauch war fort. Er atmete tief und angestrengt ein. Das Brennen in der Lunge war noch da.

Die Frau sah noch immer verdrießlich aus. »Sie fühlen sich seltsam und unbehaglich. Ich weiß es. Der S-Raum wirkt sich anfangs immer in dieser Weise aus. Das dauert nicht lange. Seien Sie dankbar, daß Sie am Leben sind, wenn Sie tot sein sollten.«

Am Leben? Am Leben! Auf einmal flutete die Erinnerung zurück und schwemmte ihn mit sich fort zu den letzten verzweifelten Minuten auf Karussell. Er war dort dem Tod nahe gewesen, hatte sich im Bewußtsein des unvermeidlichen Endes damit abgefunden — und hier war er am Leben! Alle Schmerzen waren im Nu geschwunden, überwältigt von der Erkenntnis des Lebens. Er wollte sprechen, einen Freudenschrei über die Tatsache der einfachen Existenz ausstoßen; aber wieder brachte er keinen Ton hervor.

»Versuchen Sie es nicht«, sagte die Frau. »Noch nicht. Sie werden das Sprechen erst lernen müssen, und das dauert eine Weile. Und reiben Sie sich nicht die Augen; sie arbeiten normal, aber hier sehen die Dinge anders aus. Nun, es gibt einiges zu tun, bevor Sie bereit sind, zu sprechen. Dieser Dummkopf Wilmer hat uns allen etwas eingebrockt, aber es läßt sich nicht ändern. Wir können Sie jetzt nicht töten. Befehl: ein Getränk. Wasser wird ausreichen, aber vorher Überprüfung des Ionengleichgewichtes und des Blutzuckers, und wenn er etwas braucht, sind die notwendigen Beimengungen vorzunehmen.«

Sie streckte die Hand aus, und plötzlich hielt sie ein Glas mit strohfarbener Flüssigkeit.

»Versuchen Sie, mir das Glas aus der Hand zu nehmen! Können Sie das? Dann trinken Sie es leer und versuchen Sie, zu mir zu sprechen.«

Peron hob den Arm und wieder hatte er das Gefühl, daß die Gesetze der Physik eine Veränderung erfahren hätten. Es erforderte sorgfältige Beherrschung und Steuerung, um die Hand in die gewollte Richtung zu bewegen. Er nahm ihr das Glas aus der Hand, führte es zum Mund und trank. Es war wie Balsam, floß mild und lindernd durch die Kehle und machte ihm erst klar, daß er schrecklich durstig war. Er trank das Glas leer.

»Gut. Befehl: wegnehmen.«

Das Glas war fort. Die Frau sah etwas weniger ärgerlich aus.

»Können Sie sprechen? Versuchen Sie ein Wort!«

Peron schluckte, strengte seine Stimmbänder an und wurde durch ein Grunzen und durch ein heiseres Husten belohnt. Er versuchte es wieder.

»Jaah. J-Jaa.« Seine Stimme klang ihm fremdartig in den Ohren.

»Sehr schön. Lassen Sie sich Zeit. Und hören Sie zu! Sie müssen ein paar Dinge wissen, und wir gewinnen nichts, wenn wir abwarten, bevor wir es Ihnen sagen. Wissen Sie, wer die Unsterblichen sind?«

»Sie b-besuchen Pen-Pencost. Weiß nicht, ob Menschen ... oder nicht. Leben ewig.«

Die Frau schenkte Peron ein säuerliches Lächeln. »Ich wünschte, das wäre wahr. Ich bin nämlich eine Unsterbliche. Und Sie sind jetzt auch einer. Aber wir werden nicht ewig leben. Unsere Lebensspanne beträgt ungefähr siebzehnhundert Jahre, nach unseren gegenwärtigen Schätzungen — wenn wir nicht vorher irgendwann umkommen. Das ist etwas, das Sie lernen müssen. Sie können jetzt genauso leicht umgebracht werden oder verunglücken wie vorher. Das Leben im S-Raum wird Sie nicht schützen. Verstanden?«

»Ver-standen.« Perons Gesichtshaut fühlte sich straff gespannt an, und sie konnte die Gefühle nicht zeigen, die ihn bewegten. Wenn er ein Unsterblicher war, was war aus den anderen geworden? Würde er Elissa um wenigstens sechzehnhundert Jahre überleben? Keine gute Nachricht konnte ihm diesen Gedanken schmackhaft machen. Er hob den Kopf — wieder dieses seltsame Gefühl — und sah der Frau ins Auge. »Was ist aus — den anderen geworden?«

»Ich bin nicht in der Lage, Ihnen das zu sagen. Ich erwähnte bereits, was Wilmer für Sie tat, hat mehr Schwierigkeiten verursacht, als er sich träumen ließ. Bevor uns erlaubt ist, Ihnen mehr zu sagen, müssen wir die Zustimmung vom Sektorenhauptquartier einholen, und das bedeutet eine lange Reise. Wir sind bereits seit fünf Stunden unterwegs, und es wird noch zwei Tage dauern, bevor wir eintreffen werden. Bis dahin müssen Sie sich gedulden. Betrachten Sie sich als einen Patienten. Meinen Patienten, wie es sich trifft.« Sie gönnte ihm ihr erstes offenes Lächeln. »Sie können am besten dadurch anfangen, daß Sie sich ausruhen. In ein paar Minuten werden Sie eine Reaktion vom Historex spüren, und ich werde Ihnen jetzt ein weiteres Beruhigungs- und Schmerzmittel geben. Befehl: dieser Mann erhält fünf Kubikzentimeter Asfanol.«

Nichts war zu sehen, aber wieder erfolgte ein überraschender Stich in seinen Schenkel. Peron war durchaus nicht gewillt, einzuschlafen; hundert Fragen beschäftigten ihn, und er wußte kaum, wo er anfangen sollte.

»Werden wir zu Dem Schiff zurückkehren?«

Die Frau blickte verdutzt, dann erheitert. »Nein. Ich kann Ihnen nicht viel erzählen, aber das kann ich Ihnen sagen. Wir sind auf einer längeren Reise. Das Sektorenhauptquartier befindet sich außerhalb des Systems Cass — annähernd ein Lichtjahr entfernt von Cassay und Pentecost.«

»Und wir werden in zwei Tagen dort sein? Also reisen Sie doch schneller als das Licht!«

Sie schaute sehr unbehaglich drein. »Ich bin nicht ermächtigt, Ihnen irgend etwas zu sagen; ich bin Ärztin, nicht mit Fragen der ... der Verwaltung befaßt.« In ihrem Ton klang eine Gereiztheit über etwas oder jemand an, und Peron merkte sich das für künftiges Nachhaken. »Aber wir reisen nicht schneller als das Licht. Im

S-Raum legt das Licht beinahe zweitausend Lichtjahre normaler Distanz in einem unserer Jahre zurück. Wir reisen mit nur einem Bruchteil der Lichtgeschwindigkeit.«

Die Vorstellung überwältigte ihn. Konnte sie die Wahrheit sagen? Wenn sie es tat, waren Sonne und Erde nur ein paar Monate entfernt. Und wenn sie bereits fünf Stunden unterwegs waren, mußten sie sich tief im interstellaren Raum befinden. Eine Schläfrigkeit machte sich bemerkbar, aber auf einmal spürte er ein großes Verlangen, Cassay wiederzusehen. Und wie würden die Sternbilder aussehen, bei dieser ungeheuren Geschwindigkeit? »Was fehlt Ihnen?« Sie hatte sein Mienenspiel beobachtet.

»Kann man hier hinaussehen — zu den Sternen?«

Sie schüttelte den Kopf. »Gelegentlich habe ich selbst den Wunsch. Wenn Sie aufwachen, können Sie einen Blick in den Nebenraum werfen. Dort gibt es ein Außenfenster. Sie werden feststellen, daß die Dinge sich im S-Raum ziemlich anders und ungewohnt ausnehmen. Aber ich muß jetzt gehen. Übrigens, mein Name ist Ferranti; Dr. Olivia Ferranti. Wir werden uns noch öfter sehen, bis sichergestellt ist, daß Sie hier stabil sind. Bis morgen also.« Sie nickte ihm aufmunternd zu. »Haben Sie Geduld. Befehl: zu meiner Kajüte.«

»Aber was ...?«

Peron ließ den Rest ungesagt. Sie war fort, augenblicklich verschwunden, als hätte sie sich in Luft aufgelöt. Nach weiteren dreißig Sekunden hatte das Beruhigungsmittel seine Wirkung getan, und er schlief fest.

Der Raum, in dem er zuerst das Bewußtsein wiedererlangt hatte, enthielt weder Kleidung, Nahrung oder Getränke. Nahe seinem Bett war ein Datenanschluß, der offensichtlich der Kommunikation mit anderen Teilen des Schiffes diente, doch als er wieder aufwachte, enthielt Peron sich des Verlangens, das Gerät einzuschalten und etwas zu essen zu verlangen. Er war heißhungrig und noch immer merkwürdig desorientiert, aber es gab andere, übergeordnete Prioritäten.

Alle Monitore bei seinem Bett waren noch in Betrieb, aber nun empfingen sie telemetrische Daten, die von kleinen, an seinem Körper befestigten Sensoren übermittelt wurden. Wahrscheinlich gaben sie diese Signale an eine zentrale elektronische Überwachungseinheit weiter, die vermutlich aber nur auf Notsignale reagierte. Peron hatte das Gefühl, daß er mindestens noch einige Minuten benötigte, bevor er Herr seiner Handlungen wäre. Er stand auf, wartete, bis sein Gleichgewichtssinn wiederhergestellt war, dann steuerte er eine der beiden Türen an.

Sie öffnete sich in einen langen, fensterlosen Korridor. Falsche Wahl. Er ging zurück und stellte fest, daß die andere Tür in einen größeren Raum führte, der ein großes Fenster aufwies. Peron ging hin und starrte hinaus.

Er hatte etwas anderes als die vertrauten Sternbilder erwartet, wie man sie von Pentecost sah; vielleicht die vertrauten Sternbilder, aber durch Veränderung des Blickwinkels verzerrt. Doch was er sah, war unerklärlich.

Der ganze Himmel außerhalb des Fensters war erfüllt von einem schwachen, perlfarbenen Lichtschein. Es schien keine Orientierung zu geben, denn überall war die Aussicht von derselben gleichförmigen Helligkeit. Keine Sterne, keine Nebel, keine Staubwolken, keine Galaxien. Das ganze Universum war verschwunden, untergegangen in einem diffusen, schimmernden Dunst.

Peron schwindelte. Er war im S-Raum, und der war so anders als alles, was er sich vorgestellt hatte, daß er keine Ahnung hatte, was als nächstes zu tun sei. Wenn er gefangengenommen worden war und sie ihn festhielten — denn so begann er seine Lage an Bord dieses Schiffes zu sehen —, hätte er in einer normalen Umgebung vielleicht etwas unternehmen und seine eigenen Aktionen bestimmen können. Aber was konnte er hier tun? Es gab nichts in seiner Erziehung und Ausbildung, was auch nur andeutungsweise die Möglichkeit solch einer Realität dargestellt häte. Sy, auf wissenschaftlichem Gebiet weitaus fähiger als Peron, hatte die bloße Vorstellung verächtlich abgelehnt.

Peron war bestürzt und ratlos. Wenn Sy nur hier sein könnte um zu sehen, wie weit er mit seinen Theorien käme ...

Der Rest des Raumes entbehrte jeder Möblierung und nützlichen Informationsquellen. Am Fuß der Wand gab es eine Reihe kleiner und geheimnisvoller Türen oder Felder, jedes nur einen halben Meter hoch, aber er konnte sie nicht öffnen. Er wandte sich zur Tür und erinnerte sich seines Hungers und Durstes. Er erinnerte sich auch Dr. Ferrantis Fähigkeit, aus dem Nichts ein Getränk herbeizuzaubern (Das sollte Sy mal erklären, wenn er schon dabei war!). Konnte das Geheimnis auch für ihn funktionieren? Was konnte er verlieren, wenn er den Versuch wagte?

»Befehl.« Obwohl er allein war, kam er sich verlegen und albern vor; was er versuchte — war absurd? Aber es hatte funktioniert, davon war er überzeugt. »Befehl: ein Getränk.«

Er wartete und kam sich noch törichter vor. Und wie um dieses Gefühl zu bekräftigen, geschah absolut nichts. Er versuchte es noch einmal. »Befehl: Etwas zu essen.«

Nichts. Wie konnte das Ergebnis auch ein anderes sein? Er mußte halluziniert haben, um überzeugt zu sein, daß Dr. Ferranti magische Kräfte habe, die ihr ermöglichten, Gegenstände — einschließlich ihrer selbst — augenblicklich erscheinen und verschwinden zu lassen.

Peron war kaum zu dieser Folgerung gelangt, als alles um ihn sich in einem kurzen und verwirrenden Flimmern von unglaublich rascher Bewegung veränderte. Vollkommene Desorientierung war die Folge. Dann stand er nicht mehr bei der Türöffnung, sondern in einem Raum mit blaßgelben Wänden, geschmückt mit amateurhaften Malereien. Er war voll angekleidet, trug ein gut sitzendes braunes Hemd und Hosen. Seine eigenen Schuhe, zuletzt gesehen, als er vor der Abreise nach Karussell einen Anzug angezogen hatte, waren an seinen Füßen. Er saß auf einem Stuhl und hatte die Hände auf den Armlehnen. Vor ihm war ein langer, glänzender Schreibtisch aus silbrigem Metall, auf dessen Oberfläche eine einzelne orangefarbene Schnellheftermappe und ein Schreibstift lagen.

Und hinter diesem Schreibtisch saß ein welker, eingeschrumpfter Mann mit kahlem Schädel und braunen Augen, der ihn mit einem etwas gelangweilten und entschieden geringschätzigen Ausdruck betrachtete. Peron faßte augenblicklich eine unerklärliche Abneigung gegen ihn.

18

»Ich bin Kapitän Rinker, und befehlige dieses Schiff«, sagte der Mann. »Dr. Ferranti sagt mir, daß Sie stabil und dem S-Raum angepaßt seien. Trifft das zu?«

»Ich weiß es nicht. Ich habe keine Schmerzen, aber normal fühle ich mich gewiß nicht.«

»Das vergeht. Noch etwas?«

»Jemand scheint mich durch Aushungern umbringen zu wollen.«

»Ihre eigene Schuld. Als Sie erwachten, hätten Sie nach Essen verlangen können. Statt dessen zogen Sie es vor, zu spionieren.« Rinker deutete auf eine Wandprojektion, die den Raum zeigte, wo Peron erwacht war. »Sie wurden beobachtet. Es würde Ihnen recht geschehen, wenn wir Sie noch eine Weile ohne Essen ließen. Aber Sie haben Glück. Die Bestimmungen würden uns nicht erlauben, Sie auszuhungern. Befehl: Essen und Trinken in geeigneter Form für den Erwachten.«

Augenblicklich erschien ein Tablett auf Perons Knien. Die Wasserkaraffe enthielt die gleiche Flüssigkeit, von der er zuvor getrunken hatte, aber die Speisen waren unvertraut. Braune Pastetchen von grobkörniger Beschaffenheit, orangerotes Gelee und weiße, glatte Tafeln. Rinker nickte ihm zu.

»Langen Sie zu! Sie dürfen essen, während wir miteinander reden.«

Peron schaute umher. Eine dritte Person war nicht im Raum, und nichts ließ erkennen, daß die Tür geöffnet oder geschlossen worden war. »Wie können Sie das bewerkstelligen?«

»Es ist nicht passend, Ihnen das zu sagen. Solche Informationen werden Sie im Hauptquartier erhalten — wenn sie überhaupt gegeben werden.« Rinker machte eine wegwerfende Handbewegung. »Ihre Bemühungen, das Dienstleistungssystem zu benutzen, wurden bereits bemerkt. Um Ihnen weitere Zeitverschwendung zu ersparen, mache ich Sie darauf aufmerksam, daß erneuerte Bemühungen von Ihrer Seite genauso erfolglos bleiben werden. Auch möchte ich darauf hinweisen, daß ich in keiner Weise verpflichtet bin, mit Ihnen zu sprechen oder mich in irgendeiner Form mit Ihnen abzugeben; ich habe lediglich für Ihren ungefährdeten Transport zum Hauptquartier zu sorgen. Aber ich möchte Ihnen klar machen, wieviele Schwierigkeiten Sie verursacht haben, Sie und dieser Narr Wilmer.«

Peron konnte dem Essen vor ihm nicht widerstehen. Sein Körper beharrte, daß es Wochen her sei, seit er Nahrung bekommen habe. Er aß heißhungrig. Die Pastetchen hatten eine annehmbare Ähnlichkeit mit Brot, und obwohl die weißen Tafeln nicht wie der Käse schmeckten, den Peron erwartet hatte, waren sie doch nicht übel. Er blickte zu Kapitän Rinker auf, schluckte und sagte:

»Ich kann nicht für Wilmer sprechen, aber wenn ich Schwierigkeiten verursachte, so geschah es nicht durch meine Schuld. Ich wäre ohne seine Hilfe auf Karussell umgekommen. Ich sehe nicht ein, warum Sie mir Schuld zuweisen.«

Rinker wedelte ungeduldig mit der Hand. »Sie waren schon vor Ihrer Abreise als Störenfried bekannt. Desgleichen Ihre Gefährten auf Karussell. Sie alle sollten besonderer Unterweisung an Bord des Schiffes *Eleanora* unterzogen werden, um von den anderen Wettkampfteilnehmern getrennt zu bleiben. Was Wilmer betrifft, so sollte er als Beobachter dabei sein, nicht als Teilnehmer. Ich habe wiederholt vor der Gefahr gewarnt, einheimische Rekruten als Beobachter einzusetzen. Sie haben zu viele Bande an ihre Heimat und die Bewohner. Aber mein Rat blieb unbeachtet.«

»Ist Wilmer ein Unsterblicher?«

Rinker lehnte sich stirnrunzelnd zurück. »Was soll diese alberne Bezeichnung?« sagte er mit erhobener Stimme. »Ein vernünftiger Mensch sollte sie nie gebrauchen. Wilmer wurde für unsere Gruppe rekrutiert, ja. Und er hat teil an unserer erweiterten Lebensspanne. Aber er hat das System Cass niemals verlassen und weiß ganz sicher nichts von unserer größeren Mission. Nun muß ich unter den Folgen seiner Pfuscherei leiden. Seit dreihundertsechzig Jahren besuche ich Pentecost und das System Cass. Dies ist meine neunzehnte Reise. Und nie ist etwas schiefgegangen. Ich habe es in meiner Arbeit zu einem untadeligen Ruf gebracht. Man erwartet Erfolg von mir, und ich verlange ihn mir selbst ab. Nun aber ist das alles durch Wilmers Handlungsweise zunichte gemacht worden. Dieser Besuch hat eine unheilvolle Entwicklung genommen. Die Materialien, die ich von der Gruppe auf *Eleanora* hätte zurückbefördern sollen, sind dort geblieben; die endgültige Auswahl und Unterweisung der Rekruten sind verzögert worden; und ich befördere sechs zusätzliche und unerwünschte Passagiere zum Hauptquartier, allesamt Leute, die als potentielle Unruhestifter bekannt sind. Sollte ich darüber vielleicht glücklich sein?«

In dem Maße, wie Peron sich gesättigt fühlte, nahm seine Neugierde auf seine Umgebung zu. Mit ihr aber wuchs auch sein Ärger. Er hatte nichts getan, was Rinkers Tirade hätte rechtfertigen können. Was erwartete der Mann von ihm? Daß er sich für seine Rettung entschuldigte und ersuchte, nach Karussell zurückgebracht zu werden, um dort den Tod zu finden?

Er hob das Tablett und stellte es auf den Schreibtisch. »Ich sage nicht, daß Sie glücklich sein sollten. Aber Sie sollten mich nicht für das, was geschehen ist, verantwortlich machen. Erzählen Sie mir lieber, was hier vorgeht.«

»Damit Sie weitere Schwierigkeiten verursachen?«

»Ich werde keine Schwierigkeiten verursachen. Aber ich habe natürlich viele Fragen. Ich verlange nicht, daß Sie Ihre Zeit für mich opfern, aber gewähren Sie mir wenigstens Zugang zu einem Datenanschluß und den Datenspeichern. Und Sie sagen, daß einige der anderen Teilnehmer hier an Bord seien. Ich würde gern mit ihnen zusammenkommen.«

Rinker starrte zornig auf das Tablett mit dem leergegessenen Teller, das auf seinem sauber polierten Schreibtisch stand. Dann richtete er den Blick auf Peron und zeigte ein unangenehmes Lächeln. »Ich kann Ihnen nicht Zugang zu den Datenspeichern gewähren. Wie ich Ihnen klarzumachen versuchte, ist diese Situation beispiellos. Niemand ist jemals ohne Unterweisung unserer Gruppe hier beigetreten. Was mit Ihnen geschehen wird, kann erst entschieden werden, sobald wir das Hauptquartier erreichen, und bis dahin haben Sie sich an die Anweisungen zu halten, die man Ihnen gibt. Sie wollen Ihre Gefährten sehen? Gut. Befehl: Dieses Tablett ist zu entfernen.«

Es verschwand augenblicklich.

»Befehl: Wir beide sind zum Interimsraum zu bringen.«

Diesmal gewann Peron einen schwindelerregenden Eindruck von grauen Wänden und einem langen Korridor, durch den er sauste. Es dauerte nur den Bruchteil einer Sekunde, dann verfestigte sich die Welt, und er und Rinker standen vor einer Reihe hüfthoher Metalltüren.

Jede bildete den Eingang zu einem langen, tiefen Behälter, wie einem übergroßen Sarg. Auf dem transparenten Deckel jedes Behälters waren Monitoren, und alle Anzeigen wurden zu einem dicken optischen Bündel gesammelt, das zu einem Datenanschluß führte. Es war eiskalt.

»Dies wird Ihnen vielleicht eine Vorstellung davon geben, als wie ernst ich diese Lage betrachte.« Rinker trat zu einem der Behälter. »Ihre Gefährten sind hier.«

»Was haben Sie mit ihnen gemacht?« Peron war entsetzt. Sollte das heißen, daß Elissa und die anderen in diesen schwarzen, eisigen Särgen eingekerkert waren?

»Sie liegen im Kälteschlaf und werden darin bleiben«, sagte Rinker in einem Ton, der so frostig war wie der Raum. Er schloß jede Möglichkeit einer Diskussion aus. »Selbstverständlich sind sie nicht in Gefahr. Ich führe ein gut reguliertes Schiff, und alle Anlagen und Einrichtungen werden ständig überprüft. Sobald wir das Hauptquartier erreichen, werden sie geweckt — ein einfaches Verfahren. Dann wird diese Angelegenheit in andere Hände übergehen. Ich werde mich glücklich schätzen, nichts mehr damit zu schaffen zu haben.«

Peron trat näher und spähte durch den Deckel des nächsten Behälters. Drinnen lag Kallen, bis zum Hals in weiches weißes Material gehüllt. Er sah tot aus. Die Augen waren tief in ihre Höhlen gesunken, das Gesicht grau und aller Farbe beraubt.

Peron trat zum nächsten Behälter. Dieser enthielt Elissa. Er schauderte beim Anblick dessen, was sie geworden war. Ohne ihre gewohnte Lebendigkeit war das Gesicht mit den eingesunkenen Augen wie eine wächserne Totenmaske.

»Sind Sie sicher, daß ihnen nichts fehlt?« mußte Peron fragen. »Sie sehen aus, als ...«

»Ich habe keine Zeit damit zu vergeuden, daß ich mich wiederhole. Ihr Zustand ist zufriedenstellend. Ich habe Ihnen bereits mehr gesagt und gezeigt, als ich beabsichtigte. Sie werden Ihre Mahlzeiten mit uns einnehmen, und dann werde ich Sie sehen. Wenn Sie vorher Essen benötigen, gebrauchen Sie den Datenanschluß. Befehl: Er ist in sein Quartier zurückzubringen.«

Es gab keine Gelegenheit zu protestieren. Rinker und der Raum mit den Kältesärgen verschwanden plötzlich, und Peron sah sich wieder allein mit seinen Sorgen, seiner Verwirrung und Frustration, in einem Raum, der nur ein Bett, einen Tisch und einen Datenanschluß enthielt.

Die Ausscheidungswettkämpfe der Weltfestspiele hatten Zeiten des Schreckens, der Erschöpfung, der Spannung und Verzweiflung gekannt. Nichts davon war jedoch der nackten Frustration der nächsten zwölf Stunden gleichgekommen. Als sie ein Ende hatten, war Peron zu einer unausgesprochenen Entscheidung gelangt: wenn er schon als Störenfried abgestempelt war, dann wollte er diesem Ruf auch gerecht werden.

Anfangs hatte er einfach mehr über das Schiff und seine Umgebung wissen wollen. Das hatte sich als unerwartet schwierig erwiesen. Der ihm zugewiesene Raum öffnete sich in einen schmalen Korridor, der sich bald in beiden Richtungen zu größeren Räumen und weiteren Durchgängen verzweigte. Er hatte beide Wege nacheinander auskundschaftet und sich alle Richtungsänderungen eingeprägt.

Bald kannte er den Grundriß dieser Ebene. Wenn er den Korridor nach links nahm, konnte er nach Belieben umherwandern. Er hatte ein Speisezimmer gefunden, und eine Bücherei, deren Datenanschlüsse seine Informationswünsche ignorierten, ihn aber bereitwillig mit Lesestoff belieferten. Der Datenanschluß im Speisezimmer lieferte auf Verlangen Essen und Trinken. Es erschien augenblicklich auf geheimnisvolle Weise vor ihm, sobald seine Anweisung eingegeben war, und wurde genauso prompt entfernt, wenn er diesen Wunsch eingab. Er hatte auch die übrigen Besatzungsmitglieder kennengelernt, die alle viel freundlicher waren als Kapitän Rinker. Es gab nur drei von ihnen. Peron meinte, diese Zahl sei unnatürlich niedrig für ein Schiff von dieser Größe. Doch als seine Wanderungen ihn an Olivia Ferrantis Kajüte vorbeiführten, kam er mit ihr ins Gespräch, und sie erklärte ihm, daß dies mehr Menschen seien als benötigt würden. Alles werde automatisch gesteuert; Kapitän Rinker könne allein mit allem fertigwerden. Tatsächlich sei dies für alle anderen die erste Reise; sie seien aus ihren eigenen Gründen (die zu erläutern sie sich weigerte) vom Hauptquartier zum System Cass gekommen. Sie entschuldigte sogar indirekt Kapitän Rinkers Verhalten.

»Er ist ungewöhnlich wertvoll. Es gibt nicht viele Leute, die gern diese langen Reisen machen, meist ganz allein. Dazu bedarf es eines besonderen Temperaments. Kapitän Rinker schätzt geordnete Verhältnisse. Die Vorstellung, daß Sie den planmäßigen Verlauf seiner Reise durcheinanderbrachten, ist ihm unerträglich.«

»Aber Wilmer tat das, nicht ich.«

»Vielleicht. Aber Wilmer ist nicht hier, und Sie sind es. Also bekommen Sie es zu spüren.«

»Und es ist ihm erlaubt, meine Freunde in Bewußtlosigkeit zu halten?«

»Er ist der Kapitän. Er hat allein zu bestimmen, bis wir das Hauptquartier erreichen. Dann wird er seine Handlungsweise vertreten müssen, aber das wird ihm nicht schwerfallen — er hält sich strikt an die Bestimmungen. Und es ist wahr, er tut Ihren Freunden nichts zuleide. Aber nun muß ich gehen. Wir können während der nächsten Mahlzeit mehr miteinander sprechen. wenn Sie wollen. Befehl: Zum vorderen Übungsraum.«

Und sie war fort.

Peron entdeckte, daß er bis zur Tür des Interimsraumes gehen konnte, aber nicht weiter; sie ließ sich nicht öffnen. Er konnte so viele Befehle erteilen, wie er wollte, in jedem Tonfall — sie wurden ignoriert.

Wenn er seinen Raum verließ und rechts den Korridor entlangging, war es noch weniger befriedigend. Während der linke Korridor ihn im Sinne der effektiven Schwere aufwärtsführte, hätte der rechte ihn abwärts führen müssen, und so ließ es sich auch an. Aber ganz gleich, welcher Verzweigung er folgte, wenn er eine bestimmte Distanz gegangen war, gab es ein schwindelerregendes Flackern und Zucken — und er war wieder in seinem Raum, wo er am Tisch saß. Ein ganzer Abschnitt des Schiffes, von unbestimmter Größe, war ihm unzugänglich.

Nach einem Dutzend fruchtlosen Versuchen legte er sich in seinem Zimmer aufs Bett und überlegte. Zwölf Stunden waren seit seiner Begegnung mit Rinker vergangen, aber er fühlte sich nicht im mindesten müde. Olivia Ferranti hatte ihm gesagt, er könne mit verringertem Schlafbedürfnis rechnen.

»Eine günstige Nebenwirkung des S-Raumes«, hatte sie gesagt. »Sie werden die Erfahrung machen, daß Ihnen ungefähr eine Stunde Schlaf auf zwanzig genügt.«

Er fühlte sich zwar auch weiterhin körperlich sonderbar, ohne daß er es genauer zu bestimmen wußte, doch hatte sie auch darin recht behalten: nach einer Weile gewöhnte er sich einfach daran. Es blieb der Eindruck, daß er seinen Körper in einer Welt bewegte, wo die Gesetze der Mechanik verändert worden waren, aber es war ein Gefühl, das mit der Gewöhnung nachließ.

»Möchten Sie zum Essen kommen?« Die Stimme kam aus dem Datenanschluß und gehörte Garao, einem anderen Besatzungsmitglied, das er auf seinen Wanderungen im vorderen Teil kennengelernt hatte.

»Ich glaube nicht.« Dann setzte er sich rasch aufrecht. »Doch, Moment. Ja, ich komme.« Er verspürte keinen Hunger — außer nach mehr Information. Und diese schien er nur von anderen Leuten bekommen zu können. Seine unmittelbare Erforschung des Schiffes war durch seine eingeschränkte Bewegungsfreiheit ohne irgendwelche Erkenntnisse geblieben.

»Nicht nötig«, sagte Garao. »Warten Sie!«

Es kam der schon nicht mehr überraschende Augenblick von Desorientierung, dann fand er sich mit drei von den anderen im Speisezimmer am Tisch wieder. Kapitän Rinker war nicht anwesend. Wie Ferranti ihm gesagt hatte, führte der Kapitän ein einsiedlerisches Dasein und aß meistens allein.

Alle schienen für selbstverständlich zu halten, daß Peron nun die gleichen Speisen wie sie essen und trinken würde. Bei seinem Eintreffen standen bereits fünf oder sechs verschiedene Gerichte auf dem Tisch — alle unbekannt. Er fand etwas, das wie ein Fischfilet aussah, aber offensichtlich keins war. Außerdem gab es mehrere Pseudo-Fleischprodukte, jeweils flankiert von breiigem Gemüse. Nichts schmeckte so, wie er es nach dem Augenschein erwartet hatte — und alles war kalt.

Die anderen waren überrascht, als er das erwähnte. Ferranti schaute zu Garao und zu Atiyah, der Linguistin, dann zuckte sie die Achseln.

»Ich hätte das vorher erwähnen sollen. Im S-Raum werden Sie keine warmen Speisen bekommen. Gewöhnen Sie sich daran, daß alles kalt ist.«

»Aber warum?«

»Warten Sie, bis wir zum Hauptquartier kommen, und fragen Sie dort.« Ferranti empfand die Verweigerung einer Antwort offensichtlich als peinlich. Sie saß neben Peron, und er sah sie nur im Profil, aber die Verlegenheit zeigte sich in ihrer Stimme. »Ich würde es Ihnen sagen, aber es ist gegen die Anordnungen des Kapitäns. Wenn Sie gern warme Speisen essen, kann ich das, was wir haben, etwas annehmbarer machen. Es ist kein Problem, Gewürze zu bestellen. Befehl: Mehr von diesen Gerichten für Peron Turco, aber mit zusätzlichem Gewürz.«

Nach einer Verzögerung von ungefähr fünfzehn Sekunden erschienen zusätzliche Teller auf dem Tisch vor Peron. Er wollte sich davon nehmen, als er bemerkte, wie Garao und Atiyah einander ansahen.

»Stimmt etwas nicht? Ist es nicht in Ordnung, daß ich davon esse?«

Zwischendurch: [redacted] Das Schiff Eleanora strotzt zwar vor Zukunftstechnik, doch dieser gelingt es nicht, etwas Warmes auf den Tisch zu bringen – und was serviert wird, ist von zweifelhafter Qualität. [redacted] Die „Kombüse" daheim aber kann zwischendurch Schmackhafteres – und vor allem Warmes – liefern. Ganz problemlos schon in 5 Minuten. Sie brauchen dazu nur einen Löffel, heißes Wasser und die ... [redacted]

»Darum geht es nicht.« Garao hob einen leeren Teller auf. »Befehl: Abservieren.«

Wieder gab es eine Verzögerung von einigen Sekunden, dann verschwand der Teller plötzlich.

»Sehen Sie?« sagte Garao. »Es ist das gleiche Problem, das wir auf dem Herflug hatten. Scheint sich sogar verschlimmert zu haben.«

Ferranti nickte. »Diesmal dauert es doppelt so lange.«

»Was dauert doppelt so lange?« Peron hatte das Gefühl, sie sprächen in Rätseln, nur um ihn zu verwirren.

»Die Dienstleistungen«, sagte Garao. »Sie sollten augenblicklich erfolgen. Wir wollen die Verzögerung messen. Befehl: Ein Glas Wasser.«

Sie warteten schweigend, und nach knapp zehn Sekunden erschien ein wassergefülltes Glas auf dem Tisch.

Garao nickte. »Wir müssen Rinker davon verständigen. Er wird den S-Raum verlassen müssen, um das zu berichtigen. Geschieht dem halsstarrigen Kerl recht; er und sein ›perfekt geführtes Schiff‹.«

»Das wird ihm viel Freude machen«, sagte Ferranti. »Er klagt schon jetzt, was für eine Katastrophe diese Reise gewesen sei.«

»Den S-Raum verlassen? Aber wohin wird er gehen?«

Die anderen sahen ihn verdutzt an. »Tut mir leid«, sagte Garao, »aber das würde wieder gegen dic Anweisung des Kapitäns verstoßen. Wir können Sie nicht einbeziehen. Befehl: Peron zurück zu seinem Raum.«

»Augenblick!« rief Peron aufgeregt. »Zum Teufel mit den Anweisungen des Kapitäns! Wenn etwas nicht in Ordnung ist, habe auch ich ein Recht, es zu wissen. Ich bin wie Sie an Bord des Schiffes. Ich möchte hierbleiben und erfahren, was gespielt wird.«

Aber der letzte Satz war vergeudet. Peron fügte ihm eine Kette von Flüchen hinzu. Die Verzögerung der Dienstleistungen mochte den anderen Sorgen bereiten, war aber immer noch zu kurz. Er sah sich wieder in seinem Raum, wo er zu den leeren Wänden redete.

19

Peron überließ sich nur wenige Sekunden lang seinem ohnmächtigen Zorn. Dann riß er sich die Schuhe von den Füßen und lief, so schnell er konnte, den Korridor entlang, der zum »oberen« Teil des Schiffes führte. Die Monitoren würden seine Bewegugen sicherlich registrieren, aber nun war an Bord offenbar ein unerwartetes Ereignis eingetreten, und er hoffte, daß niemand auf die Monitoren achten würde. Vielleicht böte sich niemals eine bessere Gelegenheit als jetzt, Teile des Schiffes zu erforschen, die ihm sonst unzugänglich waren.

Sein sorgfältiges Studium des Schiffsgrundrisses kam ihm jetzt zustatten. Er lief schnell und auf leisen Sohlen zu Kapitän Rinkers Kajüte. An der Abzweigung vor Rinkers Tür machte er halt und spähte um die Ecke. War er rechtzeitig gekommen? Wenn Rinker die Kajüte bereits verlassen hatte, würde er nicht feststellen können, wohin er gegangen war.

Er hörte die Tür aufgehen und zog sich rasch zur nächsten Abzweigung im Korridor zurück. Keine Schritte. Rinker mußte in die andere Richtung gehen.

Leichtfüßig lief Peron zurück und spähte wieder den Korridor entlang, gerade zur rechten Zeit, um Rinkers blaues Jackett und seinen glänzenden Kahlkopf entschwinden zu sehen. Der Kapitän hatte sich nach links gewandt, in die entgegengesetzte Richtung vom Speisezimmer.

Peron versuchte, sich den Grundriß zu vergegenwärtigen. Was lag in der Richtung? Er konnte sich nur an zwei große Lagerräume erinnern, die beide mit irgendwelchen Kügelchen gefüllt waren und an weitere Kajüten. Der Interimsraum lag am Ende desselben Korridors.

Rinker ging raschen Schrittes weiter, ohne sich umzusehen. Vorbei an den Lagerräumen, an den Wohnkajüten. Was konnte er bei den eingeschläferten Gefährten wollen?

Hatte Peron eine Abzweigung im Korridor vergessen? Die Möglichkeit bestand. Er faßte sich ein Herz und eilte dem Kapitän nach, ohne eine Chance, sich zu verbergen, sollte der sich umwenden. Bald hatte er weit genug aufgeholt, Rinkers schnaufenden Atem zu hören und den unangenehmen, moschusartigen Duft seines Körperpuders zu riechen. Er rümpfte die Nase. Kein Wunder, daß der Mann allein zu reisen pflegte.

An der Tür des Interimsraums zögerte er. Rinker war hineingegangen, aber es war unmöglich, ihm hinein zu folgen und unbemerkt zu bleiben.

Ein knarrendes Geräusch drang heraus. Peron konnte seine Neugier nicht bezähmen und steckte den Kopf zur Tür hinein. Rinker hatte einen der großen, glänzenden Sarkophage geöffnet, und nun stieg er hinein und schloß die niedrige Tür am Kopfende.

Sobald sie ganz geschlossen war, schlich Peron in den Raum. Doch statt Rinker nachzuspüren, ging er zum nächstbesten Behälter und blickte durch den transparenten Deckel. Lum lag dort, weiß und leichenhaft. Peron versuchte das Gesicht des Freundes unbeachtet zu lassen und sah sich die Innenwände des Behälters an.

Seltsam. Bei seinem ersten Besuch war es ihm nicht aufgefallen, doch schien der Behälter innen wie außen einen jeweils kompletten Satz Steuerungsgeräte zu haben — als ob die darin gefangenen gefrorenen Gestalten erwachen und das Verlangen haben könnten, die Apparatur von innen zu steuern. Und noch etwas fiel ihm auf, was ebenso seltsam anmutete: am Fußende des Behälters befand sich eine weitere niedrige Tür von den gleichen Abmessungen wie der am Kopfende.

Ein paar Minuten waren vergangen, seit Rinker in den Behälter gestiegen war und die Tür geschlossen hatte. Peron näherte sich vorsichtig. Er legte das Ohr an die Tür. Von drinnen war ein Zischen zu hören, und das leise Pochen einer Pumpe. Peron riskierte einen schnellen Blick durch den Deckel. Rinker lag mit geschlossenen Augen im Behälter. Er sah ganz entspannt und normal aus, aber von der Wand des Behälters war ein Netzwerk feiner silbriger Fäden zu ihm gewachsen und hatte sich an verschiedenen Teilen seines Körpers festgesetzt. Aus winzigen Düsen sprühte weiße Flüssigkeit wie feiner Nebel herab und befeuchtete seine Haut. Peron berührte die Oberfläche des Behälters in Erwartung der Eiseskälte, die er an Lums Sarg gefühlt hatte. Er zuckte zurück. Die Oberfläche war heiß und prickelte, als stünde sie unter Strom.

Während der nächsten Minuten änderte sich nichts. Dann wurden die Sprühdüsen abgeschaltet und zogen sich in die Seite des Behälters zurück; dann löste sich auch das Geflecht der silbrigen Fäden und wurde eingezogen. Peron beobachtete und wartete. Zehn Sekunden später schien ein Zittern den Körper des Kapitäns zu durchlaufen.

Und dann war der Behälter leer. Im Bruchteil einer Sekunde, bevor Peron zwinkern konnte, war Rinker spurlos verschwunden!

Peron war versucht, die Tür des Behälters zu öffnen, zog es dann aber vor, zu einem leeren zu gehen, der in der Nähe war, und diesen zu öffnen. Die inneren Kontrollinstrumente schienen ziemlich einfach zu sein. Ein Dreiwegschalter, eine einstellbare Zeituhr mit Einheiten, die in Tagen, Stunden und Hundertstelstunden angegeben war, sowie ein weiterer Schalter. Seine Einstellung war nur durch ein N, ein S und ein K gekennzeichnet. Die Schaltstellung K war rot markiert, und darunter stand eine gedruckte Anweisung: WARNUNG: EINSTELLUNG FÜR KÄLTE (K) DARF NICHT VORGENOMMEN WERDEN OHNE BETÄTIGUNG DES ZEITSCHALTERS ODER UNTERSTÜTZUNG DURCH AUSSERHALB STATIONIERTE HILFSPERSON.

Peron dachte daran, hineinzusteigen und die Instrumente genauer in Augenschein zu nehmen, als er ein Knarren vom anderen Behälter hörte. Die Tür wurde wieder geöffnet. Er zwang sich zu vorsichtigen und leisen Bewegungen, schloß die Tür des Behälters, in den er hatte kriechen wollen. Es war zu spät, den Raum zu verlassen; die Tür schwang auf. Glücklicherweise kam sie auf ihn zu, so daß er einstweilen dahinter verborgen war. Leise stahl er sich zur Deckung des nächsten Behälters und kauerte nieder.

Rinker war wiedergekehrt. Er verließ langsam den Raum, ohne nach rechts oder links zu blicken. Peron gewann einen kurzen Blick auf sein Halbprofil und sah eingesunkene, blutunterlaufene Augen und eine unnatürliche Blässe. Er folgte dem Kapitän in vorsichtigem Abstand. Der ging wankend, als sei er völlig erschöpft und vor Müdigkeit benommen. Statt zu seiner Kajüte zu gehen, bog er zum Speiseraum ab. Garao, Ferranti und Atiyah waren noch dort.

Sie mußten noch beim Essen sitzen. Das wunderte Peron, bis er begriff, daß erst wenige Minuten vergangen sein konnten, seit Garaos Befehl ihn in seinen Raum zurücktransportiert hatte.

»Alles gerichtet«, sagte Kapitän Rinker. »In der Befehlsübersetzungseinheit ist ein Bauteil defekt. Wir haben das Ersatzteil nicht an Bord, also habe ich es für die Reise behelfsmäßig repariert.«

»Wird es halten, oder müssen wir mit neuerlichem Versagen rechnen?« Das war Olivia Ferrantis Stimme.

»Es wird früher oder später versagen. Vorläufig nicht, hoffe ich.« Rinker gähnte. »Das war beinahe zu viel. Erforderte eine Menge Zeitaufwand. Ich war fast fünf Minuten dort, ohne Ruhepause. Muß mich jetzt hinlegen.«

Ein Murmeln mitfühlender Stimmen antwortete ihm. »Hoffen wir, es hält bis zur Ankunft«, sagte Garao, doch sein Tonfall strafte seine Worte Lügen.

»Keine Bange«, erwiderte Rinker. »Auf dieser Reise erwarte ich keine weiteren Schwierigkeiten.«

Peron dachte an diese Worte, als er auf Zehenspitzen den Korridor entlangschlich. Rinkers Handlungen und Worte waren aufschlußreich, und Peron hatte jetzt eine leise Ahnung, was vorging.

Wenn er recht hatte, dann standen Rinker mehr Schwierigkeiten bevor, als er sich dachte.

Sobald er außer Hörweite vom Speiseraum war, lief Peron wieder so schnell er konnte. Der Notfall bestand nicht mehr, und das bedeutete, daß seine Bewegungen wieder beobachtet würden. Ob es Monitoren auch in den Behältern gab?

Er erreichte den Interimsraum und eilte schnurstracks zu dem Behälter, den Rinker benutzt hatte. Die Tür öffnete sich mit dem gleichen Knarren, und er stieg hinein und legte sich nieder. Alle Instrumente waren in bequemer Reichweite. Er konnte die Hand ausstrecken und sie mühelos einstellen. Die Wahl war bereits klar. Er wollte nicht S, da er sich bereits im S-Raum befand; und er wollte nicht K, denn das war der Kälteschlaf von Elissa und den anderen. Es mußte N sein — doch was bedeutete N?

Peron hatte bisher keinen Augenblick verloren, nun aber zögerte er. Angenommen, der Prozeß, der Rinker aus dem S-Raum gebracht hatte, erforderte weitere Kenntnisse oder Handhabungen, von denen Peron nichts wußte? Es gab keinen Zweifel, daß die anderen an Bord über zusätzliche Machtmittel verfügten, da Dienstleistungsbefehle unbeachtet blieben, wenn sie von ihm kamen. Wie, wenn der Gebrauch dieser Vorrichtung die gleichen Machtmittel voraussetzte?

Zeit verging. Jeden Augenblick konnte das nun schon vertraute Schwindelgefühl wiederkehren, und er würde sich in seinem Raum wiederfinden. Noch lagen seine Finger leicht am Schalter. Als er des unausweichlichen Todes auf Karussell sicher gewesen war, hatte er die Fähigkeit gehabt, ihm standhaft und mit vollkommener Ruhe zu begegnen. Dies war anders. Was Rinker und die anderen auch mit ihm anfangen mochten, er glaubte nicht, daß sie ihn töten würden. Aber nun konnte er durch eigene Hand umkommen. Sein nächstes Handeln schon konnte sich als selbstmörderisch erweisen.

Peron warf einen letzten Blick auf die Instrumente und die Wände des Behälters. Jetzt oder nie.

Er holte tief Atem, schloß die Augen und drehte den Schalter auf die Stellung N.

20

Es gab keinen erschreckenden Augenblick der Veränderung. Peron hatte eine Verzerrung seiner Wahrnehmungen, aufbrandende Übelkeit oder vielleicht einen unerträglichen Übergangsschmerz erwartet. Statt dessen fühlte er die kühle Berührung von Elektroden an den Schläfen und das irgendwie besänftigende Sprühen der Flüssigkeit auf seine Haut. Er entspannte sich und glitt hinüber in einen Zustand stiller Meditation. Dies dauerte lange Zeit und endete erst, als er den eigenen Herzschlag laut in den inneren Gehörgängen seiner Ohren pochen hörte.

Ein Gefühl des Wohlbefindens überkam ihn, als erwache er aus dem erholsamsten Schlaf seines Lebens. Es war verlockend, einfach liegen zu bleiben und das Gefühl zu genießen. Dann aber bemächtigte sich seiner eine jähe Furcht, daß er bloß eingeschlafen und sonst nichts geschehen sei. Besorgt öffnete er die Augen und blickte umher.

Das Innere des Behälters hatte sich nicht verändert — doch zu seiner nicht geringen Verwunderung war der Farbton jetzt ein anderer; war er zuerst gelbbraun gewesen, so war er jetzt blaßorange. Selbst seine Kleidung war anders, schwarz statt braun.

Er richtete sich auf, suchte Halt an der Wand. Er war unter normalen Schwereverhältnissen eingeschlafen; jetzt befand er sich in Schwerelosigkeit.

Die Tür, durch die er eingestiegen war, konnte von innen nicht verschlossen werden. Wie stand es mit Verfolgung? In dem Bewußtsein, daß man seinen Streich wahrscheinlich entdeckt hatte und ihm folgen würde, krabbelte Peron zur anderen Tür. Dem Himmel sei Dank für die Erfahrung in der Schwerelosigkeit, die er nach dem Verlassen Pentecosts erworben hatte! Er fühlte sich ein wenig sonderbar, aber es gab weder Schwindelgefühl noch Übelkeit.

Die Tür ließ sich ohne weiteres öffnen. Er zog sich durch und schloß sie hinter sich. Draußen war eine Verriegelung, und er verstellte sie so, daß die Tür von innen nicht geöffnet werden konnte. Dann bewegte er sich die Reihe der Türen entlang und verschloß alle anderen in gleicher Weise. Dann erst fühlte er sich ein wenig sicherer.

Umherblickend, sah er sich frei in einem langen, sich drehenden Durchgang schweben. Gelbe Röhren, die parallel zu den Wänden verliefen, sorgten für schwache Helligkeit, und weit entfernt konnte er ein gedämpftes Rumpeln und Pfeifen hören. Er schlug diese Richtung ein.

Während der Durchgang sich drehte, kam er zu einer ungefähr viereckigen Kammer mit einer transparenten Außenwand. Lange verweilte er dort, überwältigt vom Anblick des Universums außerhalb des Schiffes. Der leuchtende Dunst des S-Raumes war verschwunden. An seiner Stelle blickte er in ein glitzerndes Sternenmeer, so strahlend hell, wie es nur im Raum erscheinen konnte. Die altvertrauten Sternbilder waren da, genauso wie sie aus der Umlaufbahn um Pentecost ausgesehen hatten. Sie verschafften ihm ein Gefühl von Ermutigung. Er war noch am Leben, und er befand sich wieder in einem Universum, das er vielleicht verstand.

Während er noch beobachtete, verstärkte sich das Rumpeln im Korridor. Eine Maschine näherte sich. Sie war durch eine kaum sichtbare magnetische Spur an der Wand verankert. Das eigentliche Gerät war klein, ungefähr kopfgroß, aber an der Seite war eine Anzahl langer Gelenkarme eingeklappt in Ruhestellung. Peron beobachtete den Mechanismus mit Argwohn.

Er bewegte sich ziemlich langsam voran, mit weniger

als Schrittgeschwindigkeit. Ein paar Meter von Peron entfernt, bog er durch eine kleine Tür in der Wand vom Korridor ab. Peron erkannte die Art dieser Öffnung — es gab Hunderte von ihnen, die über das ganze Schiff verteilt waren. Sie befanden sich überall, in den Wohnräumen wie im Speiseraum und in der Bibliothek, und ihm war es bisher nicht gelungen, eine der Türen zu öffnen, die sie verschlossen. Die Maschine hatte keine solchen Probleme. Sie glitt mühelos durch und verschwand.

Peron setzte seinen Weg fort. Er war in einem Teil des Schiffes, den er nie gesehen hatte, und der Durchgang führte ihn schließlich zu einem großen Raum, wo eine große Zahl von Maschinen aufgestellt war. Die meisten standen unbeweglich, aber von Zeit zu Zeit setzten sich eine oder mehrere in Bewegung und glitten fort, irgendwelche geheimnisvollen Verrichtungen zu tun. Er folgte einigen von ihnen. Jede verschwand schließlich durch eine der kleinen Türen, die jeden Korridor säumten.

Peron fand, daß er einen ruhigen Ort zum Nachdenken brauchte. Er folgte dem Durchgang weiter und gelangte endlich in einen anderen Raum, der eine automatische Kombüse enthielt, ähnlich derjenigen, die während der Reise im System Cass für das leibliche Wohl der Sieger der Weltfestspiele gesorgt hatte. Peron fand einen Wasserhahn und löschte seinen Durst. Das reine Gefühl des Wassers auf Zunge und Gaumen war ein köstlicher Genuß. Ungeachtet seiner sonstigen Vorzüge beeinträchtigte der S-Raum den Geschmack von Speisen und Getränken. Peron nahm sich die Zeit, die Einrichtung zu untersuchen, und bemerkte, daß die Verarbeitungsgeräte sich von allen unterschieden, die er in der anderen Kombüse gesehen hatte. Nach ihrem Aussehen zu urteilen, konnte jedes von ihnen ein Standardmenü mit einer Auswahl verschiedener Zutaten und Gewürze herstellen.

Während er die Vorgänge beobachtete, kamen vier der kleinen Roboter in die Kombüse. Sie fuhren an ihren Magnetbändern entlang und beachteten ihn nicht. Sie trugen Teller, die meisten mit Essensresten. Einer dieser Teller fiel Peron auf. Er enthielt ein unberührtes, gewürztes Gericht — dasselbe, das ihm bei seiner letzten Mahlzeit im S-Raum serviert worden war. Die Oberfläche der Roboter glänzte von Nässe. Peron näherte sich einem und berührte ihn. Das Metall war eiskalt. Er führte den Finger zum Mund und kostete die Nässe mit der Zunge. Die Tropfen waren reines Wasser, kondensiert von der Luft ringsum.

Er setzte sich auf den Boden, den Kopf zwischen den Händen, die Ellbogen auf den Knien, und überlegte. Alles leuchtete ein — wenn er seinen Verstand dazu bringen konnte, eine unglaubliche Möglichkeit zu akzeptieren. Und es war eine Möglichkeit, die selbst zu überprüfen er endlich in der Lage war.

Er stand auf, nahm die schwerste metallene Terrine, die er in der Kombüse finden konnte, holte aus und schlug sie unter Aufbietung aller Kräfte gegen die Metallwand. Sie verbog sich nicht. Er kehrte zurück zu dem Raum, wo die geduldigen Roboter standen, und wartete, bis einer von ihnen sich in Bewegung setzte. Er folgte ihm, als er durch einen der zahlreichen Gänge glitt, die von der zentralen Öffnung abzweigten. Als die Maschine sich anschickte, durch eine der kleinen Türen zu gleiten, war Peron bereit. Die Tür öffnete sich, der Roboter glitt durch. Bevor die Tür sich wieder schließen konnte, klemmte Peron die widerstandsfähige metallene Terrine in die Öffnung. Es quietschte, und der Türmechanismus winselte, aber die Öffnung blieb.

Peron kauerte nieder und spähte durch.

Ein eisiger Luftzug kam von der anderen Seite. Die Temperatur dort mußte dem Gefrierpunkt sehr nahe sein. Der kleine Roboter war seiner Wege gegangen, und Perons Gesichtsfeld jenseits der Öffnung wurde nur von stumpfrot glimmenden Lichtern trübe erhellt.

Er schätzte die Weite der Öffnung. Sie müßte gerade ausreichen, daß er sich durchzwängen konnte, vorausgesetzt, er wäre bereit, sich an den Schultern die Haut abzuschürfen. Er zog die Jacke aus, schob sie vor sich durch die Öffnung und wand sich zur anderen Seite durch.

Es war noch kälter und dunkler als er gedacht hatte. Er fröstelte und zog die Jacke enger um sich. Ohne zusätzliche Kleidung würde er es in dieser Umgebung nicht lange aushalten.

Bald erkannte er den Raum, wo er sich befand. Er war neben Rinkers Kajüte. Bei seinen ersten Erkundungen war er schon einmal hier gewesen. Aber es bestand ein großer Unterschied. Statt der normalen Erdschwere fühlte er sich jetzt noch immer im freien Fall.

Der kleine Roboter war verschwunden, doch als Peron nach ihm Ausschau hielt, kam er im Korridor in Sicht. Er trug eine leere Flasche des fermentierten Getränks, das Rinker zu seinen einsamen Mahlzeiten zu genießen pflegte. Der Roboter kam näher. Wieder beachtete er Peron nicht. Bei der gewaltsam offengehaltenen Tür zögerte er, bewegte sich weiter zu einer anderen und passierte diese. Während er dies tat, erschien auf der anderen Seite ein Paar von Dienstleistungsrobotern und machte sich daran, das Hindernis aus der Türöffnung zu ziehen und den Mechanismus zu reparieren.

Peron hielt sich nicht mit der Beobachtung des Vorgangs auf, sondern eilte weiter zu Rinkers Kajüte. Der Kapitän saß auf einem Stuhl. Er war völlig bewegungslos, hatte die Hand erhoben und den Mund offen. Peron stand da und beobachtete ihn minutenlang. Endlich näherte sich die Hand dem offenen Mund. Peron trat näher und berührte Rinkers Wange. Sie war wie kalter Marmor. Als er mit den Fingern auf Rinkers Augen zustieß und im letzten Augenblick innehielt, gab es kein reflexhaftes Zwinkern der Lider.

Das war Beweis genug. Peron eilte hinaus und zum Interimsraum. Unterwegs passierte er den Speiseraum, wo die bewegungslosen Gestalten Garaos, Ferrantis und

Atiyahs am Tisch saßen, drei vollkommen gearbeitete Plastiken aus gefrorenem Fleisch.

Der Interimsraum war verlassen. Peron verweilte einen langen Augenblick vor den Kälteschlafbehältern. Wieder versuchte er, seine Beweggründe zu rechtfertigen. Sein eigenes Leben zu riskieren, war eine Sache; das Leben seiner Freunde in Gefahr zu bringen, war eine andere. Wäre es nicht besser, zu warten, bis das Schiff im geheimnisvollen Hauptquartier der Unsterblichen eintreffen würde, und zu sehen, wie die Gruppe dort behandelt würde?

Er versuchte sich vorzustellen, welche Antworten die anderen auf diese Frage geben würden. Da er die Gefährten gut kannte, konnte sein Verstand ein simuliertes Gespräch mit Lum, Kallen, Sy, Elissa und Rosanne führen.

»Ihr seid in diesen Behältern nicht in Gefahr, und ich weiß nicht, wie der Wiederbelebungsprozeß im einzelnen verläuft. Er sieht einfach aus, aber angenommen, es gäbe einen Haken? Vielleicht sollte ich einfach warten und sehen, was geschieht, wenn wir zum Hauptquartier kommen?«

Er glaubte, ihre übereinstimmende Meinung zu hören: »Zum Teufel, nein. Wenn es etwas gibt, das keiner von uns ertragen kann, dann ist es das Gegängeltwerden durch andere. Du weißt das — warum würde man uns sonst als Störenfriede betrachten? Nur zu, mach ihnen Verdruß. Hol uns hier raus!«

Er untersuchte jeden Behälter der Reihe nach. Die Steuerungsinstrumente waren alle identisch. Er konnte die Schalterstellung entweder auf S oder N stellen, und es gab eine Tabelle, die das richtige Verfahren in beiden Fällen aufzählte. Die Rückkehr vom Kälteschlaf zum N-Zustand war ein ziemlich langer Prozeß, der zwölf Stunden in Anspruch nehmen würde. Aber Peron brauchte nicht die ganze Zeit Wache zu stehen. Er würde sich aufmachen und warme Kleidung für alle besorgen — Elissa und die anderen waren unter dem deckenartigen weißen Geflecht alle nackt. Er könnte eine andere Tür aufbrechen und in den wärmeren Bereich zurückkehren, wo die Maschinen sich aufhielten und die Kombüse lag.

Er überlegte, ob er die Tür zum Interimsraum verbarrikadieren sollte, entschied dann, daß es nicht notwendig sein würde. Verlief alles planmäßig, so würde seine Arbeit getan sein, ehe Rinker und die anderen sich einschalten konnten.

Zuerst Elissa. Er konnte es nicht erwarten, sie belebt wiederzusehen, mit ihr zu sprechen. Er brauchte nur die Einstellung zu verändern und den Hauptschalter zu drehen. Besorgt spähte er durch den transparenten Deckel des Behälters. Ein Summen von Elektromotoren war vernehmbar, und bald begann gelber Dampf das Innere zu erfüllen. Nicht lange, und Elissa und die anderen waren darin eingehüllt und unsichtbar. Geplagt von bangen Zweifeln, ging Peron von einem Behälter zum nächsten, überprüfte immer wieder die Einstellungen und hoffte, daß der Prozeß sie alle wohlbehalten aus dem Kälteschlaf in den Wachzustand überführen würde.

Der Schrecken hatte für Elissa begonnen, als ihr der hoffnungslose Zustand von Perons Schutzanzug bewußt geworden war. Die scharfkantigen Gesteinstrümmer, auf die Peron vom entweichenden Luftschwall geschleudert worden war, hatten den Anzug über das Maß hinaus aufgerissen, wo die Selbstabdichtung Hilfe bringen konnte. Als Wärmeschutz mußte er nutzlos geworden sein, und die Außentemperatur garantierte, daß er nicht überleben konnte.

Ehe sie sich der Verzweiflung hatte überlassen können, hatte Wilmer die Dinge in die Hand genommen. Selbst Lums gelassenes Selbstvertrauen und Sys hochmütiges Überlegenheitsgefühl waren im Angesicht des nahen Todes zerbröckelt und von der grimmigen Gewißheit Wilmers beiseite gefegt worden. Sie hatten getan, wie Wilmer ihnen geheißen hatte — und hatten es ohne Widerrede getan.

Zuerst hatte innerhalb des Kuppelzeltes eine atembare Atmosphäre erzeugt werden müssen. Dann hatten Kallen und sie Peron vorsichtig aus Schutzanzug und Kleidung gelöst. Seine Haut war sofort dunkel geworden, und die Adern hatten sich als Erhebungen von der Oberfläche abgehoben. Elissa hatte keinen Atem feststellen können, keinen Pulsschlag. Sein Handgelenk und seine Kehle fühlten sich unter der Berührung ihrer ungeschützten Hand eiskalt an.

»Hilf mir, ihn umzudrehen!« sagte Wilmer. »Mit dem Gesicht nach unten. Gut. Nun geh hinüber und hilf Lum bei der Temperaturregelung! Es muß genau eingestellt sein — und es wird besser sein, du siehst hier nicht zu.«

Elissa hatte trotzdem zugesehen, außerstande, sich loszureißen. Wilmer entfernte die Handschuhe seines Schutzanzuges und zog ein dünnes, durchsichtiges Material über die Finger, das sich eng seiner Haut anschmiegte. Nachdem er die Finger einige Male gestreckt und gekrümmt hatte, um den Sitz zu prüfen, zog er ein Skalpell aus seiner grünen Tasche. Er machte sorgfältige Einschnitte in Perons Nacken und am unteren Ende des Rückgrats. Dünne, glänzende Katheter wurden dort eingeführt. An die Öffnung jedes Einschnittes gesetzt, zogen sie sich selbst ohne Wilmers weiteres Zutun hinein, tief in Perons Körper. Wilmer brachte eine Gesichtsmaske über Perons Nase und Mund an und verband sie mit einem kleinen, blaugrauen Zylinder. Er drehte ein Ventil auf, und Elissa hörte das Zischen von Gas.

Die Temperatur im Kuppelzelt war etwas gestiegen. Wilmer öffnete sein Helmvisier und schnüffelte die Luft.

»Warm genug«, sagte er. »Ich schlage vor, wir öffnen alle unsere Helme und sparen den Luftvorrat in den Anzügen — wir werden ihn noch brauchen.«

Er nahm einen weiteren Zylinder aus seiner Tasche und reichte ihn Elissa. »Hier, das wird die Atmosphäre verbessern. Laß den Inhalt in den Luftumwälzer einströmen, dann können wir Peron die Gesichtsmaske abnehmen.«

»Lebt er?«

»Einstweilen, aber er ist noch in Gefahr.«

Elissa trug den Zylinder zur Luftumwälzungsanlage und brachte ihn an. Dann schraubte sie die Düse auf. Zuerst schien nichts zu geschehen, aber bald nahm die eisige Luft im Inneren des Kuppelzeltes eine parfümierte Schwere an, als ob der Sauerstoff aus ihr entwiche. Elissa blickte stirnrunzelnd zu Wilmer hinüber. Sie bemerkte, daß er die Visierscheibe seines Helmes wieder geschlossen hatte. Sie wollte ihn fragen, was er tue, konnte ihren Gedanken aber nicht in Worte kleiden. Der Augenblick zog sich in die Länge. Wilmer verharrte bewegungslos, beobachtete und wartete. Sie hatte ein merkwürdiges Gefühl von Losgelöstheit, als steige sie zur Decke der Zeltkuppel auf und lasse den Körper zurück.

Und nun ... erwachte sie ... und sah Peron besorgt über sich gebeugt. Sie zwinkerte, um Schärfe in das verschwommene Bild zu bringen.

»Elissa? Alles in Ordnung?«

Er legte ihr die Arme um die Schultern und richtete sie zu sitzender Haltung auf. Sie fröstelte und zitterte unkontrolliert in einer Mischung von emotionalem Schock und Eiseskälte. Sie sah an sich hinab. Im Kuppelzelt hatte sie ihren Schutzanzug getragen, jetzt war sie nackt bis auf eine dünne, weißliche Schicht feinen Stoffes.

Wo war sie? Wie war sie hierhergekommen? Sie versuchte klar zu denken. Im Augenblick des Erwachens war es schwierig, logisch zu sein. Und was besagte schon Logik? Peron war hier, lebendig. Sie fühlte sich sonderbar, unterkühlt, benommen, mit einem schwer erträglichen Prickeln in Armen und Beinen, zugleich aber so erleichtert, daß sie beinahe kicherte. Erklärungen konnten warten. Sie kuschelte sich in seine Umarmung.

»Da bin ich«, sagte sie. Alles schien irgendwie erfreulich und sehr erheiternd. »Aber Peron, mir ist kalt.«

»Gut, du wachst auf.« Er zeigte zu einem Sortiment von Kleidungsstücken, die in einem Haufen neben ihnen lagen. »Such dir heraus, was dir paßt! Ich muß mich um die anderen kümmern.«

»Peron!« Ein heftiges Frösteln schüttelte sie, dann streckte sie die Arme aus und umarmte Peron mit aller Kraft, genug, daß ihnen die Rippen knackten. »Erzähl! Was ist mit mir geschehen?«

»Sag ich dir später.« Er erwiderte die Umarmung, machte sich los. »Mach schon! Vielleicht brauche ich deine Hilfe, um Lum herauszuholen. Er müßte Klump heißen.«

Elissa durchsuchte den Kleiderhaufen und fand einen halbwegs passenden Overall, während Peron den nächsten Behälter öffnete und sich bemühte, die darin liegende Gestalt herauszuziehen, eine Arbeit, die mit viel angestrengtem Grunzen und Flüchen verbunden war. Lum war halb bei Bewußtsein und leistete kräftigen, wenn auch unkoordinierten Widerstand.

»Komm, laß mich versuchen!« Elissa ging zur anderen Seite und beugte sich über den Behälter. Sie faßte Lum mit beiden Händen ins Haar und zog mit aller Kraft. Plötzlich kam er in die Höhe, sperrte die Augen auf und quiekte.

»He, laß los! Ich bin schon wach.« Die Augen fielen ihm wieder zu, und er wollte zurücksinken. »In Ordnung, ich bin wach«, murmelte er. »In einer Minute stehe ich auf.«

»Zieh ihn noch mal am Haar, dann hilf ihm beim Anziehen«, sagte Peron. »Sieh zu, ob du etwas Passendes für ihn findest! Kallen ist der nächste, aber bei ihm wird es einfacher sein. Rosanne erzählte mir, daß Lum selbst unter normalen Bedingungen wie ein Toter schläft.«

Ein paar Minuten später waren Rosanne und Kallen in einen wackligen Wachzustand zurückgeholt worden. Fröstelnd machte Peron sich auf die Suche nach warmer Kleidung für sie. Sy wurde als letzter wiederbelebt, und er ging augenblicklich vom Schlaf zu voller Wachsamkeit über. Kaum hatte er die Augen geöffnet, da wand er sich wie eine Katze seitwärts und nahm Verteidigungshaltung an.

»Kein Grund zur Aufregung«, sagte Peron. »Du bist unter Freunden.«

Sy warf ihm einen kurzen, ungläubigen Blick zu, dann blickte er umher. »Wo bin ich? Das letzte, was ich erinnere, war das Kuppelzelt auf Karussell. Was geschah?«

»Das ist eine lange Geschichte. Zieh dir etwas an und komm mit! Ich erkläre es dir unterwegs.«

Peron führte sie zum Speisezimmer, wo Ferranti und die anderen endlich Zeichen von Bewegung zeigten. Garao war auf halbem Weg zur Tür und hatte einen Fuß vom Boden gehoben.

»Ich wollte euch dies zeigen, um lange Diskussionen überflüssig zu machen«, sagte Peron. »Oder ihr hättet mir Halluzinationen vorgeworfen. Vor vierzehn Stunden war ich in diesem Zustand. Das ist S-Raum. Erinnert ihr euch, wie uns die Vorstellung Kopfzerbrechen bereitete, daß die Unsterblichen innerhalb von Tagen zu den Sternen reisen könnten?«

»Ich glaube es noch immer nicht«, sagte Sy. »Sie können die Lichtgeschwindigkeit nicht überschreiten.«

»Du hast recht — aber auch unrecht. Hier ist eine Frage an euch alle. Welche Entfernung legt das Licht in einer Sekunde zurück, oder in einem Jahr?«

Eine kurze Überlegungspause folgte auf seine Worte.

»Wir alle wissen die Antwort darauf«, sagt Rosanne. »Also vermute ich, daß es eine Scherzfrage ist.«

»In gewisser Weise«, sagte Peron. »Die Antwort hängt von eurer Definition einer Sekunde und eines Jahres ab. Wir haben ganz falsch über den S-Raum gedacht. Er ist nicht eine Art Paralleluniversum oder Hyperraum, es ist derselbe Raum, in dem wir leben — aber er ist ein Zustand veränderter Wahrnehmung. Wenn ihr einen Beweis dafür wollt, seht euch diese Leute an.«

Kallen hatte Olivia Ferranti beobachtet. »Sie scheint

bewußtlos zu sein«, sagte er mit gedämpfter Stimme. »Und ihre Haut ist kalt. Aber sie hat die Augen geöffnet. Die drei sind lebendig. Sind sie im Winterschlaf?«

»Nein. Sie sind bei vollem Bewußtsein. In diesem Zustand fühlst du dich bis auf ein paar unbedeutende Unterschiede normal. Aber ihre Stoffwechselvorgänge sind drastisch verlangsamt — zweitausendmal langsamer als normal. Das ist S-Raum, und er verändert die Wahrnehmung von allem. In einer unserer Sekunden legt das Licht eine Strecke von dreihunderttausend Kilometern zurück. In einer von ihren Sekunden legt es sechshundert Millionen Kilometer zurück. Für uns ist die Sonne achtzehn Lichtjahre entfernt. Für sie sind es nur wenig mehr als drei Lichttage. Darum hörten wir, daß die Unsterblichen innerhalb von Tagen zwischen den Sternen reisen können — *ihren* Tagen. Ihre Zeit vergeht so langsam, daß einer unserer Tage ihnen als weniger als eine Minute erscheint.«

Peron trat zu Garao und bewegte die Hand langsam vor dessen Gesicht. »Seht ihr? Sie wissen nicht einmal, daß wir hier sind.« Er ging zu Atiyahs sitzender Gestalt, schnallte den Gürtel ab und schlang ihn Olivia Ferranti um den Hals. »In ungefähr zwanzig Minuten wird der Verlust des Gürtels bemerkt. In ungefähr einer Stunde unserer Zeit wird sie sich zu wundern beginnen, wo er geblieben ist. Und eine weitere Stunde wird vergehen, ehe sie etwas zu seiner Wiedergewinnung unternehmen kann.«

Die anderen machten ihre eigenen Untersuchungen, berührten Haut und Haare.

»Wie sind sie in diesen Zustand gekommen?« fragte Lum.

»Auf die gleiche Weise wie ich, als Wilmer mich auf Karussell operierte. Ich weiß, das ist keine befriedigende Antwort, aber die beste, die ich geben kann. Es muß eine komplizierte Behandlung geben, aber sie scheint standardisiert zu sein und ist vollkommen umkehrbar. Ich bin in beiden Ebenen gewesen, und Kapitän Rinker desgleichen. Er mußte zurück in den Normal-Raum, um einen mechanischen Defekt zu beheben. Sehen wir uns das Schiff an. Wir werden die Information alle gebrauchen.«

Peron führte sie zurück zum Interimsraum. Unterwegs beantwortete er die Sturzbäche ihrer Fragen. Das Schiff, mit dem sie reisten, war tief im interstellaren Raum, auf dem Weg zum Hauptquartier der Unsterblichen. Dieses Hauptquartier war fern von jedem Fixstern oder Planeten, ein volles Lichtjahr vom System Cass entfernt. Sie bewegten sich mit nur einem Bruchteil der Lichtgeschwindigkeit — wahrscheinlich nicht mehr als einem Zehntel. Während ihrer Reise würden auf Pentecost annähernd zehn Jahre vergehen.

Die anderen Sieger der Weltfestspiele waren nicht an Bord. Über ihr Schicksal konnten nur Mutmaßungen angestellt werden, aber Peron meinte, sie seien alle noch im Heimatsystem, wahrscheinlich an Bord Des Schiffes. Dort lebten die im System Cass stationierten Unsterblichen. Die anderen Sieger würden wahrscheinlich nach einer Unterweisung und Indoktrination selbst Unsterbliche werden. Sie würden es vorziehen, im S-Raum zu leben, weil er ihnen eine längere subjektive Lebensspanne bot, und sie würden, wie Wilmer es getan hatte, nur in Erfüllung bestimmter Pflichten ins normale Leben zurückkehren.

»Wie lange lebt ein Unsterblicher?« fragte Sy. »Es ist offensichtlich, daß niemand unsterblich sein kann.«

»Siebzehnhundert Jahre.«

Alle schwiegen. Schließlich ergriff Elissa das Wort und sagte: »Du meinst, siebzehnhundert subjektive Jahre? Das sind zweitausend Mal siebzehnhundert gewöhnliche Jahre auf Pentecost — drei Millionen vierhunderttausend. Sie leben drei Millionen vierhunderttausend Jahre!«

»Richtig«, sagte Peron. Die Anpassung an solche Zeitbegriffe war nicht leicht gewesen, und er war froh zu sehen, daß die anderen ähnlich reagierten. »Das ist natürlich nur eine Mutmaßung. Wie Dr. Ferranti erläuterte, können sie nur Schätzungen der vollen Lebensspanne machen — weil niemand sie noch durchlebt hat. Erst zwanzigtausend Jahre sind vergangen, seit wir die Erde verließen, und dort lebte niemand im S-Raum.«

»Aber wie sieht es mit den Nebenwirkungen aus?« fragte Elissa. »Wenn du dich solch einer tiefgreifenden Veränderung unterziehst ...«

»Ich weiß nur von wenigen«, sagte Peron. Er fuhr sich mit der Hand durchs Haar. »Siehst du? Es hat aufgehört zu wachsen, und ich glaube, daß ich Haarausfall habe, seit ich im S-Raum bin. Mach dich darauf gefaßt, deine schönen Locken zu verlieren, Rosanne. Ich vermute, daß du alle Haare verlieren wirst, wenn deine Stoffwechselrate sich für längere Zeit verändert. Das ist auch Wilmer geschehen, und dem anderen Teilnehmer, den Kallen traf. Auf Karussell konnte ich es nicht glauben, als Wilmer mir beiläufig sagte, er sei dort vor dreihundert Jahren einmal in Schwierigkeiten geraten. Aber jetzt leuchtet es mir ein. Das waren nur ein paar Monate im S-Raum. Er lebte dort, bis er zum Fest zu uns kam. Hundert Jahre auf Pentecost würden für ihn nur ein paar Wochen sein.«

»Das würde erklären, daß wir nur Videoaufzeichnungen von früheren Gewinnern sahen«, sagte Lum. »Sie kamen nicht zurück nach Pentecost. Aber mit Videos würde es kein Problem sein. Sie könnten die Aufnahmen im S-Raum und der dortigen Geschwindigkeit machen und sie dann beschleunigen, bis sie normal aussehen würden. Persönliche Auftritte würden unmöglich sein, es sei denn, sie wären zuvor in die Normalzeit zurückgekehrt — N-Raum, wie du es nanntest.«

»Und sie werden das ungern tun«, sagte Peron, »verlören sie doch den Vorteil der verlängerten Lebenserwartung, wenn sie den S-Raum verließen. Man muß dort besondere Nahrung essen und fühlt sich nicht ganz normal. Aber die Menschen sind bereit, vieles auf sich zu nehmen, um ihre subjektive Lebenserwartung um einen Faktor von zwanzig zu erhöhen.«

Sie waren wieder im Interimsraum. Peron führte sie in und durch einen der Behälter, benutzte ihn als einen Durchgang zu den anderen Teilen des Schiffes. Beim Durchgang gab es einen beträchtlichen Temperaturunterschied, und sie öffneten ihre warme Kleidung.

»Eines verstehe ich noch immer nicht«, sagte Peron. »Als ich im S-Raum war, hatte ich das Gefühl normaler Schwereverhältnisse. Jetzt sind wir in genau demselben Teil des Schiffes, befinden uns aber in Schwerelosigkeit. Ich sehe nicht, wie das geschehen kann.«

Sie dachten eine Weile nach, jeder für sich, dann hustete Kallen und sagte: »T-Quadrat-Effekt.«

»Was?«

»Er hat ganz recht«, sagte Sy. »Gut gedacht, Kallen. Verstehst du nicht, was er sagt, Peron? Beschleunigungen bedingen das Quadrat der Zeit — Entfernung pro Sekunde. Veränderst du die Bestimmungszahl einer Sekunde, so veränderst du natürlich die wahrgenommene Geschwindigkeit. Deshalb können sie Lichtjahre in einer Zeit zurücklegen, die ihnen als ein paar Tage erscheint. Aber du veränderst auch die wahrgenommene Beschleunigung — und diese noch mehr. Durch das Quadrat der relativen Zeitrate ...«

»... was ein weiterer Grund dafür ist, daß die Unsterblichen nicht auf den Oberflächen von Planeten landen«, sagte Lum. »Sie wollen ihre Zeit im S-Raum verbringen, um ihre subjektiven Lebensspannen zu verlängern, aber das zwingt sie dann, in einem sehr schwachen Beschleunigungsfeld zu leben. Sie können Schwerkraft nicht ertragen.«

»Nicht einmal ein schwaches Schwerefeld«, fügte Rosanne hinzu. »Sie würden hinstürzen, bevor sie überhaupt merken, daß sie das Gleichgewicht verlieren. Wie gabst du den Zeitfaktor an? Zweitausend zu eins? Dann würden sie sogar ein Millionstel der Erdschwere als ein

Schwerefeld von vier G wahrnehmen. Sie *müssen* in Schwerelosigkeit leben. Sie haben keine andere Wahl. Ein vier Millionstel der Erdschwere gibt ihnen das Gefühl normaler Schwere.«

Peron sah verdrießlich in die Runde. »Mag sein. Alle sahen es ohne weiteres, nur ich nicht. Versuchen wir es mit einem anderen Phänomen. Erklärt mir, was außerhalb des Schiffes vorgeht. Eine Ursache, die mich anfangs zu der Annahme führte, daß der S-Raum eine Art Hyperraum sein müsse, war die Aussicht aus den Fenstern. Schaut man hinaus, sieht man überhaupt keine Sterne. Man sieht nur einen schwachen, schimmernden Dunst. Er ist von gelblichweißer Farbe und überall außerhalb des Schiffes.«

Diesmal gab es nicht einmal einen Augenblick der Überlegung.

»Frequenzverschiebung«, sagte Sy sofort. »Sehen wir mal. Zweitausend zu eins. Also würden die Wellenlängen, die das Auge sehen kann, um das Zweitausendfache verlängert. Statt gelben Lichts auf einem halben Mikrometer würdest du das Gelb auf einer Wellenlänge von einem Millimeter sehen. Wohin würde uns das führen?«

Alle schwiegen.

»Zum Urknall«, flüsterte Kallen.

»Die drei Grad kosmischer Hintergrundstrahlung«, sagte Rosanne. »Mein Gott. Peron, du sahst Reststrahlung von der Entstehung des Universums — sahst sie tatsächlich mit eigenen Augen!«

»Und sie ist gleichförmig und isotropisch«, fügte Lum hinzu. »Deshalb sah sie wie ein gleichförmiger Dunst oder Nebel aus. Auf dieser Wellenlänge bekommst du keine Signale von Sternen oder Spiralnebeln, nur ein gleichbleibendes Feld.«

Peron blickte zu Elissa. »Sag lieber nichts. Du würdest mir auch erzählen, es sei offensichtlich. Das ist es vielleicht auch. Aber es war sehr viel verwirrender, weil ich keine Ahnung hatte, daß ich es mit einer Differenz im

Zeitablauf zu tun haben könnte. Ich konnte mir nicht vorstellen, wo ich sein könnte, daß das Universum so aussieht. Hier, erprobt eure Intelligenz an etwas anderem. Diesmal glaube ich zu wissen, was vorgeht, aber ich brauche Hilfe — besonders von Sy und Kallen. Ihr seid Computerspezialisten.«

Er führte sie durch schmale Korridore zurück zu dem Raum, wo die geduldigen Roboter in stummen Reihen standen. Die anderen sahen staunend und wachsam zu, wie drei der kleinen Maschinen sich in Bewegung setzten und an ihnen vorbei durch den Gang glitten.

»Keine Sorge«, sagte Peron. »Sie bewegen sich nicht schnell genug, um gefährlich zu sein. Wir können ihnen ausweichen, wenn es sein muß. Sie sind die Dienstleistungs- und Instandsetzungsmannschaft des Schiffes. Alle normalen Funktionen sind automatisch und elektronisch gesteuert. Eine Person kann alles lenken, und selbst diese eine ist wahrscheinlich überflüssig, außer in Notfällen. Aber die Roboter machten mein Leben verwirrend. Als ich mich zuerst im S-Raum wiederfand, glaubte ich, verrückt zu werden. Diese Maschinen waren zu einem guten Teil dafür verantwortlich. Die anderen Leute an Bord konnten alles mögliche durch Magie bewerkstelligen. Sie befahlen, daß etwas getan würde, oder daß sie irgendwo hingebracht werden wollten, und der Befehl wurde augenblicklich ausgeführt.« Peron schnippte mit den Fingern. »Einfach so. Ich versuchte, es ihnen nachzutun, aber bei mir klappte es nicht. Als ich diesen Raum erreichte und die Roboter sah, verstand ich endlich, was geschah. Die Maschinen reagieren auf Befehle, die von Leuten im S-Raum erteilt werden. Der Bordcomputer muß durch die Datenanschlüsse auf die Stimmen der Besatzung codiert sein. Wenn jemand, dessen Stimme vom System registriert und angenommen worden ist, einen Befehl erteilt, mobilisiert der Computer die Roboter, die Anweisungen auszuführen. Sie bewegen sich nicht sehr schnell, aber das ist auch nicht erforderlich. Sie sind immer noch schnell genug, um im S-Raum unsichtbar zu sein. Selbst wenn die Roboter zehn Minuten benötigen, dir ein Glas Wasser zu bringen oder dich von einem Teil des Schiffes zu einem anderen zu befördern, merkst du es nicht. Für deine Wahrnehmung ist es nur ein Sekundenbruchteil.«

Die anderen hatten sich den Reihen der Maschinen genähert und untersuchten sie neugierig.

»Sie sehen alle ziemlich standardisiert aus«, sagte Sy. »Ich habe diese Konstruktion nie gesehen, aber sie sind computergesteuert. Wir sollten imstande sein, ihre Instruktionsprogrammierung zu verstehen.«

»Aber warum?« sagte Rosanne. »Selbst wenn wir sie verstehen, was sollten wir damit anfangen?«

»Wir könnten die Codierung entschlüsseln und verändern«, sagte Peron. »Sie so machen, daß auch unsere Stimmen Befehle geben können, die befolgt werden. Und vielleicht fertigbringen, daß das System auf Kapitän Rinker und die anderen im S-Raum nicht mehr reagiert.«

»Aber was soll das nützen?« fragte Elissa.

Lum grinste. »Ist es nicht offensichtlich?« Er wandte sich zu Peron. »Ich habe recht, nicht wahr? Rinker hat klar gesehen, Peron, du *bist* ein Störenfried. Du willst die Herrschaft über dieses Schiff gewinnen, nicht wahr? Dann können wir das Hauptquartier der Unsterblichen zu unseren Bedingungen aufsuchen, wo immer es ist.«

21

Olivia Ferranti zwinkerte. Die Beschaffenheit der Beleuchtung erschien ihr ein wenig verändert, nicht ganz so, wie sie sich an sie erinnerte, bevor sie zuletzt in den S-Raum eingetreten war; und ihr Körper war leicht und schwebend, als ließe sie einen Teil ihrer selbst auf dem gepolsterten Boden des Behälters zurück. Fröstelnd setzte sie sich aufrecht, rieb sich die Arme; dann war sie mit einem Mal hellwach. Sie wurde beobachtet. Fünf Gesichter spähten durch den transparenten Deckel des Behälters zu ihr herein. Sie zog sich zur Tür vor und öffnete sie. Draußen stand Peron und beobachtete sie nervös.

»Sie haben unsere Botschaft gelesen?« sagte er.

»Selbstverständlich — Sie beobachteten uns, nicht wahr?«

Er nickte. »Wir sagten ihnen, sie sollten unverzüglich jemanden schicken. Aber es schien furchtbar lange zu dauern.«

Olivia Ferranti atmete tief durch und paßte sich dem vertrauten, aber überraschenden Geschmack der Luft an. Sie zuckte die Achseln, nicht nur als Körperbotschaft, sondern ebenso als Experiment für die Muskeln.

»Vier Tage — vier Tage hier. Aber im S-Raum sprachen wir nur wenige Minuten. Das nenne ich eine rasche Antwort.« Sie blickte zu Peron und von ihm zu den anderen. »Beruhigen Sie sich. Ich wurde nur hierher geschickt, um zu sprechen. Was, meinen Sie, würde ich tun? Sie alle niederschlagen und fesseln? Jeder von Ihnen könnte mich in einem Zweikampf überwältigen. Sie sind die Sieger der Weltfestspiele, nicht wahr?«

»Das wissen wir«, sagte Peron. »Wir möchten uns nur vergewissern, daß Sie sich auch daran erinnern. Sie und die anderen. Warum sind Sie gekommen und nicht Rinker?«

»Er machte vor kurzem den Übergang, erst vor wenigen Stunden, als die automatischen Dienstleistungssysteme versagten. Übergänge, die allzu rasch aufeinander folgen, haben schlimme Auswirkungen. Häufige Übergänge verkürzen überdies die subjektive Lebenserwartung. Und er traut Ihnen auch nicht.«

Sie befeuchtete sich die Lippen. »Vermutlich hält er mich für entbehrlicher. Hören Sie, ich weiß, daß Sie es eilig haben, aber ich hätte gern ein Glas Wasser.«

Nach einem Blick zu den anderen führte Peron die Gruppe durch den Korridor zur Kombüse.

»Er wollte eigentlich nicht, daß jemand mit Ihnen verhandelte«, sagte Ferranti, als sie durch den Korridor gingen, »aber er sah ein, daß er keine andere Wahl hatte. ›Sie werden wie eine Rotte wilder Affen herumtoben‹, sagte er. ›Sich überall zu schaffen machen und alle möglichen Bordgeräte ausprobieren! Dabei haben sie keine Ahnung, wie etwas funktioniert — großer Gott, es ist nicht auszudenken, was sie dem Schiff und uns antun könnten!‹« Sie sah in die aufmerksamen jungen Gesichter, die jede ihrer Bewegungen überwachten. »Ich muß sagen, daß ich ihm recht geben muß. Im Moment müssen Sie sich ziemlich selbstbewußt und übermütig fühlen, da Sie alles unter Kontrolle haben. Aber Sie könnten dieses Schiff ganz unbeabsichtigt zerstören. Es ist beängstigend — Sie sind klug, aber es gibt vieles, was Sie einfach nicht wissen.«

»Warum klären Sie uns nicht einfach auf«, erwiderte Sy in verdrießlichem Ton. »Sie werden feststellen, daß wir rasch lernen.«

»Ich bin nicht befugt, Ihnen viel zu sagen, und manches weiß ich selbst nicht. Und bevor Sie über der Frage, warum ich Ihnen einiges vorenthalte, paranoid werden, werde ich Ihnen den Grund dafür sagen. Es gibt eine gesunde Logik, daß Sie damals auf Karussell nicht alles erfuhren.«

Sie hatten die Kombüse erreicht. Olivia Ferranti beugte sich über einen Wasserhahn, trank lange und ausgiebig, seufzte und schüttelte den Kopf.

»Das gehört zu den Dingen, die ich wirklich vermisse. Wasser hat im S-Raum einfach nicht den richtigen Geschmack.« Sie wandte sich der Gruppe zu. »Wieviel wissen Sie über die Geschichte Ihrer Zivilisation auf Pentecost?«

»Wir wissen, daß die ersten Siedler von Dem Schiff kamen«, sagte Peron. »Es trug den Namen *Eleanora* und startete Tausende von Jahren früher von einer Welt namens Erde.«

»Das ist ein Anfang.« Olivia Ferranti ließ sich mit untergeschlagenen Beinen nieder, blieb aber eine Handbreit über dem Boden schweben und bedeutete den anderen, sich dort um sie zu versammeln. »Und wenn Sie den meisten anderen Kandidaten gleichen, die wir von Pentecost zur Indoktrination erhalten, ist das nahezu alles, was Sie wissen werden. Also machen Sie es sich bequem. Ich muß Ihnen eine Nachhilfestunde in Geschichte geben. Manches davon wird Ihnen nicht allzu gut gefallen, aber haben Sie Geduld mit mir.

Die *Eleanora* war die größte und fortgeschrittenste von einem halben Dutzend Archen, die vor mehr als fünfundzwanzigtausend Erdenjahren im Sonnensystem gebaut worden waren. Sie entstanden alle in Umlaufbahnen nahe der Erde. Als die *Eleanora* beinahe fertiggestellt war und die Kolonisten an Bord gegangen waren, kam es unter den Nationen der Erde zum Ausbruch eines seit Generationen erwarteten Krieges. Jemand machte den Anfang, und danach gab es kein Halten mehr. Es war ein Atomkrieg größten Ausmaßes.

Beim Ausbruch dieses Krieges lebten ungefähr fünfunddreißigtausend Menschen außerhalb der Erde. Sie arbeiteten in Bergbauunternehmen auf Asteroiden oder an der Montage und Einrichtung von Satelliten und Stationen, oder sie waren Bewohner der Kolonieschiffe. Wir alle waren hilflos, sahen die Welt vor unseren Augen zugrunde gehen. Und zuerst wußte niemand von uns, was geschehen sollte. Wir waren vor Entsetzen wie gelähmt.«

»Sie sagen ›wir‹. Heißt das, daß Sie selbst dort waren?« fragte Elissa.

»Richtig. Ich sah es selbst. Ich war Ärztin auf einer der Orbitalstationen.« Olivia Ferranti blickte stirnrunzelnd über den Kreis ihrer Zuhörer hinaus durch Raum und Zeit zum Tod einer Welt. »Anfangs wollten wir es einfach nicht glauben. Die Menschheit konnte sich nicht einfach so vernichten. Wir wußten, daß an der Oberfläche schreckliche Zustände herrschen mußten, weil wir beobachtet hatten, wie die ganze Welt sich innerhalb weniger Stunden von einem schönen blaugrünen und weißen Juwel zu einem staubigen grauen Ball verwandelte, weil die Rauchwolken bis hoch in die Stratosphäre stiegen. Dennoch war uns die emotionale Akzeptanz des Geschehens unmöglich. Irgendwie glaubten wir jenseits aller Logik, daß der Schaden vorübergehend sein und die Menschheit und ihre Völker sich erholen würden. Wir warteten auf Radiosignale von Gruppen Überlebender, Botschaften, die uns verraten würden, daß unter den dunklen Wolken von Staub und Rauch noch Reste der Zivilisation erhalten geblieben waren. Es gab keine Signale. Nach ein paar Wochen schickten wir Fähren hinab in die Atmosphäre. Sie waren gegen Radioaktivität abgeschirmt und sollten unter die Wolkendecke gehen und die Oberfläche untersuchen. In der nördlichen Hemisphäre war soviel Staub in der Luft, daß wir nichts sehen konnten, nicht einmal aus geringer Höhe. Wir versuchten es südlich des Äquators, und nach ein paar Monaten wußten wir es: Es war das Ende.

Selbstverständlich war die Möglichkeit isolierter Gruppen von Überlebenden nicht auszuschließen, die sich in weniger stark verwüsteten Gebieten am Leben erhielten. Doch als die Zeit verging, erschien selbst diese Hoffnung wenig realistisch.

Es war uns klar, daß einige Pflanzen- und Tierarten überleben würden; und wir waren überzeugt, daß das Leben in den Ozeanen weniger stark beeinträchtigt sein würde — aber wir hatten keine Ahnung, in welchem Umfang. Wir versuchten zu berechnen, was mit der Nahrungskette geschehen würde, wenn die Fotosynthese auf weniger als ein Zehntel des früheren Wertes reduziert sein würde, hatten aber kein Vertrauen zu unseren Antworten. So oder so, es machte keinen großen Unterschied. Für die menschliche Zivilisation auf Erden war es das Ende. Und uns war zumute, als sei es auch für uns das Ende. Wir waren wie eine Handvoll Trauernder, die den Scheiterhaufen all unserer Freunde und Angehörigen umstanden.

Der Schock war zu groß, als daß wir logisch hätten denken können, aber wir waren natürlich viel mehr als eine Handvoll. Wie ich sagte, gab es fünfunddreißigtausend, darunter etwas mehr Männer als Frauen. Und es fehlte uns nicht an verfügbarer Energie und Materialien. Es stand außer Frage, daß wir würden überleben können, wenn wir alle zusammenarbeiteten und unsere Hilfsquellen zusammenlegten. Wir wußten, daß Jahrhunderte vergehen könnten, bevor eine Wiederbesiedlung der Erde in Frage käme, also mußten wir uns zunächst darauf einstellen, für unbegrenzte Zeit als eine Raumfahrergesellschaft zu überleben.«

Ferranti lächelte bitter. »Weiß Gott, viele von uns hatten schon vorher nichts anderes im Kopf gehabt. Aber dann blieb uns keine andere Wahl, und die meisten von uns vermißten die Heimat und sehnten sich zurück.

Das Gute am menschlichen Bewußtsein ist, daß es vergißt. Verzweiflung kann nicht ewig währen. Wir rappelten uns auf und begannen an die Zukunft zu denken. In unserer zentralen Orbitalstation PSS 1 veranstalteten wir eine Funkkonferenz aller im Raum befindlichen Gruppen. Es war schwierig zu bewerkstelligen, weil eine Arche bereits in der Nähe des Mars war und im Funkverkehr lange Verzögerungen auftraten. Aber wir bezogen alle in die Konferenz ein — alle Archen, die Leute der Bergbaubetriebe auf den Asteroiden und die Wissenschaftler, die auf dem Erdmond eine Station errichtet hatten. Alle Unternehmungen im Raum waren stets von PSS 1 aus geleitet worden, also lag es nahe, daß wir auch diesmal die Organisation übernahmen.

Wenigstens für uns lag es nahe, die wir in der Station lebten. Aber andere sahen es nicht so.

Die Archen waren konzipiert, so autark wie möglich zu sein, mit unabhängiger Energieerzeugung und Wiederaufbereitungssystemen. Bei den anderen Einrichtungen sah es nicht so aus; sie waren abhängig von Zulieferungen. Die erste Planungssitzung, bei der über die Zusammenlegung aller Hilfsquellen diskutiert wurde, verlief reibungslos. Alle nahmen daran teil. Aber als es um die Verwirklichung der Beschlüsse ging, machten drei der Archen Rückzieher. Ich glaube, daß sie es unabhängig voneinander taten, ohne eine Absprache zu treffen. Sie befürchteten, daß die Gesamtheit nicht als stabile, selbstversorgende Einheit bestehen könne, während sie keine Zweifel an ihrer eigenen Fähigkeit zu überleben hatten. Es gab auch andere Gründe. Von Anfang an hatten die Archen ihre eigenen gesellschaftlichen und politischen Entwicklungen durchgemacht. Gleich zu gleich gesellt sich gern — die Kolonisten waren immer bestrebt, mit Angehörigen der eigenen Rasse und Sprachgemeinschaft zusammen zu sein und mieden Kolonien, wo sie in der Minderheit sein würden und wo man ihre Ansichten, ihre religiösen Vorstellungen oder ihre Lebensart nicht verstehen würde. Jedenfalls waren *Helena, Melissa* und *Eleanora* unter keinen Umständen bereit, ihre Siedlergemeinschaften unterschiedslos mit den Zuwanderern der Raumstation und anderen Archen zu vermischen. Sie erklärten nicht offen, daß sie diese Form von Zusammenarbeit ablehnten; sie unterbrachen einfach den Funkkontakt und entfernten sich von der Erde.

Wir anderen waren über dieses Verhalten enttäuscht und verärgert, nahmen es aber nicht so wichtig, wie man denken könnte. Wir hatten in den ersten Jahren auch ohne sie alle Hände voll zu tun. Wir mußten unser eigenes System selbstgenügsam und so narrensicher wie möglich machen. Das erforderte neunundneunzig Prozent unserer Energie. Und der Rest ging in die Arbeit an Überlebensmöglichkeiten bei reduziertem Stoffwechsel — was wir späterhin S-Raum-Existenz nannten. Als Ärztin war ich natürlich daran interessiert, und nach einiger Zeit begann ich, ausschließlich daran zu arbeiten.

Einige Monate nach den ersten Experimenten mit menschlichen Versuchspersonen in Station PSS 1 war uns klar, daß wir etwas absolut Revolutionäres hatten, etwas, das alle unsere Vorstellungen über Wahrnehmung und menschliches Bewußtsein veränderte. Aber es erforderte weitere Jahre, bevor wir die anderen Implikationen erkannten. Mit unserer Arbeit hat die Menschheit den leichten Weg zu den Sternen gefunden.

Es bestand keine Notwendigkeit, Archen für viele Generationen zu bauen, oder die Suche nach einem überlichtschnellen Antrieb fortzusetzen ...«

»... der unmöglich sein muß«, murmelte Sy.

»Der unmöglich sein mag«, sagte Ferranti. »Man muß unvoreingenommen bleiben. Jedenfalls benötigten wir diese Hilfsmittel nicht. Die in PSS 1 geleistete Forschungsarbeit an Antriebssystemen erlaubte uns, ein Schiff auf etwa ein Zehntel der Lichtgeschwindigkeit zu beschleunigen, und das war genug. Im Modus Zwei-Bewußtsein, dem S-Raum, konnte der Mensch bei vollem Bewußtsein bleiben, ein erweitertes subjektives Dasein durchleben und in einer einzigen Lebenszeit quer durch die ganze Galaxis reisen.

Das führte zu einer neuen Krise. Alle waren von der Vorstellung einer erweiterten subjektiven Lebensspanne begeistert — wenn sie sicher wäre. Aber alle fürchteten gefährliche Nebenwirkungen.

Wir spalteten uns in zwei Gruppen. Einige von uns waren für die Übersiedlung in den S-Raum, um dort zu warten, bis die Erde wieder bewohnbar wäre. Niemand wußte, wie lange das dauern würde, aber im S-Raum könnten wir uns leisten, Jahrhunderte abzuwarten und sie nur als ein paar Wochen wahrzunehmen. Andere fürchteten sich. Sie argumentierten, daß das Leben im S-Raum zu viele Unbekannte und Risiken enthalte; bis diese geklärt wären, sei es besser, bei unserer normalen Wahrnehmung zu bleiben.«

Olivia Ferranti lächelte ein wenig kläglich. »Wie sich

herausstellte, hatten beide Gruppen recht. Die Erde erholte sich langsam. Mehr als tausend Jahre vergingen, bis sich stabile Pflanzen- und Tiergesellschaften regeneriert und entwickelt hatten. Niemand unter uns hatte geglaubt, daß es so lang dauern würde. Und zur gleichen Zeit entdeckten wir ernste physische Folgen des Lebens im S-Raum.

Glücklicherweise fochten wir unsere Meinungsverschiedenheiten nicht gewaltsam aus. Vielleicht hatte die Zerstörung der Erde uns alle etwas über die Notwendigkeit einer friedlichen Lösung von Konflikten gelehrt. Wir kamen überein, beide Wege zu beschreiten. Die meisten entschieden sich für den bestehenden Zustand und die Schaffung einer geordneten Gesellschaft in der Umgebung der Erde. Nach einigen Generationen hatte sich gezeigt, daß ein Leben in der künstlichen Umgebung des Raumes weniger bedrückend war, als die meisten von uns befürchtet hatten. Inzwischen waren einige Hunderte von uns längst in den S-Raum übersiedelt, wo wir uns selbst als Versuchspersonen für Experimente benutzten, die das Risiko für jene, die uns folgten, reduzieren könnten. Während wir damit beschäftigt waren, entdeckten wir einen neuartigen Modus metabolischer Veränderung in der Form eines echten Scheintodes. Fünf von Ihnen haben persönliche Erfahrung mit diesem Kälteschlaf gesammelt, hier an Bord des Schiffes. Wir wissen noch immer nicht, wie lange jemand in diesem Modus gefahrlos verweilen kann, aber es handelt sich mit Sicherheit um eine lange Zeitspanne — wenigstens Jahrtausende.

Der Übergang zum S-Raum hatte zwei weitere wichtige Konsequenzen. Erstens erkannten wir, daß wir nicht zurückgehen und auf Erden oder anderswo unter den Bedingungen eines starken Schwerefelds leben konnten, selbst wenn wir es wollten. Das hatten wir bereits gefolgert, als die Experimente noch ausschließlich mit Tieren durchgeführt wurden, und es war ein wichtiger Grund, die Arbeit von der Erdoberfläche zur Station PSS 1 zu verlagern. Sie müssen wissen, daß wahrgenommene Beschleunigungen ...«

»Wir wissen das«, sagte Peron. »Kallen und Sy ...«, er zeigte zu den beiden — »sind darauf gekommen.«

»Sehr klug.« Olivia Ferranti ließ ihren Blick über die Gruppe schweifen. »Wenn ich fertig bin, werden Sie mir vielleicht etwas mehr über sich selbst erzählen. Alles, was ich bisher weiß, habe ich von Peron und Kapitän Rinker.«

»Wird er sich nicht den Kopf zerbrechen, was vorgeht?« sagte Rosanne. Dann hielt sie inne und führte unwillkürlich die Hand an den Mund.

»Möglicherweise. In ein paar Tagen.« Ferranti lächelte, und Rosanne lächelte zurück. Die anfängliche Spannung der Konfrontation ließ nach. Sie waren alle gefesselt von der Unterrichtsstunde in alter Geschichte, die sie hier aus erster Hand erhielten.

Olivia Ferranti lehnte an der Wand und schob das blaue Kopftuch zurück, so daß pechschwarze Locken zum Vorschein kamen. »Wir haben viel Zeit. Im Augenblick wissen Kapitän Rinker und die anderen kaum, daß ich gegangen bin.«

»Aber Sie haben Haare!« platzte Lum heraus.

Olivia Ferranti hob die dunklen Brauen zu ihm. »Es freut mich zu hören, daß Sie das glauben.«

»Ich hatte es den anderen erzählt«, sagte Peron. »Ich dachte, im S-Raum würde man kahlköpfig.«

»So ist es. Haben Sie auf Pentecost niemals von Perücken gehört? Die meisten Männer im S-Raum kümmern sich nicht darum, aber ich zeige mich der Welt nicht gern mit einer nackten Kopfhaut — meine Vorstellungen davon, wie ich am besten aussehe, wurden gebildet, lange bevor ich vom S-Raum wußte. Außerdem habe ich keinen Schädel, den ich gern vorzeige.« Sie zupfte an ihren dunklen Ringellocken. »Ich ziehe dies bei weitem vor. Und das Gute daran ist, daß sie nie grau werden.«

»Welche anderen Folgen hat der S-Raum für den Menschen?« fragte Sy. Mehr als die anderen, ausgenommen vielleicht Kallen, der charakteristischerweise überhaupt noch nicht gesprochen hatte, schien Sy reserviert und unbeeindruckt von Olivia Ferrantis Offenheit.

»Darauf komme ich noch zu sprechen«, sagte sie. »Haben Sie ein paar Minuten Geduld. Ich möchte es in einer logischen Reihenfolge erzählen und erklären, was nach der Zerstörung der Erde geschah. Es ist wichtig, daß Sie es wissen, damit Sie unser Verhalten im System Cass verstehen.

Während wir noch damit beschäftigt waren, eine stabile Gesellschaft in der künstlichen Umgebung außerhalb der Erde aufzubauen, und während einige von uns im S-Raum zu leben lernten, hatten wir keine Zeit, uns um das Geschick der *Eleanora* und der anderen Archen zu kümmern. Und um die Wahrheit zu sagen, war es uns auch herzlich gleichgültig. Sie hatten uns eigennützig den Rücken gekehrt, sagte unsere Logik, also zum Teufel mit ihnen! Die meisten von uns weinten ihnen keine Träne nach.

Doch nach einiger Zeit wurden jene unter uns, die im S-Raum lebten — ich war eine der ersten zwanzig Personen, die in den künstlichen Winterschlaf gegangen waren — neugierig, was aus ihnen geworden war. Die Sterne waren in unsere Reichweite gerückt. Wir hatten den benötigten Antrieb und die Zeit. *Helena, Melissa* und *Eleanora* hatten allesamt das Sonnensystem in verschiedene Richtungen verlassen. Wir wußten nicht, zu welchen Teilen Entdeckerdrang, die Hoffnung auf eine neue Heimat, und Furcht vor Vergeltungsmaßnahmen von uns an ihrem Aufbruch ins Ungewisse beteiligt waren. Wir planten keine Vergeltung irgendwelcher Art, aber wie sollten sie das wissen? Schon als diese Archen zuerst besiedelt worden waren, hatten wir geglaubt, in den Selbstverwaltungsorganen der neu gebildeten Siedlergemeinschaften Anzeichen von Paranoia zu entdecken. Im Laufe der Zeit wuchs unsere Neugier, was aus diesen drei Archen geworden war.

Schließlich rüsteten wir vier Schiffe mit begrenzten lebenserhaltenden Systemen und Dienstleistungsrobotern ähnlich denen aus, die wir hier an Bord haben. Wir brauchten keine vollkommene Wiederaufbereitung, sie sollte nur ausreichen für einige Monate Reisen im S-Raum. Die endgültige Konstruktion verlieh den Schiffen einen Operationsbereich bis zu fünfzig Lichtjahren. Bei der langsamen Geschwindigkeit der Arche konnten sie noch nicht weiter draußen sein. Und die Spektralanalysen der Fixsterne in der Nachbarschaft der Sonne lieferten uns Hinweise, welche Richtungen die Kolonieschiffe wahrscheinlich eingeschlagen hatten. Politische Systeme verändern sich, aber die physikalischen Bedingungen sind die gleichen geblieben. Wir dachten, daß wir sie im Umkreis von ungefähr zwanzig Lichtjahren finden würden.

Als wir alles bereit hatten, starteten unsere Schiffe mit ihren Besatzungen aus Freiwilligen. Es fehlte nicht an Leuten, die bereit waren, die Reise zu machen — ich bewarb mich selbst darum, wurde aber nicht angenommen. Es gab viele, die für das Vorhaben bessere Qualifikationen mitbrachten als ich.

Wie sich zeigte, hatten wir die Entfernung, die sie zurückgelegt hatten, überschätzt. Wir hatten die Schwierigkeiten, die *Melissa* und die anderen an Bord haben könnten, ungenügend berücksichtigt. Es war keineswegs eine problemlose Reise gewesen. An Bord der Arche *Melissa* hatte es einen Bürgerkrieg gegeben, auf *Eleanora* einen wirtschaftlichen Zusammenbruch, auf *Helena* ein Versagen der Energieerzeugung. Diese Ereignisse beeinträchtigten sowohl ihr Vorwärtskommen wie ihre Entschlossenheit, bestimmte Sektoren nach geeigneten Welten abzusuchen. Es war oft schwierig, in diesen Fragen Einigung zu erreichen, und wechselnde Machtverhältnisse bedeuteten oftmals, daß bestehende Pläne umgestoßen wurden. Die *Helena* kehrte sogar um und trat die Rückreise zum Sonnensystem an, bis es gelang, der

Schwierigkeiten Herr zu werden, worauf unter neuer Führung eine neue Kursänderung vorgenommen wurde.

Unseren Schiffen fiel es nicht schwer, die Spuren aufzunehmen und die Archen zu finden. Sie hatten keinen Grund, mit Verfolgung zu rechnen, und durch das Verbergen ihrer Gegenwart nichts zu gewinnen. Doch als wir sie erreichten, stellte sich heraus, daß noch keine Arche eine bewohnbare Welt gefunden hatte und alle drei noch immer tief im interstellaren Raum waren. Nachdem wir Meldung gemacht hatten — im S-Raum benötigten die Radiosignale nur wenige Tage — wurde entschieden, daß wir keine Verbindung mit ihnen aufnehmen würden. Wir beschlossen, nichts zu tun und uns in keiner Weise einzumischen, es sei denn, eine Arche geriete in akute Gefahr, ausgelöscht zu werden. Sie hatten nicht um Hilfe gebeten, und wir sahen keinen Anlaß, ihnen welche anzubieten. Ihre Vorfahren sollten Gelegenheit erhalten, umherzuziehen, bis sie entweder eine bewohnbare Welt fanden oder zu dem Schluß gelangten, daß ihnen ein dauerndes Leben im Raum besser gefiele. Dann würden wir erneut über die Ratsamkeit einer Kontaktaufnahme beschließen.

Unsere Schiffe ließen unbemannte Signalsonden zurück, die den Archen folgten und uns über ihre Bewegungen unterrichteten, und traten die Heimreise an.

Es mag Ihnen seltsam erscheinen, daß wir so wenig Interesse an den Archen zeigten. Aber wir hatten es nicht eilig. Wir konnten im S-Raum warten und sehen, was sich entwickelte. Überdies gab es viele andere Dinge, die unser Interesse erregten, denn zu dieser Zeit wurde die Erde wieder regelmäßig besucht.

Wir hatten noch immer Zweifel, daß eine menschliche Zivilisation dort gedeihen könnte. Der nukleare Winter hatte neunzig Prozent der Pflanzenarten und vermutlich alle landbewohnenden Tiere von mehr als Rattengröße vernichtet — und ich meine die Ratten der Erde, nicht die dreißig Kilo schweren Ungeheuer, die Sie auf Pentecost Ratten nennen. Wir entdeckten auch, daß die überlebenden Pflanzen und Tiere mutative Veränderungen erfahren hatten. Die Gräser waren kaum wiederzuerkennen. Viele der alten Nahrungspflanzen hatten ihren Wohlgeschmack, einige all ihren früheren Nährwert eingebüßt. Wir erkannten, daß die Erde Jahrtausende benötigen würde, um sich von den katastrophalen ökologischen Schäden zu erholen und vielleicht die Schönheit zurückzugewinnen, die sie vor dem Beginn der ersten industriellen Revolution gehabt haben muß. Wir alle sahen es nicht nur als lohnend, sondern als eine Verpflichtung an, der Natur diese Möglichkeit zu ungestörter Regeneration zu geben — auch und gerade jene unter uns, die das Leben auf der überfüllten Erde vor dem Holocaust unerträglich gefunden hatten.

Als wir mit den Erdbesuchen begannen, hatten wir bereits ein unverkrampftes Verhältnis zum S-Raum gefunden. Einige von uns hatten seit Generationen darin gelebt, und wir alle fühlten uns gesund — mehr als das, weil wir überhaupt nicht zu altern schienen. Unsere auf begrenzten Daten beruhende Schätzung ging dahin, daß der Alterungsprozeß subjektiv gegenüber dem normalen Leben um das Zwanzigfache verlangsamt war. Diese Berechnung ergab eine subjektive Lebensdauer von siebzehnhundert Jahren — und selbst wenn wir uns um einen Faktor von zwei irrten, blieb das eine sehr attraktive Vorstellung.

Sobald unsere Ergebnisse bekannt wurden, wollten natürlich mehr und mehr Menschen in den S-Raum übersiedeln. Es geschah nicht über Nacht, doch im Laufe der Zeit lernten wir, den Übergang in beiden Richtungen mit einem Minimum an Gefahr zu bewerkstelligen. Zu der Zeit kannten wir auch das große Problem des Daseins im S-Raum.«

»Sie erwähnen Probleme, ohne uns davon zu erzählen«, sagte Elissa. »Was für ein Problem?«

»Ich habe nicht davon gesprochen, weil ich nicht die

Erlaubnis zum Sprechen habe«, sagte Ferranti. »Niemand auf Pentecost sollte wissen, was ich Ihnen erzähle, solange nicht eine allgemeine Indoktrination stattgefunden hat, und nicht einer von Ihnen hat diese Unterweisung erhalten; aber Sie werden das Problem selbst erkennen, sobald wir im Hauptquartier eintreffen, also enthülle ich keine großen Geheimnisse.«

Olivia Ferranti legte die schmalen Hände an die Wangen. »Sie werden im Hauptquartier keine Kinder finden«, sagte sie unvermittelt. »Eine Frau kann im S-Raum so wenig empfangen, wie ein Mann lebensfähiges Sperma produzieren kann. Der S-Raum ist eine feine Sache für Reisende und eine herrliche Methode zur Lebensverlängerung, aber er ist eine evolutionäre Sackgasse. Nicht nur das, denn jeder, der häufig zwischen S-Raum und N-Raum pendelt, nimmt die Gefahr der Sterilität in Kauf.

Das stellt uns vor eine schlimme Wahl. Sollten wir uns für eine erweiterte persönliche Lebensspanne im S-Raum entscheiden, oder sollten wir unseren Beitrag zum Überleben der menschlichen Rasse leisten, indem wir im normalen Raum blieben?

Während wir uns noch mit diesem Problem herumschlugen, erhielten wir ein Signal von der Sonde, die der *Melissa* gefolgt war. Diese Arche war im System Tau Ceti und hatte endlich eine bewohnbare Welt gefunden. Sie hatten sich an die Erforschung dieser Welt gemacht. Nach einiger Zeit brachten wir heraus, daß sie ihr den Namen Thule gegeben hatten.

Sie war zwölf Lichtjahre von der Erde entfernt, was im S-Raum eine Reise von vier Wochen bedeutete, wenn wir Beschleunigungs- und Verlangsamungsphase berücksichtigen. Ich glaube, daß ich es nicht erwähnte, doch ganz gleich, wie sehr wir uns bemühten, es war uns nicht gelungen, ein wirtschaftliches Antriebssystem zu entwickeln, das uns auf wesentlich mehr als ein Zehntel der Lichtgeschwindigkeit beschleunigen würde.

Aber das war nicht mehr wichtig. Wie Sie sehen können, reichen die bestehenden Möglichkeiten aus, wenn Sie im S-Raum leben.

Unser Schiff ging auf die Reise und nahm Verbindung mit der *Melissa* auf. Diese erste Begegnung war für die Bewohner der *Melissa* eine traumatische Erfahrung. Sie hatten die Erde vor zwölftausend Jahren verlassen, und inzwischen waren fünfhundert Generationen an Bord geboren worden und gestorben. Die Erde war ihnen nichts als eine ferne Legende. Sie war etwas, wovon noch immer gesprochen wurde, aber die Geschichten von der Zerstörung der Erde wurden, was ihre praktische Bedeutung für das Leben betraf, etwa genauso betrachtet wie die Geschichte von der Vertreibung aus dem Paradies. Als unsere Besatzung Verbindung mit ihnen aufnahm und behauptete, sich des Untergangs der Menschheit auf Erden zu *erinnern,* war das für die Leute der *Melissa* zuviel.

Nachdem wir etwas über ihre Geschichte seit dem Verlassen des Sonnensystems erfahren hatten, verstanden wir, warum es so war. Sie hatten niemals eine stabile und vertrauenswürdige Regierungsform gehabt, die länger als ein Jahrhundert überdauert hätte. Wir fanden historische Hinweise auf jede Form von Herrschaft, von radikaldemokratischen Modellen bis zu den anspruchsvollen Idealen des Neo-Konfuzianismus. Als sie Thule entdeckten, erholten sie sich gerade von den Auswirkungen einer langen Diktatur. Ihr Mißtrauen war beträchtlich. Selbst die Vernünftigsten von ihnen fanden es schwierig zu glauben, daß unsere Absichten völlig lauter waren und auf nichts als der Neugierde beruhten, zu erfahren, wie eine zahlenmäßig eng begrenzte Gemeinschaft nach so langer Zeit ohne größere Heimat überlebt hatte. Sie gestatteten uns nicht, ihre Kolonie auf Thule zu besuchen. Milde ausgedrückt, beargwöhnten sie unsere Motive.«

Olivia Ferranti schüttelte den Kopf. »Und natürlich

hatten sie darin vollkommen recht. Selbst im S-Raum ist man nicht geschützt vor Unfällen und Krankheiten. Todesfälle waren und sind unvermeidlich, und ohne Auffrischung konnten wir das Schrumpfen unserer Gesellschaft voraussehen — nicht auf einmal, aber im Laufe der Jahrtausende. In der *Melissa* und den anderen Archen sahen wir eine mögliche Antwort.

Entweder waren wir ungewöhnlich dumm, oder wir waren einfach naiv. Um den Leuten der *Melissa* vertrauenswürdig zu erscheinen und zu zeigen, wie wir uns tatsächlich an den letzten Krieg auf Erden erinnern konnten, erklärten wir ihnen den S-Raum.

Sie gerieten außer sich. Sie wollten am S-Raum teilhaben, koste es, was es wolle. Sehen Sie, wir waren durch unsere eigenen Erfahrungen irregeführt. Wir hatten viel Zeit gebraucht, den S-Raum zu akzeptieren und in ihn zu übersiedeln. Wir erkannten nicht, daß unser Zögern auf sie nicht anwendbar sein würde. Sie hatten die frühen, riskanten Experimente nicht miterlebt. Ihnen war unser Dasein Beweis für die Sicherheit des S-Raumes. Also dachten sie, wir verlockten sie absichtlich, quälten sie mit einem Blick in die Unsterblichkeit, während wir uns weigerten, ihr Geheimnis mit ihnen zu teilen.

Der größte Teil unserer Besatzung war an Bord der *Melissa* gegangen. Sie ergriffen diese Leute, acht Männer und sechs Frauen, und versuchten ihnen das Geheimnis des S-Raumes gewaltsam zu entreißen. Es war natürlich nutzlos. Die Umwandlungsausrüstung war an Bord des Schiffes, wie es auch hier der Fall ist, und die Besatzung hatte von ihr Gebrauch gemacht, um vom S-Raum in den Wahrnehmungsbereich der *Melissa*-Leute zu gehen. Aber sie kannten die *Theorie* nicht, so wenig wie Garao oder Kapitän Rinker die Theorie kennen.

Die Inquisitoren folterten diese Besatzungsmitglieder zu Tode. Nur die zwei, die an Bord unseres Schiffes geblieben waren, konnten entkommen, zurückkehren und uns berichten, was geschehen war.

Daraufhin formulierten wir unsere ersten Regeln für den Verkehr mit allen Archen und Kolonialwelten. Strikte Begrenzung der Kontakte, die nur mit besonderer Umsicht und nach festgelegten Regeln erfolgen durften. Keine persönliche Rückkehr zum normalen Raum, um Verbindung aufzunehmen, wie es im Fall der *Melissa* geschehen war. Kontakte durch Roboter als Mittler; unter allen Umständen sollte vermieden werden, daß wieder welche von uns den Kolonisten in die Hände fallen würden.«

Olivia Ferranti zuckte die Achseln. »Eine Regel, gegen die wir auf dieser Reise verstoßen haben. Nun, wir wollen die nächsten viertausend Jahre überspringen. Da fand eine andere Arche, die *Helena,* schließlich eine bewohnbare Welt. Sie tauften sie Leuchtfeuer, errichteten eine Kolonie und zogen weiter. Bei der Gelegenheit lernten wir eine weitere Lektion. Die Errichtung der Kolonie auf Leuchtfeuer erfolgte lange bevor wir ein Schiff dorthin entsandten. Wir hatten absichtlich damit gewartet, und als unser Schiff endlich an Ort und Stelle war, stellten wir fest, daß die Bevölkerungszahl in der Zwischenzeit von den ursprünglich wenigen tausend Bewohnern auf vierzig Millionen angewachsen war; während dieser Zeit aber war der größte Teil ihres wissenschaftlichen und technologischen Wissens verlorengegangen oder war zu Hörensagen und Legende degeneriert.

Wir versuchten zu helfen. Wir führten die Grundlagen einer fortgeschritteneren Technologie wieder ein. Die Siedler waren begierig, unsere Informationen aufzunehmen und zu verarbeiten — wandten sie aber zur Waffenentwicklung an. Dann fingen sie einen Krieg an, zwischen den beiden großen Siedlungsräumen ihrer Welt. Unsere Besatzung sah hilflos zu, wie sie einander abschlachteten, aber wir meinten, etwas tun zu müssen — es war unmöglich, unbeteiligt daneben zu stehen, wenn wir wußten, daß die von uns gelieferten technologischen Grundlagen den Konflikt erst so mörderisch gemacht hatten. Die Besatzung unseres Schiffes griff zu einer

Verzweiflungstaktik: durch unsere Roboter befahl sie den kriegführenden Parteien, die Kämpfe einzustellen — ohne zu sagen, was geschehen würde, wenn der Befehl unbeachtet bliebe.

Das wirkte. Die Kämpfe wurden eingestellt.

Wir hatten eine weitere bedeutsame Wahrheit gelernt. Indem wir ›Unsterbliche‹ waren, mit einer Technologie und einer Lebensweise, die den Siedlern unverständlich waren, konnten wir enormen Einfluß ausüben.

Daraus bildete sich unsere nächste Regel für Kontakte mit Siedlergesellschaften: größtmögliche Abgeschlossenheit und Wahrung unseres Geheimnisses. Und wenn wir Personen rekrutierten, um unsere Zahl im S-Raum aufzufüllen — wir wünschten nur besonders qualifizierte Personen —, sollten sie allmählich an unsere Gesellschaft herangeführt werden, durch eine lange und gründliche Unterweisung.

Unsere Regeln bewährten sich. Wir erhielten Nachwuchs von Maremar und Jade, zwei weiteren Welten, die von der *Helena* besiedelt worden waren, und haben seit Jahrtausenden an diesen Systemen und im Hauptquartier gearbeitet.

Und es gab Ihre Welt. Sie wissen es wahrscheinlich nicht, aber Pentecost ist noch nicht lange Ziel unserer Besuche. Wir fanden sie erst vor wenigen Monaten, nach unserer Zeitwahrnehmung im S-Raum, und es grenzte an ein Wunder, daß wir sie überhaupt fanden.

Sehen Sie, die *Eleanora* war eine Unglücksarche. Die anderen zwei fanden mehrere Welten, die zur Besiedelung geeignet waren. Aber Ihre Vorfahren mußten die interstellare Wildnis länger als fünfzehntausend Jahre durchwandern, ohne einer bewohnbaren Welt auch nur nahezukommen. Wir wissen inzwischen, warum es so war. Seit etwa viertausend Erdenjahren ist es uns möglich, mit einiger Wahrscheinlichkeit diejenigen Systeme und Welten vorauszusagen, wo Leben möglich sein könnte. Und die *Eleanora* suchte einfach die — im Lichte unseres neuen Wissens — falschen Sternsysteme auf. Unglücklicherweise führte dieses Wissen uns in die Irre, als unsere Begleitsonde schließlich ausfiel und wir uns auf die Suche nach der *Eleanora* machten. Das System Cass gilt allgemein als ungeeignet für Leben oder das Vorkommen bewohnbarer Welten. Die Existenz von Pentecost, Gimperstand, Flaumball und Gluck ist zufällig, das Nebenprodukt gegenseitiger Bahnbeeinflussung im Doppelsternsystem.

Wir hätten Sie auf Pentecost schon vor viertausend Jahren finden können, wäre uns in den Sinn gekommen, diese Welt zu untersuchen. Aber wie es sich ergab, fingen wir erst vor wenigen hundert Jahren Ihre Radiosendungen auf. Und stellten endlich Verbindung mit Ihnen her.

Wir folgten unseren vorgeschriebenen Regeln. Vorsichtige und begrenzte Kontakte, keine Versuche, Regierungs- und Gesellschaftsformen zu ändern. Wie sich zeigte, hatte Pentecost seit dem ersten Kontakt eine totalitäre Regierungsform, eine Führung, die vor allem ihren Machterhalt im Auge hatte und an interstellaren Angelegenheiten vollkommen desinteressiert war. Für uns war das ideal. Alles funktionierte jahrelang planmäßig — bis zu diesen Weltfestspielen, als das Hauptquartier verständigt wurde, daß eine ungewöhnliche Gruppe von Siegern wahrscheinlich sei. Man weiß nicht im voraus, wer die Sieger sein werden, verstehen Sie, aber unsere Vertrauensleute auf Pentecost hatten eine ziemlich genaue Vorstellung. Wir erwarteten Schwierigkeiten, wußten aber nicht, von welcher Art sie sein würden. Ich persönlich glaube, daß irgend etwas geschehen wäre, selbst wenn Wilmer auf Karussell anders gehandelt hätte. Ihre Profile liegen allesamt zu weit außerhalb der üblichen Variationsbreite. Aber wir wollen uns nicht auf das Feld der Spekulation begeben. Hauptsache ist, daß tatsächlich etwas geschah. Und nun stehen wir hier.« Olivia Ferranti blickte kopfschüttelnd von einem aufmerksamen jungen Gesicht zum anderen. »Wir müssen entscheiden, wie es weitergehen soll. Ich bin bereit zu akzeptieren, daß Sie die Herrschaft über das Schiff erlangt haben. Und ich hoffe, Sie werden mir glauben, wenn ich Ihnen sage, daß Ihre Herrschaft bei dem begrenzten Wissen, das Sie haben, gefährlich sein kann. Die gegenwärtige Situation ist für alle schlimm, auch für Sie. Also will ich den Ball für weitere Diskussionen ins Rollen bringen, indem ich Ihnen verrate, daß ich mit einem Vorschlag von uns allen — auch von Kapitän Rinker — hierher geschickt worden bin.«

Ihre Zuhörer wurden lebendig. Sie bewegten sich unruhig, sahen einander fragend an. Während der vergangenen Dreiviertelstunde war ihre gegenwärtige Lage durch das Interesse am Schicksal anderer in den Hintergrund gedrängt worden. Die Rückkehr in die Gegenwart war unbequem.

Peron blickte jedem der Gefährten nacheinander ins Auge, dann nickte er.

»Wir haben nichts zu verlieren, wenn wir Sie anhören — vergessen Sie nur nicht, daß wir die physische Kontrolle über Sie und das Schiff haben. Also gut. Wir hören. Welches ist Ihr Vorschlag?«

22

Langsam, Millimeter um Millimeter, öffneten sich Olivia Ferrantis Augen. Hinter den langen falschen Wimpern war eine dünne Linie Weiß erschienen. Sie verbreiterte sich zu einer schlanken Sichel. Die Lider öffneten sich weiter, gaben schließlich geweitete Pupillen und braune, mit gold gesprenkelte Regenbogenhäute frei.

»Das ist es«, sagte Peron. »Sie ist im S-Raum. Niemand könnte solch ein Erwachen imitieren. Gehen wir zurück, um zu beraten.«

Alle sechs wußten sie, daß eine Diskussion dringend

vonnöten war; aber das Verlangen, Olivia Ferranti im Übergang zu sehen, war unwiderstehlich gewesen und von allen stillschweigend akzeptiert worden.

Sie hatten sich um den Behälter versammelt, als sie, beeindruckend ruhig, hineingestiegen war. Und sobald die schwere Tür sich fest hinter ihr geschlossen hatte, hatte sie sich ausgestreckt, durch den transparenten Deckel zu ihnen aufgeblickt und ihnen mit den Fingerspitzen gewinkt. Dann hatte sie die Hand nach den inneren Bedienungsinstrumenten ausgestreckt und die Einstellungen vorgenommen, die ihre Rückkehr zum S-Raum bewirken sollten.

Nach wenigen Sekunden war sie von einem feinen Sprühnebel eingehüllt worden, während dünne Katheter sich aus den Behälterwänden schoben und in ihre Körperöffnungen glitten. Darauf erfüllte träger gelbgrüner Dampf das Innere des Behälters und verbarg Olivia Ferrantis reglose Gestalt wie unter einem wattigen Bahrtuch.

Danach gab es nicht mehr viel zu sehen, aber sie hatten beinahe zwei Stunden lang ausgeharrt und nur gelegentlich mit gedämpften Stimmen kurze Bemerkungen ausgetauscht. Erst als die Luft im Behälter sich geklärt hatte und Olivia Ferranti langsam zum Bewußtsein erwachte, konnten sie an andere Dinge denken.

Und nun, als sie ihre Augen wie in extremer Zeitlupe aufgehen sahen, spürten sie alle ein erneuertes und beinahe lächerliches Gefühl von Dringlichkeit. Die Logik sagte, daß sie einen ganzen Tag mit Überlegungen und Diskussionen würden verbringen können, ohne daß Rinker und die anderen im S-Raum es bemerken würden, aber das Gefühl, unter Zeitdruck zu stehen, war tiefer als Logik. Es verblaßte ein wenig, als sie in den großen Raum zurückkehrten und die Datenanschlüsse und Dienstleistungsroboter genauso dastehen sahen, wie sie sie verlassen hatten.

»Also, was meint ihr?« sagte Peron, als sie sich in einen Halbkreis bei dem lautlos flimmernden Bildschirm des zentralen Bordcomputers niedergelassen hatten.

»Ich glaube ihr«, sagte Rosanne sofort.

»Ich nicht«, widersprach Sy prompt. »Sie hat uns belogen.«

»Lum?«

»Etwas von jedem.« Lum rieb sich mit einer Hand die fleischigen Wangen und zog die Stirn in Falten. »Im großen und ganzen glaube ich ihr. Sie hielt sich ziemlich genau an die Wahrheit, aber ich glaube, sie machte Gebrauch von dem, was man ein selektives Gedächtnis nennt. Sie ließ manches aus.«

Sys schmales Gesicht war verdüstert. »Das kannst du zweimal sagen. Ich könnte zehn Punkte aufzählen, die sie uns nicht erzählte. Was geschieht, wenn wir ihren Vorschlag zurückweisen? Wer stellt die Regeln auf, die darüber entscheiden, was wir wissen sollten, und wann? Was wird geschehen, wenn ein Gewinner der Weltfestspiele die Parteilinie nicht schlucken will? Was wird aus so einem? Eines ist sicher, er kommt nicht heim nach Pentecost. Ich frage mich, ob sie bei unbequemen Personen zweckdienliche ›Unfälle‹ inszenieren — die Fünfzig Welten bieten reichlich Gelegenheit dazu.«

»Wir greifen uns selbst vor«, sagte Lum. Er wand sich unbehaglich in seiner Jacke, einem braunen Kleidungsstück, das ihm zu eng und zu kurz war. »Nehmen wir uns Ferrantis Geschichte Punkt für Punkt vor und sehen wir, worin wir übereinstimmen. Einverstanden?«

»Ich fand, daß ihre Geschichtsstunde echt klang«, sagte Elissa.

»Ich auch«, sagte Peron.

»Ich sehe auch nicht«, sagte Lum, »welchen Vorteil sie durch Lügen gewinnen könnte. Und ich glaube ihr, wenn sie sagt, daß wir jetzt unterwegs zu ihrem Hauptquartier seien. Aber einige ihrer anderen Erklärungen kamen mir unwahr vor. Zum Beispiel glaube ich nicht wirklich, daß wir eine Gefahr für Das Schiff und uns selbst sind, nur, weil wir hier Fremde und im N-Raum sind. Wir hätten die Wettkämpfe nicht bestanden, wenn wir nicht gelernt hätten, vorsichtig zu sein. Wir verstehen achtzugeben, und wir halten Ausschau, bevor wir springen. Ich meine, sie sagte, wir seien in Gefahr, weil sie uns im S-Raum haben wollen, wo sie uns im Auge behalten und manipulieren können. Sie wollen hier die Herren sein. Also, das können wir uns nicht leisten. Sy, wie geht es mit der Umprogrammierung der Dienstleistungsroboter voran?«

»Erledigt. Sie werden jetzt auf unsere gesprochenen Befehle hören. Aber Kallen und ich haben eine Frage. Wollen wir es so, daß der Computer die Dienstleistungsroboter auf unsere gesprochenen Befehle hin aktiviert, die Befehle der anderen aber mißachtet? Oder sollen wir das System auch für Ferranti und die anderen betriebsbereit lassen?«

»Muß es eins oder das andere sein?« sagte Lum. »Könntet ihr nicht eine Schaltfunktion einbauen, so daß wir die anderen durch einen gesprochenen Befehl von der Kontrolle des Systems ausschließen können? Dann wären wir ziemlich sicher.«

Sy blickte fragend zu Kallen, der die Lippen schürzte und sich die narbige Kehle rieb.

»Denke schon«, sagte er nach kurzer Überlegung. »Werd's versuchen.«

Lum nickte. »In Ordnung. Bevor du das tust, laßt uns noch etwas mehr darüber nachdenken, was Ferranti uns erzählt hat. Was ist mit ihrem Hauptquartier? Nach ihrer Auskunft ist es ungefähr ein Lichtjahr von Pentecost entfernt. Aber warum es dort einrichten? Wenn der Rest ihrer Geschichte zutrifft, dann gibt es um Umkreis des Systems Cass weniger Kolonien als anderswo. Es wäre einleuchtender, wenn die Unsterblichen ihr Hauptquartier bei Tau Ceti einrichteten, oder bei einem anderen Stern mit mehr bewohnbaren Welten.«

»Das kann ich beantworten«, sagte Peron. »Als ich

zuerst geweckt wurde, sprach Ferranti vom Sektorenhauptquartier. Das läßt darauf schließen, daß es in anderen Systemen andere Hauptquartiere gibt. Vergessen wir nicht, daß alle Kolonien nach Ferranti weniger als zwanzig Lichtjahre von der Erde entfernt sind. Für eine Reise im S-Raum sind das schlimmstenfalls fünf Wochen. Ich wette, es gibt mehrere Sektorenhauptquartiere, eines in der Nähe jedes kolonisierten Systems.«

»Und wo ist das zentrale Hauptquartier?« fragte Elissa. »Gibt es eins?«

»Ganz sicher gibt es eins«, sagte Lum. »Selbst die Unsterblichen würden eine Art Gesamtorganisation benötigen. Und hattet ihr nicht den Eindruck, daß in dem Hauptquartier, zu dem wir unterwegs sind, die meisten der Regeln befolgt, aber nicht gemacht werden?«

»Aber wo ist das zentrale Hauptquartier?« wiederholte Elissa.

Lum fuhr sich mit den Fingern durch seinen dichten Schopf mausbraunen Haares. »Wer weiß. Wir müssen in allem umdenken, wenn Reisen zwischen den Sternen so leicht für sie sind. Das Hauptquartier könnte hundert Lichtjahre von hier entfernt sein. Das wäre im S-Raum nur eine Reise von sechs Monaten. Aber es würde keinen rechten Sinn ergeben. Selbst im S-Raum fiele es schwer, eine Organisation zu leiten, wo Botschaften wochenlang unterwegs sind.«

»Du machst es schwierig«, sagte Sy. »Denk einfach.«

»Du meinst, das Sektorenhauptquartier sei das einzige?«

»Nein. Denk an die Sonne.«

Die anderen sahen erst ihn, dann einander an.

»Er hat recht, wie gewöhnlich«, sagte Peron. »Alle Schiffe starteten von der Erde. Sie war der Mittelpunkt der Expansion, also ist sie nach wie vor die natürliche Drehscheibe zur Koordination von Kolonien und Sektorenhauptquartieren. Das zentrale Hauptquartier sollte auf der Erde oder in ihrer Nähe sein.«

Wieder wurde es still.

»Erde!« sage Rosanne schließlich mit ehrfürchtig gedämpfter Stimme. »Wenn das zentrale Hauptquartier auf der Erde ist, können wir vielleicht hin ...«

»Nicht direkt *auf* der Erde«, sagte Lum. »Wenn du im S-Raum lebst, kannst du nicht hinunter auf eine Welt.«

Kallen schüttelte den Kopf. »Nein, das nicht. Aber wir könnten einen Besuch dort machen.« Der Gedanke schien ihn zu elektrisieren, und er blickte erwartungsvoll in die Runde.

»Er hat recht«, sagte Sy. »Wir sind uns darin einig, daß jemand, der im S-Raum lebt, nicht in der Lage sein würde, in mehr als einem minimalen Schwerefeld das Gleichgewicht zu bewahren. Aber Wahrnehmung und physiologische Toleranz haben nichts miteinander zu tun. Der Körper könnte die Schwere durchaus ertragen. Man müßte gestützt sein, aber abgesehen davon glaube ich, könnte man die Oberfläche der Erde — oder von Pentecost — im S-Raum besuchen.«

»Das würde genügen«, sagte Rosanne. »Selbst ein kurzer Besuch, im S- oder im N-Raum. Ich möchte zur Erde, sehen, wo alles anfing. Wir haben soviel darüber gesprochen und nachgedacht. Könnt ihr euch vorstellen, durch die Atmosphäre zu sinken und auf der Erdoberfläche zu gehen?«

»Immer langsam«, sagte Peron. »Laß dich nicht von deinen Gefühlen mitreißen! Die Sonne ist achtzehn Lichtjahre von hier entfernt. Ich weiß, im S-Raum ist das eine Reisedauer von nur wenigen Wochen, aber auf Pentecost sind es annähernd zwei Jahrhunderte. Alle, die wir dort kennen, unsere Eltern, Geschwister und Verwandten, würden lange tot sein, bevor wir die Erde erreichten, geschweige denn zurückkämen.«

Rosanne zuckte die Achseln. »Ich kann nicht für dich sprechen, aber ich habe mich bereits von allen verabschiedet. Es ist komisch, aber ich glaube, wir waren dazu ausersehen. Wir nahmen Abschied, bevor wir von Pentecost starteten. Sie ermutigten uns alle, an den Wettkämpfen teilzunehmen, und wir nahmen Abschied für den Fall, daß wir in den außerweltlichen Prüfungen umkommen würden. Aber es leuchtet ein. Wenn die Sieger der Weltfestspiele die Indoktrination durchmachen und in den S-Raum übersiedeln, überleben sie all ihre Zeitgenossen auf Pentecost in ein paar S-Raum-Wochen. Ist euch klar, daß die Leute, die wir dort zurückließen, bereits fünf Jahre gealtert sind, seit wir sie zuletzt sahen?«

»Ich habe daran gedacht«, sagte Lum. »Ich bin nicht wie du, Rosanne. Ich vermisse Angehörige und Freunde, die ich zurückließ, und ich würde sie gern wiedersehen. Das ist ein weiterer Punkt, über den wir nachdenken sollten. Wir haben mit Olivia Ferranti auf einer Basis innerer Geschlossenheit verhandelt, als ob wir alle identische Ziele hätten. Das trifft aber nicht zu. Ich kenne euch alle gut genug, um überzeugt zu sein, daß es nicht so ist. Wir sollten unsere persönlichen Wünsche und Prioritäten auf den Tisch bringen, damit wir wissen, wie wir mit den Unsterblichen zu verhandeln haben, und was wir erreichen wollen.«

»Welche Optionen haben wir?« sagte Elissa. »Ich nehme an, wir können zum Hauptquartier reisen und dort im S-Raum leben. Oder nach Haus zurückkehren und in Dem Schiff leben und mit der Regierung von Pentecost zusammenarbeiten. Aber ich bin überzeugt, daß sie uns nicht auf die Oberfläche von Pentecost werden zurückkehren lassen, um dort zu leben, wie wir es gewohnt sind. Auch dann nicht, wenn wir es ausdrücklich wünschen. Wir wissen zuviel. Vielleicht würden sie uns zu einer der anderen Kolonien gehen lassen. Oder vielleicht können wir auf der Erde leben.«

»Deshalb möchte ich gern wissen, was wir *wollen*«, sagte Lum. »Jeder von uns hat eigene Wünsche und Prioritäten — aber worin bestehen sie?«

»Warum fängst du nicht an«, sagte Rosanne. »Es ist deine Frage, und wenn du sie zuerst beantwortest, haben wir anderen mehr Zeit, darüber nachzudenken.«

»Einverstanden.« Lum holte tief Atem. »Ich habe gewußt, was ich will, seit ich lernte, daß es andere Welten und Kolonien gibt, und eine Möglichkeit, sie in vertretbarer Zeit zu erreichen. Ferranti erwähnte mehrere bewohnte Welten, und ich kann mir denken, daß es noch mehr gibt. Ich möchte in den S-Raum überwechseln und *alles* sehen. Ich möchte jede Welt und jede Arche und jedes Hauptquartier kennenlernen. Wenn ich könnte, würde ich gern jede Welt in der Galaxis sehen — selbst wenn die meisten von ihnen wie Gluck wären.«

Rosanne nickte. »Ich bezweifle, daß letzteres möglich sein wird, aber zumindest du stimmst für den Übergang in den S-Raum — andernfalls wärst du längst tot, bevor du deine erste Kolonie erreichen würdst. Sy? Wie steht es mit dir?«

»Für mich ist das ewige Herumvagabundieren nichts.« Sy lächelte, doch war etwas in seinem Blick, das Geringschätzung von Lums Reiseplänen verriet. »Ich möchte das Hauptquartier der Unsterblichen besuchen, und zwar das, welches am geeignetsten ist, wo ihre Wissenschaft am weitesten entwickelt ist. Was wir auf Pentecost gelernt haben, hinkt wahrscheinlich um Generationen hinter dem neuesten Wissensstand her. Danach würde ich gern das galaktische Zentrum besuchen.«

»Das sind dreißigtausend Lichtjahre!« sagte Peron.

»Gewiß. Das würde mir nichts ausmachen. Wenn ich eine Weile im Kälteschlaf verbringen müßte, um hinzukommen, würde ich es tun. Wir alle haben es schon ein mal mitgemacht, und es war keine schlimme Erfahrung.«

Rosanne starrte ihn kopfschüttelnd an. »Sy, wir haben uns bei den Wettkämpfen Seite an Seite abgemüht, und ich weiß, daß du in Ordnung bist, aber du hast schon einen unheimlichen Zug. Das galaktische Zentrum!«

Er grinste zurück. »Findest du? Dann laß uns hören, was ein normaler Mensch will. Du, zum Beispiel.«

»Nun ...« Sie zögerte. »Mir gefällt es daheim. Ich liebe Pentecost, meine Heimat. Aber ich stimme Elissa zu; sie würden uns die Rückkehr dorthin nicht erlauben. Wenn überhaupt, dann sehr viel später. Wir müssen das zunächst außer acht lassen. Ich würde sicherlich gern die Erde sehen — wer würde es nicht? Abgesehen davon, würde ich mich Lum anschließen. Wenn ich nicht in meiner Heimat leben kann, möchte ich wenigstens die bewohnbaren Welten und Kolonien kennenlernen, sehen, was es dort gibt und ob sich vielleicht dort etwas finden läßt, wo man bleiben möchte ...«

Elissa zwinkerte Peron zu. Ich sagte dir, verriet ihr Blick, daß ich die Wette gewinnen werde. Rosanne interessiert sich viel mehr für Lum als sie zugeben würde. »Was ist mit dir, Peron?« sagte sie laut.

Peron sah so unschlüssig aus wie er sich fühlte. »Ich wünschte, ich wüßte es. Eigentlich möchte ich *alles* — daheim auf Pentecost sein, reisen, und mir die Unsterblichen aus der Nähe ansehen.«

»Das ist nicht sehr hilfreich.«

»Ich weiß. Die beste Antwort ist vermutlich, daß ich es langfristig nicht sagen kann. Aber im Augenblick möchte ich mehr über den S-Raum erfahren, und das ist nur zu machen, wenn ich für eine Weile dort lebe. Wenn ich Olivia Ferranti sprechen höre, komme ich mir vor wie ein Säugling in der Wiege. Sie sagte es nicht, aber sie muß uns für vorlaute und sehr von uns selbst eingenommene kleine Kinder halten. Wenn ich bedenke, was sie gesehen und getan hat, und was sie uns erzählte ...«

»Ganz zu schweigen davon, was sie gesehen und getan hat, ohne uns davon zu erzählen«, sagte Sy. »Kallen, du bist an der Reihe.«

Der große, linkische Junge nickte, blieb aber eine Weile still, als müsse er sich die Worte zurechtlegen.

»Rosanne sagte Sy, er habe etwas Unheimliches«, sagte er mit einem schüchternen Lächeln. »Ich fürchte, daß sie mich noch seltsamer finden wird.« Er räusperte sich und fuhr mit gekräftigter Stimme fort: »Daheim lag ich nachts manchmal schlaflos und hing meinen Träumen nach. Ich überlegte, was wir sind, als Rasse, und was mit der Zeit aus uns werden könnte. Ich hatte immer gedacht, daß der Mensch bestenfalls als ein Übergangsstadium betrachtet werden kann, eine Stufe zwischen dem Tier und seiner Höherentwicklung. Ich spekulierte, wie die nächste Phase sein würde. Die Frage schien immer unlösbar; jetzt nicht mehr. Ich möchte die Zukunft sehen — die ferne Zukunft. Und wie Sy würde ich es gern auf mich nehmen, in den Kälteschlaf zurückzukehren, um das zu erreichen.« Er lächelte wieder. »Nachdem ich mich im S-Raum umgesehen habe, aber nicht vorher.«

»Ich habe immer gesagt, daß du ein Träumer bist«, sagte Elissa. »Die ferne Zukunft? Du bist schlimmer noch als Sy. Welche Schlußfolgerungen können wir ziehen? Wir haben sehr verschiedene Wünsche und Interessen. Zwei sind für die Kolonien und die große Weltenreise; einer ist für die Wissenschaft und das galaktische Zentrum; einer für die Zukunft; und einer weiß nicht genau, was er will. Was noch? Wir alle haben den Eindruck, daß man uns nicht die ganze Geschichte erzählt hat, und daß Olivia Ferranti manches über das Leben im S-Raum weiß, was sie uns nicht verraten hat. Niemand genießt die Vorstellung, lange Zeit im regionalen Hauptquartier zu verbringen, aber wir wissen, daß wir von dort ausgehen müssen. Und ich habe den Eindruck, daß wir alle gern die Reise zur Erde machen würden, wenn wir eine Möglichkeit dazu finden können. Das ist meine Zusammenfassung. Fehlt etwas?«

»Und ob etwas fehlt«, sagte Peron. »Es gibt noch eine Person, die sich nicht geäußert hat. Wie steht es mit dir, Elissa — was möchtest du tun?«

Sie warf ihm einen sonderbaren Blick zu. »Du meinst, wohin ich gehen werde? Peron, du bist ein dickschädliger Idiot und ein blinder Wurm. Willst du mich in Verlegenheit bringen?«

Zu Perons Überraschung brachen die anderen in Gelächter aus.

»Sag du es, Peron!« sagte Lum.

»Was soll ich sagen?«

»Was du willst.«

»Lum hat recht«, sagte Elissa. Sie trat zu Peron und umarmte ihn, während die anderen in Beifallsgeschrei ausbrachen. »Sag du es!« Sie rieb ihm mit den Knöcheln über die Rippen. »Schüttle mich ab, wenn du kannst! Ich gehe, wohin du gehst, und es wäre ganz nett, wenn du dich entschließen und mir sagen würdest, wo das ist. Aber du mußt es jetzt nicht tun, denn es sieht so aus, als seien wir uns über den nächsten Schritt alle einig. Wir gehen in den S-Raum, dann zur Erde. Glaubt ihr, es läßt sich machen?«

»Wir werden jemandem den Arm auf den Rücken drehen müssen, um es zu erreichen«, sagte Lum. »Aber wir haben viel Macht, solange einer von uns hier im normalen Raum ist. Ist euch klar, daß ein kleiner Beschleunigungsstoß von den Triebwerken dieses Schiffes, den wir kaum bemerken würden, es jemandem im S-Raum unmöglich machen würde, aufzustehen? Ihr könnt euch darauf verlassen, daß *sie* das recht gut wissen; sie müssen sich die Köpfe zerbrechen, was wir als nächstes tun könnten.«

»Dann wollen wir ihnen sagen, daß wir für die nächste Verhandlungsrunde bereit sind«, sagte Peron. »Und wir wollen darauf bestehen, daß sie hier stattfindet, nicht im S-Raum. Das wird ihnen Unbehagen verursachen, und den Wunsch, so bald als möglich in ihre gewohnte Umgebung zurückzukehren. Einverstanden?«

Die anderen nickten.

»Ich kann es kaum erwarten, den S-Raum kennenzulernen«, meinte Rosanne. »Hoffentlich haben Kallen und Sy das Steuerprogramm richtig verändert. Um so eher werden sie bereit sein, unsere Wünsche zu erfüllen.«

Dritter Teil

Der Weg nach Golfstadt

23

Peron schlummerte, als das Wecksignal ertönte. Minutenlang kämpfte er gegen das Erwachen, versuchte, die leisen, weichen Töne in das Gespinst seines Traumes einzuschmelzen.

Er war wieder auf Pentecost, in einer Zeit, als die Vorstellung einer Teilnahme an den Weltfestspielen selbst wie ein Traum gewesen war. Zwölf Jahre alt; die ersten Prüfungen, Teil der im ganzen Staatsgebiet durchgeführten Vorausscheidungen für alle Jugendlichen. Das Labyrinth, das mit verbundenen Augen zu durchdringen war, wurde ihnen als ein Spiel vorgestellt, an dem sie alle ihren Spaß haben konnten. Er hatte sich gewissenhaft an die Regeln gehalten und seinen Weg allein nach dem Gehör gesucht, sich am leisen, irrlichternden Klang der gedämpften Glocke orientiert.

Erst sieben Jahre später verstand er den verborgenen Zweck der Labyrinth-Prüfung. Orientierungssinn, ja. Aber mehr als das. Gedächtnis, Mut, Ehrlichkeit und die Bereitschaft, mit anderen Teilnehmern zusammenzuarbeiten, wenn ein Talent allein die Lösung nicht finden konnte. Es war eine unmittelbare Vorbereitung auf die Weltfestspiele, obwohl niemand es zugegeben hätte.

Wie kam Sy mit dem Labyrinth zurecht? Das war ein Geheimnis. Sy war ein Einzelgänger. Er suchte keine Partner, auch dann nicht, wenn die Aufgabe für einen Solisten unmöglich erschien.

Peron, aufgewacht, merkte allmählich, daß er Vergangenheit und Gegenwart durcheinandergebracht hatte. Sy war hier, an Bord des Schiffes. Als Peron die Labyrinth-Prüfung gemacht hatte, war Sy ihm noch unbekannt gewesen.

Dennoch war es eine gute Frage. Wie war Sy durch die Vorausscheidungen zu den Weltfestspielen gekommen? Das war ein Rätsel, mit dem er sich später einmal befassen mußte. Einstweilen ging das beharrliche Läuten weiter und rief Peron zur Tat.

Er seufzte. Genug geschlafen. Er hatte versucht, das S-Raum-Schlafbedürfnis auf die untere Grenze herabzudrücken, das heißt, auf weniger als eine von vierundzwanzig Stunden. Aber er hatte übertrieben. Nun stand er unsicher auf, bemerkte, daß Elissa ihr gemeinsames Quartier bereits verlassen hatte, und machte sich auf den Weg zur Zentrale.

Olivia Ferranti war schon da und blickte zum Fenster hinaus. Elissa und Sy waren bei ihr, und auch sie starrten in die formlose, milchig weiße See, die das Schiff im S-Raum umgab.

Allerdings war sie nicht mehr ganz formlos. Dunkle, vielgestaltige Formen zogen am Fenster vorüber. Peron sah feine Strähnen, die sich zu rechteckigen Maschen vereinten, durchflochten von silbrigen Fäden. Zu diesen schienen geäderte Doppelflügel zu gehören, obwohl sie nicht mit ihnen verbunden waren. In ihrem Aussehen ähnelten sie riesenhaft vergrößerten Samen des Bergahorns.

Olivia Ferranti begrüßte Peron mit einem kurzen Kopfnicken.

»Erinnern Sie sich, was ich Ihnen sagte, als wir unterwegs zum Sektorenhauptquartier waren?« sagte sie. »Ich hatte nicht den Eindruck, daß Sie mir glaubten. Aber da haben Sie eine der Ursachen, warum Kapitän Rinker nicht wollte, daß Sie mit seinem Schiff herumpfuschten. Sehen Sie sich den Energieabfluß an.«

Die Hauptkonsole zeigte einen Energieverbrauch, der nahe an die Gefahrenzone herankam. Peron warf nur einen Blick auf die Anzeigeinstrumente, dann wurde seine Aufmerksamkeit unwiderstehlich zu den Erscheinungen draußen im Raum zurückgelenkt.

»Was für Dinger sind das? Zapfen sie unsere Energie ab?«

Olivia Ferranti tastete ein Signal an das Kommunikationsmodul ein. »So ist es«, sagte sie. »Wir nennen diese Gebilde Sommerfäden. Sie sind eine der Überraschungen des interstellaren Raums. Sie werden niemals einen innerhalb eines Lichtjahres von einem Stern finden. Das seltsamste Phänomen daran ist, daß sie im gewöhnlichen Raum unsichtbar sind, aber hier im S-Raum deutlich in Erscheinung treten.«

Sie zeigte zu einem Bildschirm links vom Fenster, wo durch Frequenzumsetzung ein Bild dargestellt wurde, das dem Betrachter erlaubte, auf der Wellenlänge normaler sichtbarer Strahlung den Raum außerhalb des Schiffes zu sehen. Es zeigte nur das Sternenmeer des Weltraumes. Die Sonne war jetzt der nächste Stern, knapp drei Lichtjahre voraus und nicht mehr als ein heller Lichtpunkt.

»Wir wissen nicht, wie die Sommerfäden es machen«, fuhr Ferranti fort, »aber sie erhalten sich bei einer Temperatur, die weniger als ein Grad über dem absoluten Nullpunkt liegt, ein gutes Stück unter der kosmischen Hintergrundtemperatur, ohne Strahlung irgendeiner Frequenz abzugeben, die wir feststellen konnten. Und sie nehmen alle Energie auf, die ein Schiff abgeben kann. Wenn Sie das nicht wüßten und ein Schiff zu lenken versuchten, könnten Sie in die größten Schwierigkeiten geraten.«

»Aber was sind diese Erscheinungen?« wiederholte Peron. »Ich meine, sind sie intelligent?«

»Wir wissen es nicht«, erwiderte Ferranti. »Sie reagieren zweifelsfrei auf Reize. Sie scheinen Signale, die wir ihnen senden, zu interpretieren, denn sie brechen die Energieentnahme ab, sobald sie eine geeignete, nichtwillkürliche Botschaft erhalten. Unsere Vermutung geht dahin, daß die Sommerfäden nicht intelligent sind, daß sie nicht mehr als Energie darstellen. Aber die Pipistrelles — die Schmetterlingsformen, die Sie bei den Sommerfäden sehen können — sind eine andere Sache. Sie bedienen sich der Schwere- und Magnetfelder der Galaxis in vielerlei Weise. Es ist uns nie gelungen, einen Informationsaustausch mit ihnen zustande zu bringen, weil sie niemals senden, aber sie handeln klug. Sie benutzen die erwähnten Felder effizient, um sich mit einem Minimum an Zeit und Energie voranzubringen. Auch das könnte ein entwickelter Instinkt sein, etwa von der Art, wie ein gleitender Vogel die aufsteigenden Luftströmungen in der Atmosphäre nutzt. Aber sehen Sie selbst. Was hat das zu bedeuten? Verabschieden sie sich? Wir konnten das nie klären.«

Sie hatte die Signalsequenz beendet. Nach kurzer Verzögerung glitt eine der Pipistrelles näher heran. Es gab ein Flattern gewölbter Flügel, ein Schwanken nach links und rechts und ein letztes scharfes Ansteigen der Energieabgabe an den Anzeigeinstrumenten. Dann begann sich das feine Gewebe der Sommerfäden weiter zu entfernen. Die silbrigen Verbindungen glänzten heller, während das gesamte Gebilde langsam verblich. Nach wenigen Minuten schlossen die geflügelten Formen der Pipistrelles sich zu einer Art Formation zusammen und folgten den Sommerfäden.

»Es ist vorgekommen, daß Schiffe hilflos im Raum trieben, monatelang ohne Energie, bis wir lernten, mit diesem Phänomen umzugehen«, sagte Ferranti. »Wir versuchten es sogar mit aggressiven Mitteln, aber nichts, was wir taten, vermochte den Sommerfäden auch nur das geringste anzuhaben. Jetzt haben wir gelernt, mit ihnen zu leben.«

»Können Sie sie zurückholen?« fragte Sy.

»Wir haben keine Möglichkeit gefunden, das zu tun. Sie erscheinen willkürlich. Und wir begegnen ihnen heutzutage viel seltener als in der Zeit unserer ersten Reisen. Wir glauben, daß das ›Versagen der Energieerzeugung‹ auf *Helena* während der Ausreise der Archen wahrscheinlich auf die Begegnung mit Sommerfäden zurückzuführen war. Als die Besatzung die Anlage ausschaltete, um Reparaturen vorzunehmen, konnten sie keine Defekte finden. Das ist typisch für die durch Sommerfäden bedingte Energieleckage. Sie scheinen unsere Energie zwar nicht zu benötigen, wissen sie aber zu schätzen. Die Wissenschaftler im Sektorenhauptquartier Jade sind der Auffassung, daß wir für die Pipistrelles eine Art Leckerbissen sind, eine kompakte Energiequelle, wo sie an sehr verdünnte Energievorkommen gewöhnt sind. Wir sind für sie wie Zuckerwerk, und vielleicht haben sie auch gelernt, daß zuviel Zuckerwerk nicht gut tut.«

Sie schaltete die Darstellung aus und stand auf. »Bleiben Sie hier, wenn Sie wollen und spielen Sie meinetwegen mit der Kommunikationsverbindung. Vielleicht finden Sie eine Möglichkeit, sie zurückzulocken. Das würde unsere Wissenschaftler ebenso erfreuen wie die Kommunikationsleute. Ich wollte Ihnen dies alles nahebringen, damit Sie meine Botschaft besser verstehen: Sie können nicht alles über das Universum lernen, wenn Sie in der Nähe eines Sterns sitzen. Sie müssen wissen, was draußen in der Tiefe des Raums vor sich geht.«

»Was geht noch vor?« fragte Elissa. Noch immer spähte sie in das milchige Nichts des S-Raumes, bemüht, die verblassenden letzten Spuren der Pipistrelles zu beobachten.

»Hier?« sagte Ferranti. »Nicht viel. Andererseits sind wir nicht im sternenleeren Weltraum. Die Sonne ist weniger als drei Lichtjahre von hier entfernt — wir werden in knapp einer Woche dort sein. Nun, wenn wir im tiefen Weltraum wären, mehr als zehn Lichtjahre vom nächsten Stern ...«

Sie brach ab. Anscheinend hatte sie mehr sagen wollen, sich jedoch eines Besseren besonnen. Mit einem Kopfnicken zu den anderen machte sie kehrt und verließ die Zentrale.

»Was für einen Reim macht ihr euch darauf?« sagte Elissa.

Sy schüttelte bloß den Kopf.

»Sie sagte, wir hätten mit weiteren Überraschungen zu rechnen«, sagte Peron. »Ich mag die Ferranti und glaube, daß sie sich ehrlich um uns bemüht. Sie weiß, daß es nach wie vor Dinge gibt, die sie uns nicht enthüllen darf, also begnügt sie sich mit Andeutungen und läßt uns selbst daran arbeiten. Das war wieder eine — aber ich weiß sie nicht zu deuten. Aber ich wünschte, die anderen wären hier. Ich wüßte gern, was Kallen zu den Sommerfäden sagt. Könnte es sein, daß die Aufspaltung unserer Gruppe ein schwererer Fehler war, als wir dachten?«

Diese Frage hatte Peron sich selbst und den zwei anderen des öfteren gestellt, seit sie das Sektorenhauptquartier verlassen hatten. Zum Zeitpunkt der Entscheidung hatte es bedeutungslos ausgesehen. In Anbetracht der Erfahrungen, die sie nach dem Verlassen des Karussells gemacht hatten, waren die Unterweisungen durch die Unsterblichen eher langweilig als aufregend gewesen. Sie hatten sich selbst über den S-Raum ins Bild gesetzt, und was hätte eine Offenbarung sein sollen, war ihnen lediglich eine Bestätigung bekannter Tatsachen. Das Sektorenhauptquartier hatte eine minimale Personalstärke, nicht viel mehr als eine Nachrichten- und Verwaltungsgruppe, und beinahe alle Informationen wurden durch Computerkurse und elektronische Medien vermittelt — die nicht im Hinblick auf das Interesse wißbegieriger junger Leute programmiert waren. Rosanne hatte ihnen allen aus dem Herzen gesprochen, als sie nach einer langen und ermüdenden Serie humorloser Warnungen vor den physiologischen Gefahren häufiger Übergänge zum und vom S-Raum gesagt hatte: »Und deswegen mußten sie uns aus einem Lichtjahr Entfernung herbeischaffen? Vielleicht lebst du als ein Unsterblicher gar nicht länger — es kommt dir bloß so vor.«

Eine der Bedingungen, die sie mit Kapitän Rinker ausgehandelt hatten, bevor sie ihm die Herrschaft über das

Schiff zurückgaben, war die Zusicherung der Reisefreiheit nach ihrer Ausbildung und Unterweisung. Zuerst hatte er solch ein Ansinnen empört zurückgewiesen. Beispiellos! Aber nachdem Kallen mehrere Dienstleistungsroboter zu Rinkers Kajüte geschickt hatte, wo sie den vorhandenen Raum besetzten, willkürliche Bewegungen ausführten, Rinkers Befehle unbeachtet ließen und Essen, Gehen und sogar Schlafen unmöglich machten, hatte er unter dem Druck der Verhältnisse widerwillig zugestimmt.

Nach Beendigung der Unterweisung waren sie alle gelangweilt und unruhig. Und als sie erfuhren, daß innerhalb eines S-Raum-Tages zwei Schiffe im Sektorenhauptquartier erwartet wurden, eins auf direktem Weg zur Erde, das andere über Paradies dorthin unterwegs, hatten sie sich in zwei Gruppen aufgespalten. Kallen wollte die Forschungsgruppe der Unsterblichen besuchen, die in einer Umlaufbahn um Paradies lebte und arbeitete, während Lum und Rosanne die Welt selbst kennenlernen wollten. Der Computer hatte eine kurze Beschreibung der Ereignisse enthalten die zum Untergang der Siedlerkolonie auf Paradies geführt hatte, aber Lum hatte gemeint, diese nackte Aufzählung von Tatsachen sei unbefriedigend. Eine gesunde, blühende Gemeinschaft von mehr als einer Million Menschen war innerhalb weniger Tage gestorben, ohne schriftliche oder andere Aufzeichnungen zu hinterlassen, die Aufschluß über das Wie und Warum gaben. Wenn es auf Paradies so leicht hatte geschehen können, warum dann nicht auf Pentecost oder anderswo?

Da der ganze Umweg nicht mehr als eine S-Raum-Reisewoche beanspruchen würde, hatten Elissa, Peron und Sy das andere Schiff genommen, das direkten Kurs auf die Erde nahm. Kallen, Rosanne und Lum fuhren nach Paradies. Und wie Lum bei ihrer Trennung beruhigend erklärt hatte, würden sie niemals weiter als einen S-Tag Radiokommunikation voneinander getrennt sein.

Sie könnten jederzeit miteinander sprechen. Nur hatte sich herausgestellt, daß die Kommunikationsanlage ihres Schiffes ständig durch Botschaften von höherer Priorität in Anspruch genommen war ...

Inzwischen bedauerte Peron ihre Entscheidung, sich zu trennen. Und Sy schaute ungewöhnlich grüblerisch und düster drein, selbst für seine Verhältnisse.

»Vielleicht habe ich alles falsch herum gesehen«, sagte er endlich. »Als ich sagte, daß ich das galaktische Zentrum besuchen wollte, vermutete ich, daß es der Ort sein würde, neue Geheimnisse zu entdecken. Vielleicht nicht. Vielleicht ist das wahre Unbekannte anderswo. Sollte ich im Nichts Ausschau halten, in den weiten Räumen zwischen den Galaxien?«

Damit stand er auf und folgte Olivia Ferranti aus der Zentrale. Peron und Elissa blieben allein zurück und sahen einander ungewiß an.

»Weitere Fragen«, sagte Elissa.

»Ich weiß. Und niemand ist bereit, uns Antworten zu liefern. Ich will dir das größte Geheimnis von allen anvertrauen. Die Gesellschaft der Unsterblichen hat eine komplizierte Struktur. Sie haben das Verkehrsnetz der Schiffe, das alle bewohnten Welten miteinander verbindet, sie haben ein ausgeklügeltes Rekrutierungssystem, um Leute wie uns als Nachwuchs in den S-Raum zu bringen, und sie haben bestimmte Regeln für den Umgang mit anderen Gesellschaften — menschlichen, versteht sich. Gott allein weiß, was sie tun würden, wenn sie auf eine fremde Rasse intelligenter Lebewesen stoßen würden. Aber bei alledem scheinen wir den Unsterblichen, die an der Spitze der ganzen Organisation stehen, keinen Fußbreit näherzukommen.«

»Vielleicht ist ihre Gesellschaft nicht so hierarchisch aufgebaut — vielleicht ist es eine Art Demokratie.«

»Das kann ich nicht glauben.« Peron legte Elissa den Arm um die Schultern. »Denk nur darüber nach. In einer weit verzweigten Organisation wie dieser muß es klare

Verantwortlichkeiten geben. Würde jede Gruppe ihre eigenen Mehrheitsentscheidungen treffen und danach handeln, müßte alles auseinanderfallen. Jemand muß Regeln und Verfahrensweisen entwickeln und kraft seiner Autorität durchsetzen. Jemand muß ihre Verwirklichung überwachen. Jemand muß die Versorgung mit Lebensmitteln, Energie und anderem Bedarf organisieren, jemand muß die Fahrpläne der Schiffe, ihre Instandsetzung und ihren Neubau vorbereiten und verwirklichen. Es muß eine straff organisierte Führungsspitze geben. Ohne sie hast du keine Demokratie, sondern Anarchie und Chaos. Wo ist ihre Regierung?«

Elissa rieb geistesabwesend den Rücken von Perons rechter Hand, die auf ihrer Schulter lag. »Haben wir nicht gefolgert, daß sie auf Erden ist, oder in einer Umlaufbahn irgendwo im Sonnensystem?«

»Richtig. Aber ich glaube nicht mehr daran. Ich sagte Olivia Ferranti, daß wir die Führer der Unsterblichen kennenlernen wollen. Sie will nicht darüber sprechen, erklärt aber immer wieder, daß der Besuch der Erde uns Freude bereiten werde. Wie könnte sie das sagen, wenn uns dort möglicherweise eine Konfrontation erwartet?«

Elissa schüttelte den Kopf. Sie sagte nichts, und nach einer Weile löste sie sich aus Perons Umarmung und verließ schweigend die Zentrale.

Peron blieb allein zurück und starrte trübe hinaus in die perlfarbene Leere des S-Raums. Ihm war, als seien erst Wochen vergangen, seit er durch den klebrigen Sumpf von Gluck gestapft war oder die Gefahren einer Landung auf Karussell erwogen hatte. Für ihn und Sy und Elissa waren es Wochen.

Aber auf Pentecost hatte eine neue Generation von Bewerbern an den Weltfestspielen teilgenommen, gewonnen und verloren. Inzwischen war Perons Name, ebenso wie die Namen der anderen, nicht mehr als eine Fußnote in einer alten Teilnehmerliste. Und Wilmer oder irgendein neu ausgebildeter Unsterblicher würde bei den Teilnehmern sein, ihre Leistungen beobachten und ihr Verhalten beurteilen und weitermelden.

Und alle, die sie auf Pentecost gekannt und geliebt hatten, waren längst tot. Peron dachte an das große, seit Jahrhunderten diskutierte und während seiner Kindheit in Angriff genommene Projekt zur Urbarmachung der Sumpfgebiete im Süden der Provinz Turcanta und fragte sich, ob es inzwischen abgeschlossen sei, und ob in den Geografiebüchern der Gegenwart Abbildungen landwirtschaftlicher Nutzung die Künstlerillustrationen verdrängt hatten, die zu seiner Schulzeit den Kindern einen Eindruck von der unberührten Natur jener Gebiete vermittelt hatten. Und welche anderen Projekte mochten inzwischen entwickelt worden sein?

Er und Elissa hatten über ihre Entscheidung gesprochen und bedauerten sie nicht. Mit dem Wissen, das sie gewonnen hatten, wäre an eine Rückkehr nach Pentecost und ein ›normales‹ Leben dort kaum zu denken gewesen. Und die Vorstellung eines Besuches der Erde hatte alles Heimweh verdrängt und sie mit Energie und Begeisterung erfüllt; und er und Elissa waren glücklich miteinander. Und doch ...

Peron hatte eine Vorahnung anderer Reisen und Schwierigkeiten, die vor ihnen lagen, bevor das wahre Geheimnis der Unsterblichen enthüllt würde.

24

Geschwindigkeitsverminderung; Verfahren, Teil I.

Die Phase der Geschwindigkeitsverringerung einer interstellaren Reise wird normalerweise im Kälteschlaf verbracht. Während die menschlichen Passagiere bewußtlos sind, erfolgt die computergesteuerte selbsttätige Anpassung von Geschwindigkeit und Position an das Ziel. Das Wecken der Schläfer erfolgt erst kurz vor der Ankunft.

Die Alternativen zum Kälteschlaf sind begrenzt: ein

Übergang zum normalen Raum, gefolgt von langwieriger Geschwindigkeitsverminderung bei vollem Bewußtsein der Passagiere; oder eine für die Passagiere schwindelerregende Fahrt in Bewegungsunfähigkeit im S-Raum. Keine der beiden ist zu empfehlen ...

Sy hatte sich ohne Diskussion für den Kälteschlaf während ihres Eintritts ins Sonnensystem entschieden. Er beabsichtigte, bei seinen künftigen Reisen in größtmöglichem Umfang von Kälteschlaftechniken Gebrauch zu machen und war begierig, mehr Erfahrungen damit zu sammeln.

Peron und Elissa fanden es viel schwieriger, eine Entscheidung zu treffen. Nachdem sie so lange von einer Rückkehr zur Erde, der Urmutter der Menschheit, geträumt hatten, war die Vorstellung, daß sie erst aus dem Scheintod erwachen würden, wenn sie bereits dort wären, ganz und gar nicht attraktiv. Der ganze Sinn der Reise kam dabei zu kurz. Die Erde war eine Legende, und jede mit ihr verbundene Erfahrung sollte genossen werden. Während der Reise vom Sektorenhauptquartier hatten sie das Sonnensystem studiert, sich mit seinen Eigenheiten vertraut gemacht, und nun wollten sie die ganze Annäherungsphase erleben. Das aber bedeutete mehr als einen Monat subjektiver Reisezeit während der Geschwindigkeitsverminderung, oder eine von Übelkeitsanfällen begleitete Stunde rapider Verlangsamung und Orbitalanpassung, fest angeschnallt und unfähig, einen Muskel zu bewegen ...

Sie hatten es immer wieder durchgesprochen und sich schließlich zu ihrer Entscheidung durchgerungen. Jetzt lagen sie Seite an Seite, eng eingesponnen in Gurte und Netze. Als besondere Gefälligkeit hatte Olivia Ferranti frequenzangepaßte Projektionen der Ansichten vor und hinter dem Schiff installieren lassen, so daß sie die Annäherung an die Sonne verfolgen konnten. Sie hatten sich vor der Geschwindigkeitsverminderung anschnallen lassen, als sie noch beinahe fünfzig Milliarden Kilometer von der Sonne entfernt waren, die zu diesem Zeitpunkt nicht mehr als ein ungewöhnlich heller Sern am projizierten Sternhimmel strahlte.

Zuerst hatten sie beide das Gefühl gehabt, ihre Studien seien umsonst gewesen. Die Sonne war gleichmäßig größer und strahlender geworden und über den Himmel gewandert, als ihre Flugbahn auf das Navigationskontrollsignal des Zielsystems reagierte. Aber sie glich enttäuschend jedem anderen Stern. Während der letzten fünf Minuten ihrer Reise erhaschten sie einen flüchtigen Blick auf den Saturn mit seinen Ringen; aber er war weit entfernt, und von der Oberfläche und den Satelliten war wenig zu erkennen. Alle anderen Planeten blieben unsichtbar.

Sie konnten nicht miteinander sprechen, kamen jedoch unabhängig voneinander beide zu dem Schluß, daß das Ergebnis die Übelkeit und Unbequemlichkeit nicht rechtfertige. Bis auf einmal die Erde in der Projektion erschien. Sie wanderte in die Projektionsmitte, als das Schiff in das letzte Stadium der Annäherung eintrat.

Und ihre Leiden waren auf einmal belanglos.

Die Videoaufzeichnungen, die sie beim Studium des Sonnensystems gesehen hatten, waren geeignet gewesen, sie auf eine blaugrüne, von weißen Wolkenwirbeln umkränzte Welt und einen begleitenden Mond von respektabler Größe vorzubereiten. So war es auch, doch schien die ganze Erdkugel umgürtet mit einem breiten Ring aus Staub und Gasen, in welchem winzige Lichtpunkte schwebten, die den Zentralkörper wie eine Elektronenwolke den Atomkern umkreisten. Es waren so viele, daß sie innerhalb des grauen Ringes die Illusion glitzernder feiner Brillanten erzeugten, die darin eingebettet, in mehr oder minder weiten Abständen den Äquator ergaben.

Raumstationen. Sie befanden sich in verschiedenen Höhen, einige nicht weit der Lufthülle, andere in größeren Entfernungen bis außerhalb des Ringes und hinaus zur Umlaufbahn des Mondes. Um aus dieser Entfernung durch die Dunstschleier des Staubringes sichtbar zu sein, mußten sie Durchmesser von einem Kilometer und mehr haben. Peron und Elissa sahen das Ergebnis von fünfundzwanzigtausend Jahren kontinuierlicher Entwicklung im erdnahen Raum. Die Operationen zur Bahnveränderung und bergbautechnischen Nutzung von Asteroiden, in der Frühzeit des Raumfahrtzeitalters der Erde begonnen, hatte reiche Frucht getragen.

Peron und Elissa hatten kaum eine oder zwei Minuten, dieses Bild in sich aufzunehmen, dann näherten sie sich bereits einer der größeren Strukturen. Sie befand sich in einer geostationären Umlaufbahn über einer riesigen, wie eine breite Pfeilspitze geformten Landmasse. Ein zarter, schimmernder Faden erstreckte sich von der Station abwärts zur Erde, um in der Atmosphäre außer Sicht zu kommen.

Das Annäherungsmanöver war auf wenige Sekunden verschwommener Bewegung komprimiert, ein Durchwinden durch ein sich verschiebendes Labyrinth anderer Raumfahrzeuge, Verbindungskabel und Rampen. Im Nu hatten sie angedockt, und das Schiff lag still. Sie versuchten sich aus ihren Kokons zu befreien, als ein Mann in der Kajüte erschien und sie mit prüfendem Blick musterte.

Er war kleinwüchsig, dick, grauhaarig und sorgfältig in einer Art gekleidet, die ihnen fremd war, mit goldenen Brillantringen an den meisten Fingern. Er trug eine Blume am Aufschlag — die erste Blüte von irgendeiner Art, die sie seit dem Verlassen von Pentecost sahen. Sein ernster Gesichtsausdruck wurde Lügen gestraft von einer Menge kleiner Lachfalten um die hellen, wachen Augen und dem kleinen Mund.

»Na«, sagte er, nachdem er die beiden gemustert hatte, »Sie sehen ziemlich normal aus. Ich habe Ihre Ankunft mit einigem Interesse erwartet. Keiner von Ihnen scheint so recht dem degenerierten Ungeheuer zu entsprechen, das wir nach den Berichten des Sektorenhauptquartiers gewärtigten, und Olivia Ferranti spricht gut von Ihnen. Gehen wir also von dieser Annahme aus. Befehl: Gurte und Netze entfernen.«

Die Schutzvorrichtungen verschwanden, und der kleine Mann streckte eine Hand aus, Elissa auf die Beine zu helfen. »Ich bin Jan de Vries«, sagte er. »Es ist meine traurige Pflicht, alle Reisen von bestimmten, im S-Raum lebenden Personen von und nach der Erde zu genehmigen oder zu untersagen. Sie haben nach wie vor den Wunsch, die Erde zu besuchen, nehme ich an, wie Sie erbeten hatten?«

»Selbstverständlich«, sagte Elissa. »Werden Sie uns begleiten?«

De Vries machte ein geschmerztes Gesicht. »Schwerlich. Meine liebe junge Dame, meine Pflichten sind vielfältig und bisweilen ungewöhnlich, aber sie haben die Funktion eines Fremdenführers bisher nicht eingeschlossen. Ich kann jedoch gewisse Formalitäten für Sie erledigen, die normalerweise anders gehandhabt werden. Wann waren Sie zuletzt im N-Raum?«

»Als wir unterwegs zum Sektorenhauptquartier waren«, sagte Peron. Er fühlte sich zunehmend unbehaglich, hatte er sich doch auf einen schweren Zusammenstoß mit den heimlichen Herrschern der Unsterblichen gefaßt gemacht, an deren Stelle nun ein verbindlicher und jovialer, aber undurchschaubarer Bürokrat erschienen war.

»Sehr gut«, sagte de Vries. »Dann können Sie sich gleich auf Ihren Besuch auf Erden vorbereiten. Übrigens werden Sie feststellen, daß die Dienstleistungsroboter Ihre Befehle ignorieren, bis wir Ihre Stimme im Stationscomputer gespeichert haben. Das wird Teil einer umfangreicheren Datenübertragung sein, die bis zu Ihrer Rückkehr hierher abgeschlossen sein wird. Dann werden wir wieder sprechen. Einstweilen aber brauchen Sie meine Unterstützung. Befehl: Diese Personen auf das Standardbesuchsprogramm vorzubereiten.«

»Aber wir haben noch nicht ...« Peron brach ab, denn de Vries war verschwunden. Im nächsten Augenblick drehten sich die Wände um ihn, und er erhaschte einen flüchtigen Blick durch einen langen Korridor. Kaum war seine Umgebung zur Ruhe gekommen, fühlte er einen scharfen Stich in den Oberschenkel, und auf einmal war es, als befände er sich wieder auf Karussell und erlebte noch einmal den nun schon vertrauten, aber nichtsdestoweniger erschreckenden Absturz in die Schwärze.

Sein letzter Gedanke war eine zornige und hilflose Erkenntnis. Es sollte nicht wieder geschehen, das hatte er sich geschworen — aber nun geschah es! Er war nicht mehr Herr seiner selbst und hatte keine Ahnung, was als Nächstes kommen würde.

Peron und Elissa kamen zusammen aus den Behältern in einen Raum, wo sich eine geräuschvolle, aufgeregte Menge drängte. Sie erkannten sofort, daß sie wieder im normalen Raum waren — der S-Raum konnte weder die Schärfe der Sicht noch die intensiven Farben bieten. Die Luft hatte ein erregendes, prickelndes Aroma, und ein Gefühl von Wohlbefinden durchströmte ihre Adern. Sie sahen sich neugierig um.

Eine laute, metallische Stimme dröhnte Anweisungen. »Im Gänsemarsch zu den Wagen, bitte. Nehmen Sie Ihre Plätze ein und vermeiden Sie unnötiges Gedränge — der nächste wird in zehn Minuten ankommen.«

Die Menge kümmerte sich wenig darum und wälzte sich vorwärtsbrandend durch eine lange Halle zu einer Art Laderampe.

Elissa faßte Peron bei der Hand. »Halt fest. Wir wollen uns jetzt nicht verlieren.«

Der Strom zog sie mit sich, und ohne eigene Anstrengung wurden sie in eine halbrunde Kammer getragen, wo sie Plätze auf Bänken fanden, die mit einem warmen, samtartigen Material bezogen waren. Zu beiden Seiten saßen Leute, freuten sich, daß sie Plätze gefunden hatten, lachten und blickten neugierig aus den runden Fenstern.

»Schauen Sie hinunter«, sagte eine Frau neben Elissa. Ihr Akzent hatte eigentümliche Vokallaute, war aber noch zu verstehen. »Es überläuft einen heiß und kalt. Kein Wunder, daß es Himmelab heißt.«

Elissas Blick folgte der Geste und sah, daß der Boden unter ihren Füßen durchsichtig war. Sie schaute an einem dicken silbrigen Zylinder oder Kabel entlang direkt zur Erde hinab. Im nächsten Moment schlossen sich die Türen des halbrunden Raums, und der Wagen begann entlang dem Kabel zu beschleunigen.

»Peron«, raunte Elissa ihm ins Ohr, »was geht hier vor? Sieh dir nur die Leute an. Sie erinnern mich an die Menge bei den Weltfestspielen. Und wohin geht die Reise?«

»Es ist unsere eigene Schuld«, sagte Peron. »Ich merkte es, als wir aus den Behältern kamen; wir hätten wissen sollen, daß wir wie alle anderen sind. Siehst du nicht? Die Leute in den planetarischen Kolonien und Archen haben seit ihrer Kindheit Geschichten von der Erde gehört. Sie alle möchten den Ursprungsort der Menschheit besuchen. Kein Wunder, daß de Vries erstaunt war, als du ihn fragtest, ob er mit uns kommen würde! Die Idee, daß zwei Besucher einen eigenen Begleiter erwarten, muß ihm, der von diesem Massenbetrieb weiß, anmaßend erscheinen. Ich wette, den Einheimischen hier hängt es längst zum Hals heraus, den naiven Besuchern von auswärts alles erklären zu müssen. Wir müssen uns damit abfinden, daß wir bloß Teil der Touristenmenge sind.«

Elissa sah sich im Kreis der aufgeregten, übersprudelnden Reisenden um. »Du hast recht — aber sie sind alle so lustig. Weißt du was? Ich fühle mich herrlich. Vertagen wir die Lösung der Rätsel des Universums, bis wir zurück sind.« Sie faßte Peron beim Arm und zog ihn näher. »Komm schon, Miesmacher, laß uns mit den anderen fröhlich sein. Schließlich macht eine Woche auf der Erde nur fünf Minuten im S-Raum aus — sie werden gar nicht merken, daß wir fort sind.«

Sie beugten sich vor, um durch den Boden zu sehen. Obwohl das Kabel mit hoher Geschwindigkeit an ihnen vorübersauste, war die Erde nicht merklich nähergerückt. Sie hing unter ihnen, eine geheimnisvoll blau und weiß und grünlich schimmernde Kugel, die mehr als fünfzehn Grad des Himmels einnahm.

»Ich frage mich, wie lang die Reise sein wird«, sagte Elissa. Sie drückte den Kommunikationsschalter in der Armlehne ihres Sitzes. »Geschwindigkeit, bitte, und Ankunftszeit.«

»Gegenwärtige Geschwindigkeit viertausendvierhundert Kilometer pro Stunde«, sagte eine angenehme und ruhige Stimme. »Die Ankunft wird jetzt in drei Stunden und einundvierzig Minuten sein. Wir sind noch in der Beschleunigungsphase. Bis zur Landung werden wir dreiunddreißigtausendvierhundert Kilometer zurücklegen.«

»Wo werden wir landen?«

»Auf einem der großen Kontinente, knapp südlich vom Äquator.«

Peron blickte unverwandt hinab zu der Kugel unter ihnen. »Dies sieht nicht so aus, wie ich erwartet hatte — es ist zu hell. Warum eine so starke Wolkenbedeckung?«

Einen Augenblick blieb es still, während der Bordcomputer die Station anrief, um dort eine Antwort abzufragen. »Die Wolkenbedeckung ist nicht stärker als gewöhnlich. Wahrscheinlich verwechseln Sie die Schneedecke mit der Wolkendecke.«

»Aber das würde bedeuten, daß auf nahezu der Hälfte der Oberfläche Schnee liegt!«

»Richtig.« Wieder machte der Computer eine Pause. »Das ist nicht ungewöhnlich.«

»Nach den Überlieferungen war die Erde in den alten

Zeiten nicht in diesem Umfang mit Schnee bedeckt. Ist das eine Folge des alten Krieges?«

»Nicht im geringsten. Es ist das Ergebnis reduzierter Sonneneinstrahlung.« Das Informationssystem verstummte für Sekunden, dann fuhr es fort: »Im Laufe der vergangenen fünfzehntausend Jahre hat die Menge der empfangenen Sonneneinstrahlung, bedingt durch die Entstehung des Staub- und Gasringes aus den Emissionen der verarbeitenden Orbitalstationen, um etwa anderthalb Prozent zugenommen. Die starke Vergletscherung ist selbst aus dieser Entfernung erkennbar. Es wird angenommen, daß diese Eiszeit während der nächsten zehntausend Jahre andauern wird. Bis dahin, so wird gehofft, wird der natürliche Abbau des Rings durch Verflüchtigung und Ausdünnung, bei gleichzeitiger Verringerung der Emissionen, zu einer Erwärmung führen. Innerhalb von fünfzehntausend Jahren wird es dann vermutlich zum teilweisen Abschmelzen der polaren Eiskappen und einer Überflutung der flachen Küstengebiete kommen.«

Elissa schaltete das Gerät aus. Sie blickte Peron ins Auge. »Es macht dir doch nichts aus, wie? Ich hatte das Gefühl, es finge gerade erst richtig an. Und ich kann dieses Geplapper nicht ausstehen. Kurze Antworten auf kurze Fragen — wer diese Sequenz programmiert hat, sollte bei Kallen in die Schule gehen.«

Peron nickte. Die Ansicht zu ihren Füßen war geeignet, jedermanns Aufmerksamkeit zu fesseln. Schnee bedeckte die Landmassen von den Polen bis fast zu den Randgebieten der Subtropen. Die Umrisse der Kontinente waren unverändert. Bald konnte Peron erkennen, wo das Himmelskabel festgemacht war. Es mußte an der Westküste des Kontinents befestigt sein, der einst als Afrika bekannt gewesen war. Sie näherten sich rapide diesem Landepunkt, der einige hundert Kilometer von der Mündung des größten Flusses der Gegend in den Atlantischen Ozean entfernt war.

»Wir sollten uns überlegen, was wir wirklich sehen wollen«, sagte Elissa. »Wenn wir eine Wahl haben, würde ich lieber nicht inmitten eines Touristenschwarmes herumreisen.«

»Also erkundigen wir uns einmal, welche Möglichkeiten bestehen. Kannst du es ertragen, den Informationsdienst wieder für ein paar Minuten eingeschaltet zu haben?«

Er drückte den Schalter und sprach in das winzige Mikrofon.

»Werden wir nach Erreichen der Oberfläche volle Bewegungsfreiheit haben?«

»Selbstverständlich«, antwortete die freundliche, aber unpersönliche Stimme ohne zu zögern. »Es stehen Luft- und Bodenfahrzeuge zur Verfügung, dazu persönliche Informationssysteme, die all ihre Fragen beantworten werden. Ihr Konto wird je nach Art der Dienstleistungen automatisch belastet.«

Elissa und Peron sahen einander an. Ihres Wissens hatten sie kein Kreditkonto irgendwelcher Art. Das war eine Sache, die sie nach ihrer Rückkehr mit Jan de Vries ausfechten mußten.

»Haben Sie einen Zielort ausgewählt?«, fuhr der Dienstleistungscomputer fort. »In diesem Fall können wir Ihnen ein geeignetes Fahrzeug reservieren.«

»Augenblick.« Peron wandte sich vom Mikrofon zur Seite. »Elissa? Laß uns für eine Weile diesem Touristenrummel entkommen. Vielleicht sollten wir uns eine typische Erdstadt anschauen, und dann vielleicht eine schöne Naturlandschaft.«

Auf ihr Nicken gab Peron die Frage an den Computer weiter. Darauf folgte die bisher längste Stille.

»Ich bedaure«, sagte die Stimme schließlich. »Wir können Ihrem Ersuchen nicht stattgeben.«

»Ist es nicht erlaubt?« fragte Elissa.

»Es würde erlaubt sein. Aber die von Ihnen gewünschte Umgebung existiert nicht mehr.«

Elissa staunte. »Das heißt — es gibt keine Naturlandschaft mehr, nirgendwo auf Erden?«

»Nein«, sagte die Stimme. Peron glaubte, einen Unterton von Überraschung aus der mechanischen Stimme herauszuhören. »Es gibt Naturlandschaften, viele. Aber es gibt keine Städte auf Erden.«

25

Das Vorrücken der Gletscher hatte sich auf der Nordhalbkugel stärker ausgewirkt als im Süden, wo die großen Ozeane temperaturausgleichend wirkten und die Ausbreitung der Vereisung von der Polregion verhinderten. Aber im Norden lag die Schneegrenze beim sechsunddreißigsten Breitengrad.

Selbst am Landepunkt war die Temperatur gemäßigt. Peron und Elissa verließen den Kabelwagen am Fuß der »Bohnenstange« bei klarem Himmel und strahlender Sonne, aber es wehte ein böiger Ostwind, der warme Kleidung nötig machte. Während die meisten Besucher zu einer Informationsschau über die Schönheiten der Erde gingen, nahmen die beiden eine Maschine und flogen nordwärts.

Den ersten Abend verbrachten sie an der üppig grünen Südküste des Mittelmeers. Der Informationsdienst unterrichtete sie, daß sich in der Nähe einst eine Stadt namens Tripolis befunden habe, von der jedoch keine Spuren mehr zu finden seien. Hier verlaufe die Nordgrenze der warmgemäßigten Zone mit ihren ausgedehnten Laubmischwäldern und reicher Pflanzen- und Tierwelt. Nördlich des Meeres, im einstigen Südeuropa, liege die kaltgemäßigte Zone mit lichten Nadelwäldern aus Kiefern, Fichten und Lärchen, die nördlich des europäischen Scheidegebirges von den Tundren des riesigen subarktischen Gürtels abgelöst werde.

Rasch wurde es Nacht; duftende Dunkelheit senkte

sich auf den weißen Sandstrand herab. Die Maschine enthielt zwei Schlafgelegenheiten, aber sie waren auf den gegenüberliegenden Seiten der kleinen Fahrgastkabine. Peron und Elissa zogen es vor, im Freien zu schlafen, geschützt von automatischen Sensoren und dem Warnsystem der Maschine. Sie lagen eng beisammen im weichen Sand, umfächelt von lauer Luft, und blickten auf zu der faszinierenden Mondsichel und den fremdartigen Sternbildern, die langsam über den Nachthimmel zogen. Auch Orbitalstationen sahen sie in steter Folge vorüberziehen, schnell wandernde kleine Lichtpunkte, von denen einer oder mehrere immer sichtbar waren. Der Schlaf wollte sich nicht einstellen. Lange flüsterten sie miteinander, über die neuen Eindrücke, über Pentecost, die Weltfestspiele und Karussell, und von dem Unfall, der sie über Lichtjahre und Jahrhunderte hinweg in ein neues Leben gestürzt hatte.

Die Nacht war voll unbekannter Geräusche. Der Wind raschelte im Laub hoher Bäume, und gleichmäßig rauschten die Wellen an den Strand. Irgendwo im Süden riefen Tiere, mit Stimmen, die quälend vertraut anmuteten, wie schluchzende und weinende Menschen. Als Peron endlich einschlief, plagten ihn unerfreuliche Träume. Die Stimmen riefen ihm durch die Nacht zu, doch nun bildete er sich ein, er könne ihre klagende Botschaft verstehen.

— Was du hier tust, ist Selbsttäuschung. Du versteckst dich vor der Wahrheit, versuchst, unerfreulichen Dingen auszuweichen. Aber sie lassen sich nicht abtun. Du mußt zurück zum S-Raum … und noch weiter gehen.

Am nächsten Morgen starteten sie wieder und flogen auf Nordostkurs nach Asien. Zwei Reisetage überzeugten Peron und Elissa von zweierlei: Abgesehen von den geografischen Großstrukturen hatte die Erde keine Ähnlichkeit mit der legendenumwobenen Welt, die in den alten Aufzeichnungen von Pentecost und an Bord Des Schiffes beschrieben worden war. Und es gab keine

Möglichkeit, auf Erden zu leben, es sei denn, auf der primitiven Stufe von Sammlern und Jägern — und auch dafür fehlten ihnen alle Voraussetzungen. Vielleicht wäre es anders gewesen, wenn man sich entschlossen hätte, die Erde in naher Zukunft wieder zu besiedeln. Aber das schien nicht beabsichtigt zu sein.

Sie ließen den Informationsdienst die ganze Zeit eingeschaltet. Er stellte ein Bindeglied dar zwischen der alten, zivilisationsgeplagten Erde der Legende und dem gegenwärtigen erneuerten Naturzustand.

Der nukleare Winter hatte nach der eigentlichen atomaren Vernichtung die am schwersten wiegenden Veränderungen bewirkt. Er war bei weitem folgenschwerer gewesen als die gegenwärtige, wiederum von Menschen verursachte Eiszeit, die den Planeten in ihrem starren Griff hatte. Unmittelbar nach den thermonuklearen Explosionen waren die Temperaturen unter den dichten Wolken von Dampf und radioaktivem Staub abgesunken. Pflanzen und Tiere, die im sonnenlosen Halbdunkel um ihr Überleben kämpften, mußten dies in einer vergifteten, strahlenden Umwelt tun, die viele Arten absterben ließ und andere zu rapiden Mutationen trieb.

Die Vögel konnten nicht genug Insektennahrung und Körner und Sämereien finden. Einige spezialisierte Arten fischten an den Küsten der tropischen Meere, wo sie mit den Meeressäugern um die verringerten Fischbestände in Nahrungskonkurrenz traten. Ihr hoher Energiebedarf tötete sie. Der letzte fliegende Vogel fiel innerhalb von zwei Jahren nach der thermonuklearen Vernichtung vom Himmel. Allein die Pinguine überlebten und breiteten sich mit der weltweiten Abkühlung des Klimas von der Antarktis nordwärts aus, um die Küsten Südamerikas, Afrikas und Australiens zu besiedeln.

Die größeren Säugetiere — einschließlich aller überlebenden Angehörigen der Spezies *Homo sapiens* — waren frühe Opfer. Lange Lebensspannen führten zur Ansammlung tödlicher Strahlungsdosen im Körpergewebe.

Die kleinen Erdbewohner, die in ihren unterirdischen Bauen von tief hinabreichenden Wurzeln und Knollen leben konnten, überstanden diese Zeit besser.

Ein Umstand hatte zu ihrem Überleben beigetragen. Die Stunde der Vernichtung fiel in die Zeit vor der Wintersonnenwende in der nördlichen Hemisphäre, in eine Zeit, als viele Tiere sich einen Fettvorrat für den Winter zugelegt hatten und anschickten, Winterschlaf zu halten. Sie hatten sich in ihre Baue zurückgezogen, manche Arten bereits den Winterschlaf angetreten. Diejenigen im hohen Norden waren nie wieder daraus erwacht. Andere, die in einem kalten, dunklen Frühling an die Oberfläche kamen, mußten weit umherstreunen, um Nahrung zu finden. Die vom Glück Begünstigten bewegten sich südwärts, in Gegenden, wo ein bleiches, kränkliches Sonnenlicht noch einiges Pflanzenwachstum erlaubte. Von allen Landsäugetieren der Erde überlebten nur diese Winterschlaf haltenden Bodenbewohner — Mäuse, Hamster, Erdhörnchen, Kaninchen, Murmeltiere und Dachse —, um Erben der Erde zu werden.

Dennoch hatten sie schwer zu kämpfen. Die Wirbellosen hatten selbst um ihr Überleben zu ringen. Nachdem das Insektenleben anfangs stark zurückgegangen war, paßte es sich den neuen Lebensbedingungen am raschesten an, mutierte, wuchs und verbreitete sich von neuem. Es hatte die tropischen Regionen von jeher beherrscht; nun schickten sich die größeren Ameisen und Spinnen an, mit Hilfe ihrer gefährlichen Kieferzangen und Giftdrüsen zu Herren der Schöpfung aufzusteigen.

Die Säugetiere nahmen den einzigen Weg, der ihnen offen blieb. Durch das Fehlen eines inneren Skeletts und durch passive Atmungsmechanismen in der Größenentwicklung begrenzt, blieb den Wirbellosen jedoch der letzte Erfolg versagt; überdies waren sie in ihrer Aktivität temperaturabhängig. Die Nager hingegen verbesserten ihren Wärmehaushalt durch Wachstum, entwickelten dicke Felle und haarige Pfoten, und verließen die

Äquatorzone, um in den gemäßigten Breiten Lebensräume zu finden, wo der Konkurrenzdruck der Wirbellosen weniger mörderisch war. Einige von ihnen blieben Pflanzenfresser und stellten sich auf die spärliche, bleichsüchtige Pflanzenwelt um, die im staubgefilterten Dämmerlicht noch gedieh. Nach Art der Murmeltiere legten sie sich als Nahrungsspeicher und Isolation dicke Fettschichten zu. Andere Überlebende wurden Raubtiere, die ihren pflanzenfressenden Verwandten auflauerten.

Mit dem allmählichen Ende des nuklearen Winters breiteten die Insekten sich wieder nach Norden und Süden aus. Aber die mutierten Mäuse und Kaninchen waren bereit. Sie hatten an Größe zugenommen und trugen jetzt dicke schützende Fettschichten und Pelze, die sie vor den Giftstacheln und Kieferzangen schützten. Die Insekten waren eine willkommene neue Proteinquelle. So besiedelten die Pflanzenfresser, gefolgt von ihren Jägern, von neuem die tropischen Lebensräume, die sie früher hatten aufgeben müssen.

Waren die Veränderungen der Tierwelt nach Auskunft des Informationssystems schon tiefgreifend, so galt dies erst recht für jene der Pflanzenwelt. Die meisten Gräser waren verschwunden. Ihre Stelle hatten Farne, Moose und niedrige Blattpflanzen eingenommen, vor allem eine Form, deren Blätter an eine Zwergform des Eukalyptus gemahnten und die Millionen von Quadratkilometern mit ihren lanzettförmigen, bläulichgrünen Blättern bedeckten. Da es keine menschlichen Siedlungen gab, suchte man auch vergebens Anbauflächen und mit Getreide und anderen Früchten bestellte Felder. Die eukalyptusartigen Zwergsträucher trugen Trauben roter Beeren, und nachdem Elissa sich vergewissert hatte, daß sie genießbar waren, kostete sie davon. Sie waren mit einem fettig-nahrhaften Sirup gefüllt, und in der Mitte war eine ovale, harte Steinfrucht. Die Beeren, Wurzeln und Blätter der Pflanzen boten unter ihrem fußhohen Laubdach verschiedenen Tieren Nahrung und Lebensraum; verbreitet kamen fingerlange Riesenameisen vor.

Als sie weiterflogen über das natürliche Antlitz der Erde, wo kein Überrest von Menschenwerk geblieben war, wurde Peron allmählich stiller und in sich gekehrter. Elissa vermutete darin eine Reaktion auf ihre Umgebung und wollte sich nicht in seine Gedankengänge hineindrängen. Doch als sie der öden Westküste Südamerikas folgten, wo die Andengletscher zum Pazifik hinabströmten, wurde Perons Bedürfnis, über seine Sorgen zu sprechen, überwältigend.

Sie waren in den Vorbergen der Anden gelandet, um den Sonnenuntergang über dem Ozean zu sehen. Beide schwiegen, überwältigt von dem Schauspiel, als die rote Sonnenscheibe langsam hinter einen Wolkenstreif weit draußen über dem Ozean niederging und ihn in seiner ganzen Ausdehnung entzündete, bevor sie im Ozean versank. Selbst als das Tagesgestirn unter den weiten Meereshorizont gesunken war, konnten sie seine Strahlen noch im rotgoldenen Widerschein auf den Gipfeln der hohen, schneebedeckten Bergketten im Osten liegen sehen.

»Wir können hier nicht bleiben«, sagte Peron endlich. »Selbst wenn es uns hier besser gefiele als auf Pentecost, selbst wenn wir die Erde für vollkommen hielten, müßten wir zurück — in den S-Raum.«

Elissa sagte nichts. Sie kannte Peron. Man mußte ihm Zeit lassen, sich in ein Problem hineinzuarbeiten, und man durfte ihn nicht drängen und unter Druck setzen. So war es ihm erstmals gelungen, zu ihr über ihre Beziehung zu sprechen, und in gleicher Weise hatte sie von seinen fortdauernden Zweifeln und Gewissensbissen erfahren, daß er seine Familie verlassen hatte, um an den Weltfestspielen teilzunehmen.

Das letzte Licht verging, während sie auf der weichen Erde neben der Maschine saßen. Die ersten Sterne blinzelten vom Nachthimmel herab.

»Wir hatten hier eine schöne Zeit«, fuhr Peron endlich fort. »Aber seit zwei Tagen verfolgt mich ein Gedanke, der mir nicht mehr aus dem Kopf will. Erinnerst du dich an die Gruppe der Mausaffen, der schwarzen, mit den dicken Schwänzen?«

Elissa drückte ihm die Hand, ohne zu sprechen.

»Du fragtest mich, wie das Oberhaupt des Trupps es fertig bringe, die anderen so mühelos zu beherrschen. Er schien sie nicht zu drangsalieren oder einzuschüchtern, man hatte nicht einmal den Eindruck, daß er sie beherrschen wollte. Aber sie stiegen in den Ästen herum und brachten ihm Früchte, pflegten ihm das Fell, und er brauchte sich nicht einmal zu regen, um in Bequemlichkeit zu leben. Das erinnerte mich an etwas, das mein Vater zu mir sagte, als ich erst zehn war. Er fragte mich, wer Pentecost beherrschte. Er sagte, das sei die dritte der wichtigen Fragen, die in einer Gesellschaft beantwortet werden müßten, und die anderen wichtigen lauteten: wie und warum herrschten der oder die Betreffenden. Wenn du alle drei Fragen beantworten könntest, sagte er, dann wüßtest du, wer die Herren sind, welcher Mechanismen sie sich bedienen und welche Motive sie haben. Dann würdest du in der Lage sein, Veränderungen herbeizuführen.«

»Sagte er dir die Antworten?«

»Nein. Er wußte sie nicht. Er suchte sie sein Leben lang. Aber die Antworten waren nicht auf Pentecost — wir wissen jetzt, daß die wahren Herrscher von Pentecost die Unsterblichen sind, und daß unsere Regierenden nur ihre Handlanger sind. Bestenfalls Vasallen. Sie herrschen durch überlegenes Wissen und nutzen die Welt nach eigenem Bekunden als Quelle für ihren Nachwuchs. Diese Ideen lagen jenseits der Vorstellungskraft meines Vaters. Aber was die Wichtigkeit der Fragestellung betraf, so hatte er recht.«

Elissa rieb sich fröstelnd die Oberarme. Sie war leicht gekleidet, und ihre bloßen Arme hatten eine Gänsehaut bekommen, aber sie zögerte, den Aufbruch vorzuschlagen.

»Schließlich legte ich mir die wichtigen Fragen selbst vor«, sagte Peron. »Fragen, die nicht Pentecost zum Inhalt hatten, sondern die Unsterblichen selbst. Sie besitzen eine gut entwickelte Gesellschaft. Aber wer regiert sie? Wie, und vor allem, warum? Zuerst dachte ich, wir hätten die Antwort auf die erste Frage: die Unsterblichen würden von Dem Schiff regiert. Sobald wir den S-Raum kennenlernten, sah ich, daß das nicht stimmte. Dann glaubte ich die Antwort im Sektorenhauptquartier zu finden. Aber wir erfuhren, daß das ein Irrtum war. Das Sektorenhauptquartier ist nichts als ein Verwaltungszentrum, eine Umsteigestation und ein Umschlagplatz. Was war zu tun? Wir entschieden, die Herrschaft müsse hier ausgeübt werden, und wir kamen hierher. Aber neue Antworten fanden wir nicht. Wer herrscht über alles, was in diesem System vor sich geht? Nicht Jan de Vries, dafür wette ich meinen Kopf. Er ist ein guter Gefolgsmann, aber keine Führerpersönlichkeit. Und selbst wenn wir herausfinden, wer an der Spitze steht, bleiben noch immer die Fragen wie und warum.«

»Und was willst du tun?«

»Ich weiß es nicht. Genauer hinsehen, nehme ich an. Elissa, wir sind jetzt seit fünf Tagen auf der Erde. Wie fühlst du dich?«

»Ich fühle mich ganz großartig. Du nicht?«

»Doch, ich auch. Weißt du, warum?«

»Ich habe mir Gedanken darüber gemacht. Ich glaube, es hat mit unserer Herkunft zu tun. Die Erde war Millionen Jahre lang die natürliche Umwelt, in der wir Menschen uns entwickelten — Schwere, Luftdruck, Sonnenschein, Nahrungsangebot — was du willst. Es ist natürlich, daß wir uns hier wohl fühlen.«

»Das weiß ich alles. Aber, Elissa, ich glaube, es gibt noch einen Grund. Nach meiner Meinung ist alles relativ, und ehe wir herkamen, hatten wir mehr als einen

Monat im S-Raum verbracht. Ich will dir meine Theorie erklären, denn sie verursacht mir Unbehagen. Ich fürchte, daß der S-Raum aus Gründen, die man uns noch nicht verraten hat, für Menschen ungeeignet ist.«

»Obwohl wir dort ein Vielfaches der normalen Lebensspanne haben werden? Ich meine, nicht bloß im S-Raum, ich meine eine subjektiv vielfach verlängerte Lebensspanne. Bedeutet das nicht, daß der S-Raum gut für unsere Körper ist?«

Peron seufzte. Elissa wußte es nicht, aber sie trug ihm Argumente vor, mit denen er seit Tagen gerungen hatte, ohne zufriedenstellende Antworten zu finden.

»Es sieht so aus. Es scheint logisch: wir leben dort länger, also muß es gut für uns sein. Aber ich glaube es nicht. Denk daran, wie du dich fühlst. Der S-Raum hat dir dieses Gefühl von Vitalität nicht gegeben. Erinnerst du dich, wie es war, wenn wir zusammen waren? War es auf Pentecost nicht schön, und ist es die letzten paar Tage hier nicht noch schöner gewesen? Wenn ich dagegen an den S-Raum denke ...«

Elissa legte ihm die Hand aufs Knie. »Du brauchst nicht zu fragen, du weißt die Antwort. Sei nur vorsichtig, oder du bringst mich auf Gedanken.«

Er legte die Hand auf die ihre, aber seine Stimme blieb nachdenklich und unfroh. »Du stimmst also zu, daß manches im S-Raum einfach nicht richtig ist. Wir haben das tief in unserem Innern gewußt, aber ich dachte immer, es sei Teil des Anpassungsprozesses. Inzwischen bin ich genauso sicher, daß das nicht der Fall ist, verstehst du? Und jeder, der längere Zeit im S-Raum gelebt hat, muß es auch wissen.«

Er zog die Beine an und stand schwerfällig auf. Elissa folgte seinem Beispiel, und sie standen eine Weile fröstelnd im Nachtwind, der von den verschneiten östlichen Gipfeln seewärts blies.

»Angenommen, du hast recht«, sagte Elissa. »Und du hast mich davon überzeugt. Was können wir tun?«

Peron zog sie an sich, und sie wärmten sich aneinander. Doch als er sprach, klang seine Stimme so kalt wie der Wind. »Liebes, ich bin es müde, manipuliert zu werden. Ich bin es müde, im dunkeln umherzutappen. Wir müssen zurück zur Orbitalstation. Wir dürfen uns nicht mehr mit freundlichem Zureden und leeren Antworten von Olivia oder Jan de Vries oder irgendwem zufriedengeben. Und wir müssen so entschieden wir können auf die wirklichen Antworten über die Zivilisation im S-Raum drängen; wer, wie und warum.«

26

Auf Elissas Beharren setzten sie eine Zusammenkunft mit Sy ganz oben auf ihre Prioritätenliste, als sie in die Umlaufbahn und den S-Raum zurückkehrten. Sie war mit Perons Gedanken einverstanden, wollte sie aber aus Sys besonderer Perspektive überprüft wissen.

Die Rückreise an der »Bohnenstange« hinauf fand in einer völlig anderen Atmosphäre statt als die Fahrt hinunter zur Erde. Der Wagen war so voll wie zuvor, aber die Reisenden waren jetzt nachdenklich, die allgemeine Stimmung beinahe schwermütig. Nach einigen Tagen auf der Erde hatten alle gespürt, wie sehr sie sich der Erde und einer natürlichen Umgebung entfremdet hatten. Durch die Kriege des Menschen und die von ihm bewirkten Klimaveränderungen war die alte Heimat entstellt und umgewandelt worden, und niemand fand sich dort, wo nichts mehr vom alten Menschenwerk geblieben war, noch zurecht. Die Nachkommen der Überlebenden waren des Daseins unter freiem Himmel und inmitten einer nicht mehr verstandenen Natur entwöhnt. Eine Rückkehr schien den meisten von ihnen unmöglich. Die Reisenden blickten hinab zu den weißen Wolkenwirbeln und den blauen Ozeanen und sagten ihr stummes Lebewohl.

Olivia Ferranti hatte erwähnt, daß wenige Menschen mehr als einen Besuch auf Erden machten. Jetzt wußten Peron und Elissa, warum es so war.

Als sie die Station erreichten, die als oberer Endpunkt der »Bohnenstange« diente, befragte Elissa das Informationssystem nach Sys Aufenthalt. Während sie damit beschäftigt war, kümmerte Peron sich um ihren Übergang zum S-Raum. Dies erwies sich als überraschend einfach. Da beinahe jeder, der von einem Erdbesuch zurückkam, sogleich weiter zum S-Raum ging, war das Verfahren zu einer Art Fließbandsystem vervollkommnet worden. Peron nannte ihre Identifikationscodes, worauf ihm zwei Behälter zugewiesen wurden.

»Fertig?« sagte er zu Elissa.

Sie saß noch am Datenanschluß, schüttelte den Kopf und zog die Stirn in Falten. »Nein, noch nicht. Warte mit der Anmeldung für die Behälter.«

»Was ist? Kannst du Sy nicht finden?«

»Ich habe ihn gefunden, aber er ist nicht mehr im S-Raum. Er ging noch vor uns in den normalen Raum.«

»War er auch auf der Erde?«

»Nicht, soweit es dem Informationsdienst bekannt ist. Er muß die ganze Zeit, während wir auf Erden waren, hier gewesen sein. Und er verließ den S-Raum eine Viertelstunde S-Zeit vor uns — also ist er seit mehr als zwanzig Tagen in normalem Raum!«

»Was hat er gemacht?«

Wieder schüttelte sie den Kopf. »Das weiß der liebe Gott. Diese Information ist nicht gespeichert. Aber er wurde zuletzt in einer der Stationen hier im unteren Synchronkomplex gemeldet. Wenn wir die Köpfe zusammenstecken wollen, hat es noch keinen Sinn, in den S-Raum zurückzukehren.«

Peron stornierte seine Anmeldung. »Dann komm! Ich weiß nicht, wie wir es anstellen, aber wir müssen ihn ausfindig machen.«

Wie sich zeigen sollte, war diese Aufgabe viel einfacher, als Peron es sich vorgestellt hatte. Sy hatte keinen Versuch unternommen, seinen Aufenthalt zu verbergen. Er hatte die ganze Zeit in einem Raum gelebt, wo ein Datenanschluß ihm ständige Verbindung mit den Speichern des Zentralcomputers ermöglichte. Er saß still an seinem Bildschirmgerät, als Elissa und Peron hereinkamen. Nur flüchtig blickte er vom Bildschirm auf und nickte ihnen zu. »Ich habe euch seit einigen Tagen erwartet. Gebt mir einen Augenblick Zeit, zu beenden, was ich tue.«

Elissa sah sich neugierig um. Der Raum war klein, mit wenigen materiellen Hinweisen auf Sys Gegenwart. Die Dienstleistungsroboter hatten alle Speisen und alles Geschirr weggeräumt, und es gab nichts Überflüssiges, nicht einmal zur Verschönerung der Kammer. Das Bett sah unbenutzt aus, und die Platte des kleinen Schreibtisches war völlig leer. Sy sah gepflegt aus, glattrasiert und in dunkler, gut sitzender Kleidung.

»Es eilt nicht«, sagte sie und ließ sich auf die Bettkante nieder.

»Ich habe Nachricht von Kallen«, sagte Sy, ohne den Blick vom Bildschirm zu wenden. »Lum und Rosanne sind verhindert und werden nicht so bald hier sein können, wie sie dachten. Wie war die Erde?«

»Sie gab uns zu denken«», sagte Peron. Er setzte sich neben Elissa und wartete, bis Sy die Datenspeicherung beendet, das Gerät ausgeschaltet hatte und sich zu ihnen umwandte. »Du solltest die Reise machen, Sy. Es ist ein unvergeßliches Erlebnis.«

»Ich dachte auch daran«, sagte Sy. »Dann kam ich zu dem Entschluß, daß es höhere Prioritäten gibt. Für die Erde ist später noch Zeit genug — sie wird nicht weglaufen.«

»Aber was tust du hier, im normalen Raum?« fragte Elissa. »Nach Auskunft des Informationsdienstes bist du schon ewig hier.«

Sy lächelte. »Sechsundzwanzig Tage. Wißt ihr, was

mit dem S-Raum nicht stimmt? Man kann nichts schnell erledigen. Ich hatte verschiedenes vor, und es gab einiges, was ich dazu wissen mußte, und zwar schnell, und ich war mir nicht sicher, daß unsere unsterblichen Freunde ihre Erlaubnis geben würden. Also kam ich hierher. Ich bin erst seit neunzehn Minuten S-Zeit in diesem gemieteten Raum. Bis sie merken, daß ich fort bin, werde ich hier fertig sein.«

»Ich hatte das gleiche Gefühl«, sagte Peron. »Im S-Raum sind wir zu langsam. Wir haben viel weniger Kontrolle darüber, was mit uns und um uns vorgeht. Aber woran arbeitest du?«

»An verschiedenen Dingen. Erstens habe ich Kallens Gesetz überprüft — der Name ist von mir, nicht von ihm. Erinnert ihr euch, was er sagte? ›Alles, was von einer Person in einen Datenspeicher getan werden kann, kann von einer anderen herausgenommen werden, wenn diese schlau genug ist und genug Zeit hat.‹ Das ist ein Problem mit einer Gesellschaft, die sich auf Computer verläßt, und zugleich ein Grund, warum Computer auf Pentecost so scharfer Kontrolle unterstanden: es ist nahezu unmöglich, den Zugang zu gespeicherten Informationen zu verhindern. Ich dachte mir, daß es irgendwo in den Datenspeichern Hinweise auf den Ort geben würde, wenn die Unsterblichen ein Hauptquartier besäßen, dessen Existenz sie geheimhalten. Natürlich gut versteckt, aber Information müßte vorhanden sein. Gibt es eine geheime Anlage, und wenn es so ist, wo befindet sie sich? Das waren zwei Fragen, die ich beantwortet haben wollte. Und ich hatte eine zweite Sache, die mir Kopfzerbrechen bereitete. Als wir den Sommerfäden und Pipistrelles begegneten, sagte Ferranti, die Unsterblichen könnten nicht eigentlich mit ihnen kommunizieren. Aber sie kommunizierte mit ihnen, obgleich sie keine Botschaft zurückschickten. Und ich konnte nicht mit Gewißheit sagen, ob diese Auskünfte der Wahrheit entsprachen. Angenommen, sie schickten doch eine Botschaft? Wir wissen nicht, was das Schiff empfing. Ich fürchte, darauf habe ich noch keine Antwort gefunden. Ich bin hier ununterbrochen an der Arbeit, aber es kostet Zeit.«

»Willst du damit andeuten, daß du die anderen Fragen beantwortet hast?«

»Glaub schon.« Sy stützte den linken Ellbogen in die rechte Hand. »War nicht einfach. Da ist ein ziemlich starkes Vertuschen im Gange. Das Datenmaterial, das für die Büchereien an Bord der Schiffe und Sektorenhauptquartiere verfügbar ist, sagt darüber nichts aus. Ich mußte durch die Überprüfung innerer Folgerichtigkeit weiterkommen. Was sagen euch diese Tatsachen? Erstens, die offiziellen Listen der Flugbewegungen verzeichnen einhundertzweiundsechzig von hier ausgehende Reisen im vergangenen S-Monat. Die maximale Treibstoffkapazität jedes einzelnen Schiffes beträgt 4,4 Milliarden SKE. Und was im vergangenen S-Monat an Treibstoffvorräten hier im System entnommen wurde, entspricht 871 Milliarden SKE. Seht ihr das Problem? Ich erspare euch die Mühe, das auszurechnen. Es wird zuviel Energie verbraucht — genug für mindestens sechsundzwanzig Flüge, die in der Liste nicht aufscheinen.«

»Hast du andere Zeitabschnitte überprüft?« fragte Peron.

Sy sah ihn beleidigt an. »Was glaubst du? Fahren wir fort. Hier ist ein Anhaltspunkt, der aber leider nicht schlüssig ist. Das Navigationsnetz im Bereich des Sonnensystems ist durchwegs computergesteuert und paßt sich selbsttätig veränderten Erfordernissen an. Allgemein gesprochen, die am meisten benutzten Annäherungsrouten sind diejenigen mit den meisten Radargeräten und Navigationssteuerungen. Die Information über die Positionen der Radarmonitoren sind in den Datenspeichern abrufbar, so daß man sie benutzen kann, um ein umgekehrtes Problem aufzubauen: ist die Verteilung der Geräte gegeben, in welche Richtungen gehen die am meisten benutzten Routen von und zum Sonnensystem? Ich gab das Problem ein und ließ die Computer eine Antwort ausarbeiten. Als ich sie hatte, wunderte ich mich tagelang. Die Lösung deutete auf einen Vektor hin, der nirgendwo hinzuführen schien — nicht zu einem Stern, nicht zu irgendeinem bedeutsamen Objekt. Er zeigte ins Nichts. Ich saß fest.

Ich legte das beiseite und folgte einer anderen Überlegung. Angenommen, es gab ein geheimes Hauptquartier irgendwo im Raum. Es würde mit dem Sonnensystem nicht bloß durch die Schiffe kommunizieren, die nur ein Zehntel der Lichtgeschwindigkeit erreichen, sondern auch durch Radiosignale. Es gibt überall im Sonnensystem Tausende von großen Antennen und Relaisanlagen, und die Computer überwachen und steuern ihre Ausrichtungen. Also verschaffte ich mir Zugang zu diesen Ausrichtungsdaten und stellte dem Computer eine Frage: welcher von allen Orten, auf den die Antennen ausgerichtet werden, wird am häufigsten angepeilt? Wollt ihr raten, wie die Antwort war?«

»Die Antwort war die gleiche, die du vom Navigationssystem bekamst«, sagte Peron. »Eine verrückte Geschichte. Aber wie kommen wir weiter? Du hast dasselbe Geheimnis.«

»Nicht ganz.« Sy schaute ungewöhnlich selbstzufrieden drein. Peron merkte, daß sogar Sy nicht frei von Eitelkeit war; auch er hatte gern ein anerkennend lauschendes Publikum, wenn er seine Folgerungen vortrug. »Du hast in einer Weise recht«, fuhr Sy fort, »ich bekam die gleiche Antwort wie vom Navigationssystem. Ich hatte einen Vektor, der ins Nichts wies. Aber mit den Antennen hat es noch mehr auf sich. Sie müssen alle sehr genau eingestellt werden, aber natürlich sind sie über weite Teile des Sonnensystems verstreut, vom Merkur bis hinaus zu den Saturnmonden. Wenn du so eine Botschaft an einem bestimmten Punkt im Raum ausstrahlen willst, und nicht bloß in eine bestimmte Richtung, dann muß jede Antenne ein wenig anders eingestellt werden. Mit anderen Worten, die Ausrichtung muß die Parallaxe des Ziels berücksichtigen. Also tat ich den nächsten Schritt. Ich fragte, ob es Parallaxen für die vorausgegangene Lösung gebe, das heißt, für die häufigsten Antennenausrichtungen, und wenn das der Fall sei, welches sei der Konvergenzpunkt? Ich erhielt eine überraschende Antwort. Es gibt eine Parallaxe — sie ist klein und mißt nur eine Bogensekunde —, und der Konvergenzpunkt liegt achtundzwanzig Lichtjahre von der Sonne entfernt, in genau der Richtung, die ich zuvor bestimmt hatte. Aber wenn ihr die Sternkarten und die Positionen von Sternen und anderen meßbaren Himmelskörpern überprüft, dann stellt ihr fest, daß es dort nichts gibt. Nichts. Die Antennen zielen ins Nichts. Ich nannte diese Stelle Konvergenzpunkt, weil ich keinen besseren Namen dafür habe. Aber was ist es? Das war die Frage. Und da saß ich wieder fest, ziemlich lang. Wißt ihr, was mir schließlich die Antwort gab?«

Elissa machte ein Gesicht, das eine Mischung von Pfiffigkeit und Verträumtheit war. »Olivia Ferranti. Erinnert ihr euch, was sie sagte? ›Man kann nicht alles über das Universum erfahren, wenn man nahe bei einem Stern sitzt.‹ So ähnlich. Und du, Sy, sagtest, daß du vielleicht in Nichts sehen solltest, um neue Geheimnisse zu finden, statt ins Zentrum der Galaxis. Der Konvergenzpunkt ist ein Nichts-Punkt.«

Sy schaute sie verdutzt an. »Elissa, ich hatte eine rhetorische Frage gestellt. Es war nicht erwünscht, daß du mit der richtigen Antwort daherkommst. Wie, zum Teufel, hast du das ausgeknobelt?«

Elissa lächelte. »Gar nicht. Du verrietest es selbst. Du wirst nie einen guten Lügner abgeben, Sy, obwohl dein Gesicht dich nicht verrät. Es war deine Wortwahl. Noch bevor du die Distanz wußtest, die achtundzwanzig Lichtjahre, sagtest du mehrmals, daß die Antennen ›ins Nichts‹ zeigten. Du konntest nicht wissen, ob es dort nicht einen dunklen Himmelskörper gibt. Aber nach deinen Worten und deinem Tonfall war es das ›Nichts‹ worauf es ankommt, nicht auf die Koordinaten des Zielpunktes.«

Sy blickte zu Peron. »Sie ist eine Hexe. Wenn sie dich so lesen kann, mein Lieber, wirst du nie ein Geheimnis vor ihr bewahren. Nun schön, Elissa, gehen wir einen Schritt weiter. Kannst du mir sagen, was an diesem besonderen Nichts so besonders ist?«

Elissa dachte darüber nach, dann schüttelte sie den Kopf.

»So dachte ich auch. Wie kann das Nichts etwas Besonderes sein? Aber dann fiel mir wieder etwas ein, was Olivia Ferranti gesagt hatte: ›Man muß wissen, was draußen im Raum vorgeht.‹ Also fragte ich mich, was ist unter ›draußen im Raum‹ zu verstehen? Ich machte mich wieder über die Sternkarten und die Koordinaten her und stellte dem Computer eine weitere Frage: Gib mir die Koordinaten des Punktes im offenen Weltraum im Umkreis von hundert Lichtjahren, die von jedem bekannten Himmelskörper am weitesten entfernt ist. Ungewißheiten in unserer Kenntnis der Entfernungen machen die Antwort etwas zwiespältig, aber der Computer nannte mir schließlich nur zwei Koordinaten. Eine ist einundneunzig Lichtjahre entfernt; selbst im S-Raum eine Halbjahresreise. Der andere Punkt ist — kein Kunststück, es zu erraten — achtundzwanzig Lichtjahre von der Sonne entfernt — in der passenden Richtung. Der Konvergenzpunkt ist ein wirklicher Nichts-Punkt. Kommunikationszeit: fünf S-Tage.«

Sy ließ eine holographische Darstellung des Sternhimmels vor ihnen in den Raum projizieren. Er bewegte den dreidimensionalen Zeigestock zu einem leeren Raum innerhalb des Himmelsausschnitts. »Würdet ihr gern das wahre Machtzentrum der Unsterblichen besuchen? Dann sage ich, wohin ihr müßt. Station Nichts. S-Raum-Reisezeit: weniger als zwei Monate.«

Elissa sah ihn verwirrt an. »Aber warum sollte jemand ein Hauptquartier dort draußen errichten, mitten im Nichts?«

Sy schüttelte den Kopf. »Das kann ich nicht beantworten.«

Peron starrte in die Projektion. »Vielleicht müssen wir hin, um es zu erfahren. Und es wird nicht einfach sein. Die Unsterblichen wollen uns nicht dort haben, soviel ist gewiß — sie wollen nicht einmal, daß wir von der Existenz des Ortes wissen. Du hast das ›Wo‹-Rätsel gelöst, Sy, das scheint mir sicher. Aber damit bleibt uns ein größeres Problem: wie können wir Mittel und Wege finden, die Reise zu machen, wenn das ganze System darauf angelegt ist, es zu verhindern?«

Sys selbstzufriedener Ausdruck kehrte wieder. »Ich sagte euch, daß ich hart gearbeitet habe. Wenn wir eine Reise im S-Raum hinaus zum Konvergenzpunkt machen wollen, gibt es größere Probleme zu lösen, und ich habe sie identifiziert. Ihre Lösung freilich ist eine andere Sache; dazu werde ich Hilfe brauchen.«

Er gab eine Anforderung ein, und auf dem Bildschirm erschien eine numerierte Liste. »Erstens, wir müssen Ort und Abgangszeit des nächsten Schiffes in Erfahrung bringen, das zum Konvergenzpunkt geht. Zweitens, wir müssen Mittel und Wege finden, an Bord dieses Schiffes zu gelangen — vorzugsweise in einer Art und Weise, die sonst niemand bemerkt. Drittens, wir müssen unsere Abwesenheit erklären, so daß keiner Überlegungen über unseren Verbleib anstellt. Viertens, wir werden mit der Schiffsbesatzung etwas anfangen müssen. Fünftens, bevor wir das Ziel erreichen, werden wir einen Aktionsplan benötigen. Wo wollt ihr anfangen?«

»Können wir die Mannschaft nicht in Kälteschlaf versetzen und mitnehmen?« fragte Elissa.

»Das war mein Gedanke. Ich möchte ihnen keinen Schaden zufügen, und es ist viel besser, als sie irgendwo im Sonnensystem zurückzulassen. Ich bin zuversichtlich, daß wir mit der Technik des Schiffes zurechtkommen werden — die Dienstleistungsroboter tun beinahe alles, und den Rest haben wir auf der Herreise von Cassay gelernt. Die anderen Probleme sind nicht so einfach. Ich würde gern hören, was ihr darüber denkt.«

»Das dritte, das unsere Abwesenheit erklärt«, sagte Elissa. »Wir brauchen nur genug Zeit, um ein Stück zu unserem Ziel hinauszufliegen. Sobald wir fort sind, werden sie uns nicht mehr einholen können.«

»Richtig. Aber es kann nicht in unserem Interesse liegen, daß sie wissen, wohin wir gehen. In diesem Fall würden sie nämlich ein Radiosignal aussenden und das Hauptquartier vor uns warnen.«

»Warum sollten sie erfahren, wohin wir gehen? Jan de Vries ließ bereits durchblicken, daß wir ihm hauptsächlich lästig sind. Wenn wir zeigen können, daß wir zu einem einleuchtenden Zielort abgereist sind, wird er sich nicht sonderlich dafür interessieren. Pentecost würde ein naheliegendes Ziel sein; es ist unsere Heimat. Ich denke, er würde sie höchstens warnen, auf unsere Ankunft zu achten. Kannst du eine falsche Dateneingabe machen, die darauf hinweist, daß wir nach Pentecost wollen?«

Sy zuckte die Achseln. »Ich kann es versuchen. Eine gute Sache an dem Informationssystem ist, daß es die Veränderungen, die wir vornehmen werden, nicht erwartet. Die Logik ist gegen die üblichen Fehler und Irrtümer beim Programmieren gesichert, aber nicht gegen systematische Sabotage. Ich werde es schaffen. In den letzten Wochen habe ich ziemlich viel über den Umgang mit EDV gelernt.«

»Genug, um deine erste Frage zu beantworten?« fragte Peron. »Du sagtest es selbst, Sy: die Information über Abreisetermine und Zielorte muß irgendwo gespeichert sein. Es kommt nur darauf an, sie zu finden. Aber wenn jemand das herausholen kann, dann du.«

Sy machte ein Gesicht. »Nicht ohne lange und mühsame Arbeit.«

»Es wäre an mir oder Elissa, das zu tun, aber du bist besser geeignet. Du weißt es schlauer anzufangen.«

»Hör auf mit der Schmeichelei.«

»Es ist mein Ernst. Wenn es dir gelingt, das Wann und Wo herauszubringen, werde ich vielleicht den Schlüssel zum Problem haben, wie wir an Bord kommen können.«

Sy runzelte die Stirn. »Du hast eine Idee? Was habe ich übersehen?«

»Dir fehlt eine Information. Elissa und ich lernten das auf die mühsamste Art und Weise, und wir können uns dafür verbürgen: es ist ausgeschlossen, daß die Mannschaft während der Beschleunigungsphase ihrer Reise im S-Raum bleiben wird. Es ist einfach zu unangenehm. Sie werden bei Reisebeginn im Kälteschlaf sein. Siehst du, was das bedeutet?«

Er zog den Eingabeteil des Datenanschlusses näher. »Laß mich eine Zugangsweise skizzieren. Dann können wir sehen, wie sich der Zeitablauf gestaltet.«

»T MINUS VIER MINUTEN, COUNTDOWN LÄUFT«; sagte eine körperlose Stimme.

»— TREIBSTOFFMASSE PRÜFUNG LÄUFT.«

»— SCHUBPROTOKOLL VOLLSTÄNDIG.«

»— LADUNGSPRÜFUNG LÄUFT.«

»— FLUGBAHN BESTÄTIGT UND GEBILLIGT.«

Die mechanischen Stimmen meldeten sich eine nach der anderen. Ward Lunga, der Schiffskapitän, lag still im Kälteschlafbehälter. Er beobachtete die Instrumentenablesungen, plauderte mit seiner Navigatorin Celia Deveny und lauschte mit halbem Ohr dem Verlesen der Prüfliste durch die selbsttätigen Systeme. Volle Aufmerksamkeit war unnötig. Abweichungen vom Sollstand wurden separat angegeben und gemeldet.

»T MINUS EINHUNDERTACHTZIG SEKUNDEN, COUNTDOWN LÄUFT«, sagte die Stimme.

»— PRÜFUNG MECHANISCHER SYSTEME ABGESCHLOSSEN!«

Die *Manta* befand sich in stabiler Sonnenumlaufbahn an einem Punkt bei den Trojanermonden des Saturn. Der Countdown war beinahe beendet. Der Navigationsrechner zeigte eine Kursprojektion, die das Schiff vom mittleren Sonnensystem direkt nach Golfstadt tragen würde, achtundzwanzig Lichtjahre entfernt. Noch schwebte die *Manta* in Schwerelosigkeit, aber in drei S-Minuten sollte die Beschleunigungsphase beginnen.

»PRÜFUNG DER ELEKTRISCHEN UND ELEKTRONISCHEN SYSTEME ABGESCHLOSSEN!«

»— TREIBSTOFFMASSEPRÜFUNG ABGESCHLOSSEN.«

Der verflüssigte Wasserstoff im Äquivalent von einigen hundert Millionen Tonnen SKE war übernommen; das Tankschiff legte ab und nahm unter Selbststeuerung Kurs auf das innere Sonnensystem.

»UNREGELMÄSSIGKEIT LADERAUM«, meldete sich plötzlich eine mechanische Stimme. »LADEPFORTE SIEBEN OFFEN.«

Lunga grunzte überrascht. »Verdammt. Alle Ladung müßte längst an Bord und verstaut sein. Befehl: Monitor Ladepforte sieben.«

Zwei Ansichten der Ladepforte sieben erschienen abwechselnd auf dem Bildschirm. Lunga betrachtete sie eingehend. »Das verdammte Ding sieht geschlossen aus. Alle anderen Systeme melden normal — sehen Sie da etwas, Celia?«

»Fehlanzeige.«

Er drückte zwei Schalter. »Befehl: Wiederholung Statusprüfung Ladepforte sieben.«

»LADEPFORTE SIEBEN ZUSTAND: GESCHLOSSEN UND NORMAL. LADUNGSÜBERNAHME ABGESCHLOSSEN. LADUNG VERSTAUT UND GESICHERT. FRACHTFÄHREN IM ABFLUG.«

»— T MINUS EINHUNDERTZWANZIG SEKUNDEN, COUNTDOWN LÄUFT.«

»— ÜBERGANG ZUM KÄLTESCHLAF BEGINNT

IN DREISSIG SEKUNDEN SOFERN ZENTRALE STEUERUNG NICHT UNTERBRECHUNGSSIGNAL ERHÄLT.«

Ward Lungas Finger lag auf dem Druckschalter, aber er zögerte. Wenn er in der nächsten halben Minute nichts unternahm, würde das System den Übergang der Besatzung vom S-Raum zum Kälteschlaf einleiten: »Befehl: Alle Überprüfungen wiederholen und Unregelmäßigkeiten melden.«

Nach einem Sekundenbruchteil kam schon die Antwort.

»ALLE PRÜFUNGEN WIEDERHOLT. KEINE UNREGELMÄSSIGKEITEN BEOBACHTET. ALLE SYSTEME SIND EINSATZBEREIT.«

»— T MINUS HUNDERT SEKUNDEN, COUNTDOWN LÄUFT.«

Lunga nahm die Hand vom Unterbrecherknopf. Nach einem letzten Blick auf den Monitor streckte er sich aus. Für einen Augenblick schien es, als wolle er sich wieder aufrichten, dann besann er sich eines anderen und entspannte sich. Das leise Zischen von Dämpfen, das die erste Phase des Kälteschlafes begleitete, setzte ein. Es war Zeit, das Schiff dem Autopiloten zu überlassen und zu schlafen, um in Golfstadt wieder aufzuwachen …

Außerhalb der Behälterkammern huschten drei Gestalten durch das Innere der *Manta.* Peron, Sy und Elissa bewegten sich mit äußerster Vorsicht, einem Beobachter im S-Raum mußten ihre Bewegungen jedoch so schnell erscheinen, daß das Auge ihnen nicht zu folgen vermochte — die sechshundert Meter Länge des Schiffes vom Laderaum bis zur Zentrale wurden in weniger als einem Achtel einer S-Sekunde durcheilt, zu schnell, um Umrisse auszumachen. Das größte Hindernis für noch größere Geschwindigkeit waren die Dienstleistungsroboter, die in gemächlichem Schrittempo hierhin und dorthin rollten, ihre Arbeiten zu erledigen.

Neunundneunzig S-Sekunden vor dem Start standen

sie vor der Interimskammer. Wichtigster Punkt war, daß genug Behälter für drei zusätzliche Reisende im Kälteschlaf vorhanden waren. Wenn nicht, blieb ihnen noch Zeit, eine Frachtfähre zurückzurufen und von Bord der *Manta* zu verschwinden.

»T MINUS NEUNZIG SEKUNDEN ...« Die drei Eindringlinge hatten sich mit den wichtigsten Funktionen vertraut gemacht, des Reiseziels vergewissert und die Reisezeit auf die Sekunde genau festgestellt.

»T MINUS ACHTZIG SEKUNDEN ...« Nach einer Mahlzeit und einer vierstündigen Ruheperiode, justierten Sy, Elissa und Peron die Kälteschlafeinstellungen für die Schiffsbesatzung und bereiteten drei unbesetzte Behälter vor.

»T MINUS SIEBZIG SEKUNDEN ...« Sy funkte verschlüsselte Botschaften an Kallen, Lum und Rosanne, eine zur Erde und eine nach Paradies, in denen er erläuterte, was vorging.

»Wie zuversichtlich bist du, daß sie das verborgene Signal erkennen werden?« fragte Peron.

»Wenn Kallen den Ruf empfängt, steht es außer Frage«, erwiderte Sy lächelnd. »Manchmal glaube ich, daß er so klug ist wie ich. Wenn die drei keinen Weg finden können, uns zu folgen, erwarte ich eine Botschaft von ihnen. Wollen wir darauf wetten?«

»Nicht heute.«

»T MINUS SECHZIG SEKUNDEN ...« Alle Zufälle und Möglichkeiten waren überprüft. Nun war es Zeit, neben den Besatzungsmitgliedern in die Kälteschlafbehälter zu steigen.

»Die Einstellung ist so, daß wir eine S-Minute vor der Ankunft in Golfstadt geweckt werden«, sagte Peron. »Die anderen werden noch schlafen. Sy, du hast das Profil der Geschwindigkeitsverringerung so verändert, daß wir in Schwerelosigkeit aufwachen werden?«

»Kannst dich darauf verlassen.«

Peron streckte sich im Behälter aus. Zum tausendsten

Mal ging er in Gedanken dieselbe Ereignisabfolge durch. Die drei hatten sie sich gemeinsam eingeprägt, bis sie jedem von ihnen in Fleisch und Blut übergegangen war.

Ankunftszeit minus eine S-Minute: Während der Annäherung des Schiffes an Golfstadt würden sie im N-Raum erwachen. Eine S-Minute würde ihnen etwas mehr als einen normalen Tag für mögliche Abänderungen ihres Planes geben. Die Unsterblichen in Golfstadt mußten im S-Raum leben und würden außerstande sein, rechtzeitig zu reagieren.

Ankunft in Golfstadt: Inbesitznahme der automatischen Dienstleistungssysteme mit ihren Robotern und durch sie Herrschaft über Golfstadt selbst ...

Die Dämpfe des beginnenden Abkühlungsprozesses hüllten ihn ein, und er spürte die kalte und unangenehme Berührung von Kathetern. Einstweilen gab es nichts mehr zu tun, außer zu schlafen und in Golfstadt zu erwachen. Peron schloß die Augen ...

27

... und öffnete die Augen mit der blitzartigen Erkenntnis, daß etwas schiefgegangen war.

Er hätte im N-Raum sein sollen, war es aber nicht. Die verwischten Umrisse der Gegenstände um ihn her, ihre gedämpften Farben, sogar die Beschaffenheit des Lichtes — alles verriet ihm augenblicklich, daß er sich im S-Raum befand. Und er war auch nicht mehr in der Abgeschiedenheit des Tiefschlafbehälters an Bord der *Manta*.

Er versuchte sich aufzurichten, konnte es aber nicht. Breite Gurte hielten ihn auf dem Bett nieder, wo er lag. Schlimmer war, daß er unterhalb des Halses weder Gefühl noch Kontrolle über seine Muskeln hatte. Verzweifelt drehte er den Kopf von einer Seite zur anderen und sah, daß Elissa rechts von ihm lag, und Sy auf ihrer anderen Seite. Sy war bereits bei vollem Bewußtsein und blickte aufmerksam und nachdenklich umher. Elissa war gerade im Begriff, die Augen zu öffnen.

Wo, um Himmels willen, waren sie? Er hob den Kopf, bis er mit dem Kinn die Brust berührte, und im selben Augenblick hörte er das Summen einer Maschinerie; das Bett, auf dem er lag, wurde in eine halb aufrechte Position gekippt, und er konnte nach und nach mehr von seiner Umgebung sehen. Er war in einem langen, fensterlosen Raum mit grauen Wänden, an denen leere Regale standen. Das einzige andere Mobiliar waren drei einfache Stühle, die den Betten gegenüberstanden. Der ganze Raum machte einen etwas verwahrlosten Eindruck, als diene er sonst nur als Abstellraum, der kaum saubergehalten wurde. Auf den Stühlen saßen drei Leute und beäugten ihn neugierig: ein kleinwüchsiger, stämmiger Mann mit hitzigen braunen Augen und zwei Frauen; eine dunkelhaarig, klein und dicklich, die andere etwas größer, eckig und blond. Peron schätzte die Frauen auf dreißig bis vierzig Jahre, den Mann ein paar Jahre jünger.

»Gut«, sagte die blonde Frau unerwartet. »Alle anwesend und bei Besinnung. Ich denke, wir können anfangen.«

Peron sah ihr erst jetzt in die Augen, und es war wie ein Sturz in kaltes Wasser. Sie waren braun und standen weit auseinander, und in ihnen war eine verwirrende Kraft und Intensität. Er hatte das Gefühl, als könnten sie durch ihn hindurchsehen. Die Stirn über diesen Augen zeigte ein schwaches, aber ausgedehntes Muster dünner weißer Narben, das bis über den Haaransatz hinaufreichte.

»Sie werden ziemlich überrascht sein«, sagte die Frau und richtete ihren Blick auf Sy. Er erwiderte ihn mit seinem üblichen Ausdruck zynischer Geistesabwesenheit.

»Oder vielleicht nicht«, setzte sie hinzu. »Aber vielleicht ein wenig desorientiert. Darum lassen Sie sich als erstes sagen, daß Sie genau dort sind, wohin Sie wollten. Dies ist Golfstadt — Ihr ›Konvergenzpunkt‹, der mir als passender Name für diesen Ort recht gut gefällt. Dies ist auch unser zentrales Hauptquartier. Sie sind am Ziel. Sie werden sich nicht länger andere Wege vorstellen müssen, die Sie zu gehen haben.«

Peron schaute zu Sy hinüber, aber der blieb stumm. Vermutlich war er mit seiner eigenen Einschätzung der Lage beschäftigt, und bis sie vollständig wäre, würde er kaum den Mund auftun.

»Was ist geschehen?« fragte Peron schließlich. Wie gewöhnlich, war die Sprache im S-Raum ein Problem. Und etwas am übertrieben zuversichtlichen Ton der Frau verdroß ihn. »Wie sind wir hierher gekommen?«

»Sie fanden Ihren Weg hierher selbst«, antwortete die Frau. »Alles andere ist von nachgeordneter Bedeutung. Jan de Vries erzählte uns von Ihnen und sagte, Sie hätten das Potential; aber wir waren alle überrascht — und erfreut — wie rasch Sie kamen. Nur ein bis zwei Personen finden jedes Erdenjahr von selbst den Weg nach Golfstadt. Drei auf einmal — das ist eine Goldgrube.«

»Soll das heißen, Sie wollten, daß wir kämen?«

»Wer von selbst den Weg nach Golfstadt finden kann, ist willkommen. Das ist Ausdruck eines natürlichen Selektionsprozesses — wenn Ihnen die erforderlichen Qualitäten fehlen, werden Sie niemals die intellektuellen und physikalischen Barrieren überwinden, und Sie werden niemals diesen Ort erreichen.«

»Sie haben mit uns gespielt«, sagte Peron mit Bitterkeit. Das Bewußtsein des Versagens machte ihn krank. »Sie beobachteten unsere Bewegungen. Als wir dachten, wir fingen es besonders schlau an, uns an Bord der *Manta* zu schleichen, wußten Sie schon, daß wir dort waren.«

»Wir wußten es nicht.« Die Frau sagte es mit Nachdruck. »Die Besatzung der *Manta* erwacht um diese Zeit aus dem Kälteschlaf; sie hat noch immer keine Ahnung von Ihrer Anwesenheit an Bord des Schiffes. Auch Ihre

Abreise vom Sonnensystem blieb unbeobachtet. Und Ihre Tätigkeit zwang eine Gruppe von Elektronikspezialisten zu wochenlanger Arbeit, um die Schwächen im Datensystem zu eliminieren, die Sie entdeckten und ausbeuteten. Sie überwanden die Kontrollpunkte und Sicherheitsvorkehrungen. Jan de Vries war entsetzt, wie unzulänglich Ihr Handeln sie erscheinen ließ. Sie haben gewiß keinen Grund, sich zu schämen. Aber wir finden es zweckdienlich, in Golfstadt ein eigenes Sicherheitssystem einzusetzen. Wie Sie ja wissen, sind Bewohner des S-Raumes stark gefährdet durch Aktionen im N-Raum. Wir untersuchen alle in Annäherung befindlichen Schiffe während der Geschwindigkeitsverminderung, lange bevor sie Andockerlaubnis erhalten.«

Peron sah, daß Elissa neben ihm hellwach war und aufmerksam zuhörte. »Wer sind Sie?« fragte er. »Und was wollen Sie damit sagen, wenn Sie erklären, Sie wollen uns hier? Warum wollen Sie uns?«

Die Frau lächelte, und es verwandelte ihr Gesicht. Sie sah nicht mehr so nüchtern und unsympathisch aus. »Eine Frage nach der anderen. Zuerst wollen wir uns miteinander bekanntmachen: Sie sind Peron von Turcanta, Elissa Morimar und Sy Dai von Burgon.« Ihr Blick ging wieder zu Sy, und abermals kam es zu einem langen Moment gegenseitigen Fixierens. »Die Störenfriede von Pentecost — aber auch die ersten Leute von Ihrer Welt, die Golfstadt erreichen. Meinen Glückwunsch. Was uns betrifft ...« — sie berührte die Schulter des untersetzten Mannes — »dies ist Wolfgang Gibbs, Verwalter von Golfstadt. Dies ist Charlene Bloom, meine Assistentin. Und ich bin Judith Niles.« Sie lächelte wieder. »Ich bin Generaldirektorin von Golfstadt und allen Einrichtungen der ›Unsterblichen‹. Liegen Sie noch einen Augenblick still.«

Sie stand auf und sah ihnen in die Gesichter. Dann betrachtete sie die Anzeigeskalen, die am Kopfende jedes Bettes angebracht waren, und nickte. »Ich denke, wir können Ihnen die freie Beweglichkeit zurückgeben. Die Sicherheitsvorkehrungen dienten Ihnen so sehr wie uns. Befehl: Diese drei freigeben.«

Sofort lösten sich die Gurte um Peron, und gleich darauf spürte er ein schmerzhaftes Prickeln in den Gliedmaßen und die Rückkehr des Gefühls. Er stand auf, bemüht, das Gleichgewicht zu halten.

»Sie warten ungeduldig auf Antworten«, fuhr Judith Niles fort. »Ich würde nicht anders sein. Nun gut, wir werden Sie nicht enttäuschen. Wolfgang, kannst du mit den Erklärungen und dem Rundgang beginnen? Bitte ruf mich zur angemessenen Zeit.«

Sie berührte eine Einstellung an ihrem Gürtel und verschwand. Einen Augenblick später war auch Charlene Bloom fort. Wolfgang Gibbs betrachtete seine drei Schützlinge mit forschendem Ausdruck.

»Ja. Das ist wirklich hübsch.« Er schnaufte. »JN gibt Ihnen die Freiheit wieder, dann geht sie mit Charlene wieder an die Arbeit, und ich habe Sie allein am Hals, wenn Sie gewalttätig werden. Aber ich will Ihnen vertrauen. Wenn Sie sich imstande fühlen, einen kleinen Spaziergang zu unternehmen, werden wir die übliche Führung machen.«

Wolfgang Gibbs machte kehrt und ging voraus zur Tür. Nach einem einzigen Blick zueinander folgten die anderen drei.

»Wir könnten uns von den Arbeitsrobotern umherbewegen lassen«, sagte Gibbs über die Schulter. »Normalerweise würde ich es tun. Aber in diesem Fall würden Sie kein Gefühl für die Anlage der Stadt bekommen. Da ist es besser, die eigenen zwei Beine zu gebrauchen, dann werden Sie später wissen, wo alles ist. Wir werden mit der Außenseite anfangen.«

»Wohin führen Sie uns?« sagte Elissa, die an seine Seite kam, während Peron und Sy hinter ihnen blieben.

Er musterte sie anerkennend. Zu Perons Verdruß schien er ihr Gesicht und ihre Figur einer ebenso eingehenden wie ungenierten Begutachtung zu unterziehen. »Zum Ausguck. Das ist der Ort, wo die galaktischen Beobachtungen gemacht werden — die ganze Galaxis und darüber hinaus. In Golfstadt wird viel beobachtet und gehorcht. Darum sind wir hier, Lichtjahre von jedem anderen Ort, den man sich zum Aufenthalt wählen würde. Sie werden bemerken, daß es hier viel weniger Dienstleistungsmaschinen und mechanische Hilfsmittel gibt als anderswo. Wir ertragen die Unordnung. Wenn man so weit gekommen ist, um einen stillen Ort zum Horchen zu finden, möchte man die Beobachtungssignale nicht mit dem eigenen elektronischen Zeug übertönen.«

Er führte sie einen radialen Korridor entlang, der mehr als einen Kilometer auswärts führte. Die Größe von Golfstadt begann sich eindrucksvoll zu entfalten. Als sie den Ausguck erreichten, gingen sie in vollkommener Stille dahin. Jeder der drei war vollauf beschäftigt, das Gesehene aufzunehmen und zu verarbeiten. Golfstadt war umgürtet mit Antennen, Teleskopen, Interferometern und Signalanlagen. Dutzende von Außenfenstern zeigten das schon vertraute leere Weiß des S-Raumes, aber Bildschirme an den inneren Wänden boten Darstellungen, die durch Frequenzumwandlung entstanden waren. Sie konnten den offenen interstellaren Raum in allen Wellenlängenbereichen beobachten, von der harten Röntgenstrahlung bis zu Millionen Kilometer-Radiowellen.

Wolfgang Gibbs blieb vor einem Bildschirm stehen. »Sehen Sie das?« fragte er und zeigte auf die Darstellung, wo eine undeutliche, krabbenähnliche Form dunkel vor hellerem Hintergrund stand. »Diesen dunklen, spiraligen Klumpen? Das ist einer der Hauptgründe, daß wir hier in Golfstadt sind. Wir beobachten sie seit fünfzehntausend Erdenjahren. Die Hälfte dieser Zeit habe ich sie selbst untersucht. Ich kam vor vier S-Jahren mit Charlene Bloom hierher.«

»Was ist es?« fragte Sy. Seine Verschlossenheit war

verflogen, und in seiner Stimme zitterte innere Erregung. »Dieser Bildschirm zeigt Signale in ultralangen Radiofrequenzen — ich wußte nicht, daß dort etwas strahlt, außer den Sommerfäden und Pipistrelles, die wir auf dem Weg zur Erde beobachteten.«

Wolfgang Gibbs faßte ihn scharf ins Auge. »Ganz recht. Wir fingen mit demselben Gedanken an. Inzwischen glauben wir, daß das halbe Universum auf diesen langen Frequenzen kommuniziert. Wie unser Freund dort. Wir nennen das ein Kermelobjekt, aber das ist nur ein Name. Dahinter steckt etwas, das noch immer ein Geheimnis ist. Wir glauben, es ist eine Art großer Bruder der Sommerfäden. Sie alle senden einander Signale, auf Wellenlängen von vielen Kilometern.«

Die Darstellungen zeigten ein Gesichtsfeld von vollen dreihundertsechzig Grad. Sy ging rasch von einem zum anderen, suchte die dunklen, spinnenhaften Formen. »Man sieht in allen Richtungen Kermelobjekte«, sage er. »Wie weit entfernt sind sie?«

»Gute Frage«, sagte Wolfgang. »Weit weg. Verdammt weit weg. Wir schätzen das nächste auf zweitausend Lichtjahre, und selbst das befindet sich außerhalb der Ebene unserer Galaxis. Es sind, allgemein gesprochen, keine galaktischen Objekte, sondern intergalaktische. Solange man keinen ungestörten Beobachtungspunkt wie diesen hat, kann man nicht erwarten, sie überhaupt auszumachen. Aber kommen Sie! Sie werden noch genug Gelegenheit haben, mehr über die Kermelobjekte zu erfahren, doch zunächst möchte ich mit Ihnen den Rundgang machen. Eines aber will ich Ihnen noch sagen: Was Sie dort sehen, ist möglicherweise eine Intelligenz — und zwar eine Intelligenz, die älter zu sein scheint als diese Galaxis.«

Sie gingen weiter um die Außenseite von Golfstadt, in einem Rundgang, der länger als fünf Kilometer war. Sy ging in Gedanken versunken. Elissa stellte Fragen über alles, und Gibbs bemühte sich, ihr keine Antwort schuldig zu bleiben. War man einmal in Golfstadt, schien jegliche Geheimhaltung gegenüber Außenseitern wie weggeblasen.

Sie sahen gewaltige Energieerzeugungsanlagen und starke Triebwerke, die ausreichten, die ganze Stadt im interstellaren Raum nach Belieben zu bewegen. Im Zentrum der Anlage waren ausgedehnte Anlagen zur Lebensmittelproduktion, die zur Ernährung von Zehntausenden ausreichen mußten, aber die meisten waren außer Betrieb. Nach Wolfgang Gibbs betrug die derzeitge Bevölkerung von Golfstadt knapp siebenhundert, obwohl die ursprüngliche Kapazität für das Zehnfache ausgelegt war.

Nachdem sie durch weitläufige Unterkünfte gegangen waren, blieb Gibbs stehen und zuckte die Achseln. »Sie werden einen Monat brauchen, um alles zu sehen, aber für einen ersten Eindruck sollte dies reichen. Legen Sie eine Pause ein und machen Sie es sich hier gemütlich. Alle diese Wohnräume sind komplett eingerichtet. Das Informationssystem wird Ihnen Auskünfte über die Stadt geben können, die ich im Rahmen dieser Führung übergehen mußte. Ich werde dafür sorgen, daß die Dienstleistungsroboter Ihre gesprochenen Befehle befolgen werden — aber erwarten Sie nicht sofortige Erledigung. Wir sind immer knapp an Diensten. In drei Stunden haben wir einen Termin in JNs Büro. Dort sehen wir uns wieder.«

»Wo ist das?« fragte Elissa.

»Fragen Sie das Informationssystem, wenn Sie zu Fuß hingehen wollen. Wenn Sie sich bequem fühlen, geben Sie einfach den Befehl. Und wenn Sie mich brauchen, benutzen Sie das Rufsystem.«

Wolfgang Gibbs zwinkerte Elissa zu, bediente ein Steuergerät an seinem Gürtel und verschwand.

»Also, was meinst du?« fragte Peron.

Elissa blickte zur Decke auf. Sie waren endlich allein. Sy hatte sie mit der Bemerkung, er brauche Zeit zum

Nachdenken, einige Minuten nach Wolfgang Gibbs verlassen. Peron und Elissa waren eine Weile durch die endlosen Korridore gegangen, hatten die Köpfe in Küchen, Wohnräume und Sporthallen gesteckt. Alles war verlassen. Schließlich fanden sie Wohnräume, die ihnen zusagten, und beschlossen, dort einzuziehen. Jetzt lagen sie Seite an Seite auf einem großen weichen Teppich.

»Meinst du, daß wir überwacht werden?« fragte sie.

»Im Zweifelsfall müssen wir es annehmen. Aber macht es einen Unterschied?«

»Wahrscheinlich nicht. Aber ich glaube, wir werden hier bei der nächsten Zusammenkunft Fetzen fliegen sehen. Hast du bemerkt, wie Sy und die Generaldirektorin einander anstarrten?«

»Es war kaum zu übersehen. Vermutlich ist sie gewohnt, daß man ihr hier mit großem Respekt begegnet. Und du kennst Sy. Er würde sogar den Teufel grob anfahren.«

Elissa lachte. »Ich sagte ihm, daß er sich benehmen solle. Aber er fand sie arrogant.«

»Für wen hält er sich?«

»Das sagte ich ihm auch. Er erwiderte, daß er vielleicht ›das natürliche Mißtrauen der Jugend gegenüber dem Alter‹ habe, daß sie jedoch die ›unerträgliche Arroganz unangefochtener Autorität‹ ausstrahle. Nach seiner Meinung ist sie von Jasagern umgeben und glaubt, alle Antworten zu wissen.«

»Während in Wirklichkeit nur er sie weiß.« Peron war ein wenig gereizt. Er verspürte immer noch Eifersucht auf Sy — besonders, wenn Elissa bewundernd von ihm redete.

»Nein. Er sagt, er habe hundert unbeantwortete Fragen, aber er wollte sie nicht mit Gibbs erörtern. Er wartet lieber, bis er Judith Niles aufs Korn nehmen kann.«

»Ich auch. Aber tatsächlich ist nur eine Frage von Bedeutung. Warum existiert Golfstadt?«

»Du hörtest, was Gibbs sagte: um die Kermelobjekte zu studieren.«

»Gewiß — aber das ist Unsinn.« Peron wälzte sich auf die Seite und sah Elissa an. »Sieh mal, ich kann mir vorstellen, daß eine Gruppe von reinen Wissenschaftlern argumentieren würde, es sei der enormen Mühen und Kosten wert, hier draußen eine Forschungsstation zu errichten, um die Natur der Kermelobjekte zu erforschen. Aber du hast Judith Niles gesehen. Glaubst du, sie würde dieses Argument schlucken? Sie würde die Leute innerhalb von zwei Minuten aus ihrem Büro hinauskomplimentieren. Ich glaube, Sy wird ihr die Hauptfrage vorlegen — und lieber soll er es tun als ich. Aber wenn er es nicht tut, müssen wir es tun.«

Peron sagte es in einem entschlossenen Ton, als erwarte er Widerspruch, aber Elissa nickte nur, und dann legte sie die Arme um ihn und kuschelte sich an ihn.

Ungefähr anderthalb Kilometer entfernt, in einem angeschlossenen Bereich auf der anderen Seite der Stadt war Wolfgang Gibbs mit Charlene Bloom allein. Sie ruhten im Dunkeln und hatten alle Monitoren ausgeschaltet.

»Du hast den Unterschied bemerkt, nicht?« sagte er. »Diesmal, glaube ich, haben wir eine neue Art von Fisch gefangen. Haie vielleicht, statt Guppies.«

»Das fand ich auch. JN ist übrigens derselben Meinung. Man konnte die Spannung zwischen ihnen fühlen. Besonders der dunkelhaarige Bursche, Sy Dai: er gab keinen Fußbreit nach. Ich weiß nicht, ob ich an der nächsten Zusammenkunft teilnehmen möchte. Sie wird alle Hände voll zu tun haben.«

Wolfgang Gibbs lächelte bitter in die Dunkelheit. »Ich hoffe es. Weißt du, was unser beider Problem ist, Charlene? Wir sind unterlegen. JN ist die Chefin, und wir wissen es, alle drei. Wir können nicht mit ihr streiten, selbst, wenn wir recht haben — sie hat zuviel Feuerkraft. Ich habe es hier satt, und allmählich wird mir das Leben im S-Raum verhaßt, aber ich kann ihr einfach nicht sagen, daß ich fort will.«

»Du meinst, *weggehen*? Golfstadt und JN verlassen?« Charlene Bloom richtete sich auf. »Das könnten wir nicht machen. Wir sind immer beisammen gewesen, von Anfang an.«

»Ja. Und das ist zu lange. Mehr als fünfzehn Jahre, die meisten davon im S-Raum. Mein Gott, Charlene, findest du nicht, daß wir hier eine neue Betrachtungsweise brauchen? Und ich glaube nicht, daß sie von uns kommen kann. Vielleicht schaffen es diese drei jungen Leute. Wir beide sollten anderswohin, hinaus auf die Weide, vielleicht eine Kontaktgruppe leiten, oder ein Sektorenhauptquartier. Vielleicht sollten wir nach Pentecost gehen, wo sie hergekommen sind.«

»Hast du ihnen von ihren drei Freunden erzählt?«

Gibbs schüttelte verdrießlich den Kopf. »Noch nicht. Ich konnte es nicht tun. Sie erwarten, daß die anderen hier in Golfstadt zu ihnen stoßen werden. Ich überlasse es JN, ihnen die Nachricht beizubringen. Sie werden es früh genug erfahren. Es wird hart für sie sein.«

Eine lange Pause trat ein.

»Wolfgang?«

»Ja?«

»Es tut mir leid, daß du so denkst.« Ihr Ton war unglücklich und einfühlend. »Ich weiß, manchmal ist es hier frustrierend. Aber ich bin sehr glücklich gewesen, all diese Jahre. Ich kenne meine Grenzen. Ich hätte nie erreichen können, was Judith geschafft hat, indem sie uns beisammenhielt und zu immer neuen Anstrengungen anspornte. Du hättest es auch nicht geschafft. Und du kannst über das Leben hier in Golfstadt sagen, was du willst, wir arbeiten am größten Problem der Menschheit. Wenn wir keine Lösung finden, ist es für den *Homo sapiens* das Ende. Und wenn du ein Opfer bringst, dann bringt auch JN eines.«

»Ich weiß. Aber sie hat das Sagen. Angenommen, wir

wären auf dem falschen Kurs? JN glaubt, wir machen Fortschritte, aber, wenn du mich fragst, sind wir in genau derselben Position wie in den Gründungstagen von Golfstadt, und das ist mehr als fünfzehntausend Erdenjahre her. Was haben wir in all dieser Zeit erreicht? Und wieviel Zeit bleibt uns noch, bevor alles vorbei ist?«

Charlene antwortete nicht. Wolfgang hatte bisweilen davon gesprochen, daß er Golfstadt verlassen wolle, aber niemals mit solcher Entschiedenheit. Was würde sie tun, wenn er ginge? Sie konnte nicht ertragen, Wolfgang zu verlieren, aber sie konnte auch ihre Arbeit und Judith Niles nicht verlassen.

Sie war froh über die Dunkelheit. Und mehr denn je fürchtete sie die Ergebnisse der bevorstehenden Zusammenkunft.

28

Sy zögerte vielleicht eine Minute, nachdem er Peron und Elissa verlassen hatte. Dann handelte er schnell. Während ihres Rundganges durch Golfstadt hatten sie ein Dutzend Interimskammern für Übergänge zum und vom S-Raum gesehen. Jetzt lief er zum nächstbesten und begab sich ohne zu zögern in einen der Behälter. Nach einer kurzen Überprüfung der Monitoren, die ihm bestätigten, daß er allein und unbeobachtet war, streckte er sich aus und leitete den Prozeß ein, der ihn in den N-Raum überführen würde. Er schloß die Augen …

… und öffnete sie, um Judith Niles zu sehen, die ruhig durch den transparenten Deckel des Behälters zu ihm hereinblickte. Ein kaum merkliches, undeutbares Lächeln lag auf ihren Zügen, und als er ganz wach war, öffnete sie den Einstieg und half ihm hinaus. Er beobachtete sie argwöhnisch.

»Kommen Sie!« sagte sie. »Wir beide müssen miteinander reden. Ich glaube, in meinem Büro ist es gemütlicher als hier in der Kammer.« Und ohne ihn anzusehen, machte sie kehrt und ging voraus.

Sie führte ihn zum Hauptlabor im genauen Mittelpunkt der Station. Sy sah sich bald in einer gut ausgestatteten Suite von Räumen, wo Bilder an den Wänden hingen, echte Bücher in Regalen standen, und Reihen von Monitoren übereinandergestaffelt waren. Sie machte eine Handbewegung zu ihnen.

»Erste Lektion. Ich werde Ihnen noch mehrere Lektionen erteilen. Glauben Sie niemals, daß Sie in Golfstadt unbeobachtet sein würden. Ich habe die Kunst der Überwachung von einem Meister gelernt — dem einzigen Meister, den ich je gekannt habe. Von hier können Sie alles beobachten.« Sie sank in einen Sessel und zog die Füße unter sich, dann bedeutete sie Sy, sich ihr gegenüber zu setzen. Darauf folgte eine längere Stille, während der sie einander eingehend musterten.

»Möchten Sie, daß ich rede?« fragte sie schließlich.

Sy schüttelte den Kopf. »Sie zuerst, dann ich. Sie wissen, daß ich Fragen habe.«

»Freilich haben Sie Fragen.« JN lehnte sich zurück und seufzte. »Hätten Sie keine, wäre ich nicht an Ihnen interessiert. Und ich denke, ich habe einige Antworten. Aber es muß ein Geben und Nehmen sein.«

»Was wollen Sie von mir?«

»Alles. Kooperation, Verständnis, Denkkraft, neue Ideen — vielleicht Partnerschaft.« Sie starrte ihn mit eigentümlicher Intensität an. »Das sind Dinge, die in all den Jahren, seit wir die Erde verließen, selten geworden sind. Ich glaube, Sie könnten ein vollwertiger Partner sein. Solche Leute brauchen wir weiß Gott. Wir verkümmern hier aus Mangel an frischen Gedanken. Jedesmal, wenn ein Neuankömmling den Weg nach Golfstadt findet, ist er für uns eine Hoffnung.« Ihre Miene hatte einen beschwörenden Ausdruck angenommen. »Ich glaube, wir verstehen einander. Das ist seltener, als Sie ahnen. Ich möchte, daß Sie mir helfen, Ihre Gefährten anzuwerben, weil ich nicht sicher bin, ob es mir allein gelingen wird. Die beiden sind ein eigensinniges Paar. Sie aber denken in der gleichen Weise wie ich. Ich vermutete, daß Sie hierher kommen würden, in den normalen Raum, weil es genau das ist, was ich selbst tue, wenn ich Ruhe brauche, Zeit zum Nachdenken. Sie haben gehört, daß es schlecht sei, allzuoft vom N-Raum zum S-Raum und zurück zu wechseln?«

Sy nickte. »Das sagte uns Olivia Ferranti. Sie glaubt daran, aber ich weiß nicht, ob ich es glaube. Ich habe keine Beweise gesehen.«

»Die werden Sie so bald auch nicht sehen. Wenn es schädliche Auswirkungen gibt, sind sie sehr subtil.« Judith Niles lächelte wieder, ein offenes Lächeln, das ihr Gesicht aufleuchten ließ. »Aber ein System, in welchem die Leute allzuoft in den N-Raum überwechseln, um nachzudenken, ist schwierig zu beherrschen. Sie halten nicht viel davon, was andere Leute sagen, nicht wahr?«

»Sollte ich?« Sys Miene blieb ausdruckslos. »Sehen Sie, wenn dies mehr sein soll als Zeitverschwendung, lassen Sie uns zur Sache kommen. Sie haben recht, ich bin hierher gekommen, um nachzudenken, bevor wir wieder mit Ihnen zusammenträfen. Ich brauchte Zeit. Golfstadt kommt mir wie ein Rätsel vor — ein Ort ohne einen einleuchtenden Zweck. Wenn Sie meine Kooperation wünschen und die Kooperation Perons und Elissas, dann fangen Sie damit an, daß Sie mir erzählen, was wirklich hier vorgeht. Sagen Sie mir, warum Golfstadt existiert.«

Judith Niles stand auf. »Ich werde mehr als das tun, ich werde es Ihnen zeigen. Sie können selbst sehen. Ich habe nicht oft Gelegenheit, mit der Arbeit zu prahlen, die wir hier geleistet haben, doch bedeutet das nicht, daß ich nicht stolz darauf bin. Ziehen Sie diesen Anzug über — dort, wohin wir gehen, wird es kalt sein.«

Sie führte ihn einen Korridor entlang. Der erste Raum enthielt ein halbes Dutzend Leute, alle um zwei Krankenbetten gruppiert und alle erstarrt in konzentrierten Arbeitshaltungen.

»S-Raum-Labor«, sagte Judith Niles. »Keine Geheimnisse, und keine Rechtfertigung für ein aufwendiges Unternehmen wie Golfstadt. Wir führen noch immer Schlafexperimente im S-Raum durch, aber es gibt keinen anderen Grund als mein persönliches Interesse, warum sie hier stattfinden. Es ist mein eigenes Labor. Ich fing damals auf der Erde mit Schlafforschung an, und das führte uns zur Entdeckung des S-Raumes. Das Zentrum für Schlafforschung ist immer noch im Sonnensystem, unter der Leitung von Jan de Vries. Das beste Verfahren, das wir kennen, reduziert den Schlaf auf ungefähr eine Stunde von dreißig. Unser Endziel ist immer noch dasselbe: null Schlaf.«

Sie schloß die Tür. Ein weiterer Korridor, ein weiteres Labor, das durch eine doppelte Isoliertür betreten wurde. Bevor sie hineingingen, schlossen sie die Schutzanzüge.

»Die Temperatur hier liegt ein gutes Stück unter dem Gefrierpunkt«, sagte Niles über das integrierte Funksprechgerät. »Diese Untersuchungen sind sehr interessant. Wir kamen vor ungefähr siebentausend Erdenjahren darauf. Wolfgang Gibbs stieß auf den Zustand, als wir die langfristigen physiologischen Auswirkungen des Kälteschlafes erforschten. Er nennt es T-Zustand.«

Vier Personen saßen angeschnallt und mit Kopfstützen auf Stühlen. Sie trugen Kappen, die Augen und Ohren bedeckten, und bewegten sich nicht.

Sy trat näher und nahm jeden von ihnen in Augenschein. Er berührte eine gefrorene Fingerspitze und schob eine Kappe hoch, um in ein offenes Auge zu spähen. »Sie können nicht im S-Raum sein«, sagte er dann. »Dafür ist es hier zu kalt. Sind sie bei Bewußtsein?«

»Vollständig. Diese vier sind Freiwillige. Sie befinden sich seit beinahe eintausend Erdenjahren im T-Zustand, aber es kommt ihnen vor, als hätte er vor weniger als fünf Stunden begonnen. Ihre subjektive Erlebnisrate beträgt ungefähr ein Zweimillionstel der normalen und etwa Eintausendstel der üblichen S-Raum-Rate.«

Sy sagte nichts, aber zum ersten Mal machte er ein überraschtes Gesicht.

Sie nickte. »Da staunen Sie, was? Aber die eigentliche Bedeutung des T-Zustandes wird Ihnen einstweilen noch nicht deutlich werden. Es ist schwer vorstellbar, wie langsam die Zeit hier vergeht. Als Charlene Bloom und ich unsere erste einminütige Erfahrung des T-Zustands hatten, drückte sie es so aus: In der Zeit, die eine Uhr im T-Zustand benötigt, um Mitternacht zu schlagen, geht die Erde durch zwei ganze Jahreszeiten, vom Winter über den Frühling zum Sommer. Ein Menschenleben auf Erden würde in einer halben T-Stunde vorbeirasen. Wir haben keine Ahnung, wie hoch die Lebenserwartung von jemandem ist, der im T-Zustand bleibt, aber wir vermuten, daß es Millionen Erdenjahre sind.«

»Warum die Kappen?«

»Sensorische Wahrnehmung. Im T-Zustand ist man ohne die Unterstützung eines Computers blind, taub und stumm. Unsere Sinnesorgane sind für Licht und Geräusche von derart langen Wellenlängen nicht entwikkelt. Die Kappen und angeschlossenen Geräte besorgen die Frequenzangleichung. Möchten Sie den T-Zustand einmal versuchen?«

»Ganz bestimmt.«

»Ich werde Sie auf den Plan setzen, daß Sie dort ein paar Minuten verbringen können. Das genügt. Denken Sie den Unterschied der Zeitabläufe — eine T-Minute macht fast einen Tag im S-Raum aus, und ungefähr vier Erdenjahre.«

Sie wandte sich zur Tür. Nach einem letzten Blick auf die vier bewegungslosen Gestalten folgte Sy ihr hinaus und durch einen weiteren langen und trübe erhellten Korridor. Er bemerkte anerkennend, daß ihre Energie und Konzentration unvermindert blieben.

Schließlich kamen sie an eine schwere, durch Schlösser gesicherte Metalltür, die sich erst öffnen ließ, nachdem Fingerabdrücke und Stimmprobe verglichen waren. Als Sy hinter der Frau eintrat, blickte er verwundert umher. Er hatte etwas Neues und Exotisches erwartet, vielleicht ein weiteres Gefrierlabor voller seltsamer Experimente in Zeitverlangsamung oder Scheintod; aber dies hier schien nicht mehr zu sein als ein gewöhnlicher Nachrichtenraum. Noch dazu ein staubiger, vernachlässigter.

»Urteilen Sie nicht nach dem Augenschein«, sagte Judith Niles. »Dies ist der wichtigste Raum in Golfstadt. Und wenn es irgendwo Geheimnisse gibt, dann sind sie hier. Und glauben Sie nicht, die menschliche Natur verändere sich, wenn die Leute in den S-Raum übergehen. Sie tut es nicht, und die meisten Menschen fragen nie, warum etwas so gemacht wird, wie es bei uns gemacht wird. Fragen sie doch, so zeigen wir ihnen, was Sie jetzt sehen werden. Wenn nicht, zwingen wir ihnen die Information nicht auf. Dies ist der Ort, wo die ältesten Aufzeichnungen zugänglich sind.«

Sie setzte sich an die Konsole und gab einen langen verschlüsselten Text ein. »Sie sollten versuchen, dies zu knacken, wenn Sie sich für einen Fachmann im Auffinden von Schlupflöchern und Schwächen in unseren Programmsystemen halten. Der Computer hat sechs Ebenen des Datenschutzes. Tasten wir uns allmählich zu dem Datenmaterial vor.«

Sie gab eine weitere Folge ein. Der Bildschirm zeigte den matten, gleichförmig weißen Schein, der für den S-Raum kennzeichnend war. Nach einigen Augenblikken erschien darauf ein dunkles Netz vielflächiger Muster; Tafeln, die wie durch silbrige Fäden zusammengefügt waren. »Sie haben selbst etwas von diesem gesehen, hörte ich. Sommerfäden und Pipistrelles, wahrscheinlich die erste fremde Intelligenz, die wir Menschen entdeckten. Wir stießen vor zwanzigtausend Erdenjahren auf sie, sobald die ersten Raumsonden mit Besatzungen im S-Raum ausgesandt wurden; aber wir können bis heute nicht mit Bestimmtheit sagen, ob wir es mit Intelligenz zu tun haben. Vielleicht hängt es davon ab, was wir unter Intelligenz verstehen. Interessiert es Sie?«

Sy zuckte in unverbindlicher Art die Achseln.

»Nicht übermäßig?« Judith Niles beugte sich wieder über die Eingabestation. »Einverstanden. Von abstraktem Interesse, aber nicht mehr als das, es sei denn, wir lernen einen richtigen Dialog mit ihnen zu führen. Das haben wir versucht. Wir stellten ihre bevorzugten Ausgabefrequenzen fest, und fanden, daß einfache Signalsequenzen geeignet waren, sie zu vertreiben und vom Abzapfen unserer Energie abzuhalten. Aber das ist nicht viel, wenn man an Kommunikation denkt, und weiter sind wir nicht gekommen. Die Sommerfäden und Pipistrelles erwiesen sich als eine Sackgasse. Aber sie dienten einer ungeheuer wichtigen Funktion. Sie machten uns aufmerksam auf einen bestimmten Frequenzbereich. Wir begannen diese Frequenzen zu untersuchen, wenn wir im sternenfreien Weltraum waren und dachten, es könnten Sommerfäden in der Gegend sein. Und dabei begannen wir auf den gleichen Wellenlängen andere Signale aufzufangen — regelrecht verschlüsselte Impulse von Niederfrequenzstrahlung, deren Muster so aussieht.«

Auf dem Bildschirm erschien eine Serie steigender und fallender Kurven, eine sich überschneidende Folge von Sinuskurven, unterbrochen in regelmäßigen Abständen durch gleichmäßige Impulse.

»Wir gewannen die Überzeugung, daß es Signale seien, nicht bloß natürliche Emissionen. Aber sie waren schwach und intermittierend, und wir konnten ihre Quellen nicht ausmachen. Manchmal fing ein Schiff im interstellaren Transit ein Signal lange genug auf, daß die Besatzung eine Richtantenne in Position bringen konnte. Es kam vor, daß sie für einige Zeit ein schwaches Ursprungsbild empfingen, dann aber verloren sie es wieder, da das Schiff sich weiterbewegte. Es war quälend, doch mit den Jahren bauten wir ein Archiv partieller, verwischter Bilder auf. Als wir endlich genug davon hatten, um alles einem Computer einzugeben und nach einem übergreifenden Muster Ausschau zu halten, fanden wir tatsächlich eins. Der Empfang der Signale fand nur im mittleren Bereich der Reisedistanzen statt, und nur dann, wenn die Schiffe weit von allen Himmelskörpern und Signalquellen entfernt waren. Mit anderen Worten, die Signale wurden nur im leeren Weltraum empfangen — je leerer, desto besser.

Inzwischen wußten wir, daß wir etwas anderes sahen als Sommerfäden und Pipistrelles. Die neuen Quellen waren sehr schwach und weit entfernt, und die rekonstruierten Bildumrisse zeigten andeutungsweise eine Spiralstruktur, hatte also nichts von diesen Vielflächnern. Aber es fehlte uns noch immer an Information. Wir sahen darin ein faszinierendes wissenschaftliches Geheimnis, aber nicht viel mehr. Bei diesem Stand der Dinge schlug Otto Kermel eine Serie langfristig angelegter Suchexpeditionen zur Untersuchung der Objekte vor.

Mir gebührt keinerlei Verdienst daran, was daraufhin geschah. Ich glaubte, seine Idee würde uns nicht weiterbringen, und beschränkte unsere materielle und personelle Unterstützung auf ein Minimum. Er leistete alle Pionierarbeit selbst. Wir stellten ihm ein Einmannschiff zur Verfügung, und er suchte eine sternenleere Gegend, ungefähr sieben Lichtjahre von der Sonne, auf. Er argumentierte, daß die Abwesenheit von Schwerefeldern und elektromagnetischer Einwirkung wesentlich zum Studium der Objekte sei. Obwohl sein erstes Ziel eine Kommunikation mit ihnen war, fand er heraus, daß eine Botschaft auch nur zum nächsten von ihnen zwei S-Jahre benötigte, bis sie als Echo zurückkehrte. Das begrenzte ihn, doch während seiner Untersuchungen entdeckte er viele andere Besonderheiten.

Zunächst fand er viele Kermelobjekte überall um die Galaxis. Die Signale, die wir auffangen, sind nicht für uns bestimmt. Wir waren Mithörer von Sendungen zwischen den Kermelobjekten, und diese Signale zwischen ihnen sind zahlreich. Von der Länge dieser Sendungen ausgehend, folgerte Otto Kermel, daß die Kermelobjekte sehr alt sein müssen, mit einer so langsamen natürlichen Lebensrate, daß der S-Raum ein unzulängliches Mittel zu ihrem Studium ist — in Tausenden von Erdenjahren empfing er nur partielle Signale. Kermel behauptete, daß er ihre Botschaften teilweise entschlüsseln könne, und er glaubte, daß sie seit der Bildung des Universums existieren — seit einer Zeit *vor* dem Urknall, wie er meinte. Er glaubte ferner, daß sie sich nicht durch einen Austausch von genetischem Material fortpflanzen, sondern durch den Radioaustausch genetischer Information. Es ist uns nicht gelungen, diese Mutmaßungen zu verifizieren, und er konnte nicht genug Datenmaterial beibringen, um einen überzeugenden Beweis zu liefern. Was er brauchte, war der T-Zustand, und eine Gelegenheit erweiterter Forschungsperioden auf einer Zeitskala, die jener der Kermelobjekte angemessen war. Aber durch unglückliche Zeitwahl brach er zu einer zweiten Expedition auf, kurz bevor der T-Zustand entdeckt wurde. Und er ist nicht zurückgekehrt.

Zur Zeit seiner Abreise hatten wir jedoch unsere Vorstellungen von der praktischen Bedeutung des Studiums der Kermelobjekte geändert. Wir befanden, daß dieses Studium von zentraler Bedeutung für die Zukunft der Menschheit sein könne. Also führten wir sein Werk fort, aber ohne sein vollständiges Datenmaterial. Sehen Sie sich dies an!«

Judith Niles ließ ein neues Bild erscheinen. »Kommt es Ihnen bekannt vor?«

Sy betrachtete es eine Sekunde lang oder zwei, dann zuckte er die Achseln. »Es ist ein Bild von einer spiralförmigen Galaxis, von oben gesehen. Ich habe keine Ahnung, welche es ist.«

»Richtig. Sie können es nicht erkennen, aber es ist unsere Galaxis, von außen gesehen. Dieses Signal wurde von Otto Kermel aufgezeichnet und kam von einem der Objekte, die hoch über der galaktischen Ebene stehen. Und als Teil dieses Signals kam dieses Bild mit.«

Auf ihren Eingabebefehl hin erschien ein zweites Bild neben dem ersten auf dem Bildschirm. Es war dieselbe Galaxis, aber nun zeigten sich ihre inneren Strukturen in verschiedenen Farben. »Geben Sie gut acht. Ich hole es heran.«

Die Sternenfelder expandierten gleichmäßig, als das Gesichtsfeld näherrückte und einen der Spiralarme in den Brennpunkt brachte. Bald konnten auf dem Bildschirm Einzelsterne unterschieden werden.

Judith Niles brachte das Bild zum Stillstand. »Wenn man Einzelsterne betrachtet, kann man sehen, was vorgeht. Die Sterne in der Darstellung rechts sind nach ihrem Spektraltyp farbverschlüsselt. Und wenn wir die Sterne in unserer eigenen stellaren Nachbarschaft betrachten, ist es leicht, den Code zu lesen. Die Sonne, zum Beispiel, ist ein Stern vom Typ G-2 V, und Sterne des G-Typs sind blaßgrün dargestellt. Rote Riesen sind magentarot. Überriesen des O-Typs sind purpurn, rote Zwerge orangegelb. In dem Bild war ein weiteres wichtiges Stück Information enthalten. Indem wir die Verteilung der Sterne in einem der wichtigen Sternhaufen betrachteten, konnten wir den Zeitpunkt bestimmen. Der Beweis war schlüssig und verriet uns, daß das Bild die Situation vor mehreren tausend Erdenjahren wiedergab. Als Otto Kermel ein weiteres Signal vom gleichen Typ empfing, glaubte er zuerst, es sei bloß eine Kopie des ersten. Aber das war es nicht. Hier ist es.«

Sie brachte ein weiteres Bild auf den Schirm und ließ

es das erste überlagern. »Zum einen zeigt die Verteilung der Sterne, daß dieses Bild einen anderen Zeitpunkt wiedergibt. Es zeigt unseren Arm der Galaxis, wie er in ungefähr vierzigtausend Erdenjahren aussehen *wird.* Sehen Sie sich das Bild gut an — es ist das wichtigste Bild in der Geschichte der Menschheit.«

Sy starrte einige Minuten angestrengt und schweigend auf den Bildschirm. »Können Sie den Farbschlüssel zur Kennzeichnung der Spektraltypen einblenden?« fragte er dann.

Judith Niles versah das Bild mit einem Farbschlüssel. Sy versank in ein noch längeres Schweigen.

»Wo ist die Sonne?« fragte er schließlich.

Judith Niles lächelte grimmig und steuerte den Anzeiger über den Bildschirm, bis er einen Stern in der Menge bezeichnete. »Das ist die Sonne, vierzigtausend Jahre in der Zukunft. Jetzt sehen Sie, warum wir hier in Golfstadt sind.«

»Roter Zwerg. Falscher Spektraltyp. Der ganze Spiralarm ist voll roter Zwerge — ihr Anteil ist überproportional hoch.« Sy wandte die Aufmerksamkeit wieder dem ersten Bild zu. »Es ist unmöglich. So war es nicht vor siebzigtausend Jahren, nach der Darstellung. Und es ist ausgeschlossen, daß Stellartypen sich in so kurzer Zeit massenhaft verändern. Sie müssen die Daten falsch interpretieren.«

»Das dachten wir auch — zuerst. Dann verglichen wir neuere Sternkataloge mit solchen, die in der Frühzeit systematischer astronomischer Himmelsaufnahme entstanden. Es ist kein Fehler. Die Hauptreihensterne waren hauptsächlich in dieser Region des Spiralarmes vertreten.« Sie bewegte den Anzeiger zu einer Stelle, die dem galaktischen Zentrum ungefähr dreitausend Lichtjahre näher war. »Sie haben sich verändert. Was Vertreter der Spektralklassen G und K waren, sind Klasse M geworden.«

»Ausgeschlossen!« Sy schüttelte energisch den Kopf. »Dann wäre all die Astrophysik, die wir auf Pentecost lernten, barer Unsinn. Es dauert mindestens Hunderte von Millionen Jahren, um von einer Spektralklasse in eine andere überzugehen, es sei denn, in katastrophenhaften Einzelfällen wie wir sie von den Novae kennen.«

»Wir sind derselben Astrophysik verpflichtet wie Sie. Und wir können uns nur einen Mechanismus vorstellen, der diese Veränderung bewirken würde. Sterne der Klassen G und K haben Oberflächentemperaturen zwischen viertausend und sechstausend Grad. Sterne der Klasse M kommen auf nur zweitausend bis dreitausend. Die entsprechende Veränderung des Stellartyps wäre denkbar, wenn der Prozeß der Kernfusion in den Sternen irgendwie gedämpft würde. Sinkt die innere Energieproduktion ab, würde auch die Gesamttemperatur sinken.«

»Vielleicht ...«, sagte Sy. »Aber können Sie einen Prozeß nennen, der so etwas bewirken würde? Ich kenne keinen.«

»Wir auch nicht. Keinen natürlichen Prozeß. Das führt mich zurück zu einer unerfreulichen Schlußfolgerung. Die Information, die wir von den Kermelobjekten erhalten haben, trifft zu — wir haben andere Überprüfungen von Veränderungen in Stellartypen vorgenommen. Und es gibt keine natürliche Erklärung für diese Veränderungen. Also werden sie entweder von den Kermelobjekten ausgelöst, oder irgendeine andere Einheit, die in unserem Spiralarm der Galaxis existiert, bevorzugt Sterne geringerer Temperatur und Leuchtkraft.«

»Soll das heißen, jemand oder etwas verursache im gesamten Spiralarm reduzierte Abläufe der Kernfusion — absichtlich?«

»Genau das soll es heißen.« Judith Niles zog die Stirn in Falten und sah plötzlich ein Dutzend Jahre älter aus. »Es ist eine erschreckende Folgerung, aber die einzige, die uns bleibt. Ich glaube nicht, daß die Kermelobjekte dies tun, obwohl sie viel darüber zu wissen scheinen. Wir haben Hinweise, die darauf schließen lassen, daß sie den gesamten Prozeß verstehen, und sie scheinen in der

Lage zu sein, die Veränderungsrate im Spiralarm vorauszusagen. Ich glaube aber, daß das Geschehen nicht von ihnen ausgeht. Was wir sehen, ist das Ergebnis einer anderen Wirkkraft, einer, die nichts mit dem leeren Weltraum zu tun hat, der von Sommerfäden und Kermelobjekten bevorzugt wird. Diese andere Wirkkraft — oder soll man sie Lebewesen nennen? — schätzt die Nähe eines Sterns. Eines roten Sternes von geringer Leuchtkraft.« Sie schaltete den Bildschirm aus, lehnte sich zurück und schloß die Augen. »Vor langer Zeit befaßten sich Phantasten mit Plänen, Mars und Venus in erdähnliche, bewohnbare Welten umzuwandeln. Solche Hirngespinste konnten nur aus Ahnungslosigkeit und unsinniger Überschätzung der eigenen Möglichkeiten erwachsen. Aber könnte es nicht sein, daß hier Wesen am Werk sind, die ungleich mächtiger und ehrgeiziger sind als wir? Was wir sehen, ist eine Umformung von Sternen. Wenn sie so weitergehen, und wenn wir nicht lernen, den Prozeß zu verstehen und Mittel und Wege finden, ihm Einhalt zu gebieten, wird in diesem ganzen Spiralarm in weiteren hunderttausend Jahren kein Stern vom G-Typ übrigbleiben. Und das wäre das Ende unserer planetarischen Kolonien.

Und wir glauben, daß die Kermelobjekte den Schlüssel besitzen«, fuhr sie mit leiser Stimme fort. »Verstehen Sie jetzt, warum wir hier draußen mitten im Nichts leben, und warum S-Raum und T-Zustand so wichtig sind? Im normalen Raum schienen hunderttausend Jahre eine Ewigkeit zu sein. Aber ich hoffe, in tausend Erdjahren noch am Leben zu sein.«

Sys Gesicht zeigte einen Ausdruck, den Peron und Elissa ungewöhnlich gefunden hätten. Er wirkte unsicher, ohne das gewohnte Selbstvertrauen. »Ich dachte, der einzige Grund, sich hier in Golfstadt aufzuhalten, sei Sicherheit von äußeren Einwirkungen und Störungen und die Beherrschung des S-Raumes. Der Vorteil, ein ›Unsterblicher‹ zu sein, wurde uns als verlängerte subjektive Lebensspanne dargestellt — aber nun frage ich mich ...«

»Sie tun gut daran, solch eine Betrachtungsweise in Zweifel zu ziehen. Wir verfügen über lebensverlängernde Methoden, die uns aus der S-Raum-Forschung zugewachsen sind und die Lebensspanne im normalen Raum verlängern können. Wahrscheinlich wäre es sogar möglich, den Begünstigten eine gewisse Rüstigkeit zu erhalten, so daß sie etwas von der Lebensverlängerung haben würden. Aber wir können das Problem, vor das uns die Kermelobjekte stellen, nicht lösen, es sei denn, wir könnten sehr lange daran arbeiten. Das bedeutet Golfstadt, und es bedeutet S-Raum.« Sie stand auf. »Werden Sie mit uns daran arbeiten? Und werden Sie mir helfen, Ihre Freunde zu überreden, daß auch sie mitarbeiten?«

Sy zögerte. »Ich werde es versuchen. Aber ich brauche noch Zeit zum Nachdenken. Ich hatte nicht genug Zeit zum Nachdenken, als ich zu den Behältern ging.«

Judith Niles nickte. »Ich weiß. Aber ich wollte, daß Sie Ihre Überlegungen in der vollen Kenntnis dessen anstellen, was hier vorgeht. Das wissen Sie jetzt. Ich werde in mein Büro zurückkehren. Der Raum hier schließt sich selbst ab, wenn Sie gehen. Und sobald Sie genug nachgedacht haben, bringen Sie Ihre Freunde mit und lassen Sie uns noch einmal sprechen.« Nun war es an ihr zu zögern, und auch ihr Gesichtsausdruck kam Sys Unbehagen nahe. »Es gibt noch etwas zu besprechen, aber es betrifft ein anderes Thema. Und ich möchte es anschneiden, wenn Sie alle beisammen sind.«

Sie schenkte ihm ein sorgenvolles Lächeln und ging zur Tür. Zum ersten Mal sah Sy sie als eine einsame und verletzliche Gestalt. Kraft und Intensität ihrer Persönlichkeit waren noch unverkennbar vorhanden, aber gedämpft und überlagert von dem Bewußtsein eines gewaltigen ungelösten Problems. Er dachte an die freudige Zuversicht, mit der die Sieger der Weltfestspiele von Pentecost aufgebrochen waren. Sie alle waren von der

Überzeugung beseelt gewesen, daß es kein Problem in der Galaxis gebe, das ihrem vereinten Angriff nicht erliegen würde. Und nun? Sy fühlte sich älter, niedergedrückt von dem Bedürfnis, Zeit zum Überlegen zu gewinnen. Judith Niles hatte lange eine schwere Verantwortungslast getragen. Sie brauchte Hilfe, aber konnte er sie ihr geben? Konnte es sonst jemand? Er wollte es versuchen. Zum ersten Mal in seinem Leben hatte er jemanden kennengelernt, dessen Intellekt denselben Weg ging wie sein eigener, jemand, in deren Gegenwart er sich ganz ungezwungen fühlte.

Sy lehnte sich in seinem Sessel zurück. Es wäre eine Ironie, wenn diese Befriedigung einer Geistesverwandtschaft gleichzeitig als ein Problem daherkäme, das für sie beide zu groß war.

Eine Stunde später saß er noch immer da. Trotz aller Anstrengung, einen umfassenderen Überblick zu gewinnen, waren seine Gedanken immer wieder auf einen Brennpunkt zurückgeführt worden: die Kermelobjekte. Er begann das Universum zu sehen, wie sie es sehen mußten, von diesem einzigartigen Aussichtspunkt der langen Perspektive evolutionärer Zeit. Da ihnen der T-Zustand erreichbar war, hatten die Menschen eine Möglichkeit, diese andere Weltsicht zu erfahren.

Hier war ein Kosmos, der von einem einzigen Ausgangspunkt unvorstellbarer Dichte, Hitze und Strahlung explodierte. Die hinausgeschleuderte Materie bildete Millionen von riesenhaften Galaxien, die sich zu Spiralen verdichteten und um ihre Achsen kreisten. Sie drängten sich in lockeren Galaxienschwärmen zusammen, stießen überhitzte Gase und Strahlung aus, kollidierten und durchdrangen einander und schufen in sich selbst ausgedehnte Nebel gasförmiger Materie.

Aus rotierenden Verdichtungen von Staub und Gas bildeten sich Sonnen, die vom mattesten Rot zum heißesten Blauweiß erblühten. Vor seinem inneren Auge strahlten sie auf, expandierten, explodierten, schleuderten Materie aus dem Innern, die Ketten von Planeten bildeten, oder kreisten umeinander. Ungezählte planetarische Bruchstücke kühlten ab, hauchten ihre schützenden Gashüllen in den Raum aus. Größere planetarische Körper empfingen aus den Entladungen turbulenter Atmosphären den Funken des Lebens in ihren Ozeanen von Wasser und Luft, fachten ihn an, nährten ihn, daß er sich vielfältig ausbreitete. Das Leben drang hinaus in den umgebenden Raum, zu den Sternen, deren Umgebung sich nach und nach mit intelligentem organischen Leben füllte. Das ganze Universum lag vor ihm.

Und nun wurde der T-Zustand wichtig. Menschen, die in ihrer Lebensspanne, an kosmischen Zeiträumen gemessen, weniger als Eintagsfliegen waren, flatterten in einem winzigen Bruchteil eines kosmischen Tages durch ihr kurzes Dasein. Die gesamte Menschheitsgeschichte hatte in einer einzigen T-Woche ihren Verlauf genommen. Die Entdeckung des S-Raumes hatte den Menschen Zugang zu den näheren Sternen verschafft, aber noch winkte ihnen die ganze Galaxis, die leere Weite des intergalaktischen Raumes. Und in diesem Raum, im T-Zustand, konnten Menschen die Freiheit immerwährender Existenz gewinnen.

Sy saß in dem Sessel, berauscht von seiner neuen Vision. Er sah einen hellen Weg, der von den frühesten Anfängen der Menschheit sich in die fernste Zukunft erstreckte. Es war der Weg zur Unsterblichkeit. Und es war der Weg, den er einschlagen mußte, koste es, was es wolle.

29

Elissa kam als letzte zur Besprechung. Als sie in den langen Konferenzraum eilte, um ihren Platz einzunehmen, blickte sie rasch in die Tischrunde und stutzte angesichts der seltsamen Sitzordnung.

Judith Niles saß allein am Kopfende des Tisches, den Kopf über die Tastatur der in den Tisch eingebauten Konsole gebeugt. Sy saß rechts neben ihr, Peron neben ihm, und zwischen ihnen war ein unbesetzter Stuhl. Peron schaute etwas unbehaglich drein, während Sy in Gedanken offensichtlich anderswo weilte, von irgendwelchen privaten Überlegungen in Anspruch genommen. Wolfgang Gibbs und Charlene Bloom saßen den beiden gegenüber. Wolfgang betrachtete mißvergnügt seine Fingernägel, während Charlene Bloom mit nervös zwinkernden Augen von einem zum anderen blickte. Elissa sah sie genauer an. Nervosität? Es schien tatsächlich so, doch ohne erkennbaren Grund. Und es herrschte eine unnatürliche Stille, ohne das normale beiläufige Geplauder, das auch einer ernsten Sitzung vorausging. Die Atmosphäre war frostig und gespannt.

Elissa blieb zögernd stehen. Sollte sie sich Sy gegenübersetzen und somit zwischen Wolfgang Gibbs und der Direktorin sein? Oder neben Sy und Peron? Oder am anderen Ende des Tisches, Judith Niles gegenüber? Sie wollte sich zwischen Sy und Peron setzen, änderte dann aus einem unklaren Impuls heraus die Meinung und ging zum Fußende des Tisches. Judith Niles hob den Kopf, und Elissa fühlte sich von einem kurzen, forschenden Blick der eindringlichen Augen getroffen, dann nickte die Direktorin knapp. Sie schien so geistesabwesend wie Sy.

»Zur Sache«, sagte Judith Niles schließlich. »Ich nehme an, Ihr Freund Sy Dai hat Sie über unsere Zusammenkunft und das Gespräch unterrichtet?«

Peron und Elissa tauschten einen Blick. »Ausführlich«, sagte Elissa. Und als Peron nichts sagte, fügte sie hinzu: »Wir haben jedoch immer noch Fragen.«

Judith Niles nickte. »Das kann ich mir denken. Vielleicht ist es am besten, Sie hören sich zunächst an, was ich vorschlage. Das mag viele Ihrer Fragen schon beantworten. Wenn nicht, werden wir sie später behandeln.«

Sie kleidete ihre Worte in die Form eines Vorschlags, doch zeigte ihr Ton, daß sie keine Widerrede erwartete. Niemand antwortete. Wolfgang Gibbs schien die körnige Kunststofffläche des Tisches zu studieren. Charlene blickte erwartungsvoll zu den anderen, dann zurück zur Direktorin.

»Es ist interessant, daß Ihre Ankunft hier mit einem Wendepunkt in meinem eigenen Denken zusammenfällt«, fuhr Judith Niles fort. »Obwohl man argumentieren könnte, daß Ihre Anwesenheit in Golfstadt diesen Entscheidungsprozeß ausgelöst hat. Inzwischen wissen Sie einiges über unsere Geschichte hier. Seit fünfzehntausend Erdenjahren wird hier Forschungsarbeit geleistet: Empfang und Entschlüsselung von Sendungen, die uns von den Kermelobjekten erreichen; Entwicklung neuer Techniken zur Verlangsamung des Bewußtseinsprozesses mit dem Ziel der Anpassung an die Senderaten der Kermelobjekte; Versuche direkter Kommunikation mit ihnen — vergebliche Versuche, muß ich hinzufügen. Aber wir können auf einige Erfolge zurückblikken. Wir sind jetzt des extremen Alters der Kermels gewiß; wir haben gelernt, von ihnen empfangene Signale verläßlich zu interpretieren und darzustellen; wir haben durch unabhängige Methoden festgestellt, daß die Veränderung der stellaren Typen in diesem Spiralarm unserer Galaxis Tatsache ist; und wir beginnen Methoden zu entwickeln, welche die subjektive Erfahrungsrate weiter verlangsamt, jenseits des T-Zustandes.

Dies alles sind bedeutende Fortschritte. Doch brauche ich Ihnen nicht zu sagen, daß sie alle wertlos sein werden, wenn wir nicht lernen, die Umformung der Sterne des G-Typs zu verhindern. Wir haben die Möglichkeit enorm erweiterter Lebensspannen, ohne jedoch irgendwo leben zu können, außer weit von unseren Heimatsternen entfernt. Wenn das geschieht, werden wir auch die Auslöschung sämtlicher planetarischer Kolonien gewärtigen müssen. Und das ist ein unerträglicher Gedanke, selbst wenn wir die Rekrutierung von Nachwuchs außer acht lassen.

Bevor Sie eintrafen, hatten wir verantwortlichen Personen von Golfstadt und insbesondere Wolfgang, Charlene und ich uns oft wegen der Langsamkeit unserer Fortschritte gesorgt. Schon vor längerer Zeit entschied ich, daß wir unsere Anstrengungen verstärken und beschleunigen müßten, ganz gleich, auf welche Weise. Das ist eine absolute Notwendigkeit. Und um ihr gerecht zu werden, habe ich mich zu einem beispiellosen Schritt entschlossen. Sie sind alle drei von zentraler Bedeutung für diesen Schritt.«

Elissa und Peron sahen einander überrascht an, wandten sich beide zu Sy. Aber der saß unbewegt und kühl, als ginge ihn das alles nichts an.

»Sie werden mich fragen, warum Sie?« sagte Judith Niles. »Weil Sie noch nicht an die eingefahrenen Geleise unseres Denkens über das Problem gebunden sind. Wir müssen ganz neue Wege finden, neue Denkweisen entwickeln und verschiedene Optionen erforschen; das aber können wir nicht — wir sind zu sehr fixiert auf die Techniken früherer Analysen und Untersuchungen. Bleiben Sie ein paar Monate hier, so werden Sie das gleiche Problem haben. Deshalb schlage ich eine sofortige Änderung vor, bevor Sie sich an unsere Methoden und Gedanken gewöhnen.

Ich habe die Errichtung einer völlig neuen Forschungsstation angeordnet. Sie wird Golfstadt ähnlich sein, aber zunächst sehr viel kleiner und an einem anderen Ort. Sie wird eine unabhängige Leitung und unabhängiges Forschungspersonal haben. Der Ort, für den ich mich entschieden habe, ist achtzehn Lichtjahre von hier und knapp zwölf Lichtjahre von der Sonne entfernt. Dort ist der Schutz vor Interferenzen nicht ganz so gut wie hier, doch werden Signale von Kermelobjekten, die hier empfangen werden, natürlich auch der neuen Station zur Verfügung stehen. Es wird Zusammenarbeit geben, aber einen streng begrenzten Austausch von Information. Wir können uns Behinderungen der beiderseitigen Arbeit nicht leisten.

Und hier ist mein besonderes Angebot für Sie: Sie sind alle drei eingeladen, zu dieser Forschungsstation zu gehen. Sie werden alle Unterstützung bekommen, die wir in unserem Netz von Kolonien und Stationen aufbringen können. Sie werden nicht nur Teilnehmer an der Forschungsarbeit der neuen Einrichtung sein; Sie werden sie in der Praxis leiten, die Richtung angeben und Forschungsmittel zuweisen.« Sie lächelte. »Sicherlich werden Sie mißtrauisch sein. Warum sollte ich, im vollen Besitz meiner geistigen Kräfte, drei nahezu Fremden ein großes neues Unternehmen anvertrauen? Ich will es Ihnen sagen. Ihre bisherigen Leistungen sind höchst eindrucksvoll gewesen, aber mein wahrer Grund ist sehr viel zwingender: wir geraten hier in eine verzweifelte Lage. Etwas muß geschehen, und etwas Neues muß versucht werden.«

Sie blickte über den Tisch hin. »Sie schweigen. Das überrascht mich nicht. Ich würde auch still sein. Aber wenn Sie Fragen haben, werde ich mein möglichstes tun, sie alle zu beantworten.«

Sy rührte sich nicht. Während sie sprach, hatte er einmal kaum merklich mit dem Kopf genickt, aber jetzt saß er wieder regungslos. Wolfgang Gibbs und Charlene sahen zu Peron und Elissa und wichen Judith Niles' Blick aus. Charlene schien gespannter denn je.

»Warum wir?« sagte Peron. »Warum haben Sie es nicht schon der letzten Gruppe angeboten, die den Weg nach Golfstadt fand?«

»Aus zwei einfachen Gründen. Erstens hatte ich nicht den Eindruck, daß sie es schaffen würden — Ihnen traue ich es zu. Und zweitens, ich hatte meinen eigenen Wendepunkt noch nicht erreicht. Jetzt spüre ich ein großes Bedürfnis zu handeln. Unsere gegenwärtige Vorgangsweise ist zu langsam, und wir brauchen wenigstens zwei Einrichtungen, die parallel arbeiten.«

»Wann soll die neue Station ihre Arbeit aufnehmen?«

Sie lächelte mit dem Mund, aber ihre Augen blieben ernst. »Ich fürchte, ich werde mich jetzt als schlechte Manipulatorin erweisen. Nehmen Sie es als einen Beweis der Tiefe meiner Sorge in dieser Angelegenheit. Die Errichtung der zweiten Forschungsstation ist bereits veranlaßt. Eine an Ort und Stelle befindliche Relaisstation wird ausgebaut und erweitert, und von drei Sektorenhauptquartieren sind Lieferungen mit Material und Einrichtungen unterwegs. Sie werden die Arbeit aufnehmen können, sobald Sie dort eintreffen. Unterwegs können Sie sich mit den Einzelheiten vertraut machen.«

Peron nickte. »Und was für Experimente sollen wir durchführen?«

»Das werden Sie mir erzählen — vergessen Sie nicht, zu viele Anweisungen von hier, und die zweite Einrichtung wird nutzlos.« Sie lächelte wieder, und diesmal war Humor darin. »Sprechen Sie mit Wolfgang Gibbs und Charlene Bloom, wenn Sie wissen wollen, welche Überwindung es mich kostet, mich selbst von der Leitung des neuen Forschungsunternehmens fernzuhalten. Mein Leben lang habe ich darauf bestanden, aus erster Hand über alle Experimente unterrichtet zu werden, die unter meiner Leitung stattfinden. Jetzt verspreche ich Ihnen, daß ich Ihnen den Rücken zukehren werde.«

Sie berührte einen Schalter der Tischkonsole, und im Raum begann es dunkel zu werden. Hinter ihr glitten Tafeln der Wandverkleidung auseinander und gaben ein flimmerndes Muster auf dem leinwandgroßen Bildschirm frei.

»Sie werden Zeit brauchen, sich zu entscheiden. Ich erwarte das, aber ich ersuche Sie auch, diese Bedenkzeit so kurz wie möglich zu halten. Die wichtigste Aufgabe, die es gegenwärtig für die Menschheit gibt, wartet auf Sie. Und aus diesem Grund zögere ich nicht, unfaire Taktiken der Überredung zu gebrauchen. Ich habe Ihnen noch ein Argument vorzutragen. Wenn Sie die Leute sind, für die ich Sie halte, kann es seinen Eindruck auf Sie nicht verfehlen.

Vor einigen Tagen erhielten wir in Golfstadt eine Videonachricht von einem unserer Sektorenhauptquartiere beim Planeten Paradies. Die Nachricht wurde uns über die Erde zugestellt und ist für Sie bestimmt. Sie scheint in unverschlüsselter Form zu sein, obwohl ich Ihre Neigung kenne, verschlüsselte Botschaften in unverschlüsselten zu verstecken. Die unverschlüsselte ist jedoch völlig ausreichend. Geben Sie acht!«

Hinter Judith Niles kam die Gestalt eines Mannes ins Bild. Er war Elissa fremd, graubärtig und kahl, mit vorspringender Nase, blaßgrauen Augen und einem zerklüfteten, faltigen Gesicht. Eine schwache Narbe führte diagonal über seine Stirn, von der oberen rechten Schläfe bis zur linken Braue. Er blickte in die Kamera und lachte.

»Hallo beisammen. Grüße aus dem Paradies — oder seiner Nähe.«

Elissa hörte Peron scharf die Luft einziehen, und im selben Augenblick überkam sie der Schock des Wiedererkennens. Die angestrengte heisere Stimme mit ihrer präzisen Aussprache war unverwechselbar. »Es ist Kallen«, sagte Peron. »Mein Gott, Sy, *das ist Kallen.*«

»Ja, ganz recht«, sagte das Gesicht auf dem Bildschirm, geradeso, als hätte der Mann irgendwie die Kommentare im Konferenzraum vernommen. Er lachte wieder. »Hier ist Kallen, ein und derselbe. Lange nicht gesehen. Aber nun haltet euch bereit für einen größeren Schock.«

Die Kamera schwenkte langsam von ihm zu einer großen Fotografie und holte eine Gruppe von acht Menschen, die darauf abgebildet war, nahe heran. Im Vordergrund saßen zwei junge Mädchen mit gekreuzten Beinen auf Kissen. Hinter ihnen, auf einer Bank, waren zwei Männer und zwei Frauen in frühen mittleren Jahren, und hinter ihnen stand ein altes Ehepaar in der Bildmitte. Der alte Mann war weißhaarig und gebeugt, mit dikken Schultern und einem ansehnlichen Bauch. Die Frau, auch weißhaarig, war dünn und drahtig. Alle lächelten.

»Weitere Grüße«, sagte Kallens heisere Stimme. »Und auch ein Lebewohl. Von Lum und Rosanne, ihren Kindern und ihren ältesten Enkelkindern. Es gibt noch vier kleine, die nicht im Bild sind. Wenn ich diese Botschaft aufnehme und an euch sende, leben sie alle noch auf Paradies. Wenn ihr sie erhaltet, werden sie längst tot sein.« Er hob die Schultern. »Tut mir leid, Freunde, ich weiß, daß wir euch damals sagten, wir würden innerhalb der nächsten S-Tage zur Erde nachkommen. Wie ihr seht, klappte es nicht ganz.

Ich rechne damit, daß diese Nachricht eine Weile unterwegs sein wird, bis sie euch erreicht. Ich weiß, daß ihr nicht auf der Erde seid, obwohl diese Nachricht zunächst dorthin gehen wird. Aber ich habe mehr über euer Wirken gehört, als ihr vielleicht denken werdet. Sy wird euch sagen, daß nichts im Universum schneller sein kann als das Licht, aber ich will ihm sagen, daß das nicht für Gerüchte gilt. Es gibt großartige Gerüchte über euch drei, und über eure Eingriffe in die Computer- und Speichereinheiten von PSS 1. Ich wünschte, ich hätte dort sein können, um euch zu helfen. Aber man soll nie aufgeben. Ich rechne damit, daß ich euch drei eines Tages wiedersehen werde.

Rosanne und Lum baten mich, ihre Grüße auszurichten und euch zu sagen, ihr solltet euch ihretwegen nicht grämen. Ich gebe diese Botschaft weiter und stimme dem Inhalt zu.« Kallen lächelte. »Ich nehme an, ihr werdet entsetzt sein, wie Lum und Rosanne in diesem Bild aussehen, und wahrscheinlich wird euch auch meine Erscheinung erschrecken. Aber begeht nicht den Fehler, Bedauern für sie oder für mich zu empfinden. Sie haben das erfüllteste Leben gehabt, das ich mir vorstellen kann. Sie lebten glücklich bis in ihr hohes Alter. Und wenn ihr uns als alte Leute betrachtet, vergeßt nicht, daß wir euch als Kinder betrachten. Kluge Kinder, gewiß, und wir lieben euch wie unsere eigenen Söhne und Töchter, aber dennoch als Kinder. Ihr dürft Kalenderzeit und Lebenserfahrung nicht durcheinanderbringen. Wenn zwei- oder dreihundert Pentecostjahre in einem Monat S-Raum vorbeihuschen, bekommt ihr nicht die Lebenserfahrung, die jemand in dreißig Jahren normalen Lebens gewinnt. Ihr habt alle noch eine Menge Leben nachzuholen.

Ich versprach Lum und Rosanne, daß ich euch erzählen würde, was hier geschehen ist. Ich bin wieder im S-Raum, in einer Umlaufbahn um Paradies. Hier bin ich schon seit fünfundzwanzig Erdenjahren. Aber ich konnte sie nicht überreden, mir zu folgen. Sy, du wirst dich erinnern, wie wir nach den Weltfestspielen über die stärkste Kraft im Universum diskutierten. Nun, jetzt kann ich dir sagen, daß es nicht die Schwerkraft ist, noch irgendeine andere physikalische Kraft, sondern eine, die lebenden Organismen eigen ist. Als Lum und Rosanne nach Paradies gingen, war es eine abschreckende Welt, deren menschliche Bewohner alle gestorben waren. Sie wollten lange genug dort bleiben, um das Problem gründlich zu untersuchen. Und nach ein paar Monaten wurde Rosanne schwanger. Sie wollten das Kind, aber sie wußten, daß sie es im S-Raum nicht aufziehen konnten. Und die Vorstellung, ihr Kind zu verlassen, war ihnen undenkbar. Sie blieben, um die Familie aufzuziehen. *Das* ist die stärkste Kraft. Nach einer Weile gesellte ich mich zu ihnen. Ich war dabei, als jedes der Kinder geboren wurde.

Wir versuchten zu ermitteln, was die frühere Kolonie auf Paradies ausgelöscht hatte, und wir hatten den denkbar besten Anreiz. Wenn wir nicht eine Antwort fanden, konnte uns das gleiche Schicksal treffen, mit den Kindern.

Ich will euch nicht mit Einzelheiten langweilen. Es erforderte nahezu dreißig Jahre, und oft waren wir nahe daran, aufzugeben. Aber wir fanden die Antwort. Paradies hat eine zuträgliche protozoische Lebensform, die parasitisch in den Gedärmen lebt und den heimischen Tieren bei der Aufschließung und Verdauung von Zellulose hilft. Gewöhnlich bleiben diese Einzeller im Verdauungstrakt, aber einzelne von ihnen gelangen immer wieder in die Blutbahn. Das ist kein Problem. Die Tiere bleiben gesund und wissen natürlich nicht, daß die Protozoen da sind. Die Kolonisten fanden bald nach ihrer Ansiedlung, daß sie die Organismen in sich hatten, aber alle Untersuchungen zeigten, daß sie für den Menschen genauso harmlos waren wie für die heimischen Tiere. Nützliche Bestandteile der Darmflora. Paradies hat ein herrliches Klima und fruchtbare Böden. Die menschliche Kolonie entwickelte sich hervorragend, gedieh und wuchs. Bis die Leute auf den Einfall kamen, daß es weniger anstrengend sein würde, Anlagen zur Herstellung synthetischer Lebensmittel zu importieren und den größten Teil ihrer Nahrungsmittel damit herzustellen, statt durch Feldbau zu gewinnen.

Und weil Menschen Zellulose nicht aufschließen können, enthielt die synthetische Nahrung sie nicht. Ein alternatives unverdauliches Material wurde als Ballasttoff verwendet. Die meisten Bewohner von Paradies, in den Städten sogar alle, wandten sich der synthetischen Nahrung zu. Dennoch schien alles gut zu gehen, und sie waren gesund. Aber die parasitischen Protozoen waren plötzlich um ihre Nahrung gebracht, und als das geschah, wanderten viele von ihnen aus dem Verdauungstrakt in die Blutbahn. Dort gingen sie zugrunde. Ihr Tod schien keine nachteiligen Wirkungen auf die menschlichen Wirte zu haben — sie merkten nichts davon. Aber eines der Zerfallsprodukte des Parasiten hat eine Struktur, die der eines menschlichen Neurotransmitters sehr ähnlich ist. Soweit wir es heute beurteilen können, sank die Intelligenz auf ganz Paradies sehr rasch um fünfzig bis hundert Punkte ab, vom normalen Intelligenzquotienten zu dem von Schwachsinnigen. Dieser Prozeß mußte allgemein und sehr rasch eingesetzt haben. Die Stadtbewohner wurden zu hilflosen Tieren, nicht klug genug, um ihr technologisches System und ihre Sendeeinrichtungen zu benutzen und um Rat und Hilfe zu bitten. Sie müssen in ihrem Hunger aufs Land hinausgezogen sein, wo sie die wenigen Menschen umbrachten, die dort noch von ihrer Hände Arbeit lebten. Als das nächste Schiff landete, konnte es keine Überlebenden finden. Und da die Ursache des Problems unbekannt war, blieb das Schiff nicht lange.

Soviel zur Erklärung der Lage. Paradies ist wieder eine sichere, bewohnbare Welt. Ich half ein wenig, aber tatsächlich waren es Lum und Rosanne, die das Problem lösten und die einfache Lösung aufzeigten: ausreichend Zellulose in den Speisen. Und das ist verwandt mit der Botschaft, die sie euch senden wollen. Auf Pentecost und auch später, als wir die Fünfzig Welten besahen, hatten wir lange Diskussionen über die Nützlichkeit unseres Lebens. Lum und Rosanne glaubten, daß sie die Antwort gefunden haben. Sie würden es nicht so ausdrükken, aber sie retteten eine Welt. Vergeudet euer Leben nicht an kleine Probleme, sagen sie. Sucht die größte Herausforderung, die ihr finden könnt, die schwerste, die mühsamste, und nehmt sie an, mit allem, was ihr habt.«

Kallen hielt inne. »Ihr seht, auch ich habe mich verändert. Vor dreißig Jahren wäre die Rede, die ich gerade gehalten habe, ein Monatsvorrat von Worten gewesen. Aber ich bin fertig. Ich sage euch, grämt euch nicht um Rosanne und Lum. Solltet ihr jemals die Befriedigung haben, ein so großes Problem wie das zu finden, das sie fanden, und es zu lösen, so werdet auch ihr unsere alte Frage nach dem Sinn unseres Lebens beantwortet haben.«

Kallens Ausdruck wurde ernst, und lange blickte er stumm aus dem Bild. »Ich würde euch alle gern wiedersehen«, sagte er schließlich. »Aber das Komische ist, ich weiß genau, wie ihr ausseht. Ihr habt euch kein bißchen verändert, seit wir uns im Sektorenhauptquartier von Cass verabschiedeten. Während ich ...« Er fuhr mit der Hand über seinen haarlosen Schädel. »Lebt wohl, alte Freunde, und viel Glück. Und sucht das Höchste, was immer ihr tut.«

Das Bild löste sich zu einem formlosen weißen Flimmern auf, dann erlosch auch dieses und ließ den Raum im Dunkeln.

»Gott mit ihnen«, sagte Judith Niles leise. »Ich kannte Lum und Rosanne nicht, aber das Wissen, daß sie tot sind, bekümmert mich wie Sie. Sie hatten die Köpfe und das Format, das wir hier für unser Problem brauchen. Sucht das Höchste, das Schwerste, das Mühsamste. Wollte man alles, was vor uns liegt, auf eine kurze Formel bringen, dies ist sie. Ich wünschte, wir hätten Rosanne und Lum bei uns, aber es wird andere geben. Kallen mag den Weg hierher finden. Er sprach davon, und nach allem, was ich von der Paradiesstation über ihn gehört habe, wird er kaum zu halten sein, wenn er sich einmal in den Kopf setzt, hierher zu kommen.«

»Ich wünschte nur«, sagte Peron, »er wäre jetzt hier bei uns.«

»Aber er ist es nicht.« Die Lichter im Konferenzraum gingen langsam wieder an, erreichten ihre normale Helligkeit, und Judith Niles wandte sich zu Elissa und Peron. »Sie haben die Botschaft Ihrer Freunde gehört. Ich sehe nicht, wie Sie ihr widerstehen könnten. Sie retteten eine Welt. Sie haben eine Chance, alle Welten zu retten, die menschliches Leben tragen können. Haben Sie nicht das Gefühl, Ihre Freunde hätten über das vor uns liegende Problem zu Ihnen gesprochen und Sie aufgefordert, es anzupacken?«

Elissa sah über den Tisch zu Sy, der ihr zunickte, und sie merkte, daß seine Entscheidung schon gefallen war, bevor er die Botschaft von Kallen gehört hatte — vielleicht schon vor dem Beginn dieser Besprechung. Sie wandte den Blick zu Peron. Er schwankte, halb überzeugt, aber noch voll Unbehagen. Elissa war auf sich selbst gestellt.

»Nein!« Das Wort schien aus ihr hervorzubrechen und überraschte sie selbst mit seiner Kraft und Eindringlichkeit. »Nein, das ist nicht die Antwort. Sie haben das Wichtigste übersehen.«

Eine lähmende Stille folgte ihren Worten. Alle blickten sie verblüfft an — sogar Peron, und sie hatte gehofft, daß er sofort verstehen würde. »Können Sie es nicht sehen?« fuhr sie fort. »Die eigentliche Bedeutung ihrer Botschaft ist Ihnen entgangen.«

»Das bezweifle ich sehr«, erwiderte Judith Niles. Ihr Gesichtsausdruck war ruhig, aber die Narben leuchteten weiß auf ihrer geröteten Stirn. »Sie war eindeutig genug. An den großen Problemen arbeiten, sich nicht von bedeutungslosen Dingen ablenken lassen.«

»Ja, gewiß, das steht außer Frage. Aber schauen Sie hinter die Botschaft, auf die Tatsachen. Das Problem auf Paradies war seit fünftausend Erdenjahren bekannt, und niemand war auf die Lösung gekommen. Bis unsere Freunde kamen, hatte man es aus dem S-Raum untersucht, und das ergab nur eine Anstrengung von einigen S-Jahren. Nun zu unserer Situation. Wir haben fünfzigtausend Erdenjahre, um zu lernen, wie die Veränderungen der stellaren Typen beherrscht werden können — vielleicht hunderttausend Jahre, wenn wir Glück haben. Mit so viel Zeit sollte der menschlichen Rasse die Lösung jedes Problems möglich sein, das man sich denken kann. *Aber nicht, wenn sie im S-Raum daran arbeitet.* Der bewegt sich im Schneckentempo — und wir brauchen rasches Handeln.«

»Aber die Botschaften von den Kermelobjekten sind absolut lebenswichtig.« Judith Niles lehnte sich zurück, einen verwirrten Ausdruck im Gesicht. »Im normalen Raum sind sie unzugänglich.«

»Freilich sind sie das — und jemand muß im S-Raum oder T-Zustand sein, sie zu empfangen. Aber die Analyse dieser Botschaften muß so rasch wie möglich erfolgen. Das heißt, wir müssen im normalen Raum sein. Sie müssen unser System ändern, vollständig. Erzählen Sie den Leuten auf den verschiedenen Welten, um welches Problem es sich handelt, und machen Sie sie zum Schlüssel seiner Lösung. Genau das ist der Rest der Botschaft von Kallen und den anderen, der Teil, den Sie ignoriert haben.«

Elissa stützte die Ellbogen auf den Tisch, und beugte sich vor, alle Aufmerksamkeit auf Judith Niles konzentriert. »Sie möchten, daß wir an dem zentralen Problem arbeiten. Das würde mir gefallen. Es gibt im ganzen Universum nichts, was ich lieber täte. Aber im normalen Raum. Ich weiß, daß ich die Lösung niemals erleben werde, wenn wir es so machen, aber ich nehme das auf mich, weil ich überzeugt bin, daß meine Nachkommen die Antwort finden werden — vielleicht tausend Erdenjahre nach meinem Tod. Das genügt mir, die Arbeit lohnend erscheinen zu lassen.« Sie schaute zu Peron und fand Ermutigung in seinem Ausdruck. Er nickte energisch, seine frühere Ungewißheit war verflogen.

»Ich stimme Elissa vollkommen zu«, sagte er. »Obwohl ich es nicht sah, bis sie uns daraufstieß. Lassen Sie uns genauso verfahren, wie Sie vorgeschlagen haben, und richten Sie unsere zweite Forschungsstation ein. Aber im normalen Raum. Sie werden uns die besten Informationen geben, die Sie in Golfstadt sammeln können, sobald Sie sie bekommen. Wir werden daraus neue Theorien entwickeln, zweitausendmal so schnell wie Sie es im S-Raum tun könnten.«

Judith Niles hatte aufmerksam zugehört, doch nun schüttelte sie stirnrunzelnd den Kopf. »Es hört sich gut an. Aber es würde niemals funktionieren. Hören Sie darauf, was Ihr Freund Kallen noch sagte: ›Es fehlt euch die Erfahrung.‹ Es wird viele Jahre erfordern, sie zu erwerben. Sie brauchen die Zusammenarbeit mit uns, hier in Golfstadt — und wenn Sie im normalen Raum wären und wir im S-Raum blieben, könnten Sie niemals an den Vorteilen unserer Erfahrung teilhaben. Die Probleme im Informationsaustausch sind enorm. Ich sagte, ich würde Ihnen volle Freiheit lassen, in der zweiten Station Experimente und Untersuchungen durchzuführen, aber Sie würden dennoch Zugang zu uns haben, um mit uns zu reden, Ideen auszutauschen und zu besprechen. Nein«, sagte sie und schüttelte wieder den Kopf. »Es klingt gut, aber es würde nicht klappen.«

»Ich stimme Elissa zu«, sagte Wolfgang Gibbs unvermittelt von der anderen Seite des Tisches. Er richtete seine Worte an Judith Niles, blickte dabei aber zu Elissa und Peron, als suche er ihre Unterstützung. »Sie hat recht. Im normalen Raum werden wir tausendmal so schnell vorankommen wie im S-Raum, vom T-Zustand zu schweigen, und du weißt, daß der meine besondere Aufmerksamkeit und Zuneigung genießt. Seit Monaten und Jahren habe ich mich mit dem Problem geplagt, überlegt, wie wir bessere Fortschritte machen könnten. Aber ich dachte nie an zwei parallele Einrichtungen, eine im S-Raum und eine im N-Raum. Für uns, die wir gewohnt sind, wie es hier ist, muß der normale Raum beinahe undenkbar erscheinen. Kürzere Lebensspanne, Aufenthalt auf einer Welt, wahrscheinlich niemals eine Lösung sehen. Aber ich wette, daß dieser Weg zum Erfolg führen wird.« Er hielt inne, blickte zögernd zu Charlene und Elissa, zu Judith Niles. Sein Gesicht war blaß, aber in seiner Stimme war nur Überzeugung. »Was du über die Erfahrung sagtest, ist richtig. Es gibt keinen Ersatz für Jahre praktischer Erfahrung mit unserer Arbeit hier. Aber die habe ich. Wenn du weitermachst und eine zweite Forschungsstation im normalen Raum errichtest, melde ich mich freiwillig für diese Einrichtung.«

»Wolfgang!« stieß Charlene Bloom hervor. Dann biß sie sich auf die Unterlippe und schlug den Blick nieder. Sie verrieten zuviel — zuviel neue Hoffnung in seiner Stimme, zuviel Schmerz in der ihrigen.

Judith Niles saß steif auf ihrem Stuhl. Die Unterstützung für Elissa war von dem Platz gekommen, wo sie sie am wenigsten erwartet hatte. »Und du, Charlene?« fragte sie. »Da es so scheint, als hätte sich inzwischen jeder seine Meinung gebildet.«

Peron beobachtete sie und machte sich seine Gedanken. Wie Sy, schien sie in der Lage, augenblicklich von einer Position zu einer anderen überzugehen und gleichzeitig für das nächste Stadium der Diskussion bereit zu sein. Es war, als hätte sie ihre Analyse von Elissas und Perons Einwänden automatisch und im Unterbewußtsein ausgeführt, ohne Zeit zu ihrer Verarbeitung zu benötigen.

»Ich werde hier bleiben«, sagte Charlene nach kurzer Pause. Sie sah Wolfgang an, und in ihre Stimme kamen Obertöne von Verzweiflung. »Meine Arbeit ist hier, in Golfstadt. Ich könnte sie anderswo nicht weiterführen. Aber Wolfgang, wenn du gehst — wer könnte deine Arbeit am T-Zustand fortführen?«

Judith Niles blickte zu Sy, der bedächtig nickte. »Dafür haben wir einen Freiwilligen«, sagte sie. »Sy ist begierig, den T-Zustand zu erforschen — und weiterzugehen. Aber nun kommt die schwierige Frage. Sie schlagen eine radikal verschiedene Vorgangsweise vor. Kann ich überzeugt sein, daß sie zum Ziel führen wird?«

»Falsche Frage«, sagte Peron.

Sie lächelte. »Richtig. Verzeihen Sie. Wir können nicht im voraus wissen, was zum Ziel führen und was in einer Sackgasse enden wird. Also die richtige Frage: Kann ich glauben, daß eine zweite Forschungsstation im normalen Raum bessere Erfolgsaussichten hat als eine im S-Raum? Die Antwort: vielleicht. Ich dachte an viele Optionen, aber die Eintagsfliegenlösung zog ich niemals ernstlich in Betracht.«

»Sie können sich nicht leisten, diesen Weg nicht zu versuchen«, sagte Peron. »Selbst wenn Sie es ablehnen, werden wir es versuchen.«

»Ich weiß. Schwierige Lage für eine Chefin, nicht wahr?« Sie lächelte wieder, wandte sich zu Wolfgang. »Und du weißt, wofür du dich freiwillig meldest? Wir können dir im normalen Raum eine verlängerte Lebensspanne geben, aber das wird nicht viel ausmachen; du wirst in viel weniger als einem S-Jahr tot sein.«

»Du darfst mir zutrauen, daß ich das weiß, JN.« Wolfgangs Widerspruch hatte ihn mit neuem Selbstvertrauen erfüllt. »Ich weiß genau, was ich tue. Ich werde in den normalen Raum gehen, und ich erwarte, daß ich dort sterben werde. Na und? Auch ich habe diese Botschaft von Paradies gesehen. Und wenn ich es recht bedenke, habe ich niemals wirklich ewig leben wollen. Ich möchte bloß *richtig* leben. Sy Dai kann meine Arbeit hier mindestens so gut fortsetzen, wie ich es vermöchte, wahrscheinlich um einiges besser. Ich sage: packen wir es an!«

Er wartete nicht auf eine Antwort von Judith Niles. Statt dessen wandte er sich zu Charlene und nahm ihre Hand zwischen die seinen. Alle schwiegen im Bewußtsein der Bedeutung, die diese Geste hatte. Und Charlene dachte zurück über die Jahrhunderte zu dem Tag auf Erden, als Wolfgang sie entsetzte, indem er ihr heimlich den Schenkel gestreichelt hatte. Aber diesmal zuckte sie nicht, als Wolfgang ihr die Hand auf die Schulter legte. Tränen trübten ihr den Blick, und sie hob den Kopf, als er sich beugte, sie zu küssen, und legte ihm die Arme um den Hals. Die letzten Worte waren noch nicht gesprochen, aber sie wußte, daß die Entscheidung getroffen war.

Die Abreise zu der zweiten Station konnte nicht sogleich erfolgen. Sie und Wolfgang würden einander noch oft sehen, bis die endgültige Trennung käme.

Aber dieser Augenblick war einzigartig. Dies war ihr erster Abschied.

Big Crush

Fünf Minuten. Fünf Minuten bleiben. Und danach? Wäre ich der Antwort sicher, so hätte eine Vierzig-Milliarden-Jahre-Reise vermieden werden können.

Fünf Minuten bis zum Augenblick des Monoblocks.

Die Kermelobjekte sind um mich, drängen mit dem Zusammenstürzen des Universums herein. Sie sind verstummt; selbst der Niederfrequenzbereich ist tot. Auch hat sich die Erscheinung der Kermelobjekte im Laufe der letzten zwei Stunden verändert. In ihren Mittelpunkten ist jetzt ein Pulsieren sichtbar, wie ein langsamer, sich kräftigender Herzschlag; und die nach außen gerichteten Fühler sind allmählich eingezogen worden, um sich um die dunklere Mitte zu legen. Mir ist, als sähe ich eine Parodie der galaktischen Entwicklung: Spiralarme, die sich um die Kerne legen, mit ihnen verschmelzen. Die innersten Regionen sind völlig schwarz. Sie gleichen Löchern im Universum.

Jenseits von ihnen wird alles zusehends heller und strahlender. Ich sehe es nur gefiltert durch die schützenden Schichten der Kermelobjekte, aber alle paar Augenblicke gibt es ein blaues Aufflammen, dann ein so grelles Funkeln, daß ich nicht hinsehen kann. Es ist eine Schönheit, die das Universum vielleicht nur einmal sieht …

Vier Minuten. Wir nähern uns der letzten Singularität. Der Gesamtradius des Universums beträgt jetzt weniger als achtzig Millionen Kilometer. Weitere zweihundert Sekunden, und der Zuständ äußerster Kompression wird erreicht sein.

Fünf Sekunden davor wird der Durchmesser des Universums weniger betragen als die Größe eines Kermelobjekts. Und dann?

Das Ende der Reise; schneller und schneller stürzt alles in sich zusammen.

Wenn es eine Singularität geben wird, muß der Augenblick endgültiger Vernichtung null Zeit in Anspruch nehmen.

Beharrlich bringt mir das Gedächtnis eine Tatsache zu Bewußtsein, ein Element der Mathematik, vor langer Zeit gelernt und längst vergessen geglaubt. *In der Nachbarschaft einer Singularität nimmt eine komplexe Variable alle möglichen Werte an.* Wenn dieser Satz auch hier vor der letzten und höchsten Singularität unseres Universums Gültigkeit besitzt, dann wird in drei Minuten alles möglich sein. Ein Chaos wächst aus Ordnung, nichts ist verboten.

Meine drei Gefährten sind still, überwältigt von den Ausblicken um uns. Sie beobachten die Wiedergaben, während ich diese letzte Botschaft aufzeichne — an wen?

Es gibt eine weitere Veränderung. Die Sterne sind längst in der leuchtenden Blase um mich verschwunden. Jetzt sollte es im ganzen Weltraum keine Reststrukturen geben. Aber die Kermelobjekte verharren, wo sie sind. Sie nehmen dunklere Tönungen an und heben sich wie feste Körper vom grellen Hintergrund des kosmischen Zusammenbruchs ab.

Die blendende Helligkeit nimmt zu, das Universum schrumpft zu seinem Endzustand; aber die Dunkelheit der Kermelobjekte besteht unvermindert.

Die mich umgebenden schwarzen Spiralen ziehen sich enger, reißen scharfkantige Schattenlöcher auf, kühlen das Inferno ab, verschlingen Energie. Sie sind mein Schutzschild, gegen das unerträglich blendende Licht. Ohne ihren Schutz wäre ich längst verbrannt; statt dessen bleibt die Temperatur im Schiff konstant. Die Temperatur des Universums — wenn Temperatur hier noch eine Bedeutung hat — beträgt Trillionen Grade.

Ich weiß, was ich nach Wissenschaft und Logik zu erwarten habe. In der letzten Mikrosekunde, im letzten Augenblick des bestehenden Universums, zerfällt alles. Nichts kann unendliche Temperatur, unendlichen Druck, unendliche Dichte überleben. Alles wird verzehrt, umgewandelt in reine Energie …

… es sei denn, das Bewußtsein kann vielleicht die Grenzen der Physik überwinden?

Ich weiß es nicht. Weniger als eine Minute vor dem Ende ist mir die Natur der Wirklichkeit noch immer ein Geheimnis.

Der Himmel ist jetzt unendlicher Kontrast, anschwellendes Schwarz und unglaubliche Strahlung. Zwanzig Sekunden zum Monoblock. Es bleibt keine Zeit mehr für die Zeit. Fünfzehn Sekunden.

Hier ist Sy Dai, einst von Pentecost und jetzt von Überall. In den letzten Augenblicken des unendlichen Lichts verkünde ich meinen Glauben:

Ich habe keinen Irrtum begangen. Ich habe die Botschaft der Karmelobjekte richtig interpretiert.

Das Ende ist der Anfang. Es wird ein Morgen geben.